김구 자서전

백범일지

김구 자서전
백범일지

개정판 1쇄 발행 | 2025년 04월 10일

지은이 | 김구

발행인 | 김선희 · 대 표 | 김종대
펴낸곳 | 도서출판 매월당
책임편집 | 박옥훈 · 디자인 | 윤정선 · 마케터 | 양진철 · 김용준

등록번호 | 388-2006-000018호
등록일 | 2005년 4월 7일
주소 | 경기도 부천시 소사구 중동로 71번길 39, 109동 1601호
       (송내동, 뉴서울아파트)
전화 | 032-666-1130 · 팩스 | 032-215-1130

ISBN 979-11-7029-258-6 (03810)

· 잘못된 책은 바꿔드립니다.
· 책값은 뒤표지에 있습니다.

이 도서의 국립중앙도서관 출판시도서목록(CIP)은 서지정보유통지원시스템 홈페이지
(http://seoji.nl.go.kr)와 국가자료공동목록시스템(http://www.nl.go.kr/kolisnet)에서
이용하실 수 있습니다.(CIP제어번호 : CIP2016018405)

월드클래식 시리즈 10

김구 자서전

백범일지

백범 김구 지음

매월당

: 차 례 :

이 책은 내가 상해上海와 중경重慶에 있을 때 써놓은《백범일지白凡逸志》를 한글 철자법에 준하여 국문으로 번역한 것이다. 끝에 본국에 돌아온 뒤의 일을 덧붙였다.

애초에 이 글을 쓸 생각을 한 것은 내가 상해에서 대한민국 임시정부의 주석主席이 되어서 내 몸에 죽음이 언제 닥칠는지 모르는 위험한 일을 시작할 때, 당시 본국에 들어와 있던 어린 두 아들에게 내가 지낸 일을 알리자는 동기에서였다. 이렇게 유서遺書 대신으로 쓴 것이 이 책의 상권이다.

그리고 하권은 윤봉길尹奉吉 의사 사건 이후에 중일전쟁中日戰爭의 결과로 우리 독립운동의 기지와 기회를 잃어 이 목숨을 던질 곳이 없이 살아남아서 다시 오는 기회를 기다리게 되었으나, 그때 내 나이 벌써 칠십을 바라보아 앞날이 많지 않으므로 주로 미주美州와 하와이에 있는 동포를 염두에 두고 민족 독립운동에 대한 나의 경륜과 소회所懷를 알리려고 쓴 것이다. 이것 역시 유서라 할 것이었다.

나는 내가 살아서 고국에 돌아와 이 책을 출판할 수 있으리라고는 꿈에도 생각하지 않았다. 나는 완전한 우리의 독립국가가 선 뒤에 이것이 지나간 이야기로 동포들의 눈에 비치기를 원하였다. 그런데 행이라 할까 불행이라 할까, 아직 독립의 일은 이루지 못하고 내 죽지 못한 생명만이 남아서 고국에 돌아와 이 책을 동포의 앞에 내어놓게 되니 실로 감개가 무량하다.

나를 사랑하는 몇몇 친구들이 이 책을 발행하는 것이 동포에게 다소나마 도움을 줄 수 있으리라 하여 나도 허락하였다. 이 책을 발행하기 위하여 국사원 안에 출판소를 두고 김지림 군과 삼종질 三從姪(9촌 조카) 홍두가 편집과 예약, 수리의 일을 하고 있는 바, 혹은 번역과 한글 철자법 수정으로, 혹은 비용과 용지의 마련으로, 혹은 인쇄 때문에 여러 친구와 여러 기관에서 힘쓰고 수고한 데 대하여 고마운 뜻을 표하여 둔다.

끝에 붙인 〈나의 소원〉 한 편은 내가 우리 민족에게 하고 싶은 말의 요령을 적은 것이다. 무릇 한 나라가 서서 한 민족이 국민생활을 하려면 반드시 기초가 되는 철학이 있어야 하는 것이다. 이것이 없으면 국민의 사상이 통일되지 못하여 더러는 이 나라의 철학에 쏠리고 더러는 저 민족의 철학에 끌리어, 사상의 독립과 정신의 독립을 유지하지 못하고 남을 의뢰하고 저희끼리 추태를 나타내는 것이다.

오늘날 우리의 현상으로 보면 더러는 로크의 철학을 믿으니 이는 워싱턴을 서울로 옮기는 자들이요, 또 더러는 마르크스, 레닌, 스탈린의 철학을 믿으니 이들은 모스크바를 우리의 서울로 삼자는 사람들이다. 워싱턴도 모스크바도 우리의 서울은 될 수 없는 것이요, 또 되어서는 안 되는 것이니 만일 그것을 주장하는 자가 있다고 하면 그것은 예전 동경東京을 우리 서울로 하자는 자와 다름이 없을 것이다.

우리의 서울은 오직 우리의 서울이라야 한다. 우리는 우리의 철학을 찾고, 세우고, 주장하여야 한다. 이것을 깨닫는 날이 우리 동포가 진실로 독립정신을 가지는 날이요, 참으로 독립하는 날이다.

〈나의 소원〉은 이러한 동기, 이러한 의미에서 실린 것이다. 다시 말하면 내가 품은, 내가 믿는 우리 민족철학의 대강령大綱領을 적어본 것이다. 그러므로 동포 여러분은 이 한 편을 주의하여 읽어 주셔서 저마다의 민족철학을 찾아 세우는데 참고를 삼고 자극을 삼아주시기를 바라는 바다.

내가 이 책 상권을 쓸 때 열 살 내외이던 두 아들 중에서 큰아들 인은 그 젊은 아내와 어린 딸 하나를 남기고 중경에서 죽었고, 작은아들 신이가 스물여섯 살이 되어서 미국으로부터 돌아와 아직 홀몸으로 내 시중을 들고 있다. 그는 중국의 군인인 동시에 미국의 비행 장교다. 그는 장차 우리나라의 군인이 될 날을 기다리고 있다.

이 책에 나오는 동지들 중에 대부분은 생존해서 독립의 일에 헌신하고 있으나 이미 세상을 떠난 이도 많다. 최광옥, 안창호, 양기탁, 현익철, 이동녕, 차이석, 이들은 다 이제 없다. 무릇 태어난 자는 다 죽는 것이니 할 수 없는 일이거니와, 개인이 나고 죽는 중에도 민족의 생명은 늘 있고 늘 젊은 것이다.

우리는 우리의 시체로 성벽을 삼아서 우리의 독립을 지키고, 우리의 시체로 발등상을 삼아서 우리의 자손을 높이고, 우리의 시체로 거름을 삼아서 우리 문화의 꽃을 피우고 열매를 맺어야 한다. 나는 나보다 앞서서 세상을 떠나간 동지들이 다 이 일을 하고 간 것을 만족하게 생각하고 감사하게 생각한다. 내 비록 늙었으나 이 몸뚱이를 헛되이 썩히지 않을 것이다.

나라는 내 나라요, 남들의 나라가 아니다. 독립은 내가 하는 것이지 따로 어떤 사람이 하는 것이 아니다. 우리 민족 삼천만이 저마다 이 이치를 깨달아 이대로 행한다면 우리나라가 독립이 되지 않을 수도 없고 또 좋은 나라, 큰 나라로 이 나라를 보전하지 않을 수도 없는 것이다. 나 김구가 평생에 생각하고 행한 일이 이것이다.

나는 내가 못난 줄을 잘 알고 있다. 그러나 아무리 못났더라도 국민의 하나, 민족의 하나라는 사실을 믿으므로 내가 할 수 있는 일을 쉬지 않고 해온 것이다. 이것이 내 생애요, 내 생애의 기록이 이 책이다.

그러므로 내가 이 책을 발행하는데 동의한 것은 내가 잘난 사람으로서가 아니라 못난 한 사람이 민족의 한 분자로 살아간 기록이기 때문이다. 백범白凡이라는 내 호가 이것을 의미한다. 내가 만일 민족 독립운동에 조금이라도 공헌한 것이 있다고 하면, 그만한 것은 대한 사람이라면 누구나 할 수 있는 것이다.

나는 우리 젊은 남자들과 여자들 속에서 참으로 크고 훌륭한 애국자와 엄청나게 빛나는 일을 하는 큰 인물이 쏟아져 나오기를 바라거니와, 그와 동시에 그보다도 더 간절히 바라는 것은 저마다 이 나라를 제 나라로 알고 평생에 이 나라를 위하여 있는 힘을 다하게 되는 것이다. 나는 이러한 뜻을 가진 동포에게 이 '범인凡人의 자서전'을 보내는 것이다.

단군기원 사천이백팔십년 십일월 십오일(1947. 11. 15)
개천절날
김 구

상 권

인仁 · 신信
두 어린 아들에게

아비는 이제 너희가 있는 고향에서 수륙水陸 5,000리나 떨어진 먼 나라에서 이 글을 쓰고 있다. 어린 너희를 앞에 놓고 말하여 들릴 수 없으니 그동안 나의 지난 일을 대략 기록하여서 몇몇 동지에게 남겨, 장차 너희가 자라서 아비의 경력을 알고 싶어 할 때가 되거든 너희에게 보여주라고 부탁하였다. 너희가 아직 나이 어리기 때문에 직접 말하지 못하는 것이 유감이지만 어디 세상사가 뜻과 같이 되는 것이냐.

내 나이는 벌써 쉰셋이지만 너희는 이제 겨우 열 살과 일곱 살밖에 안 되었으니 너희의 나이와 지식이 더할수록 내 정신과 기력은 쇠퇴할 따름이다. 또한 이 몸은 이미 원수 왜倭에게 선전포고를 내리고 지금 사선死線에 서 있으니, 내 목숨을 어찌 믿어 너희가 자라서 얼굴을 마주하고 말할 수 있을 날을 기다리겠느냐. 이러하기 때문에 지금 이 글을 써두려는 것이다.

내가 지금 일지를 기록하여 너희에게 남기는 것은 결코 너희들로 하여금 나를 본받으라는 뜻은 아니다. 내가 진심으로 바라는

바는 너희도 대한민국의 한 사람이니 동서東西와 고금古今의 허다
한 위인 중에서 가장 숭배할 만한 이를 택하여 스승으로 섬기라는
것이다. 너희가 자라더라도 아비의 경력을 알 길이 없기 때문에
이 글을 쓰는 것이다.

　다만 유감스러운 것은 이 책에 적은 것이 모두 오래된 일이므로
잊어버린 것이 많다는 것이다. 그러나 보태거나 일부러 지어 넣은
것이 없는 것도 사실이니 믿어주기 바란다.

대한민국 11년(1929년) 5월 3일
중국 상해 법조계(프랑스 조계) 마랑로 보경리 4호
임시정부 청사에서 집필을 완료하다.

우리 집과 내 어릴 적

우리는 안동安東 김씨 경순왕敬順王의 자손이다. 신라의 마지막 임금 경순왕이 어떻게 고려 왕건王建 태조의 따님 낙랑공주의 부마가 되셔서 우리들의 조상이 되셨는지는 《삼국사기》나 《안동 김씨 족보》를 보면 알 것이다. 경순왕의 8대손이 충렬공忠烈公, 충렬공의 현손이 익원공翼元公인데, 이 어른이 우리 파의 시조요, 나는 익원공의 21대손이다. 충렬공, 익원공은 다 고려조의 공신이거니와 조선시대에 들어와서도 우리 조상은 대대로 서울에 살아서 글과 벼슬로 가업을 삼고 있었다.

그러다가 우리 방조傍祖(6대조 이상이 되는, 직계가 아닌 방계의 조상) 김자점金自點이 역적으로 몰려서 멸문지화滅門之禍(한 집안이 다 죽임을 당하는 끔찍한 재앙)를 당하게 되므로, 내게 11대조 되시는 어른이 처자를 끌고 서울을 도망하여 처음에는 경기도 고양에 망명하였는데, 그곳도 서울에서 가까운 지방이라 안전하지 못하므로 해주海州 부중府中에서 서쪽으로 80리 떨어진 백운방白雲坊 텃골[基洞] 팔봉산 양가봉 밑에 숨을 자리를 구하시게 되었다. 이러한 내력은 족보를 살펴보아도 명백하다. 그곳 뒷개리[後浦里]에 있는 선영에는 나의 11대조 산소를 비롯하여 역대 조상의 산소가 대대로 이어져 있고 할머님도 여기에 모셨다.

그때에 우리 집이 멸문지화를 피하는 길은 오직 하나뿐이었으니, 그것은 양반의 행색을 감추고 상놈 행세를 하는 일이었다. 텃골에 처음 정착한 조상들은 양반생활을 접어두고 임야를 일구어 농사를 짓다가 군역전軍役田이라는 땅을 경작하면서부터 아주 상놈의 패를 차게 되었다. 조선시대 군제에는 역둔토 외에 군역전이란 토지가 있었는데, 이는 가난한 사람들이 이 땅을 경작하다가 나라에서 징병령이 떨어지면 언제나 군사로 나가는 제도이다. 군역전을 경작하다 완전히 상놈이 된 것은 나라에서 문文을 존중하고 무武를 천하게 여기는 조선시대의 나쁜 풍습 때문이었으며, 이것이 우리나라를 쇠약하게 한 큰 원인인 것은 말할 것도 없다.

이리하여 우리는 판에 박힌 상놈으로 텃골 근동에서 살고 있는 진주 강씨, 덕수 이씨 등 토착양반들에게 대대로 천대와 압제를 받아왔다. 우리 문중의 딸들이 저들에게 시집을 가는 일은 있어도 우리가 저들의 딸에게 장가를 든 일은 없었다.

그러나 텃골에 살 때 우리 가문도 꽤 창성하였던 모양이어서 기와집이 즐비하였고 또 선산에는 석물도 크고 많았으며 대대로 내려오는 노비까지 있었다는 것은 좀 이상할 것이다. 내가 여남은 살 때까지도 우리 문중에 혼사나 장례식이 있을 때에는 이정길李貞吉이란 사람이 와서 일을 보았는데 이 사람은 본래 우리 집의 종으로서 속량된 사람이라 하니, 그는 우리 같은 상놈의 집에 종으로 태어났던 것이니 참으로 흉악한 팔자라고 하지 않을 수 없다.

우리 집안의 내력을 살펴보면 글하는 이도 없지는 않으나 이름을 떨친 이는 없었고 대체로 불평분자가 많았다. 내 증조부는 가짜어사 노릇을 하다가 체포되어 해주 관아에 갇혔다가 서울 어느 양반의 청탁 편지로 겨우 형벌을 면하셨다는 말을 집안 어른들께 들었다. 암행어사라는 것은 임금이 시골 사정을 알기 위하여 신임하는 젊은 관원에게 무서운 권세를 주어서 순회시키는 벼슬인데, 허름한 과객의 행색을 차리고 다니는 것이 상례다.

증조할아버지 항렬 네 분 중에 한 분은 내가 대여섯 살 때까지 생존하셨고, 할아버지 형제와 아버지 네 형제도 다 살아 계셨다. 그런데 내가 다섯 살 때 큰아버지(伯永)가 할아버지보다 먼저 돌아가셔서 나는 사촌 형들과 함께 곡하던 것이 기억난다.

아버지는 네 형제 중에 둘째로, 집이 가난하여 장가를 못 가고 노총각으로 계시다가 스물네 살에 삼각혼(교환혼의 일종으로 세 집안이 딸을 바꾸는 것)이라는 괴이한 방법으로 장련長漣에 사는 현풍玄風 곽씨郭氏의 열네 살 된 딸과 결혼하였다. 결혼 후 부모님은 종조부 댁에서 더부살이를 하다가 2, 3년 후에 독립하여 따로 살림을 차리셨고 그 후에 내가 태어났다. 그때 어머니의 나이는 열일곱이요, 푸른 밤송이 속에서 붉은 밤 한 개를 얻어서 깊이 감추어둔 것이 나의 태몽이라고 어머님은 늘 말씀하셨다.

나는 병자년(1876년) 7월 11일, 이날은 할머니 기일이었다. 자시

子時에 할아버지와 큰아버지가 사시는 텃골 웅덩이 큰집에서 태어났다. 내 일생이 기구할 조짐이었는지 그것은 유례가 없는 난산이었다. 산통이 있은 지 6, 7일이 지나도 아이는 태어나지 않았고 산모의 생명이 위태하였다. 친척들이 모두 모여 온갖 의술 치료와 혹은 미신 처방을 다 해도 효험이 없자 집안 어른들은 강제로 아버지께 소길마(짐을 싣기 위해 소의 등에 안장처럼 얹은 도구)를 머리에 쓰고 지붕에 올라가서 소의 울음소리를 내라고 했지만 아버지는 선뜻 따르지 않았다. 할아버지 형제분들이 다시 호통을 쳐서 아버지가 시키는 대로 하고 나서야 비로소 내가 태어났다고 한다.

우리 집안이 극히 빈한한데 나이 겨우 열일곱 살에 아이를 얻으니 어머님은 늘 내가 어서 죽었으면 좋겠다고 한탄하셨다고 한다. 어머니는 젖이 말라서 암죽을 끓여 먹이고 아버지는 나를 품속에 품고 다니시며 이웃집 산모에게 젖동냥을 하셨다. 먼 친척 할머니 되시는 핏개댁[稷浦宅]은 밤중이라도 싫은 내색 없이 내게 젖을 물리셨다고 한다. 내가 열 살 갓 넘어 그 어른이 돌아가셔서 텃골 동산에 묻혔는데, 나는 그 산소 앞을 지날 때마다 경의를 표하였다.

내가 천연두를 앓은 것이 서너 살 때인데 어머니가 예사 부스럼 다루듯 대나무침으로 따서 고름을 빼냈으므로 내 얼굴에 굵은 마마 자국이 많이 생긴 것이다.

내가 다섯 살 때 부모님은 나를 데리고 강령군康翎郡 삼가리三街里로 이사하셨다. 그곳은 뒤는 산이요, 앞은 바다였다. 종조부, 재종조부, 삼종조부 댁이 그리로 떠났기 때문에 우리 집도 따라간 것이다. 그곳에서 두 해를 살았는데 산 어귀 호랑이 길목에 우리 집이 있어서 호랑이가 사람을 물고 우리 집 문 앞으로 지나가므로 밤이면 한 걸음도 문 밖을 나가지 못하였다. 그러나 낮이면 부모님은 농사일이나 혹은 바다에 무엇을 잡으러 가시고 나는 그중 가까운 이웃 마을인 신풍新豊 이 생원李生員 댁에 가서 그 집 아이들과 놀다가 오는 것이 일과였다. 그 집 아이들 중에는 나와 동갑되는 아이도 있고 두세 살 위인 아이도 있었다.

하루는 그 집 사랑방에서 놀고 있는데 그 애들이 '이놈 해주놈 때려주자'고 공모하여, 나는 무지하게 한 차례 매를 맞았다. 나는 분해서 집으로 돌아와 부엌에서 큰 식칼을 가지고 다시 이 생원 댁으로 가서 기습으로 그놈들을 다 찔러 죽일 생각으로 울타리를 뜯고 있는 것을, 열여덟 살 된 그 집 딸이 보고 소리소리 질러 오라비들을 불렀기 때문에 나는 목적을 이루지 못하고 또 그놈들에게 붙들려 실컷 얻어맞고 칼만 빼앗기고 집으로 돌아왔다. 식칼을 잃은 죄로 부모님께 매를 맞을 것이 두려워서 어머니께서 식칼이 없다고 찾으실 때에도 나는 시치미를 떼고 있었다.

또 하루는 집에 혼자 있노라니까 엿장수가 문 앞으로 지나가면서,

"헌 유기나 부러진 수저로 엿들 사시오."

하고 외쳤다. 나는 엿은 먹고 싶으나 엿장수가 아이들의 자지를 잘라간다는 말을 어른들께 들은 일이 있으므로 방문을 꽉 닫아걸고 엿장수를 부른 뒤에, 아버지가 사용하시는 좋은 숟가락을 발로

밟고 분질러서 반은 방 안에 두고 반만 창구멍으로 내밀었다. 헌 숟가락이라야 엿을 주는 줄 알았기 때문이다. 엿장수는 내가 내미는 반으로 동강난 숟가락을 받고 엿을 한 주먹 뭉쳐서 창구멍으로 들이밀었다. 내가 동강난 숟가락을 옆에 놓고 한참 맛있게 엿을 먹고 있을 즈음에 아버지께서 돌아오셨다. 나는 사실대로 아뢰었더니, 다시 그런 일을 하면 경을 치겠다고 꾸중만 하시고 때리지는 않았다.

또 한 번은 아버지께서 엽전 스무 냥을 방 아랫목 이부자리 속에 두시는 것을 보았다. 아버지가 나가시고 나 혼자 심심하던 차에 동구 밖 거릿집에 가서 떡이나 사 먹으리라 하고 그 스무 냥 꾸러미를 온통 꺼내어 허리에 감고 문을 나섰다. 얼마를 가다가 마침 우리 집으로 오시는 삼종조부를 만났다.

"너 이 녀석, 돈 가지고 어디를 가느냐?"
하고 내 앞을 막아서신다.

"떡 사 먹으러 가요."
하고 천연덕스럽게 대답하였다.

"네 아비가 보면 이 녀석 매 맞는다. 어서 집으로 들어가거라."
하고 삼종조부는 돈을 빼앗아다가 아버지를 주셨다. 먹고 싶은 떡도 못 사먹고 마음이 자못 불만스러워 집에 와 있노라니, 뒤따라 아버지께서 돌아오셔서 아무 말씀도 없이 빨랫줄로 나를 꽁꽁 묶어서 들보 위에 매달고 회초리로 후려갈기시니 아파서 죽을 지경이었다. 어머니도 밭에서 돌아오기 전이라 말려줄 이도 없이 나는 매를 맞고 매달려 있었다.

　이때에 마침 장련 할아버지라는 재종조부께서 들어오셨다. 이 어른은 의술을 하는 이로서 나를 귀애하시던 이다. 내게는 참말 천행으로 이 어른이 우리 집 앞을 지나시다가 내가 악을 쓰고 우는 소리를 듣고 달려 들어오신 것이었다. 장련 할아버지는 아버지와 동갑이지만 아저씨의 위엄으로 불문곡직하고 들보에 매달린 나를 풀어 내려놓으신 뒤에야 아버지께 까닭을 물으셨다. 아버지가 내 죄를 고하시는 말씀을 다 듣지도 않으시고 장련 할아버지는 아버지께서 나를 치시던 회초리를 빼앗아서 아버지의 머리와 다리를 함부로 한참 동안이나 때리시고 나서야 비로소,

　"어린 것을 그렇게 무지하게 때리느냐?"

하고 책망하셨다. 아버지께서 매를 맞으시는 것이 퍽도 시원하고 고소하였다. 장련 할아버지는 나를 업고 들로 나가서 참외와 수박을 실컷 사 먹이고, 또 그 할아버지 댁으로 업고 가셨다. 장련 할아버지의 어머니 되시는 종증조모께서도 내가 아버지한테 매를 맞은 연유를 들으시고,

　"네 아비 밉다. 집에 가지 말고 우리 집에서 살자."

하고 아버지의 잘못을 누누이 책망하시고 밥과 반찬을 맛있게 해 주셨다. 나는 얼마큼 마음이 기쁘고 아버지가 장련 할아버지한테 맞던 것을 생각하니 상쾌하기 짝이 없었다. 이 모양으로 이 댁에서 여러 날을 묵고서 집으로 돌아왔다.

　한 번은 장맛비가 많이 와서 근처의 샘들이 넘쳐 여러 갈래 작

은 시내를 이루었다. 나는 붉은 염료와 푸른 염료를 통에서 꺼내다가 샘에 각각의 염료를 풀어놓고 붉은 시내와 푸른 시내가 한데 모여서 어우러지는 장관을 구경하며 좋아하다가 어머니께 몹시 매를 맞은 적도 있었다.

내가 일곱 살 되던 해(1882년)에 이르러서는 강령군 삼가리로 이주했던 일가들이 한 집 두 집 텃골 본향으로 돌아왔다. 우리 집도 이때 돌아왔는데 나는 아버지와 삼촌의 등에 업혀오던 것이 기억난다. 고향에서 부모님은 농사를 지으셨다. 아버지의 학식은 기성명記姓名(겨우 자기 이름이나 쓸 정도의 학식) 정도이지만 허우대가 좋고 성정이 호방하셨다. 술은 한량이 없으셔서 취하시면 양반 강씨, 이씨를 만나는 대로 막 때려, 해주 감영에 잡혀 갇히기를 한 해에도 몇 번씩 하셔서 문중에 소동을 일으키셨다.

인근 양반들은 아버지를 미워하면서도 어찌할 도리가 없는 모양이었다. 그때 시골 관습에 누가 사람을 때려서 상처를 내면 맞은 사람을 때린 사람의 집에 떠메다가 뉘고 그가 죽나 살아나는가를 기다리는 것이었다. 그래서 우리 집에는 한 달에도 몇 번씩 피투성이가 되어서 다 죽게 된 사람을 떠메다가 사랑에 뉘곤 하였다. 아버지가 이렇게 사람을 때리는 것은 비록 취중에 한 일이라 하더라도 순전히 불평에서 나온 것이었다. 아버지는 당신께 아무 상관도 없는 사람일지라도 양반이나 강한 자들이 약한 자를 능멸하는 것을 볼 때면 참지 못하시고 《수호지》에 나오는 영웅호걸들처럼 친하고 친하지 않음을 막론하고 때린 것이다. 이렇게 아버지가 불같은 성정이신 줄을 알므로, 인근 상놈들은 아버지를 경외하고 양반들은 무서워서 피하였다.

해마다 세밑이 되면 아버지는 닭, 달걀, 담배 등을 많이 장만하여 감영의 영리청, 사령청에 선사를 하였다. 그러면 그 답례로 책력이며 해주먹[海州墨] 같은 것이 왔다. 이것은 강씨, 이씨 같은 양반들이 감사나 판관에게 접근하는 것에 대응하는 수였다. 영리청이나 사령청에 친하게 하는 것을 계방契房이라고 하는데, 이렇게 미리 계방을 해두면 감사의 영문營門이나 본아本衙에 잡혀가서 영리청이나 옥에 갇히는 일이 있더라도 영리와 사령들이 사정을 봐주기 때문에 갇히는 것은 명색뿐이고 사실은 영리, 사령들과 같은 방에서 같은 밥을 먹고 편히 지낸다. 또 설사 태장, 곤장을 맞는 일이 있다 하더라도 사령들은 매우 치는 시늉만 하고, 맞는 편에서는 죽어가는 엄살만 하면 그만인 것이다. 그뿐만 아니라 만일 아버지께서 옥에서 나와 반대 소송을 제기하여 양반들을 구속시키는 날에는 제아무리 감사나 판관에게 뇌물을 써서 모면한다 하더라도 아버지 편인 호랑이나 전갈같이 무서운 사령, 영속營屬들에게 호되게 경을 치고 많은 재물을 허비하게 된다. 이렇게 망한 부자가 1년 동안에 10여 명이나 되었다는 말을 들었다.

아버지를 무서워하는 인근 양반들의 회유책이었는지 아버지는 도존위都尊位(면 단위 실무를 맡아보는 수석 존위)에 천거되셨다. 그러나 아버지는 도존위 공무를 집행할 때 양반들에게 잘 해주던 다른 도존위와는 반대로 양반에게 용서 없이 엄하고, 빈천한 사람들에게는 후하였다. 세금을 거둘 때도 빈천한 사람의 것은 당신이 부담하여 내줄망정 그들에게 가혹하게 하는 일은 없었다. 이 때문에 결국 3년이 못 되어서 아버지는 공금 유용으로 면직을 당하셨다. 이런 이유로 아버지는 인근에 사는 양반들의 꺼림과 미움을 받아서 그들의 아낙네와 아이들까지도 김순영이라는 이름만 들어도 치를 떨었다.

아버지의 어릴 적 별명은 효자였다. 그것은 할머니께서 돌아가실 때 아버지가 왼손 무명지를 칼로 잘라 할머니의 입에 피를 넣어드렸기 때문에 소생하셔서 사흘을 더 사셨다는 데서 생긴 것이다.

아버지 네 형제 중에 큰아버지[伯永]와 셋째 삼촌[弼永]은 별다른 능력이 없는 보통 농군이셨으나 넷째 삼촌[俊永]과 아버지는 특이한 편이셨다. 준영 삼촌은 국문을 배우는 데도 겨울 내내 '가' 자의 '기역' 자도 못 깨우치고 말았다. 그러나 술은 무량으로 드시고 또 주사가 대단해서 취하기만 하면 꼭 풍파를 일으키는데, 아버지는 양반에게만 주정을 하셨지만 준영 삼촌은 아무리 취하여도 양반에게는 감히 손을 못 대고 일가 사람에게만 덤비셨다. 그러다가 할아버지께 매를 얻어맞으시던 것을 나는 기억한다.

내가 아홉 살 때(1884년) 할아버지 장례식(안동 김씨 족보에 의하면 백범의 할아버지 김만묵은 1888년, 백범의 나이 13살 때 돌아가셨고 이때는 큰아버지가 돌아가심)이 있었는데, 그날 준영 삼촌이 술에 취해 장례일을 돌보는 호상인들을 모조리 두들겨 패고, 급기야는 인근 양반들이 큰 생색을 낸답시고 노복을 한 명씩 보내서 상여를 메고 가던 것까지 때려서 모두 쫓아버렸다. 그리하여 결국은 준영 삼촌을 결박하여 집에 가두어 놓고서야 장례를 모셨다. 장례를 지낸 뒤에 종증조부의 발의로 문중 회의를 열고 이러한 패류(悖類, 말이나 행실이 도리에 어긋나고 거칠며 염치없는 무리)는 그대로 둘 수가 없으니 단단히 징계해서 후환을 막아야 한다고 의논한 결과로 준영 삼촌을 앉은뱅이를 만들기로 작정하고 발뒤꿈치를 베었다. 홧김에 그러한 결정을 내렸지만 다행히 힘줄이 상하지는 않아서 병신이 되지는 않았다. 그러나 삼촌이 종증조부 댁 사랑에 누워 호랑이처럼 울부짖는 바람에 나는 무서워서 그 근처에도 못 갔다. 지금 생각해 보니 이러한 추태는 상놈의 본색이요 행위라고 하지 않을 수 없다. 그때 어머니는 내게 이런 말씀을 하셨다.

"너의 집에 허다한 풍파가 모두 술 때문이니 두고 보아서 네가 술을 먹는다면 나는 자살을 하여서 그 꼴을 안 보겠다."

나는 이 말씀을 깊이 새겨들었다.

이때쯤에 나는 국문을 배워서 이야기책은 읽을 줄 알았고 한문도 이 사람 저 사람에게 얻어 배워서 천자문은 떼었다. 그러나 내가 글공부를 하리라고 결심한 데는 한 동기가 있었다.

하루는 어른들께 이러한 말씀을 들었다. 몇 해 전 문중에 새로 혼인한 집이 있었는데, 그 집 할아버지가 서울 갔던 길에 사다가 두셨던 관을 밤에 내어 쓰고 새 사돈을 대하셨던 것이 양반들에게 발각되어서 관을 찢기고 다시는 관을 못 쓰게 되었다는 것이다.

나는 이 말을 듣고 그 사람들은 어찌해서 양반이 되고, 우리는 어찌해서 상놈이 되었는가를 물었다. 어른들이 대답하는 말은 이러하였다. 방아메 강씨도 그 조상은 우리 조상만 못 하였지만 현재 진사가 셋이나 있고, 자라소 이씨도 그러하다고. 나는 어떻게 하면 진사가 되느냐고 물었다. 진사나 대과나 다 글을 잘 공부하여 큰 선비가 되어서 과거에 급제하면 된다는 대답이었다.

이 말을 들은 뒤로 나는 부쩍 공부할 마음이 생겨서 아버지께 글방에 보내달라고 졸랐다. 그러나 아버지도 주저하지 않을 수 없으셨다. 우리 동네에는 서당이 없으니 이웃 동네 양반네 서당에 가는 도리밖에 없었다. 그런데 양반네 서당에서 나를 받아줄지도 알 수 없는 일이거니와, 또 거기 들어간다 하더라도 양반 자식들의 등쌀에 견뎌낼 것 같지 않았다. 그래서 얼른 결단을 내리지 못하다가 마침내 우리 동네 아이들과 이웃 동네 상놈의 아이들을 모아서 새로 서당을 하나 만들고 청수리 이 생원이라는 양반 한 분을 선생으로 모셔오기로 하였다. 이 생원의 지체는 양반이지만 글이 얕아서 양반 서당에서는 데려가는 데가 없기 때문에 우리 서당으로 오신 것이다.

이 선생님이 오신다는 날, 나는 머리를 빗고 새 옷을 갈아입고 아버지를 따라서 마중을 나갔다. 저 앞에서 나이가 쉰 남짓 되어 보이는 키가 후리후리한 노인 한 분이 오시는데 아버지께서 먼저 인사를 하시고 나서 날더러,

"창암昌巖아, 선생님께 절하여라."

하셨다. 나는 공손하게 절을 하고 나서 그 선생님을 우러러보니 신인神人이라 할지 하느님이라 할지 참으로 거룩해 보였다. 우선 우리 사랑을 글방으로 정하고 우리 집에서 선생님의 식사를 받들기로 하였다. 그때 내 나이가 열두 살(1887년)이었다.

개학하던 첫날 나는 '마상봉한식馬上逢寒食'이란 다섯 자를 배웠는데 뜻은 알든 모르든 기쁜 맛에 자꾸 읽었다. 밤에 어머니의 밀 매갈이(밀을 갈아 껍질을 벗기는 것)를 도와드리면서도 자꾸 외웠다. 새벽에도 일찍 일어나 선생님 방에 나가서 누구보다도 먼저 배워서 밥그릇 망태기를 메고 먼 데서 오는 동무들을 내가 가르쳐 주었다.

이렇게 우리 집에서 석 달을 지낸 뒤 인근 산동 신 존위 사랑으로 글방을 옮기게 되어서 나는 밥그릇 망태기를 메고 고개를 넘어서 다녔다. 집에서 서당까지, 서당에서 집까지 오가며 내 입에서는 글 읽는 소리가 끊어지는 일이 없었다. 글동무들 중에는 나보다 수준이 높은 자도 있었으나 배운 것을 외우는 시험에서는 언제나 내가 최우등이었다.

이러한 지 반 년 만에 선생과 신 존위 사이에 반목이 생겨서 결국 이 선생님을 내보내게 되었다. 신 존위가 말하는 표면적인 이유는 이 선생님이 밥을 너무나 많이 드신다는 것이었지만 사실은 그 아들이 둔재여서 공부를 못 하는데 비해 나의 공부가 일취월장日就月將하는 것을 시기함이었다. 한 번은 월강月講(한 달에 한 번 보는 시험)을 앞두고 선생님이 내게 조용히 부탁하신 일이 있었다.

내가 늘 우등을 하였으니 이번에는 일부러 못 외는 것처럼 선생님이 뜻을 물어도 모른 체하라는 것이었다. 나는 그리하오리다 약속하고 그대로 하였다. 그리하여 신 존위의 아들이 처음으로 장원을 하였다. 신 존위는 대단히 기뻐서 그날 닭을 잡고 술상을 차려 한턱을 잘 내었다. 그러나 번번이 신 존위의 아들을 장원시키지 못한 죄로 이 선생님을 물러나게 하였으니 참으로 상놈의 짓이라고 하지 않을 수 없다.

하루는 내가 아침밥을 먹기도 전에 선생님이 우리 집에 오셔서 작별 인사를 하셨다. 나는 정신이 아득하여서 선생님의 품에 매달려 소리 내어 울었다. 선생님도 눈물이 비 오듯 하였다. 나는 며칠 동안은 밥도 먹지 않고 울기만 하였다.

그 후에도 어떤 돌림 선생 한 분을 모셔다가 공부를 계속하게 되었으나 이번에는 아버지께서 갑자기 전신불수가 되셔서 자리에 누우셨기 때문에 나는 공부를 전폐하고 아버지의 심부름을 하지 않으면 안 되었다. 워낙 빈한한 살림에 의원과 약을 대야 하니 가산은 곧 탕진되었고, 네댓 달을 치료한 끝에 반신불수로 다소 호전되어서 한쪽 팔과 다리를 쓰시게 된 것만도 천행이라고 생각하였다.

그러나 아버지가 반신불수로는 살 수가 없으니 어떻게 해서라도 병은 고쳐야겠다고 하여 어머니는 아버지를 모시고 무전여행無錢旅行을 나서게 되셨다. 문전걸식을 하면서 고명한 의원을 찾아 남편의 병을 고치자는 것이었다. 집도 가마솥도 다 팔아버리고, 나는 큰어머니 댁에 맡겨진 몸이 되어서 사촌들과 송아지 고삐를 끌고 산과 들로 다니며 세월을 보내게 되었다.

부모님이 신천, 안악, 장련 등지로 떠도시는 동안에 아버지 병환이 신기하게도 차도가 있어서 못 쓰던 한쪽 팔다리를 좀 더 쓰시고 기력도 차차 회복되셨다. 그래서 공부하고 싶어 하는 나의 열성을 가상히 여기셔서 고향으로 돌아오게 되셨다. 고향에 돌아와 보니 의식주 어느 것 하나 의지할 데가 없었다. 친척들이 얼마씩 추렴하여 겨우 살 곳을 장만하고, 나도 또 서당에 다니게 되었다. 책은 남의 것을 빌려서 읽는다 하더라도 지필묵紙筆墨 값이 나올 데가 없었다. 어머니가 품을 팔아 김을 매고 길쌈하여 지필묵을 사주실 때에는 어찌나 고마운지 이루 말로 다 형용할 수 없었다.

그러나 내 나이 열네 살이 되고 보니 선생이라는 이가 모두 고루해서 내 마음에 차지 않았다. 어느 선생은 '벼 열 섬짜리' 어느 선생은 '닷 섬짜리' 등 수강료의 많고 적음으로 선생의 학력을 짐작하게 되었다. 그들이 다만 글만 부족할 뿐 아니라 그 마음씨나 일하는 것이 남의 스승이 될 자격이 보이지 않았다.

그때 아버지는 내게 이런 말씀을 하셨다. 밥 빌어먹기는 장타령이 제일이니 큰 글 하려고 애쓰지 말고 실용문이나 배우라는 것이었다. '우명문표사단右明文標事段'하는 땅문서 쓰기, '우근진소지단右謹陳訴旨段'하는 소장訴狀 쓰기, '유세차감소고우維歲次敢昭告于'하는 축문 쓰기, '복지제기자미유항려僕之第幾子未有伉儷'라는 혼서지 쓰기, '복미심차시伏未審此時'하는 편지 쓰기를 배우라

하시므로 나는 틈틈이 공부해서 무식한 우리 집안에서는 상당한 명성을 얻었다. 문중에서는 내가 장차 존위 하나는 하리라고 촉망하였으나 내 글은 이제 겨우 속문 정도에 지나지 않았다. 그러나 《통감通鑑》, 《사략史略》을 읽을 때 '왕후장상의 씨앗이 어찌 따로 있으리오.' 라던 진승陳勝의 말이나 '칼을 빼어서 뱀을 베었다.' 는 유방劉邦의 행동이나 '빨래하는 아낙네에게 밥을 빌어먹었다.' 는 한신韓信의 사적 등을 볼 때에는 나도 모르게 어깨가 들썩거렸다.

그러나 우리 가세로는 고명한 스승을 찾아갈 수가 없어서 아버지께서도 무척 걱정을 하시는 모양이었다. 그런데 마침 공부할 길이 하나 뚫렸다. 우리 동네에서 동북으로 10리쯤 되는 학골이라는 곳에 정문재鄭文哉라는 이가 글을 가르치고 계셨다. 그의 문벌은 우리 집과 마찬가지로 상놈이었으나 당시에 지방 굴지의 선비여서 그 문하에는 사방에서 선비들이 모여들었다. 더욱이 정 선생님이 내 큰어머니와 재종 남매간이므로 아버지께서 그에게 간청하여 수업료 없이 통학하며 배우는 허락을 얻으셨다. 이에 나는 날마다 밥그릇 망태기를 메고 험한 산길을 10리나 걸어서 기숙하는 학생들이 일어나기도 전에 도착하는 일이 많았다.

시를 짓는 데는 과문科文의 초보인 대고풍십팔구大古風十八句(운을 달지 않는 7언 18구로 우리나라 특유의 한시체)를 익혔고, 학과로는 한·당시漢·唐詩와 《대학大學》, 《통감通鑑》을 배웠으며, 글자 연습은 분판(기름에 갠 분을 발라 결은 널조각으로, 주로 아이들이 붓글씨를 익히는 데 씀)만을 사용하였다.

이때 임진년(1892년) 경과慶科를 해주에서 거행한다는 공포가
났으니 이것이 우리나라의 마지막 과거였다. 어느 날 정 선생님은
아버지께 나도 과거를 보게 했으면 좋겠다고 말씀하셨다. 그러려
면 과거 답안지로 사용하는 종이에 미리 연습을 해봐야 하기 때문
에 연습용 장지가 필요하다고 하셨다. 선생님의 말씀에 아버지는
기쁜 마음으로 장지 다섯 장을 구해 오셔서 나는 그 다섯 장 종이
가 까맣게 되도록 정성을 다해 연습하였다.

과거 날이 가까워오자 과거 비용을 마련하지 못했던 우리 부자
는 과거 중에 먹을 좁쌀을 등에 지고 선생님을 따라 해주로 갔다.
여관에 들 형편이 못 되므로 전부터 아버지께서 친하게 지내시던
계방 집에 거처를 정하였다. 드디어 과거 보는 날이 되었다. 선화
당 옆에 있는 관풍각觀風閣 주위에는 새끼줄을 둘러쳐 놓았다. 정
각에 과거장의 문을 연다는데 흰 베에 산동접山洞接, 석담접石潭接
등의 이름을 써서 장대 끝에 매단 주변으로 선비들이 자신의 접接
(글방 학생이나 과거에 응시하는 유생의 동아리)을 따라서 모여들었다.
선비들은 검은 베로 만든 유건儒巾(조선시대 유생들이 쓰던 실내용
두건의 하나)을 머리에 쓰고, 도포를 입고, 접기를 따라 꾸역꾸역
밀려들어 좋은 자리를 먼저 잡으려고 힘 있는 자를 앞세워 들어가
는 대혼잡의 광경도 볼 만하였다. 원래 과거장에는 노소老少도 없
고 귀천貴賤도 없이 무질서한 것이 내려오는 풍습이라 한다.

또 기관인 것은 늙은 선비들이 걸과乞科(과거에 급제를 시켜 달라
고 애걸하는 것)하는 모습이었다. 둘러친 새끼 그물 구멍으로 목을

쑥 들이밀고 이렇게 외치는 것이다.

"소생의 성명은 아무개이옵는데, 먼 시골에 살면서 과거 때마다 참석하여 금년이 일흔 몇 살이올시다. 요다음은 다시 과거에 참석하지 못하겠사오니 이번에 초시라도 한 번 합격이 되면 죽어도 한이 없겠습니다."

이 모양으로 혹은 큰 소리로 부르짖고, 혹은 목을 놓아 우니 한편으로 비루하기도 하고 또 한편으론 가엾고 불쌍하기도 하였다.

본접本接에 와서 보니 선생과 접장들이 글을 짓는 자는 글만 짓고 글씨를 쓰는 자는 쓰기만 하였다. 나는 선생님께 늙은 선비들의 결과하는 모습을 말씀드린 후 이번에는 아버지의 이름으로 과거 답안지를 작성해 주면 좋겠다고 말씀드리자 선생님께서 내 말에 감동하여 흔쾌히 수락하셨다. 이런 대화를 들은 어떤 접장 한 분이 답안지의 글씨는 당신이 써주시겠다고 거드셨다. 나보다는 글씨가 낫기 때문이었다. 제 글과 제 글씨로 과거를 보지 못하는 것이 유감이었으나 차작借作으로라도 아버지가 급제를 하셨으면 좋을 것 같았다.

차작으로 말하면 누구나 차작 아닌 것이 없었다. 세력 있고 재산 있는 사람들은 다들 글 잘하는 사람에게 글을 빌리고 글씨 잘 쓰는 사람에게 글씨를 빌려서 과거를 보았다. 그러나 이것은 그나마 좋은 편이었다. 글은 어찌 되었든지 서울 권문세가權門勢家의 청탁 편지 한 장이나 시관試官(조선시대에 과거 시험에 관계되는 시험관을 통틀어 이르던 말)의 수청 기생에게 주는 명주 한 필이 진사

급제가 되기에는 글 잘하는 큰 선비의 글보다도 빨랐다. 물론 우리 글 따위는 통인의 집 식지食紙(밥상과 음식을 덮는데 쓰는 기름종이)감이나 되었을 것이요, 시관의 눈에도 띄지 않았을 것이다. 진사 급제는 미리 정해 놓고 과거는 나중에 보는 것이었다.

이번 과거에 나는 크게 실망하였다. 아무리 글공부를 했다 하더라도 그것으로 급제하여 양반이 되기는 그른 세상인 줄을 깨달았다. 모처럼 글을 잘해서 세도 있는 자제들의 대서인이나 되는 것이 그중 제일일 것이었다.

나는 집에 돌아와서 과거에 실망한 뜻을 아뢰었더니 아버지도 내가 바로 깨달았다고 옳게 여기시고 이렇게 말씀하셨다.

"너 그러면 풍수風水나 관상觀相 공부를 하여 보아라. 풍수를 잘 배우면 명당을 얻어서 조상님네 산소를 잘 써서 자손이 복록을 누릴 것이요, 관상에 능하면 사람을 잘 알아보아서 성인군자를 만날 수 있는 것이다."

나는 이 말씀이 이치에 맞다고 여겨서 아버지께 청하여 《마의상서麻衣相書》(도가계의 대표적인 관상학 경전)를 빌려다가 독방에서 석 달 동안 꼼짝 않고 공부하였다. 관상을 공부하는 방법은 먼저 거울을 앞에 놓고 내 얼굴을 보면서 여러 부분의 이름과 개념을 익힌 다음 내 상의 길흉을 연구하는 것이었다. 아무리 내 얼굴을 관찰해 보아도 귀격貴格이나 부격富格과 같은 좋은 상은 없고 천격賤格, 빈격貧格, 흉격凶格뿐이었다. 전자에 과거장에서 실망하였던 것을 관상서를 공부하며 회복하려 하였는데, 제 관상을 보니 그보다도 더욱 낙심이 되었다. 짐승 모양으로 그저 살기 위해서 살다가 죽는다면 모를까, 세상에 살아 있을 마음이 조금도 없었다.

이렇게 절망에 빠진 나에게 오직 한 가지 희망을 주는 것은《마의상서》중에 있는 이 구절이었다.

얼굴 좋은 것이 몸 좋은 것만 못 하고[相好不如身好
몸 좋은 것이 마음 좋은 것만 못 하다.[身好不如心好

이것을 보고 나는 마음 좋은 사람이 되기로 굳게 결심하였다. 그러나 마음이 좋지 못하던 사람이 마음 좋은 사람으로 되는 법이 무엇인가. 이 물음에 대해서《마의상서》는 아무 대답도 주지 못하였다. 그래서 상서는 덮어버리고 지리에 관한 책[地家書]을 좀 보았으나 거기도 취미를 얻지 못하고, 이번에는 병서를 읽기 시작하였다.《손무자孫武子》,《오기자吳起子》,《삼략三略》,《육도六韜》등을 읽어보았다. 이해하지 못하는 것도 많았으나, 장수가 될 훌륭한 자질을 말한 곳에,

태산이 무너져도 마음이 흔들리지 않고[泰山覆於前 心不妄動
병사들과 더불어 고락을 같이하며[與士卒 同甘苦]
나아가고 물러섬을 호랑이와 같이하며[進退如虎]
적을 알고 나를 알면 백 번 싸워도 지지 아니하리라.[知彼知己 百戰不敗

이 구절이 내 마음을 끌었다. 이때 내 나이가 열일곱 살. 나는 일가 아이들을 모아서 훈장질을 하면서 잘 알지도 못하는 병서를 읽고 1년의 세월을 보냈다.

그 즈음 사방에는 괴이한 이야기들이 떠돌았다. 어디서는 진인眞人이 나타나서 바다를 달리는 기선汽船을 못 가게 딱 잡아놓고 세금을 받고서야 놓아주었다고 하고, 또 머지않아 계룡산에 정도령이 도읍을 정할 터이니 바른 목에 가서 살아야 새 나라에 양반이 된다 하여 세간을 팔아가지고 아무개는 계룡산으로 이사를 하였다는 등의 소리였다.

그런데 우리 동네에서 남쪽으로 20리쯤 가서 갯골이란 곳에 사는 오응선吳膺善과 그 이웃 동네에 사는 최유현崔琉鉉이라는 사람이 충청도 최도명崔道明이라는 동학東學 선생에게서 도를 받아 가지고 공부를 하고 있는데, 방에 들고 날 때 문을 열지 않으며, 문득 있다가 문득 없어지고, 능히 공중으로도 걸어 다니므로 하룻밤 동안에 충청도 최도명 선생한테 다녀온다고 하였다. 나는 동학이라는 것에 호기심이 생겨서 이 사람들을 찾아보기로 결심하였다.

나는 남에게 들은 말대로 누린 것, 비린 것을 끊고 목욕하고 새 옷을 입고 나섰다. 이렇게 해야 받아준다는 것이었다. 내 행색으로 말하면 머리는 빗어서 땋아 늘이고 옥색 도포에 녹색 띠를 매었다. 때는 내가 열여덟 살 되던 정초였다.

갯골 오씨 댁 문전에 다다르니 안에서 무슨 글을 읽는 소리가 들리는데 그것은 보통 경전이나 시를 외우는 소리와는 달라서 마치 노래를 합창하는 것과 같았다. 공경하는 자세로 문에 나아가 주인을 찾았더니 통천관通天冠을 쓴 말쑥한 젊은 청년 한 사람이 나와서 나를 맞는다. 내가 공손히 절을 하니 그도 공손히 맞절을 하기에 나는 황공해서 내 성명과 문벌을 말하고 내가 비록 성관成冠을 하였더라도 양반댁 서방님인 주인의 맞절을 받을 수 없거늘, 하물며 편발(관례를 하기 전에 머리를 길게 땋아 늘인 머리) 아이에게 이런 대우가 과도하다는 것을 말하였다.

그랬더니 선비는 감동하는 빛을 보이면서, 자신은 동학 도인이라 선생의 훈계를 지켜 빈부귀천에 차별이 없고 누구나 평등으로 대접하는 것이니 미안해할 것 없다고 말하고 내가 찾아온 뜻을 물었다. 나는 이 말만 들어도 별세계에 온 것 같았다. 내가 도를 들으러 온 뜻을 고하니 그는 쾌히 동학의 내력과 도리의 요령을 설명하였다.

이 도는 용담龍潭 최수운崔水雲 선생께서 천명하였으나 그 어른은 이미 순교하셨고 지금은 그 조카 해월海月 최시형 선생이 대도주大道主가 되어 포교 중이며, 이 도의 종지宗旨로 말하면 말세의 사악한 인간들로 하여금 개과천선하여 새 백성이 되어 장래에 진주眞主(하늘의 뜻을 받아 어지러운 세상을 평정하고 통일하는 임금)를 모시고 계룡산에 새 나라를 세우는 것이라고 말하였다.

설명을 들은 나는 마음이 매우 기뻤다. 관상 공부를 통해서 상호가 나쁜 것을 깨닫고 마음 좋은 사람이 되기로 맹세한 나에게는 하늘님을 몸에 모시고 하늘도를 행하는 것이 가장 마음에 와 닿았다. 또한 상놈 된 한이 골수에 사무친 나로서는 동학의 평등주의가 더할 수 없이 고마웠고, 또 이씨 조선의 운수가 다하였으니 새 나라를 세운다는 말도 해주의 과거에서 본 바와 같이 정치의 부패함에 실망한 나에게는 적절하게 들리지 않을 수 없었다.

나는 입도할 마음이 불같이 일어나서 입도 절차를 물으니 쌀 한 말, 백지 세 권, 황초 한 쌍을 가져오면 입도식을 행해 준다고 하였다. 《동경대전東經大全》,《팔편가사八編歌詞》,《궁을가弓乙歌》등 동학의 서적을 열람하고 집으로 돌아왔다. 아버지께 오씨에게 들은 말을 여쭙고 입도할 의사를 말씀드렸더니 아버지께서는 곧 허락하시고 입도식에 쓸 예물을 준비해 주셨다. 이렇게 해서 내가 동학에 입도한 것이다.

동학에 입도한 나는 열심히 공부를 하는 동시에 포덕(전도)에 힘을 썼다. 아버지께서도 입도하셨다. 이때의 형편으로 말하면 양반은 동학에 오는 이가 적고 나와 같은 상놈들이 많이 모여들었다. 내가 입도한 지 불과 몇 개월 만에 나의 연비連臂(포덕하여 얻은 신자)가 수백 명에 달하였다. 이렇게 하여 내 이름이 널리 소문이 나서 도를 물으러 찾아오는 이도 있고, 나에 대한 근거 없는 말을 전파하는 사람도 있었다.

"그대가 동학을 하여 보니 무슨 조화가 나던가?"

라는 것이 가장 흔히 내게 와서 묻는 말이었다. 사람들은 도를 구하지 않고 요술과 같은 조화를 구하는 것이었다. 그런 질문을 받을 때에 나는 이렇게 대답하였다.

"악을 짓지 말고 선을 행하는 것이 이 도의 조화이니라."

이것이 나의 솔직하고 정당한 대답이건만 듣는 이는 내가 조화를 감추고 자기네에게 보여주지 않는 것이라고 생각하는 모양이었다. 김창수金昌洙(1893년 동학에 입도하면서 창암昌岩이라는 아명兒名을 버리고 이 이름으로 개명함)는 한 길이나 공중에 떠서 걸어다니는 것을 보았노라고 말하는 사람도 있었다. 나의 도력에 대한 근거 없는 소문은 황해도 일대뿐만 아니라 멀리 평안남북도에까지 퍼져 연비가 무려 수천에 달하였다. 당시 황해도·평안도의 동학당 중에서 나이가 어린 사람으로서 가장 많은 연비를 가졌다 하여 나를 '아기 접주'라고 별명 지었다. 접주接主는 한 접의 우두머리란 말로 위에서 내리는 직함이다.

이듬해 갑오년(1894년) 가을에 해월 대도주로부터 오응선, 최유현 등에게 각기 연비 명단을 보고하라는 경통敬通(동학교도들에게 내리는 통문)이 왔으므로 황해도 내에서 직접 대도주를 찾아갈 인망 높은 도유道儒(동학교도들의 통칭) 15명을 선발하는데 나도 뽑혔다. 땋은 머리로 여행하기는 불편하다고 하여 관을 쓰고 출발하였다. 연비들이 내 노자를 모아주고 또 도주님께 올릴 예물로 해주 향먹도 특제로 맞추어 가지고 육로와 수로를 통해 충청도 보은군 장안長安이라는 해월 선생 계신 동네에 다다랐다. 동네에 쑥 들어서니 이 집에서도 저 집에서도,

"지기금지원위대강至氣今至願爲大降!"(지극한 기운과 원을 내려주

소서!)

"시천주조화정侍天主造化定 영세불망만사지永世不忘萬事知."(하늘님을 모시면 조화의 경지가 이루어지고, 영원히 잊히지 않고 만물의 이치를 알 수 있다.)

등 주문 외는 소리가 들렸다. 또 한쪽에서는 해월 대도주를 찾아서 오는 무리, 다른 한쪽으로는 뵙고 가는 무리가 끊이지 않아 집이란 집은 사람으로 가득하였다.

접대인에게 우리 일행 15명의 명단을 주어 대도주께 우리가 온 것을 통지하였더니, 한 시간이나 지나서 황해도에서 온 도인들을 부른다는 통지를 받았다. 우리 일행 15명은 인도자를 따라서 해월 선생의 처소에 이르러 선생 앞에 한꺼번에 절을 드리니 선생은 앉으신 채로 상체를 굽히고 두 손을 방바닥에 짚어 답배를 하시고 먼 길 오느라 수고가 많았다며 간단히 위로의 말씀을 하셨다. 우리는 가지고 온 예물과 15명이 각각 만든 도인의 명부를 선생 앞에 드리니, 선생은 문서 책임자에게 명부를 처리하라고 명하셨다.

우리가 천 리 길도 멀다 하지 않고 보은에 간 뜻은 선생이 무슨 신통한 조화주머니나 주지 않을까 하는 기대와 선생의 선풍도골 仙風道骨을 뵙고자 하는 마음이 간절하였기 때문이다. 선생은 나이가 예순 가까이 되어 보이는데 구레나룻이 보기 좋게 났으며 약간 검게 보이고 얼굴은 여위었으나 맑은 맵시다. 크고 검은 갓을 쓰시고 동저고릿바람(의관을 갖추지 않은 차림새)으로 일을 보고 계셨다. 방문 앞에 놓인 무쇠 화로의 약탕관에서는 김이 나며 끓고 있었는데 독삼탕(맹물에 인삼 한 가지만 넣고 끓이는 탕약) 달이는 냄새가 났다. 선생이 잡수시는 것이라고 했다.

방 안팎에는 여러 제자들이 옹위하고 있었는데 그중 가장 측근에서 모시는 이는 손응구孫應九, 김연국金演局, 박인호朴寅浩 같은 이들이었다. 김연국은 나이가 사십은 되어 보이는 순박한 농부 같았고, 손응구는 장차 해월 선생의 후계자로 대도주가 될 의암義菴 손병희孫秉熙인데 유식해 보이는 젊은 청년으로 '천을천수天乙天水'라고 쓴 부적을 보건대 글씨 재주도 있는 모양이었다. 이 두 사람은 다 해월 선생의 사위라고 들었다.

우리 일행이 해월 선생 앞에 있을 때에 보고가 들어왔다. 전라도 고부에서 전봉준全琫準이 벌써 군사를 일으켰다는 것과 어떤 고을 군수가 도유의 전 가족을 잡아 가두고 가산을 강탈하였다는 것이었다. 이 보고를 들으신 선생은 진노하는 낯빛을 띠고 순 경상도 사투리로,

"호랑이가 몰려 들어오면 가만히 앉아 죽을까! 참나무 몽둥이라도 들고 나서서 싸우자!"

하시니 선생의 말씀이 곧 '동원령'이었다. 각지에서 와서 대령하던 대접주大接主들이 물끓듯이 물러 나가기 시작하였다. 각각 제 지방에서 군사를 일으켜 싸우자는 것이었다. 우리 황해도에서 온 일행도 각각 접주라는 첩지를 받았는데, 첩지 원형에 전자篆字로 새긴 '해월인海月人'이 찍혀 있었다.

선생께 하직하는 절을 하고 물러나와 잠시 속리산을 구경하고

고향으로 돌아오는 길이었다. 벌써 곳곳에 사람들이 떼를 지어 모이고 평복에 칼 찬 사람을 가끔 만나게 되었다. 광혜원廣惠院 시장 거리에 오니 만 명이나 됨직한 동학군이 진을 치고 행인을 검사하고 있었다. 가관인 것은 평소에 동학당을 학대하던 양반들을 잡아다가 길가에 앉혀놓고 짚신을 삼게 하는 것이었다. 우리 일행은 증거를 보이고 무사히 통과하였다. 부근 촌락에서 밥을 짐으로 지어서 도소都所(그 지역의 사령부)로 보내는데 그 수가 헤아릴 수 없을 정도로 많았다. 논에서 벼를 베던 농민들이 동학군이 물밀듯 모여드는 것을 보고 낫을 버리고 달아나는 것도 보았고, 서울에 이르러서는 경군(서울 군사)이 삼남지방을 향해서 행군하는 것도 보았다.

해주에 돌아왔을 때는 9월이었다. 황해도 동학당들도 들썩들썩하고 있었다. 첫째로는 양반과 관리의 압박으로 도인들의 생활이 불안하였고 둘째로는 삼남(충청도, 전라도, 경상도)으로부터 향응하라는 경통이 빗발쳤다. 그래서 15접주를 위시하여 여러 두목들이 회의한 결과 거사하기로 작성하고, 제1회 총소집의 위치를 해주 죽천장竹川場으로 정해 각처 도인에게 경통을 보냈다. 나는 팔봉산 아래에 산다고 해서 접 이름을 팔봉이라고 짓고 푸른 비단에 '팔봉도소八峰都所'라고 크게 쓴 기를 만들고, 표어로는 '척양척왜斥洋斥倭' 넉 자를 써서 높이 달았다. 그러고는 거사하면 서울서 토벌하러 경군京軍과 왜병이 와서 접전이 될 터이니, 동학 연비 중에서 총기를 가진 이를 모아서 군대를 편성하기로 하였다. 나는 본래 산골 출신인데다 또 상놈인 까닭에 산포수 연비가 많아서, 다 모아보니 총을 가진 군사가 700명이나 되어 무력으로는 누구의 접보다도 나았다. 인근 부호의 집에 간직하였던 약간의 호신용 무기도 모아들였다.

최고회의에서 작정한 전략으로는 우선 황해도의 수부首府인 해주성을 빼앗아 탐관오리와 왜놈을 다 잡아 죽이기로 결정하고, 팔봉 접주 김창수를 선봉장으로 임명하였다. 이것은 내가 평소 병서에 소양이 있고 또 내 부대에 산포수가 많기 때문이겠지만, 그 이면에는 자기네가 앞장서서 총알받이가 되기 싫은 이유도 있었다. 그러나 나는 쾌히 선봉장이 되기를 허락하였다. 즉시 출동하여 다른 부대에게 따라오라 하고 나는 '선봉先鋒'이라고 쓴 사령기를 들고 선두에서 말을 타고 해주성을 향해 전진하였다. 해주성 서문 밖 선녀산에 진을 치고 총공격령이 내리기를 기다리며 대기하고 있었다. 이윽고 총사령부에서 총공격령을 내리고 작전 계획은 선봉장인 나에게 일임한다는 명령이 내려졌다. 나는 다음과 같은 계획을 세워서 총사령부에 제시하였다.

'지금 성내에 아직 경군은 도착하지 않았고 오합지졸인 수성군守城軍 200여 명과 왜병 7명이 있을 뿐이니, 선발대로 하여금 먼저 남문을 공격하여 수성군의 힘을 그리로 끌게 한 후에 내가 지휘하는 선봉부대는 서문을 공격하여 함락할 것이다. 총사령부에서는 형세를 보아서 허약한 편을 도우라.'

총사령부에서는 내 계획을 받아들여 한 부대를 남문으로 향하여 행진케 하였다. 이때 몇 명의 왜병이 성 위에 올라 대여섯 방이나 시험 사격을 하는 바람에 남문으로 향하던 선발대는 도망하기 시작하였다. 왜병은 이것을 보고 돌아와서 달아나는 무리에게 총을 연발하였다. 나는 이에 전군을 지휘하여 서문을 향해 맹렬한 공격을 개시하였는데, 돌연 총사령부에서 퇴각 명령이 내려졌다. 우리 선봉대가 퇴각을 위해 머리도 돌리기 전에 사령부 군사들은 산으로 들로 달아나는 것이 보였다. 한 군사를 붙들고 퇴각하는 까닭을 물으니 남문 밖에 도유 서너 명이 총에 맞아 죽었기 때문이라고 한다.

이렇게 되니 선봉대만 머물 수도 없어서 비교적 질서 있게 퇴각하여 해주에서 서쪽으로 80리 되는 회학동回鶴洞 곽 감역郭監役 댁에 집결하기로 하였다. 무장한 군사는 흩어지지 않고 거의 전부 모여 있는 것이 대견하였다.

나는 이번의 실패에 분개하여서 잘 훈련된 군대를 만들기 위해 힘을 다하기로 하였다. 동학 도유 여부를 가리지 않고 각 지방에 장교의 경험이 있는 자를 정중히 초빙하여 군사를 훈련하는 교관을 삼았다. 총 쏘기는 말할 것도 없고 행군하는 법과 체조 등 온갖 훈련을 다하였다. 좋은 군대를 만드는 것이 싸움에 이기는 비결이라고 믿은 것이다. 하루는 어떤 사람 둘이 내게 면회를 청하였다. 그들은 구월산 밑에 사는 정덕현鄭德鉉, 우종서禹鍾瑞라는 사람이었다. 찾아온 까닭을 물었더니 그 대답이 놀라웠다. 동학군이란

한 놈도 쓸 것이 없는데 들리는 바에 따르면 내가 좀 낫다는 말을 듣고 한 번 보러 왔다는 것이다. 옆에 있던 내 연비들이 두 사람의 말이 심히 무례하다며 분개하였다. 나는 도리어 연비들을 책망하여 밖으로 내보내고 이상한 손님과 셋이서 마주 앉았다.

나는 공손히 두 사람을 향하여 '선생'이라 존칭하고 이처럼 찾아오신 것은 나에게 좋은 계책을 가르쳐주기 위함이 아니냐고 물었다. 그랬더니 정씨가 더욱 교만한 태도로 말하기를 설령 계책을 말해도 알아듣기나 할는지, 실행할 자격이 있는지 의문이라고 비웃은 뒤에 더욱 호기 있는 목소리로, 요새 동학군 접주라는 자들은 어쭙잖게 호기가 충천하여 선비를 초개草芥(쓸모없고 하찮은 것을 비유적으로 이르는 말)와 같이 보니 당신도 그런 사람이 아니냐고 나를 노려보았다. 나는 더욱 공손한 태도로,

"이 접주는 다른 접주와는 다르다는 것을 선생께서 한 번 가르쳐보신 뒤에야 알 것이 아닙니까?"

하였다. 그들은 둘 다 나보다 열 살은 연상일 것 같았다.

그제야 정씨가 흔쾌히 내 손을 잡으며 계책을 말하였다. 그것은 이러하였다.

1. 군기를 정숙히 하되 병졸들이 서로 절하거나 경어 쓰는 것을 폐지할 것.
2. 인심을 얻을 것이니, 동학군이 총을 가지고 민가로 다니며 곡식이나 돈을 빼앗는 강도적 행위를 엄금할 것.

3. 현자를 초빙하는 글을 돌려 경륜 있는 인사를 널리 모을 것.

4. 전군全軍을 구월산에 모아 훈련을 실시할 것.

5. 제령, 신천 두 고을에 왜놈이 사서 쌓아둔 쌀 수천 석을 몰수하여 구월산 패엽사貝葉寺로 옮겨 군량으로 쓸 것.

나는 곧 이 계획을 실시하기로 하고 즉시 전군을 소집하여 정씨를 모주謀主, 우씨를 종사從事라 선언하고 두 사람에게 최고의 예를 표시하게 했다. 그러고는 구월산으로 진을 옮길 준비를 하던 어느 날 밤 신천 청계동의 안 진사로부터 밀사密使가 왔다. 안 진사의 이름은 태훈泰勳이니 그는 글 잘하고 글씨 잘 쓰기로 명성이 자자하고, 또 지략도 있어 당시 조정의 대관들까지도 그를 크게 대우하였다. 그의 맏아들 중근重根은 나중에 이등박문伊藤博文을 죽인 안중근이다. 그런데 동학당이 궐기하는 것을 보고 안 진사는 이를 토벌하기 위하여 동생과 아들로 병사를 담당하게 하고 산포수 300여 명을 모집하여 청계동 자택에 의려소義旅所를 세우고, 서울 모某 대신의 원조와 황해 감사의 지도 아래 벌써 신천 지역의 동학당 토벌에 좋은 성적을 거두어서 동학의 각 접이 다 이를 두려워하고 경계하던 터였다.

나는 정 모주로 하여금 이 밀사를 만나게 하였다. 그의 보고에 의하면, 나의 본진이 있는 회학동과 안 진사의 청계동이 불과 20리 거리이니 만일 내가 무모하게 청계동을 치려다가 패하면 내 생명과 명성을 보장하기 어렵고, 그러하면 좋은 인재 하나 잃어버리게 될 것인즉 안 진사가 나를 위하는 호의로 이 밀사를 보냈다는 것이었다. 이에 곧 나는 참모회의를 열어서 의논한 결과 '저편에서 나를 치지 않으면 나도 저편을 치지 않는다.' '피차에 어려운 지경에 빠질 경우에는 서로 돕는다.'는 밀약이 성립되었다.

예정대로 나의 군사는 구월산으로 집결하였다. 신천에 왜놈들이 비치한 쌀 천여 석을 몰수하여 패엽사로 옮겨왔다. 백미 한 섬을 패엽사까지 운반하는 자에게 백미 세 말[三斗]을 준다고 하였더니 당일로 다 옮겨졌다. 날마다 군사훈련도 힘써 행하였다. 또 인근 각동에 훈령을 보내어 동학당이라고 자칭하고 민간에 행패하는 자를 적발하여 엄벌하였더니 며칠이 지나지 않아 질서가 회복되고 백성이 안도하였다. 그리고 현자를 초빙하는 글을 발포하고 널리 인재도 수탐搜探하여 송종호宋宗鎬, 허곤許坤 같은 유식한 사람을 얻었다. 또한 패엽사에는 하은당荷隱堂이라는 도승이 있어서 수백 명 남녀 승도를 거느리고 있었는데 나는 가끔 그의 법설法說을 들었다.

이러는 동안에 경군과 왜병이 해주를 점령하고 옹진, 강령 등지를 평정하고 학령을 넘어온다는 기별이 들렸다. 그들의 목표가 구월산일 것은 상상하기 어렵지 않았다. 그러나 화근은 경군이나 왜병에 있는 것이 아니라 나와 같은 동학당인 이동엽李東燁의 군사에 있었다. 이동엽은 구월산 부근 일대에 가장 큰 세력을 잡은 접주로서 그의 부하는 나의 본진 가까이까지 침입하여 노략질을 함부로 하였다. 우리 군에서는 사정없이 그들을 체포하여 처벌하였기 때문에 피차간에 반목이 깊어진 데다가, 우리 군사들 중에 군율에 의한 형벌을 받고 앙심을 품은 자와 노략질을 마음대로 하고 싶은 자들이 이동엽의 군대로 달아나는 일이 날로 늘었다. 이리하여 이동엽의 세력은 날로 커지고 내 세력은 날로 줄었다. 이에 최고회의를 열어 의논한 결과 나는 동학 접주인 칭호를 버리기로 하고 군대를 허곤에게 맡기기로 하였다. 이는 나의 병권兵權을 빼앗으려 함이 아니요, 나를 살려내고자 하는 계책이었다. 이에 허곤은 송종호의 편지를 가지고 평양에 있는 장호민張好民에게 가게 하였으니, 이것은 황주 병사의 양해를 얻어서 일을 정치적으로 해결하려 함이었다.

이때 내 나이 열아홉 살, 갑오년(甲午年, 1894년) 섣달이었다. 나는 몸에 열이 나고 두통이 심해서 자리에 눕게 되었다. 하은당 대사는 나를 그의 사처인 조실에 혼자 있게 하고 몸소 병구완을 하였다. 며칠 후에 내 병이 홍역인 것이 판명되어서 하은당은,

"홍역도 못한 대장이로군."

하고 웃었다. 그러고는 홍역을 다스린 경험이 있는 늙은 여승 한 분으로 하여금 내 간호를 맡게 하였다.

이렇게 병석에 누워 있는데 하루는 이동엽이 전군을 이끌고 패엽사로 쳐들어온다는 급보가 있자마자, 어지러이 총소리가 나며 순식간에 절 경내에는 양군의 육박전이 벌어졌다. 그러나 원래 시기가 바닥으로 떨어진 데다가 장수를 잃은 나의 군사들은 불의의 습격을 받아서 여지없이 패하고 나의 본진은 적에게 제압되고

말았다. 나의 군사들은 보기도 흉하게 도망하여 흩어지는 모양이
었다.

이윽고 이동엽의 호령이 들렸다.

"김 접주에게 손을 대는 자는 사형에 처한다. 영장 이용선만 잡
아 죽여라."

이 말을 듣고 나는 이불을 차고 마루 끝에 뛰어 나서서,

"이용선은 내 명령을 받아서 행동한 사람이니 만일 이용선이 죽
을죄를 지었거든 나를 죽여라."
하고 외쳤다. 그러나 이동엽이 부하에게 명하여 나를 움직이지 못
하게 붙잡고 이용선만 끌고 나가더니, 이윽고 동구洞口에서 총소
리가 들리고 이동엽의 부하는 다 물러가고 말았다.

이용선이 죽었다는 말을 듣고 나는 동구로 달려 내려갔다. 과연
그는 총에 맞아 쓰러졌고 그의 옷에서는 아직도 불이 붙어 타고
있었다. 나는 그의 머리를 안고 통곡하다가 내 저고리를 벗어 그
머리를 싸주었다. 그 저고리는 내가 동학 접주로 남의 윗사람이
되었다 하여 어머니께서 지어 보내신 평생에 처음 입어보는 명주
저고리였다. 동네 사람들은 눈 위에서 내가 벌거벗은 몸으로 통곡
하고 있는 것을 보고 의복을 가져다가 입혀주었다. 나는 동네 사
람들을 지휘하여 이용선을 정성껏 묻어주게 했다.

이용선은 함경도 정평 사람으로, 장사하러 황해도에 와서 살던
사람이다. 총사냥을 잘하고, 비록 무식하나 사람을 거느리는 재주
가 있어서 내가 그를 화포영장火砲領將으로 삼았던 것이다.

이용선을 매장한 나는 패엽사로 돌아가지 않고 부산동 정덕현鄭
德鉉 집으로 갔다. 내게서 그동안 지낸 일을 들은 정씨는 태연한
태도로,

"이제 형은 할 일을 다했으니 나와 함께 평안히 유람이나 떠납
시다."

하고 내가 이용선의 원수 갚을 말까지도 눌러버리고 말았다. 이동
엽이 패엽사를 친 것은 제 손으로 저를 친 것과 마찬가지다. 경군
과 왜병이 이동엽 치기를 재촉한 것이라고 하던 정씨의 말이 그대
로 맞아서 정씨와 내가 몽금포 근처에 숨어 있는 동안에 이동엽은
잡혀가서 사형을 당했다. 구월산의 내 군사와 이동엽의 군사가 소
탕되니 황해도의 동학당은 전멸이 된 셈이었다.

몽금포 근동에 석 달을 숨어 있다가 나는 정씨와 동행하여 텃골
부모님을 찾아뵙고, 정씨의 의견을 좇아 청계동 안 진사를 찾아
몸을 의탁하기로 하였다. 패군의 장수인 내가 일찍이 적군이던 안
진사 밑에 들어가 포로 신세가 되는 것을 불쾌하게 생각하였으나,
정씨는 안 진사의 됨됨이가 훌륭하며 심히 인재를 사랑한다는 말
과, 전에 안 진사가 밀사를 보낸 것도 이런 경우를 당하면 자기에
게 오라는 뜻이라고 역설하므로 나는 그 말대로 한 것이었다.

텃골 본향에서 부모님을 뵌 이튿날, 정씨와 나는 곧 천봉산千峰
山을 넘어 청계동에 다다랐다. 청계동은 사면이 험준하고 수려한
산으로 에워싸여 있고, 동네에는 띄엄띄엄 40~50호의 인가가 있

으며, 동구 앞으로 한 줄기 개울이 흐르고 그곳 바위 위에는 '청계동천淸溪洞天'이라는 안 진사의 자필 각자刻字가 있었다. 동네 어귀를 막을 듯이 작은 봉우리 하나가 있었는데 그 위에는 포대가 설치되어 있었다. 길 어귀에 파수병이 있어서 우리에게 누구냐고 물었다. 명함을 내주고 얼마 있노라니 의려장義旅長의 허가가 있다 하여 한 군사가 우리를 안내하여 의려소인 안 진사 댁으로 갔다. 문 앞에는 연당이 있고 그 가운데는 작은 정자가 있었는데, 이것은 안 진사의 여섯 형제가 평일에 술을 마시고 시를 읊는 곳이라고 했다. 본채의 대청에 올라가니 벽 위에는 안 진사가 친필로 쓴 '의려소義旅所' 세 글자의 현판이 붙어 있었다. 안 진사는 우리를 본채에 영접하여 수인사를 한 후에 첫말이,

"김 석사가 패엽사에서 위험을 면하신 줄은 알았으나 그 후 사람을 놓아서 수탐하여도 계신 곳을 몰라서 우려하였는데 오늘 이처럼 찾아주시니 감사하외다."

하고 다시,

"부모님이 모두 계신다고 들었는데 두 분이 편히 계실 곳이 있으시오?"

하고 내 부모에 관한 것을 물으신다.

내가 달리 계실 곳이 없어 아직 본동에 계신다고 말하였더니 안 진사는 즉시 오일선吳日善에게 총 가진 군사 30명을 맡기며,

"오늘 안으로 텃골로 가서 김 석사 부모님을 모시고, 가까이에 있는 우마를 징발하여 그 댁 가산 전부를 옮겨오렷다."

하고 명령을 내렸다. 이리하여 그날 바로 청계동 생활이 시작되었다. 이때 내 나이 스무 살, 을미년 2월이었다.

내가 청계동에 머문 것은 불과 4, 5개월이었지만, 그동안은 내게 가장 중요한 시기였다. 그것은 첫째로는 내가 안 진사와 같은 큰 인격을 만난 것이요, 둘째로는 고산림과 같은 의기 있는 학자의 훈도를 받게 된 것이었다.

안 진사의 아버지 인수仁壽 씨는 해주 부내에서 12, 13여 대 동안이나 살았는데, 진해 현감을 역임한 후 세상이 차차 어지러워짐을 보고 많은 재산을 가난한 일가에게 나누어주고 약 300석 추수할 재산만을 가지고 청계동으로 들어오니, 이는 산천이 수려하고 족히 피난처가 될 만하다고 생각했기 때문이다. 이때가 장손인 중근이 두 살 때였다.

안 진사는 과거를 하려고 서울 김종한金宗漢의 문객이 되어 여러 해 서울에 머물다가 진사가 되고는 벼슬할 뜻을 버리고 집으로 돌아와서 여섯 형제가 술과 시로 세월을 보내고 뜻 있는 벗 사귀는 것을 낙으로 삼고 있었다. 안씨 여섯 형제가 다 문장재사文章才士라 할 만하지만 그중에서도 셋째인 안 진사가 눈에 정기가 있어 사람을 압도하였다. 또한 기상이 너그럽고 작은 일에 얽매이지 않아, 비록 조정의 대관이라도 그와 대면하면 자연 경외하는 마음이 일었다. 그는 내가 보기에도 퍽 소탈해서 무식한 아랫사람들에게조차 조금도 교만한 빛이 없이 친절하고 정중해서 윗사람이나 아랫사람이나 다 그에게 호감을 가졌다. 얼굴이 매우 맑고 수려한데

술이 과하여 코끝이 붉은 것이 흠이었다. 그는 율시律詩를 잘해서 당시에도 그의 시가 많이 전송傳誦(여러 사람의 입에서 입으로 전하여 가며 욈)되었고, 내게도 그가 스스로 잘된 작품이라 생각하는 것을 흥 있게 읊어주는 일이 있었다. 그는 황석공黃石公의 《소서素書》를 자필로 써서 벽장문에 붙이고 취흥이 나면 소리를 높여서 그것을 낭독하였다.

그때에 안 진사의 맏아들 중근은 열여섯 살로 상투를 틀었고, 머리를 자주색 명주 수건으로 질끈 동여매고 돔방총이라는 짧은 총을 메고 날마다 사냥을 다녔다. 보기에도 영특하고 능력이 뛰어나 청계동 군사들 중에 사격술이 제일이어서 짐승이나 새나 그가 겨눈 것은 놓치는 일이 없기로 유명하였다. 그의 계부季父(아버지의 막내아우) 태건 씨와 숙질叔姪(아저씨와 조카를 아울러 이르는 말)이 언제나 함께 다녔다. 어떤 때는 그들이 노루와 고라니 등을 여러 마리 잡아와 그것으로 군사들을 위로하기도 하였다.

안 진사는 자기 아들과 조카들을 위해서 서재를 만들었다. 당시 둘째 아들 정근定根과 셋째 아들 공근恭根은 붉은 두루마기를 입고 머리를 땋아 늘어뜨린 도련님들로 글공부를 하고 있었는데, 진사는 이 두 아들에 대해서는 '글을 읽어라.' '써라.' 하며 글공부를 독려하였으나 중근에 대해서는 아무 간섭도 하지 않는 모양이었다.

고산림의 이름은 능선能善인데 그는 해주 서문 밖 비동에서 대대로 살아온 사람으로서, 중암重菴 유중교柳重敎(중암 김평묵과 성재 유중교를 구별하지 못하고 중암 유중교라 함은 백범의 착오인 듯함)의 문인이요, 의암 유인석柳麟錫과 동문으로서, 해서에서는 품행이 방정하기로 이름난 굴지屈指(매우 뛰어나 수많은 가운데서 손꼽힘)의 학자였다. 이이도 안 진사의 초청으로 청계동에 들어와 살고 있었다.

내가 고산림을 처음 대한 것은 안 진사의 사랑에서였다. 그런데 당신의 사랑에 놀러오라는 그의 말에 나는 크게 감복하여 이튿날 그의 집에 찾아갔다. 선생은 늙으신 낯에 기쁜 빛을 띠시고 친절하게 나를 영접하시며 맏아들인 원명元明을 불러 나와 인사시켰다. 원명은 나이 서른 살쯤 되어 보였는데 됨됨이는 명민한 듯하나 크고 넓음이 그 부친의 뒤를 이을 것 같지는 않았다. 원명에게는 열대여섯 살 된 맏딸과 네댓 살 된 딸 둘을 두었고 아직 아들은 없다고 하였다.

고 선생이 거처하시는 방은 작은사랑이었는데, 방 안에는 책이 가득 쌓여 있고 네 벽에는 옛날에 이름난 사람들의 좌우명과 선생 자신이 마음 깊이 깨우쳐 얻은 글心得書 등을 둘러 붙여 놓았다. 선생은 단정히 꿇어앉아서 마음을 가다듬는 공부를 하시며 간간이《손무자》,《삼략》같은 병서도 읽기도 하셨다.

고 선생은 나에게, 내가 매일 안 진사의 사랑에 가서 놀더라도 정신 수양에는 효과가 적을 듯하니, 매일 선생의 사랑에 와서 같이 세상사도 논하고 학문도 토론함이 어떠냐고 하였다. 나는 이처럼 크신 선생이 나의 인격과 재능을 알아봐주시고 대우해 주시는 것을 눈물겹게 황송하고 감사하게 생각하였다. 나는 좋은 마음을 가진 사람이 되고자 했던 소원을 말씀드리고 모든 것을 고 선생의 지도에 맡긴다는 성의를 표하였다. 과거에 낙심하고 관상에 낙심하고 동학에 실패해 자포자기에 가까운 마음을 가지게 되었는데 나 같은 사람도 고 선생 같으신 대학자의 지도로 한 사람 구실을 할 수가 있을까? 스스로 의심하지 않을 수 없었다. 이런 말씀을 아뢰었더니 고 선생은 이렇게 말씀하셨다.

"사람이 자기를 알기도 쉬운 일이 아닌데 하물며 남의 일을 어찌 알겠는가. 그러므로 내가 그대의 장래를 판단할 힘은 없으나 내가 한 가지 그대에게 확실히 말할 것이 있으니 그것은 성현을 목표로 하고 성현의 자취를 밟으라는 것일세. 이렇게 힘써 가노라면 성현의 지경에 닿는 자도 있고 미치지 못하는 자도 있겠지만 이왕 그대가 마음 좋은 사람이 될 뜻을 가졌으니 몇 번 길을 잘못 들더라도 본심만 변치 말고, 고치고 또 고치고 나아가고 또 나아가면 목적지에 도달할 날이 반드시 있을 것이니 괴로워하지 말고 행하기만 힘쓰게."

이로부터 나는 매일 고 선생 사랑에 갔다. 선생은 내게 고금의 위인을 비평해 주고 당신이 연구하여 깨달은 바를 가르쳐주고 《화서아언華西雅言》(조선 말기의 학자 이항로의 저서)이며 《주자백선朱子百選》(중국 송나라의 대철학자 주자가 쓴 글 중에서 100편을 모아 엮은 책)에서 긴요한 절구를 보여주셨다. 선생이 특히 역설하시는 바는 의리에 관해서였다. 비록 뛰어난 재능이 있더라도 의리에서 벗어나면 그 재능이 도리어 화근이 된다고 하셨다.

선생은 경서를 차례로 가르치는 방법을 취하지 않고 내 정신과 재질을 보셔서 뚫어진 곳은 깁고 빈 구석을 채워주는 구전심수口傳心授(말로 전하고 마음으로 가르친다는 뜻)의 가르침이 가장 빠른 길이라고 여기신 듯하다. 선생은 나를 결단력이 부족하다고 보셨음인지, 아무리 많이 알고 잘 판단하였더라도 실행할 과단성이 없으면 다 쓸데없다고 말씀하시고,

'득수반지무족기得樹攀枝無足奇(나뭇가지를 잡아도 발에는 힘주지 않고) 현애철수장부아縣崖撤手丈夫兒.(벼랑에 매달려도 잡은 손을 놓는 것이 장부다.)' 라는 구절을 힘 있게 설명하셨다.

가끔 안 진사가 고 선생을 찾아오셔서 두 분이 고금의 일을 강론하는 것을 옆에서 듣는 것은 참으로 비할 데 없이 재미있는 일이었다.

나는 가끔 그 선생 댁에서 놀다가 저녁밥을 선생과 같이 먹고 밤이 깊고 인적이 고요할 때까지 국사를 논하는 일이 있었다.

고 선생은 이런 말씀도 하셨다.

"예로부터 천하에 흥한 적이 없는 나라도 없고 망한 적이 없는 나라도 없네. 그런데 나라가 망하는 데도 거룩하게 망하는 것이 있고, 더럽게 망하는 것이 있다네. 어느 나라 국민이 의로써 싸우다가 힘이 다하여 망하는 것은 거룩하게 망하는 것이요, 그와는 반대로 백성이 여러 패로 갈라져 한편은 이 나라에 붙고 한편은

저 나라에 붙어서 외국에는 아첨하고 제 동포와는 싸워서 망하는 것은 더럽게 망하는 것일세. 이제 왜의 세력이 전국에 충만하여 궐내에까지 침입하여 대신들을 마음대로 내치니 우리나라가 제2 왜국이 아니고 무엇인가. 만고에 망하지 않은 나라가 없고 천하에 죽지 않은 사람이 있던가. 이제 우리에게 남은 것은 이 한 목숨 나라를 위해 바칠 일만 남았을 뿐이네."

선생은 비감한 낯으로 나를 보시며 이렇게 말씀하셨다. 나는 비분을 못 이겨 울었다.

망하는 우리나라를 망하지 않도록 붙들 도리는 없느냐는 내 물음에 대해서 선생은 청국淸國과 연합하는 것이 좋다 하시고 그 이유로는 이렇게 말씀하셨다.

"청국이 갑오년 싸움(청일전쟁, 1894년)에 진 원수를 반드시 갚으려 할 것이니 우리 중에서 적당한 인재가 있으면, 그 나라에 가서 국정도 조사하고 인물과도 친분을 맺어두었다가 후일 기회가 오거든 서로 응할 준비를 해두는 것이 필요하네."

나는 선생의 말씀에 감동하여 청국으로 갈 마음이 생겼다. 그러나 나와 같이 어린 한 사람이 간다고 해서 무슨 일이 되랴 하는 뜻을 말씀드리니 선생은 그렇게 생각하는 것을 책망하셨다. 그러면서 누구나 제가 옳다고 믿는 것을 혼자만이라도 실행하는 것이 필요하니, 남이 하기를 바랄 것이 아니라 저마다 제 일을 하면 자연 그 일을 하는 사람이 많아진다는 것이다. 어떤 사람은 정계에, 또 어떤 사람은 학계나 상계商界에, 자기가 합당한 방면으로 활동해서 그 결과가 모이면 큰일이 이루어지는 것이라고 하셨다.

　이 말씀에 나는 청국으로 갈 결심을 하고 그 뜻을 고 선생께 아뢰었다. 선생은 크게 기뻐하시며 내가 떠난 후 부모님 걱정은 하지 말라 하셨다.

　나는 의리로 보아 이 뜻을 안 진사에게 상의하는 것이 옳을 것 같았으나, 고 선생은 이에 반대하셨다. 안 진사가 천주학天主學을 믿을 의향이 있는 모양인데 만일 그렇다면 이는 서양 오랑캐를 의뢰할 마음이 있는 것으로써 그것은 대의에 어긋나는 일이므로, 지금 이런 큰일을 의논할 수는 없다는 것이다. 그러나 안 진사는 확실한 인재이므로 내가 청국의 여러 곳을 돌아다녀 보고 그 결과, 좋은 기회가 있을 때 서로 의논하는 것도 늦지 않으니 이번에는 말없이 떠나라고 하셨다. 나는 무엇이나 고 선생의 지시대로 하기로 결심하고 먼 길 떠날 준비를 하였다.

기구한 젊은 때

내가 청국을 향하여 방랑의 길을 떠나기로 작정한 바로 전날, 나는 넌지시 안 진사를 마지막으로 한 번 보고 마음속으로라도 하직의 정을 표하려고 안 진사 댁 사랑에 갔다가 참빗장수 한 사람을 만났다. 그 말과 행동이 아무리 보아도 예사 사람은 아닌 듯하여 인사를 청하였다. 그는 전라도 남원 귓골[耳洞]에 사는 김형진金亨鎭이란 사람으로, 나와는 본이 같고 나이는 나보다 8, 9세 위였다.

나는 참빗을 사겠노라고 그를 내 집으로 데리고 와서 하룻밤을 같이 자면서 그의 인물을 떠보았다. 과연 그는 보통 참빗장수가 아니라, 안 진사가 당대에 대문장, 대영웅이라는 말을 듣고 일부러 찾아온 것이라고 했다. 인격이 그리 뛰어나거나 학식이 넉넉한 인물은 못 되나 시국에 대해서 불평을 품고 무슨 일이나 해보겠다는 결심은 있어 보였다. 이튿날 그를 데리고 고 선생을 찾아 선생에게 인물 감정을 청하였다. 선생은 그가 비록 남의 머리가 될 인물은 못 되나 남을 도와서 일할 만한 소질은 있어 보인다는 판단을 내리셨다. 이에 나는 김씨를 내 길동무 삼기로 하고, 집에서 먹이던 말 한 필을 팔아 여비를 만들어 청국으로 출발하였다.

우리는 가는 길에 먼저 백두산을 답파하고 동삼성(길림성·요녕성·흑룡강성으로, 만주라 부르던 곳)을 돌아서 북경으로 가기로 하였다. 평양까지 무사히 도착하여 여행 방법을 의논한 결과, 나도 김형진과 같이 참빗과 황아장수로 행세하기로 하고 여비 전부로 참빗과 붓, 먹과 기타 산중에서 팔릴 만한 물건을 사서 둘이서 한 짐씩 짊어졌다. 그리고 평양을 떠나서 을밀대와 모란봉을 잠시 구경하고 강동, 양덕, 맹산을 거쳐 함경도로 넘어서서 고원, 정평을 지나 함흥 감영에 도착하였다.

평양에서부터 함흥에 도착하기까지 있었던 일 중에 아직까지 기억에 남는 일이 있다. 강동 어느 시장 거리에서 하룻밤을 자다가 칠십 늙은이 주정뱅이한테 까닭 모를 매를 얻어맞고 억울한 마음이 없지는 않았으나, 원대한 목적을 품고 먼 길을 떠난 처지에 사소한 일을 마음에 둘 것이 아니라 하여, 한신韓信이 회음淮陰에서 어떤 시정잡배에게 봉변당했던 것을 이야기하고 서로 위로한 일이 있었다.

고원 함관령 위에서 태조 이성계가 말갈을 물리친 승전비를 보고, 함흥에서는 우리나라에서 제일 큰 나무다리인 남대천다리와 조선의 4대 큰 물건 중 하나라는 장승을 보았다. 이 장승은 큰 나무에 사람의 얼굴을 새긴 것인데, 머리에는 사모를 쓰고 얼굴에는 주홍칠을 하고 눈을 부릅뜬 것이 매우 위엄이 있었다. 장승은 각각 두 개씩 남대천다리 머리에 갈라서 있었다.

옛날에 장승은 큰 길목에는 어디나 서 있었으나 함흥의 장승이 그중 가장 크기로 유명해서 경주의 인경과 은진의 돌미륵과 연산의 쇠솥과 함께 조선의 사대물四大物로 꼽혔다. 태조 이성계가 세웠다는 함흥의 낙민루樂民樓도 구경하였다.

홍원, 신포에서는 명태잡이하는 것을 보고 어떤 튼튼한 아낙네가 광주리에 꽃게 한 마리를 담아서 힘껏 이고 가는데 게의 다리 한 개가 내 팔뚝보다도 굵은 것을 보고 놀랐다.

함경도에 들어서서 가장 감복한 것은 교육제도가 황해도나 평안도보다 발달된 것이었다. 아무리 초가집만 있는 가난한 동네에도 서재와 도청은 기와집이었다. 홍원의 어느 서재에는 선생이 세 사람이 있어 학과를 고등, 중등, 초등으로 나눠서 각각 한 반씩 담당하여 가르치는 것을 보았다. 이것은 옛날 서당으로서는 드문 일이었다. 서당 대청 좌우에는 북과 종을 달고 북을 치면 글 읽기를 시작하고 종을 치면 쉬었다. 더구나 북청은 함경도 중에서도 글을 숭상하는 고을이어서 내가 그곳을 지날 때에도 살아 있는 진사가 30여 명이요, 대과에 급제한 조관이 7명이나 된다고 하였다. 과연 문향文鄕이라고 부를 만했다.

도청이란 동네에서 공용으로 쓰는 집이다. 여염집보다 크고 화려하게 지어서 사람들은 밤이면 여기 모여서 동네일을 의논하고, 새끼도 꼬고, 짚신도 삼으며, 이야기도 듣고 놀기도 하였다. 또 동네 어느 집에나 손님이 오면 집에서 식사만 대접하고 잠은 도청에서 자게 하니 이를테면 공동 사랑이요, 여관이요, 공회당이다. 만일 돈 없는 나그네가 오면 도청 예산에서 식사를 대접하기로 되어 있다. 모두 본받을 미풍이라고 생각하였다.

우리가 단천 마운령을 넘어서 갑산읍에 도착한 것이 을미년 (1895년) 7월이었다. 여기 와서 놀란 것은 기와를 인 관청을 제외하고는 집집마다 지붕에 풀이 무성하여 마치 사람이 살지 않는 빈 터와 같았다. 그러나 뒤에 알고 보니 이것은 지붕을 덮은 봇껍질을 흙덩이로 눌러놓으면 거기에서 풀이 무성하게 자라 아무리 악수가 퍼부어도 흙이 씻기지 않는다고 한다. 봇껍질은 희고 빤빤하고 단단해서 기와보다도 오래간다 하며, 사람이 죽어 봇껍질로 싸서 묻으면 만 년이 지나도 해골이 흩어지는 일이 없다고 한다.

혜산진惠山鎭에 이르니 압록강을 사이에 두고 만주를 바라보는 곳이라 건너편 중국 사람의 집에서 개 짖는 소리가 들렸다. 거기서는 압록강도 걸어서 건널 만하였다.

혜산진에 있는 제천당祭天堂은 우리나라 산맥의 큰 줄기를 이루는 백두산 밑에 있어 예로부터 나라에서 제관을 보내어 하늘과 백두산 신께 제사를 드리는 곳이다. 제천당 주련에 이런 글이 씌어 있었다.

유월설색산六月雪色山 백두이운무白頭而雲霧
(눈 쌓인 6월의 백두산에 운무가 감돌고)
만고유성수萬古流聲水 압록이흉용鴨綠而洶湧
(만고에 끊이지 않고 흐르는 압록강이 용솟음친다.)

우리는 백두산 가는 길을 물어가면서 서대령을 넘어 삼수, 장진, 후창을 거쳐 자성의 중강을 건너서 중국 땅인 마울산帽兒山에 다다랐다.

지나온 길은 험산준령險山峻嶺이요, 어떤 곳은 7, 80리나 사람이 살지 않는 곳도 있어서 아침에 미리 점심밥을 싸 가지고 간 적도 있었다. 산은 심히 험하나 맹수는 별로 없었고, 수풀이 깊어서 지척을 분별하기 어려웠다. 나무는 하나를 벤 그루 위에 7, 8명이 모여 앉아서 밥을 먹을 만한 것도 드물지 않다고 한다. 통나무로 곡식 넣을 통을 파느라고 장정 하나가 그 통 속에 들어서서 도끼질하는 것을 나도 보았다. 장관인 것은 이 산봉우리에 섰던 나무가 쓰러져서 저 산봉우리에 걸쳐 있는 것을 우리가 다리 삼아서 건너간 일이었다.

이 지방은 인심이 온순하고 두터운데 먹을 것도 넉넉해서 나그네가 오면 극히 반가워하여 얼마든지 묵어가도록 해주었다. 곡식은 대개 귀리와 감자요, 개천에는 이면수라는 물고기가 많이 나는데 대단히 맛이 좋았다. 옷감으로 짐승의 가죽을 쓰는 것이 퍽이나 원시적이었다. 삼수 읍내에는 민가가 겨우 30호밖에 없었다.

마울산에서 서북으로 노인치老人峙라는 고개를 넘고 또 넘어 서대령으로 가는 길에서 우리는 100리에 두어 사람 정도 우리 동포를 만났는데 대부분은 금 캐는 사람들이었다. 만나는 사람마다 우리에게 백두산은 향마적이라는 중국인 도적떼 때문에 위험하니 가지 말라고 하므로 우리는 유감이지만 백두산 가는 것을 중지하였다. 그래서 우리는 방향을 돌려 만주 구경이나 하리라 하고 통화현성通化縣城으로 갔다.

통화현성은 압록강 연변의 다른 현성과 마찬가지로 세워진 지 오래 되지 않아서 관사와 성루의 서까래가 아직도 흰빛을 잃지 않았다. 성 안팎에 있는 인가가 모두 500호라는데 그중 우리 동포는 단 한 집뿐이었다. 남자는 변발에 중국 복장을 하고 통화현 군대에서 복무한다고 하고, 아낙네들은 전부 우리 옷을 입고 있었다. 거기서 10리쯤 되는 곳에 심 생원이라는 동포가 산다 하기에 찾아갔더니 정신없이 아편만 피워서 몸에 뼈밖에 남지 않은 사람이었다.

만주를 돌아다니는 중에 가장 미운 것은 호통사胡通使들이었다. 이곳에 사는 우리 동포들은 갑오년 난리를 피해 생소한 이 땅에 건너와 중국 사람이 살 수가 없어서 내버린 험한 산골을 택해서 화전을 일구어 조나 강냉이(옥수수) 농사를 지어 근근이 연명하고 있었다. 그런데 호통사라는 놈들은 중국 사람들에게 붙어서 무리한 핑계를 만들어 가지고 동포의 돈과 곡식을 빼앗고, 혹은 부녀자의 정조를 유린하는 것이었다. 어떤 중국인의 집에 한복을 입은 처녀가 있기에 이웃 사람에게 물어보니 그 역시 호통사의 농간으로 그 부모의 빚을 대신해 중국인의 집에 끌려온 것이라고 하였다. 관전寬甸, 임강臨江, 환인桓仁 등 어디를 가도 호통사의 폐해는 마찬가지였다.

어디나 토지는 비옥해서 한 사람이 지으면 열 사람이 먹을 만하였다. 오직 귀한 것은 소금이어서 이것은 의주에서 배로 물을 거슬러 올라와 사람의 등으로 져 나르는 것이라 한다. 동포들의 인심은 참으로 순후淳厚하여 본국 사람이 오면 '앞대 나그네'(고국인이란 뜻)가 왔다 하여 혈속과 같이 반가워하고, 집집이 다투어서 맛있는 것을 대접하려고 애를 쓰고, 남녀노소가 모여와서 본국 이야기를 들려달라고 졸랐다. 대부분 청일전쟁 때 피난 간 사람들이지만 간혹 본국에서 죄를 짓고 도망쳐 온 사람도 있었다. 그중에는 전국 각지에서 민란을 일으켰던 호걸도 있고 간혹 공금을 유용한 관속도 있었다.

집안輯安의 광개토왕비廣開土王碑는 아직 몰랐던 때라 보지 못한 것이 유감이었고, 아마도 관전에서였던 것 같은데 임경업 장군의 비각을 본 것도 기뻤다. '삼국충신임경업지비三國忠臣林慶業之碑'라고 비문에 새겨져 있는데, 이 근처 중국 사람들은 병이 나면 이 비각에 제사를 드리며 낫게 해달라고 비는 풍속이 있다고 한다.

이 지방을 두루 방랑하는 동안에 김이언金利彦이란 사람이 청국의 도움을 받아서 일본에 반항할 의병義兵을 일으키려고 도모하고 있다는 말을 들었다. 사람들이 전하는 바에 의하면 김이언은 벽동 사람으로서 기운이 세고 글도 잘하여, 심양자사瀋陽刺史에게 말 한 필과 《삼국지》한 질을 상으로 받았기 때문에 청나라 고급 장교들에게도 융숭한 대접을 받는다고 하였다. 우리는 이 사람을 찾아보기로 작정하고 먼저 그 인물이 참으로 지사인가, 협잡꾼은 아닌가를 염탐하기 위하여 김형진을 먼저 떠나보내고 나는 다른 길로 수소문을 하면서 뒤따라가기로 하였다.

　길을 가던 중 하루는 압록강을 한 100여 리 앞둔 곳에서 젊은 청나라 장교 한 사람을 만났다. 그는 궁둥이에 관인이 찍힌 말을 타고 머리에 쓴 마라기(청국 군인의 모자)에는 옥로玉鷺(갓머리에 다는 옥으로 만든 장신구)가 빛나고 붉은 솔이 너풀거렸다. 나는 덮어 놓고 그의 말머리를 잡았다. 그는 말에서 내렸다. 나는 중국말을 몰랐으므로 내가 여행하는 취지를 적은 글을 만들어서 품에 지니고 있었는데, 이것을 그 장교에게 내어보였다. 그는 내가 주는 글을 받아 읽더니 채 다 읽기도 전에 길바닥에 털썩 주저앉아 소리 내어 울었다. 내가 놀라서 그가 우는 까닭을 물었다.

　그는 내 글 중에 '통피왜적여아痛彼倭敵與我 불공대천지수不共載天之讐.(통탄할 바, 왜적과는 나와 더불어 같은 세상을 살 수 없는 철천지원수로다.)'라는 구절을 가리키며 다시 나를 붙들고 울었다. 내가 필담을 위해 필통을 꺼냈더니 그가 먼저 붓을 들어 왜가 어찌하여 그대의 원수냐고 도리어 내게 묻는다. 나는 일본이 임진년으로부터 대대로 내려오는 원수일 뿐만 아니라, 지난달에는 우리 국모國母를 불살라 죽였다고 쓴 다음에 그대야말로 무슨 연유로 내 글을 보고 이토록 통곡하는가 하고 물었다. 그의 대답을 들으니, 그는 지난 갑오년에 평양 싸움에서 전사한 청나라 장수 서옥생徐玉生의 아들로서 강계 관찰사에게 부탁하여 그 부친의 시체를 찾아 달라고 청하였는데, 그로부터 찾았다는 기별이 와서 가보니 그것은 아버지의 시체가 아니므로 헛걸음을 하고 집으로 돌아가는 길이라고 하였다. 나는 평양 보통문 밖에서 '서옥생전망처徐玉生戰亡處' 라는 나무비를 보았다고 말해 주었다.

그의 집은 금주錦洲이며 자기 아버지 서옥생이 집에서 1,500명의 군사를 거느렸는데, 그중 1,000명을 데리고 출정하여 전멸하였고 지금 집에는 500명이 남아 집을 지키고 있다고 하였다. 재산은 넉넉하고 자기 나이는 서른 몇 살이요, 아내는 몇 살이며, 아들이 몇, 딸이 몇이라고 자세히 가르쳐주었다. 그런 다음 내 나이를 물어보더니 내가 그보다 연하인 것을 알고는 나를 아우라고 부를 터이니 그를 형이라고 부르라 하였다. 피차에 형제의 의를 맺기를 청하고 서로 같은 원수를 가졌으니 함께 살면서 때를 기다리자고 하면서 나에게 금주로 가기를 청하였다. 그리고 내가 대답도 하기 전에 내 등에 진 짐을 벗겨 말에 달아매고 나를 붙들어 말 안장에 올려놓고 자기는 걸어서 뒤를 따랐다.

나는 얼마를 가며 곰곰이 생각하였다. 내가 원래 이 길을 떠난 것이 중국의 인사들과 교의를 맺고자 함이었는데, 지금이 썩 좋은 기회였다. 서씨와 같은 명가와 인연을 맺는 것은 본래부터 바라던 바였으나, 마음에 걸리는 것은 김형진에게 알릴 길이 없는 것이었다. 만일 김형진만 같이 있었다면 나는 이때에 서씨를 따라갔을 것이다.

나는 근 1년이나 집을 떠나 있어 부모님 안부도 모르고 또 서울 형편도 못 들었으니, 이 길로 본국에 돌아가 부모님도 뵙고 나라 안의 정치 상황도 알아본 뒤에 금주로 형을 따라갈 것을 말하고 결연하게 그와 서로 작별하였다.

나는 참빗장수 행세로 이 집 저 집에서 김이언의 일을 물어가며 서로 작별한 지 5, 6일 만에 김이언의 근거지 삼도구三道溝에 도착하였다.

김이언은 당년 50여 세에, 심양에서 500근 되는 대포를 앉아서 두 손으로 들었다 놓았다 할 만큼 기운이 센 사람이다. 그러나 내가 보기에 진정한 마음의 용기가 부족한 것 같고, 또 자신감이 과하여 남의 의사를 용납하는 도량이 부족해 보였다. 도리어 그의 동지인 초산에서 이방을 지냈다는 김규현金奎鉉이란 사람이 의리도 있고 책략도 있어 보였다.

김이언은 의병 운동의 수령이 되어서 초산, 강계, 위원, 벽동 등지의 포수와, 강 건너 중국 땅에 사는 동포 중에 사냥총이 있는 사람을 모집해서 약 300명이나 무장한 군사를 두고 있었다. 의병을 일으킨 대의명분은 국모가 왜적의 손에 죽었으니 국민 전체의 치욕이라 참을 수 없다는 것이요, 이런 뜻으로 글 잘하는 김규현의 붓으로 격문을 지어서 사방에 뿌리게 하였다.

나와 김형진 두 사람도 참가하기로 하여 나는 초산, 위원 등지에 숨어 다니며 포수를 모으는 일과 강계성에 들어가서 화약 사오는 일을 맡았다. 거사 시기는 을미년 동짓달 초승 압록강이 얼어붙을 때로 하였다. 군사를 얼음 위로 몰아서 강계성을 점령하자는 것이었다.

나는 위원에서 내가 맡은 일을 끝내고 책원지인 삼도구로 돌아오는 길에 압록강을 건너다가 엷은 얼음을 밟아서 두 팔만 얼음 위에 남고 몸이 온통 강 속으로 빠져버렸다. 나는 솟아오를 길이 없어서 목청껏 사람 살리라고 소리 지를 뿐이었다. 내 소리를 들은 동네 사람들이 나와서 나를 얼음 구멍에서 꺼내어 인가로 데리고 갔을 때에 내 의복은 벌써 딱딱한 얼음덩어리가 되어 있었다.

마침내 강계성을 습격할 날이 왔다. 우선 고산진을 쳐서 거기 있는 무기를 빼앗아 무기 없는 군사에게 나누어주었다. 이것이 첫 실책이었다. 나는 고산진을 먼저 치지 말고 곧장 강계성을 엄습하자고 주장하였다. 우리가 고산진을 쳤다는 소문이 들어가면 강계성의 수비가 더욱 엄중할 것이니 고산진에서 약간의 무기를 더 얻는 것보다는 출기불의出其不意로 강계를 덮치는 것이 유리하다는 것이었다. 김규현, 백 진사 등 참모도 내 의견에 찬성하였으나 김이언은 끝내 제 고집을 세우며 듣지 않았다.

고산진에서 무기를 빼앗은 우리 군사는 이튿날 강계로 진군하여 야반에 독로강 빙판으로 전군을 몰아 선두가 인풍루仁風樓에서 10리쯤 되는 곳에 다다랐을 때에 강의 남쪽 기슭에 있는 소나무 숲 속에서 화승총 불빛이 번쩍이는 것이 보였다. 그 소나무 숲 속으로부터 강계대 소속 장교 몇 명이 나와 김이언을 찾아서 첫 번째로 묻는 말이, 이번에 오는 군사 중에 청병이 있느냐는 것이었다. 김이언은 우리가 강계를 점령하고 기별하는 대로 곧 청병이 올 것이라고 말하였다. 이는 정직한 말이었는지는 모르겠지만 전략적인 대답은 아니었다. 작전 계획에서도 김이언의 실수가 있었

다. 애초에 나는 우리 중에 몇 사람이 청국 장교로 차리고 선두에
설 것을 주장하였으나 김이언은 우리 국모의 원수를 갚으려는 이
싸움에 청병의 위력을 가장하는 것은 옳지 않으니 강계성 점령은
당당하게 흰옷을 입은 우리가 할 것이요, 또 강계대의 장교도 이
미 내응할 약속이 있으니 염려 없다고 고집하였다.

나는 이에 대하여 강계대의 장교라는 것이 애국심으로 움직이
기보다도 세력에 쏠릴 것이라 하여 청국 장교로 가장하는 것이 전
략상 반드시 필요하다고 하였으나, 김이언은 끝까지 듣지 않았던
것이다. 그러던 차에 강계대 장교가 머리를 흔들고 돌아가는 것을
보니 나는 벌써 대세가 틀렸다고 생각하였다. 아니나 다를까, 그
장교들이 그들의 진지로 돌아가자마자 소나무 숲 속에서 포성이
울리더니 탄알이 빗발처럼 쏟아졌다. 잔뜩 믿고 마음을 놓고 있던
이편의 1,000여 명 군마는 얼음판 위에서 대혼란을 일으켜서 이
리 뛰고 저리 뛰며 달아나기 시작하고, 벌써 총에 맞아 쓰러지는
자, 죽는다고 아우성을 치고 우는 자가 여기저기 있었다.

김이언의 이번 실패는 영원한 실패이며 다시 회복하지 못할 것
으로 판단한 나와 김형진은 그들과 행동을 같이할 필요가 없어졌
으므로 군사들이 달아나는 것과는 반대 방향으로, 도리어 강계성
에 가까운 쪽으로 피하였다. 인풍루 바로 아래에 있는 동네로 갔
더니 모두 피난을 떠나 어느 집에도 사람은 없었다. 우리는 그중
큼직한 집으로 갔다. 밖에서 불러도 대답이 없고 안에 들어가도
사람은 없는 빈집에 큰 제상이 놓여 있는데, 그 위에는 갖은 음식

이 차려져 있고 상 밑에는 술병이 있었다. 우리는 우선 술과 안주를 한바탕 배불리 먹었다. 나중에 주인이 돌아와서 하는 말이 그의 어머니 대상大祥(사람이 죽은 지 두 돌 만에 지내는 제사)을 지내다가 총소리에 놀라서 식구들과 손님들이 모두 산으로 피난하였던 것이라 한다. 우리는 이튿날 강계를 떠나 되넘이고개를 넘어 수일 만에 신천으로 돌아왔다.

청계동으로 가는 길에 사람들에게 물으니, 호열자虎列刺(콜레라)로 인해 고 선생의 맏아들 원명의 부부가 일시에 함께 죽었다는 말을 듣고 크게 놀랐다. 나는 집에 가기 전에 먼저 고 선생 댁을 찾아 위문하였다. 선생은 도리어 태연자약泰然自若하셨으나, 나는 원통하고 가슴이 답답하여 말문이 막혔다. 내가 부모님 계신 집으로 가려고 하직할 때에 고 선생은 뜻 모를 말씀을 하셨다.

"곧 성례를 하기로 하세."

집에 와서 부모님의 말씀을 듣는 가운데 비로소 고 선생의 손녀, 즉 원명의 딸과 내가 약혼이 되었다는 것을 알았다. 부모님은 번갈아가며 약혼이 된 경과를 말씀하셨다. 아버지의 말씀은 이러하였다.

하루는 고 선생이 집에 찾아오셔서 아버지를 보시고 요새는 아들도 없고 고적할 터이니 선생의 사랑에 오셔서 담화나 하자는 것이었다. 그래서 어느 날 아버지께서 고 선생 댁 사랑에를 갔더니 고 선생은 아버지께 내가 어려서 자라던 일을 자세히 물으시더란

다. 아버지께서는 내가 어려서 공부를 열심히 하던 일, 해주에 과거 보러 갔다가 비관하고 돌아오던 일, 관상서를 보고는 제 상이 좋지 못하다고 낙심하던 일, 상이 좋지 못하니 마음이나 좋은 사람이 된다고 동학에 들어가 도를 닦던 일, 이웃 동네에 사는 강씨와 이씨들은 조상의 뼈를 사고파는 죽은 양반이지만 나는 마음을 닦고 몸으로 실행하여 살아 있는 양반이 되겠다던 일 등을 말씀하셨다.

또한 어머님은 내가 어렸을 때 강령에서 큰 칼을 가지고 신풍이 생원 집 아이들을 모두 찔러 죽인다고 그 집에 갔다가 칼을 빼앗기고 매만 맞고 돌아왔다는 것, 돈 스무 냥을 허리에 두르고 떡을 사 먹으러 가다가 아버지께 호되게 매를 맞은 것, 푸른 물감, 붉은 물감을 온통 꺼내다가 개천에 풀어놓은 것을 보고 어머니가 단단히 때려주었다는 것 등등을 말씀하셨다.

이랬더니 하루는 고 선생이 아버지께, 나와 고 선생의 장손녀와 혼인하면 어떻겠냐고 말을 꺼내셨단다. 아버지께서는 문벌로 보나 덕행으로 보나, 또 내 외모로 보나 어찌 감히 선생의 가문을 욕되게 하랴 하여 사양하셨다고 한다. 그러자 고 선생은 아버지를 보시고 내가 못생긴 것을 한탄 말라고, 창수는 호랑이상이니 장차 호랑이의 냄새를 피우고 호랑이의 소리를 내서 천하를 놀라게 할 날이 있을 것이라고 말씀하셨단다. 이리해서 내 약혼이 이루어진 것이었다.

나는 부모님의 말씀을 듣고 고 선생께서 나 같은 것을 그처럼 촉망하셔서 사랑하시는 손녀를 허락하심에 대하여 큰 책임을 감당하기 어렵다는 생각을 하였다. 더구나 선생께서,

"나도 아들 부부가 다 죽었으니 앞으로는 창수에게 의탁하려오."

하셨다는 것과 또,

"내가 청계동에 와서 청년을 많이 대해 보았으나 창수만 한 남아는 없었소."

하셨다는 말씀을 들을 때에는 더욱 몸 둘 곳이 없었다. 그 규수의 얼굴이나 마음씨나 가정교훈을 받은 점을 생각하면 한편으로 만족한 마음도 들었다. 이 약혼에 대하여 부모님이 기뻐하심은 말할 것도 없었다. 외아들을 장가들인다는 것만도 기쁜 일인데 하물며 이름 높은 학자요, 양반의 집과 혼인을 하게 된 것을 더욱 영광으로 생각하시는 모양이었다. 그래서 비록 없는 살림이라도 혼인 준비에 두 집이 다 바빴다.

아직 성례成禮 전이지만 고 선생 댁에서는 나를 사위로 보는 모양이어서 혹시 선생 댁에서 저녁을 먹게 되면 그 처녀가 상을 들고 나오고 6, 7세 되는 그의 어린 동생은 나를 아저씨라고 부르며 반가워하였다. 이를테면 내 장인 장모인 원명 부부의 장례도 내가 도와서 지냈다.

나는 선생께 이번 청나라 여행에서 본 바를 보고하였다. 두만강, 압록강 건너편의 땅이 비옥하고 또 그곳의 지세가 요새여서 족히 동포를 이사 시키고 군사를 양성할 수 있다는 것과, 그곳 인심이 순후한 것, 서옥생의 아들과 결의한 일, 돌아오는 길에 김이언을

만나 의병에 동참하였다가 실패한 일 등을 낱낱이 말씀드렸다.

때는 마침 김홍집金弘集 일파가 일본의 후원으로 우리나라 정권을 잡아서 신장정新章程이라는 법령을 만들어 급진적으로 모든 제도를 개혁하던 무렵으로써, 그 새로운 법의 하나로 나온 것이 단발령斷髮令이었다. 대군주 폐하라고 부르는 상감께서 먼저 머리를 깎고 양복을 입으시고는 관리로부터 서민에 이르기까지 모두 깎게 하자는 것이었다. 이 단발령이 팔도八道에 내렸으나 백성들이 응하지 않자 서울을 비롯하여 감영, 병영 같은 큰 도회지에서는 길목마다 군사가 지켜 서서 지나가는 행인을 붙들고 상투를 잘랐다. 이것을 늑삭勒削(억지로 깎음)이라 하여 늑삭을 당한 사람은 큰일이나 난 것처럼 통곡하였다. 이 단발령은 크게 백성의 원망을 샀는데 모름지기 의리 있는 선비라면 '목을 자를지언정 머리카락은 자르지 못하리라.' '차라리 지하에 목 없는 귀신이 될지언정, 살아서 머리 깎은 사람은 되지 않으리라.'고 생각할 때였다.

이처럼 단발을 싫어하고 반대하는 이유가 다만 유교의 '신체발부수지부모身體髮膚受之父母 불감훼상효지시야不敢毁傷孝之始也(내 온몸을 부모로부터 받았으니 감히 이를 상하지 않게 하는 것이 효의 시작이다.)'에서 나온 것만이 아니요, 이것은 일본이 시키는 것이라는 반감에서 온 것이었다.

나는 고 선생께 안 진사와 상의하여 의병을 일으킬 것을 진언하였다. 이를테면 단발 반대의 의병이었고 단발 반대를 곧 일본 배척으로 생각하였던 것이다. 회의는 열렸으나 안 진사의 뜻은 우리와 달랐다. 이길 가망이 없는 일을 일으킨다면 실패할 것밖에 없으니 천주교를 믿고 있다가 시기를 보아서 일어나자는 것이 안 진사의 의견이었다. 그는 머리를 깎이게 되면 깎아도 좋다고까지 말하였다.

안 진사의 말에 고 선생은 두말하지 않고,

"진사, 오늘부터 자네와 끊네."

하고 자리를 차고 일어나 나갔다. 끊는다는 것은 우리나라에서 예로부터 선비가 절교絶交를 선언하는 말이다. 이 광경을 보고 나도 안 진사에 대하여 섭섭한 마음이 났다. 안 진사의 인격으로 되었든 아니었든지 간에 우리나라에서 일어난 동학은 목숨을 내어놓고 토벌까지 하면서 서양 오랑캐의 천주학을 한다는 것부터도 괴이한 일이거니와, 그는 그렇다 하더라도 목을 잘릴지언정 머리를 깎지 못하겠다는 생각은커녕 단발할 생각까지 가졌다는 것은 대의에 어긋나는 일이라고 생각하였다.

안 진사의 태도에 실망한 고 선생과 나는 얼른 혼례나 치르고 청계동을 떠나기로 작정하였다. 나는 금주의 서옥생 아들을 찾아갈 생각이었다.

그러나 어찌 예상이나 했겠는가, 호사다마라고 불행한 일이 또하나 생겼다. 어느 날 아침 일찍이 고 선생이 나를 찾아오셔서 대단히 낙심한 얼굴로 이런 말씀을 하셨다.

"어제 내가 사랑에 앉았노라니 웬 김가라는 자가 찾아와서 '당신이 고 아무개요?'라고 묻기에 그렇다고 하니 그자가 내 앞에다가 칼을 내어놓으며 하는 말이, '들으니 당신이 손녀를 김창수에게 허혼하였다 하니, 첩으로 준다면 모르되 정실로는 아니 되리다. 김창수는 벌써 내 딸과 약혼한 지가 오래요.' 그리 말하므로 나는 '김창수가 정혼한 데가 없는 줄 알고 내 손녀를 허한 것이지 만일 약혼한 데가 있다면야 그리 할 리가 있는가. 내가 김창수를 만나서 해결할 터이니 돌아가라.' 고 해서 돌려보내기는 했으나 내 집안에서는 모두 큰 소동이 났네."

나는 이 말을 듣고 모든 일이 재미없이 된 줄을 알았다. 그래서 선생께 뚝 잘라 이렇게 여쭈었다.

"제가 선생님을 믿고 따르는 것은 높으신 가르침을 받잡고자 함이지 손서孫壻(손녀사위)가 되는 것이 본의는 아니니 혼인을 하고 못 하는 것에 무슨 큰 상관이 있겠습니까. 저는 혼인은 단념하고 사제의 의리로만 평생 선생님을 받들겠습니다."

내 말을 듣고 고 선생은 눈물을 흘리며, 장래에 몸과 마음을 의탁할 사람을 찾으려고 많은 마음을 써서 나를 만났고, 미혼이므로 손서를 삼으려다가 이 괴변이 났다고 스스로 한탄하시며 끝으로 말씀하셨다.

"그러면 혼사는 없었던 일로 치세. 그런데 지금 관리들의 단발이 끝나면 백성에게도 단발을 실시할 모양이니 시급히 피신하여 단발화斷髮禍(머리를 깎이는 재앙)를 면하게. 나는 단발화가 미치면 죽기로 작정했네."

나는 마음을 작정하고 고 선생의 손녀와 혼인을 하지 않아도 좋다고 장담은 하였으나 내심으로는 여간 섭섭한 게 아니었다. 나는 그 처녀를 깊이 사랑하고 정이 들었던 것이다.

이 혼사에 훼방을 놓은 김가라는 사람은 함경도 정평에 본적을 둔 김치경金致景이다. 10여 년 전에 아버지께서 함지박장수인 그를 만나 술을 같이 드시다가 김에게 8, 9세 되는 딸이 있다는 말을 들으시고 농담같이 '내 아들과 혼사하자.' 하여 서로 언약을 하고 그 후에 아버지는 그 언약을 지켜 내 사주도 보냈다. 또 그 계집애를 가끔 우리 집에 데려다두기도 하셨는데 서당 동무들이 '함지박 장수 사위'라고 나를 놀리는 것도 싫었고, 또 한 번은 얼음판 위에서 팽이를 돌리고 있는데 그 계집애가 따라와서 제게도 팽이를 하나 만들어 달라고 조르는 것이 싫고 미워서, 집에 돌아와 어머니께 떼를 써서 그 애를 제 집으로 돌려보내고 말았다. 그러나 약혼을 깨뜨린 것은 아니었다.

그 후 여러 해가 지나 갑오년 청일전쟁이 일어났다. 당시 아들 딸을 가진 대부분의 사람들은 자식 혼인시키는 것을 유일한 의무로 알던 때여서, 어린 것들까지도 부랴부랴 성례를 하는 것이 유행하였다. 그때 동학 접주로 동분서주하던 내가 하루는 집에 돌아오니 술과 떡을 마련해 놓고 혼인 준비를 하고 있었다. 나는 한사코 싫다고 버텨서 마침내 김치경도 무방하게 생각하여 아주 이 혼인은 파혼이 되고, 김은 그 딸을 돈을 받고 다른 사람에게 정혼까지 한 것이었다. 그런데 내가 고씨 집에 장가든다는 소문을 듣고 김은 돈이라도 좀 얻을 요량으로 고 선생 댁에 와서 방해를 한 것이다. 아버지께서는 크게 분노하여 김치경을 찾아가서 김과 한바탕 싸우셨으나 이미 엎질러진 물이라서 다시 주워 담을 수는 없었다. 이리하여 내 혼인 문제는 불행한 끝을 맺고 고 선생도 청계동에 더 계실 뜻이 없어 해주 비동의 고향으로 돌아가시고, 우리 집은 텃골로 세간을 다 옮겨 이사하였다.

나는 황급히 청나라 금주의 서옥생 집으로 가기로 작정하였다. 김형진은 자기 본향으로 가게 되어 동행하지 못하고 혼자서 출발하였다. 이리하여 내 방랑의 길은 다시 계속되었다.

평양 감영에 다다르니 관찰사 이하 관리 전부가 벌써 단발을 하였고, 이제는 길목을 막고 행인을 막 붙들어서 상투를 자르고 있었다. 단발령을 피하려고 슬며시 평양을 빠져나와 시골이나 산골로 피난을 가는 백성들의 원성이 길에 가득 찼다. 이것을 본 나는 머리끝까지 화가 치밀어 올랐다. 어떻게 해서라도 왜의 손에 놀아나는 이 나쁜 정부를 뒤집어엎어야 한다고 주먹을 불끈불끈 쥐었다.

안주 병영에 도착하니 게시판에 단발을 정지하라는 '단발정지령'이 붙어 있었다. 임금은 개혁파가 싫어서 러시아 공사관으로 도망하시고, 수구파들은 러시아의 세력을 등에 업고 총리대신 김홍집을 때려죽이고 개혁의 수레바퀴를 뒤로 돌려놓은 것이었다. 이로부터 우리나라에 러시아와 일본과의 세력 다툼이 시작되고 친아파親俄派와 친일파親日派의 갈등이 벌어지게 되었다.

나는 한성 정국의 변동으로 심기가 일전하였다. 구태여 외국으로 갈 것이 무엇이냐, 삼남에서는 곳곳에 의병이 일어난다고 하니 본국에 머물러 시세를 관망하여 새로 거취를 정하기로 하고 길을 돌려 용강을 거쳐서 안악으로 가기로 하였다.

나는 치하포鴟河浦 나룻배에 올랐다. 때는 병신년(1896년) 2월 하순이라, 대동강 하류인 이 물길에는 얼음산이 수없이 흘러내렸다. 남녀 열대여섯 명을 태운 나룻배는 얼음산에 싸여서 행동의 자유를 잃고 진남포 아래까지 밀려 내려갔다가 조수를 따라서 다시 상류로 오르락내리락하게 되었다. 선객은 말할 것도 없고 뱃사공들까지 이제는 죽었다고 울고불고하였다. 해마다 얼음이 얼었다가 풀리는 이때쯤이 되면 종종 나루터에서 이런 참변이 생긴다는 것을 익히 들어 알고 있었는데 우리가 지금 그런 위태로운 지경에 빠지게 되었던 것이다.

그런데 비록 배가 부서지지 않는다 하더라도 배 안에 양식이 없으면 사람들이 얼어 죽거나 굶어 죽을 것이다. 다행히 나귀 한 마리가 있으니 이런 상황으로 여러 날이 지날 경우에는 잔인하지만 잡아서 열대여섯 사람의 목숨을 보전하기로 하였다. 그리고 무작정 울고만 있어도 쓸데없으니 선객들도 뱃사공들과 함께 힘을 써보자고 내가 제안하였다. 여럿이 힘을 합해서 얼음산을 떠밀어보자는 것이다.

나는 몸을 날려 성큼 얼음산에 뛰어올라서 형세를 돌아보았다. 그러고는 큰 얼음덩이를 의지하여 작은 얼음덩이를 힘껏 떠밀었다. 이러한 방법을 반복하여 간신히 한 줄기 살 길을 찾았다. 이리하여 치하포에서 5리쯤 떨어진 강 언덕에 내리니 강 건너 서쪽 산에 지는 달이 아직 빛을 남기고 있었다. 찬바람 속에 밤길을 걸어서 치하포 배주인 집에 들어가니 풍랑으로 뱃길이 막혀서 묵는 손님들이 세 칸 방에 가득하였다. 이미 자정이 넘은 시각이었으므로 방방마다 코고는 소리만 들렸다. 함께 고생했던 우리 일행들도 그 틈에 끼여 막 잠이 들려 할 즈음에 먼저 들어온 사람들이 일어나서 떠들며, 오늘 일기가 좋으니 새벽에 배를 타고 건너게 해달라고 야단들이다. 이윽고 아랫방에서부터 벌써 밥상이 들기 시작하였다.

나도 할 수 없이 일어나 앉아서 내 상이 오기를 기다리면서 방 안을 둘러보았다. 그때 가운뎃방에 단발을 하고 한복을 입은 사람 하나가 눈에 띄었다. 그가 어떤 나그네와 인사하는 것을 들으니 그의 성은 정씨요, 장련에 산다고 하는데 장련에서는 일찍 단발령이 실시되어서 민간인들도 머리를 깎은 사람이 많다고 하였다. 그러나 그 말씨가 장련 사투리가 아닌 서울말이었다. 조선말이 썩 능숙하지만 내 눈에는 분명 왜놈이었다. 자세히 살펴보니 그의 흰 두루마기 밑으로 칼집이 보였다. 어디로 가느냐고 물으니 그는 진남포로 가는 길이라고 한다.

나는 그놈의 행색에 대해 곰곰이 생각해 보았다. 이곳은 진남포 맞은편 기슭이므로 보통 장사치나 기술자 같으면 굳이 우리 조선사람으로 변복과 변성명을 할 까닭이 없는 것이다. 그렇다면 혹시 국모國母(명성황후)를 시해한 미우라(三浦悟樓) 놈이거나 그렇지 않으면 그의 일당일 것이요, 설사 이도 저도 아니라 하더라도 우리 국가와 민족에 독균이 되기는 분명한 일이니 저놈 한 놈을 죽여서라도 하나의 수치를 씻어보리라고 나는 결심하였다. 그리고 나는 내 힘과 환경을 헤아려보았다. 세 칸 방 40여 명 손님 중에 그놈의 패가 몇이나 더 있는지는 알 수 없으나 17, 8세 되어 보이는 총각 하나가 그놈 곁에서 무슨 말인가를 하고 있었다.

나는 궁리하였다. 저놈은 둘이요, 또 칼이 있고, 나는 혼자요, 또 적수공권赤手空拳(맨손과 맨주먹이라는 뜻)이다. 게다가 내가 저놈에게 손을 대면 필시 방 안에 있는 사람들이 달려들어 말릴 것이요, 사람들이 나를 붙들고 있는 틈을 타서 저놈의 칼은 내 목에 떨어질 것이다. 이런 생각을 하니 내 가슴은 울렁거리고 심신이 혼란하여 진정하지 못하고 고민에 빠져 있을 바로 그때에 문득 고선생의 교훈 중에, '득수반지무족기得樹攀枝無足奇(나뭇가지를 잡아도 발에는 힘주지 않고) 현애철수장부아縣崖撤手丈夫兒(벼랑에 매달려도 잡은 손을 놓는 것이 장부다).' 라는 글이 생각났다. 그것이 대장부다. 나는 가슴속에 한 줄기 광명이 비침을 깨달았다. 그리고 자문자답해 보았다.

"저 왜놈을 죽이는 것이 옳으냐?"

"옳다."

"네가 어려서부터 마음 좋은 사람이 되기를 원하였느냐?"

"그렇다."

"의를 보았거든 행할 일이다. 그러나 지금 일이 되고 안 됨을 계

산하고 망설이는 것은 몸을 좋아하고 이름을 좋아하는 자의 몫이
아닌가."

"그렇다. 나는 의를 위하는 자요, 몸이나 이름을 위하는 자가 아
니다."

이렇게 자문자답하고 나니 내 마음속에 일렁이던 파도는 어느
덧 잔잔해지고 모든 계책이 저절로 솟아올랐다. 먼저 40여 명의
손님들과 동네 사람 수백 명을 눈에 보이지 않는 줄로 꽁꽁 동여
매 수족을 움직이지 못하게 하기로 했다. 다음에는 저 왜놈이 티
끌만한 의심도 일으키지 않도록 안심을 시키고, 나 한 사람만이
자유자재로 연극을 연출하는 방법을 취하기로 하였다.

아랫방에 먼저 도착하여 제일 먼저 밥상을 받은 손님들이 숟가
락질을 시작했다. 그러나 자던 입에 새벽밥이 제대로 넘어갈 리가
없었다. 3분의 1도 채 못 먹고 있을 즈음에 나중에 밥상을 받은 나
는 네댓 번 만에 한 그릇 밥을 다 먹어치웠다. 그런 다음 일어나서
주인을 부르니 37, 8세 정도 되어 보이는 골격이 준수한 사람이
무슨 일이냐고 묻는다. 내가 오늘 700리나 되는 산길을 걸어서 넘
어야 하는데, 아침을 더 먹어야겠으니 밥 일곱 상(7인분)을 더 차
려오라고 하였다. 주인은 내 말에 대답은 하지 않고 방 안에 있는
다른 손님을 둘러보며 이렇게 말했다.

"젊은 사람이 불쌍하다, 미친놈이로군."

이 한 마디를 하고는 안방으로 들어가 버렸다. 나는 목침을 베
고 한편에 드러누워서 방 안 사람들의 평판과 분위기를 보면서 왜

놈의 동정을 살폈다. 어떤 유식해 보이는 청년은 주인의 말을 받아 나를 미친놈이라고 하고, 또 어떤 담뱃대를 붙여 문 노인은 그 젊은 사람을 나무라며 말했다.

"여보게, 말을 함부로 말게. 지금인들 이인異人이 없으란 법이 있겠나? 이러한 말세에 이인이 나는 법일세."

하고 슬쩍 나를 바라보았다. 그 젊은 사람도 노인의 눈을 따라 나를 흘끗 보더니 입을 삐죽하고 비웃는 어조로 말을 받았다.

"이인이 없을 리 없겠지만 아 저 사람 생긴 꼴을 보세요. 무슨 이인이 저렇겠어요?"

그러나 그 왜놈은 별로 내게 주목하는 기색도 없이 식사를 마치고는 밖으로 나가 문설주에 몸을 기대고 서서 방 안을 들여다보면서 총각이 밥값 계산하는 것을 보고 있었다.

나는 때가 왔다 생각하고 서서히 일어나 크게 소리를 치면서 그 왜놈을 발길로 차서 거의 한 길이나 되는 계단 밑으로 떨어뜨렸다. 그러고는 바로 쫓아내려가 그놈의 목을 힘껏 밟았다. 세 칸 객방의 방문 네 짝이 일제히 열리며 문마다 사람들의 머리가 쑥쑥 내밀어졌다. 나는 몰려나오는 무리를 향하여 한 마디로 선언하였다.

"누구나 이 왜놈을 위하여 감히 내게 범접하는 놈은 모조리 죽일 테니 그리 알아라!"

이 말이 채 끝나기도 전에 내 발에 채이고 눌렸던 왜놈이 몸을 빼내 새벽 달빛을 받은 칼을 번쩍이며 달려들었다. 내 얼굴로 떨어지는 왜놈의 칼날을 피하면서 발길질로 옆구리를 차서 거꾸러뜨리고 칼 잡은 손목을 힘껏 밟으니 칼이 저절로 언 땅에 떨어졌다.

나는 그 칼을 들어 왜놈의 머리에서부터 발끝까지 점점이 난도질했다. 2월 추운 새벽이라 마당은 빙판이었는데 그 위로 피가 샘솟듯 흘렀다. 나는 손으로 왜놈의 피를 움켜 마시고, 그 피를 내 얼굴에 바르고, 피가 뚝뚝 떨어지는 장검을 들고 방으로 들어가서, 아까 왜놈을 위해 내게 덤벼들려던 놈이 누구냐고 호령하였다. 미처 도망하지 못한 사람들은 모조리 방바닥에 넙적 엎드려 빌기 바빴다.

"장군님, 살려주십시오. 나는 그놈이 왜놈인 줄 모르고 예사 사람으로 알고 말리려고 나갔던 것입니다."

또 어떤 사람은 이렇게 말했다.

"나는 어제 바다에서 장군님과 함께 고생하던 장사꾼입니다. 왜놈과 같이 온 사람이 아닙니다."

모두 겁이 나서 벌벌 떨고 있는 사람들 중에 아까 나를 미친놈이라고 비웃던 청년을 책망하던 노인만이 가슴을 떡 내밀고 나를 정면으로 바라보면서 말했다.

"장군님, 아직 지각없는 젊은것들이니 용서하십시오."

이때에 주인 이화보李和甫가 왔다. 그는 감히 방 안에는 들어오지도 못하고 문 밖에 꿇어앉아 바닥에 머리를 조아리며 빌었다.

"소인이 눈만 있고 눈동자가 없어 뉘신 줄을 몰라뵙고 장군님을 멸시하였으니 죽어도 여한은 없습니다. 그러나 그 왜놈과는 아무 관계도 없고, 다만 밥을 팔아먹은 죄밖에 없습니다. 아까 장군님을 능욕하였으니 죽어 마땅합니다."

나는 방 안에 엎드린 채 떨고 있는 사람들을 향해 일어나 앉으라고 말하고 주인 이화보에게 그 왜놈이 누구냐고 물었다. 이화보가 대답하기를, 그 왜놈은 황주에서 조선 배 하나를 얻어 타고 진남포로 가는 길이라고 했다. 나는 주인에게 명하여 그 배의 선원을 부르고 배에 있는 왜놈의 소지품을 조속히 가져오라고 분부하였다.

이런 와중에 매우 눈치가 빠른 주인 이화보는 한편으로 세수 도구들을 들여오고, 다른 한편으론 밥 일곱 그릇을 한 상에 차리고 다른 상 하나에는 국수와 반찬을 차려서 들여왔다. 나는 얼굴과 손에 묻은 피를 씻고 밥상을 당겨서 먹기 시작했다.

밥 한 그릇을 다 먹은 지가 10분밖에 안 되었지만 과격한 행동을 한 탓으로 한두 그릇은 더 먹을 수 있다고 해도 일곱 그릇을 다 먹을 수는 없었다. 그래도 아까 한 말을 거짓말로 돌리기도 창피해서, 양푼 하나를 달라고 하여 양푼에 밥과 반찬을 한데 쏟아 비비고 숟가락을 하나 더 청하여 두 숟가락을 포개어 들고 한 숟가락에 사발만큼 큼직하게 떠서 두어 그릇 정도를 먹은 뒤에 숟가락을 던지고 혼잣말로,

"오늘은 먹고 싶은 왜놈의 피를 많이 먹었더니 밥이 들어가지를 않는구나."

하고 시치미를 뗐다.

식사를 마치고 일처리를 시작하였다. 왜놈을 싣고 온 뱃사람 7

명이 문 앞에 엎드려 저희들은 다만 뱃삯을 받고 왜놈을 태운 죄밖에 없으니 살려달라고 빌었다. 그들이 가지고 온 왜놈의 소지품을 조사해 보니 그 왜놈은 육군 중위 쓰치다[土田讓亮]란 자요, 엽전 800냥이 짐에 들어 있었다. 나는 그 돈으로 뱃삯을 떼어주고 나머지는 이 동네 가난한 사람을 구제하라고 동장에게 분부하였다. 주인 이화보가 곧 동장이었다. 시체의 처리에 대해서는, 왜놈은 우리 조선의 사람들뿐만 아니라 모든 생물의 원수이니 바닷속에 던져서 물고기와 자라들까지 원수의 살을 뜯어먹게 하라고 명하였다.

그런 다음 주인 이화보를 불러 지필묵을 가져오게 하여 '국모의 원수를 갚으려고 이 왜인을 죽이노라.'라는 뜻의 포고문을 한 장 쓰고, 그 끝에 '해주 백운방 텃골[基洞] 김창수金昌洙'라고 서명까지 하여 사람들이 지나다니는 길거리 벽에 붙였다. 그리고 다시 동장인 이화보에게 이 사실을 안악 군수에게 보고하라고 명한 후에 유유히 그곳을 떠났다.

신천읍에 오니 이날이 마침 장날이라 장꾼들이 많이 모였는데, 이곳저곳에서 치하포 이야기를 하는 것이 들렸다. 어떤 장사가 나타나서 한 주먹으로 일인을 때려죽였다는 이야기, 나룻배가 빙산에 끼인 것을 그 장사가 강에 뛰어들어서 손으로 얼음을 밀어서 그 배에 탄 사람을 살렸다는 이야기, 밥 일곱 그릇을 눈 깜짝할 새에 다 먹더라는 이야기 등등을 하고 있었다.

집에 돌아와 부모님께 지난 일을 낱낱이 아뢰었더니 부모님은 날더러 어디든 피하라고 하셨으나, 나는 나라를 위해 정정당당한 일을 한 것이니 비겁하게 피하기를 원치 않을 뿐더러, 만일 내가 잡혀가 목이 떨어지더라도 이로써 만민에게 교훈을 준다 하면 죽어도 영광이라 하여 태연히 집에서 잡으러 오기를 기다렸다.

그로부터 석 달이나 지나서 병신년 5월 11일 새벽에 내가 아직 자리에 누워 일어나기도 전에 어머니께서 사랑문을 여시고,

"얘, 우리 집 앞뒤로 전에 보지 못하던 사람들이 둘러서 있다."

이 말씀이 끝나자마자 쇠채찍과 쇠몽둥이를 든 수십 명이 달려들면서 물었다.

"네가 김창수냐?"

"그렇다. 내가 김창수다. 그대들은 무엇 하는 사람들인데 요란하게 남의 집에 들어오느냐?"

그제야 그중 한 사람이 내무부훈령內務部訓令을 등인等因(공문 내용을 요약할 때 쓰는 말)한 체포장을 보여주고 나를 묶어 앞세웠다. 순검과 사령이 모두 30여 명이요, 내 몸을 쇠사슬로 여러 겹 동여매고 한 사람씩 앞뒤에서 나를 결박한 쇠사슬 끝을 잡고 나머지 사람들은 전후좌우로 나를 옹위하고 해주로 향하여 길을 재촉했다. 동네 20여 호가 문중이었지만 모두 두려워 하나도 감히 문을 열고 내다보는 이가 없었다. 이웃 동네 강씨, 이씨네 사람들은 김창수가 동학을 한 죄로 잡혀간다고 수군거렸다.

이틀 만에 나는 해주옥에 갇힌 몸이 되었다. 어머니는 밥을 빌

어다가 내 옥바라지를 하시고 아버지는 영리청, 사령청 계방을 찾아 예전 낮으로 내 석방운동을 하셨으나 사건이 워낙 중대한지라 아무 효과도 없었다.

옥에 갇힌 지 한 달여 만에 목에 큰 칼을 쓴 채로 선화당 뜰에 끌려가서 감리 민영철에게 첫 신문을 받았다. 민영철이 물었다.

"네가 안악 치하포에서 일본인을 살해하고 도적질을 하였다는데 그게 사실이냐?"

"그런 일이 없소."

"이놈, 네 행적의 증거가 분명한데 그래도 모른다고 하느냐? 이봐라, 저놈을 단단히 다루렷다."

형을 집행하라는 호령에 사령들이 달려들어 내 두 발목과 무릎을 친친이 동이고, 붉은 칠을 한 몽둥이 두 개를 다리 사이에 들이밀고 한 놈이 한 개씩 몽둥이를 잡고 힘껏 눌러서 주리를 틀었다. 단번에 내 정강이의 살이 터져서 뼈가 허옇게 드러났다. 지금 내 왼편 정강마루에 있는 큰 허물은 그때 상한 자리다.

나는 입을 다물고 대답을 하지 않고 있다가 마침내 기절하였다. 그러자 잠시 형을 중지하고 내 얼굴에 냉수를 뿜어서 소생시킨 뒤에 감리는 다시 같은 말을 물었다. 나는 소리를 가다듬어서 말하였다.

"본인의 체포장을 보면 내무부훈령 등인이라 되어 있으니 이것은 관찰부에서 처리할 수 없는 사건이 아니오? 내무부에 보고만 하여 주시오."

그러자 민 감리는 아무 말도 하지 않고 나를 도로 옥에 가두어 버렸다. 나는 서울에 가기 전에는 내가 그 왜놈을 죽인 동기를 말하지 않으리라 작정하였다.

그로부터 두 달이 지난 7월 초에 인천 감리영監理營으로부터 네댓 명의 순검이 해주로 와서 나를 데려갔다. 일이 이렇게 되자 내가 집에 돌아올 기약이 망연하다고 판단한 아버지는 집이며 세간살이를 모두 팔아가지고 인천이든 서울이든 내가 끌려가는 대로 따라다니며 상황을 보시기로 하고 일단 고향으로 가셨다. 어머니만 나를 따라서 인천으로 오셨다.

해주를 떠난 첫날은 연안읍에서 하룻밤을 자고 이튿날 나진포로 가는 길에 읍에서 5리쯤 되는 길가 어느 무덤 곁에서 쉬게 되었다. 이날은 날씨가 대단히 더워서 순검들도 참외를 사 먹으며 다리를 쉬었다. 무덤 앞에 서 있는 비석에 '효자 이창매의 묘[孝子李昌梅之墓]'라 새겨져 있고 그 뒷면에 새겨진 글자를 보니, 어느 임금이 이창매의 효성이 지극하여 효자 정문旌門을 내렸다고 씌어 있었다.

이창매는 본래 연안부의 통인通引으로서, 그 아버지가 돌아가시자 춥거나 덥거나 비가 오거나 바람이 불거나 한결같이 그 아버지의 산소를 모셨다고 한다. 얼마나 극진히 묘소를 모셨던지 묘소 앞의 신을 벗은 자리에서부터 절하는 자리까지, 한 발자국 한 발자국 걸어갔던 자국들과 두 무릎을 꿇었던 자국, 향로와 향합을 놓았던 자리에는 영영 풀이 나지 않았다고 한다. 혹시 사람들이 그 움푹 패인 자리를 흙으로 메우면 곧 뇌성이 진동하고 큰비가 퍼부어 메운 흙을 씻어내곤 했다는 이야기를 근처 사람들과 순검들이 해주었다.

이런 이야기를 귀로 듣고 비석에 새긴 사적을 눈으로 보며 나는 순검들이 알세라 어머님이 알세라, 피 섞인 눈물을 흘렸다. 저 이창매는 죽은 부모에 대해서도 저처럼 효성이 지극하였거늘 부모의 생전에야 오죽하였으랴. 그런데 거의 넋을 잃으시고 허둥허둥 나를 따라오시는 내 어머님을 보라. 나는 얼마나 불효한 자식인가. 나는 쇠사슬에 끌려서 그 자리를 떠나면서 다시금 이 효자의 무덤을 돌아보고 수없이 마음으로 절을 하였다.

내가 나진포에서 인천으로 가는 배를 탄 것이 병신년 7월 25일, 달빛도 없이 캄캄한 밤이었다. 물결조차 보이지 않고 다만 소리만 들릴 뿐이었다. 배가 강화도를 지날 때쯤 나를 호송하는 순검들이 여름 더위에 몸이 곤하여 마음 놓고 잠든 것을 보시고 어머니는 뱃사공에게도 안 들릴 만한 입안의 말씀으로,

"애야, 네가 이제 가면 왜놈의 손에 죽을 터이니 차라리 맑고 맑은 물에 나와 같이 죽어서 귀신이라도 모자가 같이 다니자."

하시며 내 손을 이끄시고 뱃전으로 가까이 나가셨다. 나는 황공하여 어찌할 바를 모르면서 이렇게 여쭈었다.

"제가 이번에 가서 죽을 줄 아십니까, 결코 안 죽습니다. 제가 나라를 위하여 하늘에 사무친 정성으로 한 일이니 하늘이 도우실 것입니다. 분명히 안 죽습니다."

어머니는 그래도 바다에 빠져 죽자고 손을 끄시므로 나는 더욱 자신 있게 어머니를 위로하였다.

"어머니, 저는 분명히 안 죽습니다."

그제야 어머니도 투신할 결심을 버리시고 다시 말씀하셨다.

"나는 네 아버지하고 약속했다. 네가 죽는 날이면 우리 둘도 같이 죽자고."

어머니는 그때 내가 죽지 않을 거라고 한 말씀을 어느 정도 믿으셨던 모양이다. 하늘을 우러러 두 손을 비비시면서 알아듣지 못할 낮은 음성으로 축원을 올리셨다. 여전히 천지는 캄캄하고 보이지 않는 물결 소리만 들렸다.

나는 인천옥에 들어갔다. 내가 인천으로 이감된 것은 갑오경장 이후에 외국 사람과 관련된 사건을 심리하는 특별재판소를 인천에 두었기 때문이었다. 내가 들어 있는 감옥은 내리內里에 있었다. 마루터기에 감리서監理署가 있고 그 왼편이 경무청, 오른편이 순검청인데, 감옥은 순검청 앞에 있고 그 앞에는 노상을 통제하는 2층 문루가 있었다. 감옥 주위에는 담을 높이 쌓아올렸고 담 안에는 나지막한 옥이 몇 칸 있는데, 이것을 반으로 갈라서 한편에는 미결수와 강도, 절도, 살인 등 큰 죄를 지은 죄수를 가두고, 다른 편에는 잡범을 수용하고 있었다. 미결수는 평복이지만 기결수들은 푸른 색 옷을 입혔고, 저고리 등 쪽에 강도, 살인, 절도 등의 죄명을 먹으로 써놓았다. 이 죄수들이 일하러 옥 밖으로 끌려 나갈 때에는 좌우 어깨와 팔꿈치를 아울러 쇠사슬로 동여매고, 2인 1조로 등 뒤에 자물쇠를 채워 간수가 인솔하고 다녔다.

처음 인천옥에 갇힐 때에 나는 도적으로 취급되어서 아홉 사람을 함께 채우는 기다란 차꼬의 한복판에 꼼짝없이 발목을 묶이게 되었다. 한 달 전에 잡혀왔다는 치하포 주인 이화보가 내가 옥에 들어오는 것을 보고 반가워하였다. 그날 내가 쓰치다를 죽인 이유를 써서 붙였던 포고문을 왜놈들이 조사할 때 떼어서 감추고 나를 완전히 살인강도로 꾸민 것이라고 한다. 어머니가 옥문 앞까지 따라오셔서 눈물을 흘리고 서 계신 것을 나는 잠깐 고개를 돌려서 뵈었다. 어머니는 비록 농촌에서 성장하셨으나 무슨 일에나 과감하시고 특히 바느질을 잘하셨다. 무슨 일인들 손에 잡히셨을까만 이 자식의 목숨을 살리기 위해 감리서 삼문 밖 개성사람 박영문朴永文의 집에 가서 사정을 말씀하시고 그 집 식모로 써달라고 부탁하셨다. 이 집은 당시 인천항에서 유명한 물상객주物商客主라 살림이 크기 때문에 식모, 침모의 일이 많았다. 덕분에 어머니는 하루 세 끼 내게 밥을 넣어주는 조건으로 고용이 되셨다. 하루는 옥사정이 나를 불러서 어머니도 의지할 곳을 얻으셨고 밥도 하루 세 끼 들어오게 되었으니 안심하라고 일러주었다. 다른 죄수들이 퍽 나를 부러워하였다.

옛 사람들이 말하기를, '부모님께서 나를 낳으시고 기르시느라 고생하심이 커서 그 은혜에 보답하고자 하나 하늘처럼 높아 다할 길이 없음이 슬프도다.'라고 한 것을 나시금 생각하지 않을 수 없었다. 어머니께서는 나를 먹여 살리시느라 천 겹 만 겹의 고생을 하셨다. 불경에 이르기를 '부모와 자식은 천 번을 태어나고 백 겁이 지나도록 은혜와 사랑을 끼치는 인연'이란 말이 진실로 허사가 아니었다.

감옥 안은 더할 수 없이 불결하고 찌는 듯한 여름이라 참으로 견딜 수가 없었다. 게다가 나는 장티푸스에 걸려 고통이 극에 달하였다. 한 번은 자살을 할 생각으로 다른 죄수들이 잠든 틈을 타서 이마에 손톱으로 '충忠' 자를 새기고 허리띠로 목을 졸라 숨이 끊어지고 말았다. 숨이 끊어진 잠깐 동안의 일이었다. 나는 삽시간에 고향으로 가서 내가 평소에 친애하던 재종동생 창학昌學(지금 이름은 태운泰運)이와 놀았다. 고시古詩에,

오랜 세월 고향을 눈앞에 그리며 지내니[故園長在目]
굳이 부르지 않아도 내 영혼은 이미 가 있구나.[魂去不須招]

라고 하였는데 과연 헛말이 아니었다.

문득 정신이 드니 옆에 있던 죄수들이 고함을 치며 죽는다고 야단들이었다. 그자들이 내가 죽는 것을 걱정하여 그러는 것이 아니라 아마 인사불성 중에 내가 몹시 요동을 치는 바람에 차꼬가 흔들려서 그자들의 발목이 아팠던 모양이었다.

그 후로는 사람들이 지키는 바람에 내가 자살할 기회도 얻지 못했지만, 나 자신도 병으로 죽거나 원수가 나를 죽여서 죽는 것은 어쩔 수 없는 일이라 하더라도 스스로 목숨을 끊는 일은 하지 않

겠다고 작정하였다. 그러는 동안에 열은 내렸으나 보름 동안이나 음식을 입에 대지 못하여 갱신을 못 하였다.

그런 때에 나를 신문한다는 기별이 왔다. 나는 생각하였다. 해주에서 다리뼈가 드러나는 악형을 겪으면서도 함구불언緘口不言한 뜻은 내무부에 가서 대관들을 보고 내 뜻을 말하려 함이었지만, 이제는 불행히 병으로 인하여 언제 죽을지 모르니 부득불 이곳에서라도 왜놈을 죽인 취지를 다 말하고 죽으리라고.

나는 옥사정의 등에 업혀서 경무청으로 들어갔다. 들어가면서 도적을 문초하는 형구가 삼엄하게 놓인 것을 보았다. 옥사정이 업어다가 내려놓은 내 꼴을 보고 경무관 김윤정金潤晶은 어찌하여 내 형용이 저렇게 되었느냐고 물었다. 옥사정은 열병을 앓아서 그리 되었다고 아뢰었다.

김윤정이 내게 물었다.

"네가 정신이 있어, 족히 묻는 말에 대답할 수 있느냐?"

"정신은 있으나 목이 말라붙어서 말이 잘 나오지 않으니 물을 한 잔 주면 마시고 말하겠소."

그러자 김 경무관은 술을 가져오라 하여 물 대신에 술을 먹여주었다.

김 경무관은 법정 위에 앉아 차례대로 성명, 주소, 연령을 물은 뒤에 사실 심리에 들어갔다.

"모월 모일 안악 치하포에서 일본인을 살해한 일이 있느냐?"

"있소."

하고 분명히 대답하였다.

"그 일본인을 왜 죽였는가? 재물을 강탈할 목적으로 죽였다지?"

하고 경무관이 묻는다. 나는 이때로다 하고 없는 기운이지만 소리를 가다듬어 말했다.

"나는 국모의 원수를 갚으려고 왜구 한 명을 때려죽인 사실은 있으나, 재물을 강탈한 일은 없소."

내 대답을 들은 경무관, 총순, 권임 등은 일제히 얼굴을 들고서 묵묵히 서로를 쳐다보았고 법정 안은 조용해졌다. 내 옆 의자에 걸터앉아서 방청인지 감시인지 하고 있던 일본 순사(뒤에 들으니 와타나베[渡邊]라고 한다.)가 신문 시작부터 법정 안의 공기가 수상한 것을 보았음인지 통역에게 무슨 일이냐고 묻는 것을 본 나는 죽을힘을 다하여,

"이놈!"

하고 큰 소리로 호령을 하고 말을 이었다.

"소위 만국공법萬國公法이니, 국제공법國際公法이니 그 어디에 국가 간의 통상·화친 조약을 맺고서 그 나라 임금이나 황후를 시해하라는 조문이 있더냐? 이 개 같은 왜놈아. 너희는 어찌하여 감히 우리 국모를 시해하였느냐! 내가 살아서는 이 몸으로, 죽으면 귀신이 되어서 맹세코 너희 임금을 죽이고 왜놈들을 씨도 없이 다 죽여 우리나라의 치욕을 씻고야 말 것이다."

소리를 높여서 꾸짖는 서슬에 겁이 났던지 와타나베 순사는 "칙

쇼우, 칙쇼우." 하면서 대청 뒤로 사라져버리고 말았다. '칙쇼우'
는 짐승이란 뜻으로 일본말의 욕이란 것을 나중에 들어서 알았다.
법정 안의 공기는 더욱 긴장하였다.

배석해 있던 총순인지 주사인지 분명치 않은 어떤 관원이 경무
관 김윤정에게 이 사건이 심히 중대하니 감리 영감께 아뢰어 친히
신문하게 함이 마땅하다는 뜻을 진언하니, 김 경무관이 고개를 끄
덕여 그 의견에 동의하였다. 이윽고 감리사 이재정李在正이 들어
와서 윗자리에 앉고 경무관은 이 감리사에게 지금까지의 신문 경
과를 보고하였다. 법정 안에서 참관하던 관리와 근무자[廳屬]들이
상관의 분부가 없었는데도 내게 찻물을 갖다가 먹여주었다.

나는 이재정 감리사가 나를 신문하기 전에 먼저 그를 향해 입을
열었다.

"나 김창수는 시골의 일개 천민이지만 국모께서 왜적의 손에 돌
아가신 국가의 수치를 당하고서 청천백일靑天白日(하늘이 맑게 갠
대낮) 아래 제 그림자가 부끄러워 왜구 한 놈을 죽였소. 그러나 아
직 우리 동포가 왜왕을 죽여 국모의 원수를 갚았다는 말은 듣지
못하였소. 이제 보니 당신들은 몽백蒙白(국상을 당하여 백립을 쓰고
소복을 입는 것)을 하고 있는데, 춘추대의에 나라님의 원수를 갚지
못하면 몽백을 하지 않는다는 구절도 읽어보지 못하였소? 어찌 한
갓 부귀영화와 국록을 도적질하는 더러운 마음으로 임금을 섬긴
단 말이오?"

감리사 이재정, 경무관 김윤정을 위시하여 수십 명의 참석 관리

들이 내 말을 듣는 기색을 살피건대 모두 낯이 붉어지고 고개가 수그러졌다. 모두 양심에 찔리는 것이라고 나는 생각하였다. 내 말이 다 끝난 뒤에도 한참 잠자코 있던 이 감리사가 마치 하소연하듯이 내게 말했다.

"창수가 지금 하는 말을 들으니, 그 충의와 용기를 흠모하는 반면 내 황송하고 부끄러운 마음도 비길 데 없소이다. 그러나 상부의 명령대로 신문하여 위에 보고해야겠으니 사실을 상세히 진술해 주시오."

이때에 김윤정이 내 병이 아직 위험 상태에 있다는 뜻으로 이 감리사에게 수군수군하더니, 옥사정에게 나를 옥으로 데려가라고 명했다. 내가 옥사정의 등에 업혀 나가면서 많은 군중 속에 서 계신 어머니의 얼굴을 살펴보니 약간 희색을 띠고 계셨다. 아마 군중이나 관리들로부터 내가 법정에서 한 일을 들으신 까닭인 듯한데 나를 업고 가는 옥사정도 어머니를 향해 말하였다.

"마나님, 아무 걱정 마시오. 어쩌면 이런 호랑이 같은 아들을 두셨소?"

나중에 어머니께 들은 말씀인데 그날 내가 신문을 당한다는 말을 들으시고 어머니는 옥문 밖에 와서 기다리시다가 내가 업혀 나오는 꼴을 보시고 '저것이 병중에 정신없이 잘못 대답하다가 당장에 맞아 죽지나 않나' 하고 무척 근심하셨다고 한다. 그러나 내가 감리사를 책망하는데 감리사는 아무 대답도 못 하였다더라, 내가 일본 순사를 호령하여 내쫓았다더라, 김창수는 해주 사는 소년인데 민 중전마마의 원수를 갚느라고 왜놈을 때려죽였다더라 등의 사람들이 하는 말을 듣고 비로소 안심이 되었다고 하셨다.

나는 감방에 돌아오는 길로 한바탕 소동을 일으켰다. 다름이 아니라 전과 같이 도적 죄수들과 함께 차꼬를 채워두는 데 대하여 나는 크게 분개하여 벽력같은 소리로 호통을 쳤다.

"내가 아무 의사도 발표하기 전에는 강도로 대우하든 무엇으로 하든 잠자코 있었다만 이왕 할 말을 다한 오늘에도 나를 이렇게 홀대한단 말이냐. 땅에 금을 그어놓고 그것이 감옥이라 하더라도 나는 도망가지 않을 것이다. 내가 애초에 도망할 마음이 있었다면 그 왜놈을 죽인 자리에 내 주소와 성명을 갖추어서 포고문을 붙이고 집에 와서 석 달이나 잡으러 오기를 기다렸겠느냐. 너희 관리들은 왜놈을 기쁘게 하기 위하여 내게 이런 나쁜 대우를 한단 말이냐."

이런 말을 하면서 어찌나 요동을 쳤던지 한 차꼬 구멍에 같이 발목을 넣고 있던 자들이 좌우로 네 명씩 합이 아홉 사람이었는데 그들이 말을 더 보태서 소리 지르기를, 내가 한 다리로 차꼬를 들고 일어나는 바람에 자기네 발목이 다 부러졌노라고 떠들었다. 이 소동을 듣고 경무관 김윤정이 들어와서 한편으론 옥사정을 책망하고 한편으론 명령하였다.

"이 사람은 다른 죄수와 다른데 왜 도적 죄수와 같이 둔단 말이냐. 더구나 중병에 걸렸지 않느냐. 즉각 이 사람을 좋은 방으로 옮기고 일체 몸은 구속치 말고 너희들이 잘 보호하렷다."

이때부터 나는 감옥 안에서 왕이 되었다. 그런 지 얼마 지나지 않아 어머니가 면회를 오셨다. 어머니 말씀이, 아까 내가 신문을 받고 나온 뒤에 김 경무관이 돈 150냥(30원)을 보내어 내게 보약을 지어먹이라 하였고, 어머니께서 일하시는 집주인 내외는 말할 것도 없고 사랑손님들까지도 매우 나를 존경하여서,

"옥중에 있는 아드님이 무엇을 드시고 싶어 하거든 말만 하면 해드리리다."

하더라고 말씀하셨다.

내가 아홉 사람의 발목을 넣은 큰 차꼬를 한 발로 들고 일어났다는 것은 이화보를 여간 기쁘게 하지 않았다. 그가 잡혀 와서 고생하는 이유가 살인한 죄인을 놓아 보냈다는 것이기 때문이었다. 한 끼 밥으로 일곱 그릇을 먹고 하루 700리를 가는 장사를 어떻게 결박해 붙잡아 놓을 수 있겠느냐고 변명하던 그의 말이 오늘에야 증명된 것이었다.

이튿날부터는 내게 면회를 청하는 사람이 밀려오기 시작하였다. 감리서, 경무청, 순검청, 사령청의 수백 명 관리들이 나에 대한 선전을 한 것이었다. 인천항에서 세력 있는 사람 중에도, 또 막노동꾼 중에도 다음 번 내 신문하는 날을 미리 알려 달라고 아는 관속들에게 부탁을 하였다고 한다.

제2차 신문 날에도 나는 지난번과 같이 옥사정의 등에 업혀서 나갔는데, 옥문 밖에 나서면서 둘러보니 길에는 사람이 가득 찼고, 경무청에는 각 관아의 관리와 항구의 유력자들이 모인 모양이

요, 담장이나 지붕이나 내가 신문을 받을 경무청 뜰이 보이는 곳에는 사람들이 하얗게 올라가 있었다.

법정 안에 들어가 앉으니 김윤정이 슬쩍 내 곁으로 지나가며,

"오늘도 왜놈이 왔으니 기운껏 호령을 하시오."

한다. 김윤정은 지금은 경기도 참여관이라는 왜의 벼슬을 하고 있으나 그때에 나는 그가 의기 있는 사람이라고 생각했었다. 설마 관청을 연극장으로 알고 나를 하나의 배우로 삼아서 구경거리를 만든 것일 리는 없으니 필시 심지가 곧지 못한 사람의 일로, 그때는 의협심이 생겼다가 날이 감에 따라서 변한 것이라고 보는 것이 옳을 것이다.

두 번째 신문에서 나는 할 말은 지난번에 다하였으니 더 할 말은 없다고 한 마디로 끝내고, 뒷방에 앉아서 나를 넘겨다보고 있는 와타나베를 향해 또 일본을 꾸짖는 말을 퍼부었다.

그 이튿날부터는 더더욱 면회하러 오는 사람이 많았다. 그들은 대개 내 의기를 사모하여 왔노라, 어디 사는 아무개니 내가 출옥하거든 만나자, 설마 내 고생이 오래되랴, 안심하라, 이런 말을 하였다. 이렇게 찾아오는 사람들은 거의 다 음식을 한 상씩 잘 준비하여 나더러 먹으라고 권하였다. 나는 가져온 사람이 보는 데서 한두 젓가락 먹고는 나머지는 죄수들에게 차례로 나누어주었다.

그때의 감옥 제도는 지금과는 달라서 하루 세 끼 밥을 주는 것이 아니라, 죄수가 짚신을 삼으면 간수가 인솔하고 나가 팔아서 그 돈으로 죽이나 끓여먹는 상황이었다. 그러므로 내게 들어온 좋

은 음식을 얻어먹는 것은 그들의 큰 낙이었다.

제3차 신문은 감리서에서 감리 이재정이 하였는데, 인천 인사가 많이 모인 모양이었다. 요샛말로 하면 방청이다. 감리는 내게 매우 친절히 말을 묻고, 다 묻고 나서는 신문서를 내게 보여 읽게 하고 고칠 것은 나더러 고치라 하여 수정이 끝난 뒤에 나는 백자白字에 서명하였다. 이날은 일본인이 없었다.

수일 후에 일본인이 내 사진을 박는다 하여 나는 또 경무청으로 업혀 들어갔다. 이날도 사람이 많이 모여 있었다. 김윤정은 내 귀에 들리게 말하였다.

"오늘 저 사람들이 창수의 사진을 박으러 왔으니, 주먹을 불끈 쥐고 눈을 딱 부릅뜨고 사진을 찍으시오."

그런데 우리 관리와 일본인 사이에 사진을 찍네, 못 찍네 하는 문제가 일어나서 한참 동안 옥신각신하다가 결국은 청사 내에서 사진을 박는 것은 허락할 수 없으니 길거리에서나 박으라 하여 나를 길거리에 앉혔다. 일본인이 다시 청하기를 김창수에게 수갑을 채우든지 포승으로 얽든지 하여 죄인 표시를 해달라고 요구하였다. 이에 김윤정은 단번에 거절하였다.

"이 사람은 계하죄인啓下罪人(임금의 재가를 받은 죄인)이라 대군주 폐하의 분부가 계시기 전에는 그 몸에 형구를 댈 수 없소."

그러자 일본인이 다시 물었다.

"형법이 곧 대군주 폐하의 명령이 아니오? 그러니 김창수에게 수갑을 채우고 포승으로 얽는 것이 옳지 않소?"

하고 기어이 나를 결박하고 사진 박기를 주장하였다. 이에 대하여 김윤정은,

"갑오경장 이후에 우리나라에서 형구는 전부 폐하였소."

일본인이 깐깐하게 따지며 말했다.

"귀국 감옥 죄수들이 쇠사슬을 차고 칼 쓴 것을 내가 보았소."

이에 김 경무관은 와락 성을 내며,

"죄수의 사진을 찍는 것은 조약에 정한 의무는 아니오. 참고 자료에 불과한 작은 일에 내정간섭은 받아들일 수 없소."

하고 소리를 높여서 꾸짖었다. 둘러섰던 관중들은 경무관이 명관이라고 칭찬하였다.

이리하여 나는 자유로운 몸으로 길에 앉은 대로 사진을 박게 되었는데, 일본인은 다시 경무관에게 애걸하여 겨우 내 옆에 포승을 놓아두고 사진을 박는 허가를 얻었다. 나는 며칠 전보다는 기운이 회복되었으므로 모여 선 사람들을 향하여 한바탕 소리소리 질러 연설하였다.

"여러분! 왜놈들이 우리 국모 민 중전마마를 죽였으니 우리 국민에게 이런 수치와 원한이 또 어디 있소? 왜놈의 독이 궐내에만 그칠 줄 아시오? 바로 당신들의 아들과 딸들이 필경은 왜놈의 손에 다 죽을 것이오. 그러니 여러분! 당신들도 나를 본받아서 왜놈을 만나는 대로 다 때려죽이시오. 왜놈을 죽여야 우리가 사오."

와타나베 놈이 직접 내게 말을 붙였다.

"네가 그렇게 충의가 있으면 왜 벼슬을 못 하였나?"

"나는 벼슬을 할 수 없는 상놈이니까 조그마한 왜놈이나 죽었다만, 벼슬을 하는 양반들은 너희 황제의 목을 베어 원수를 갚을 것이다."

그러자 김윤정은 와타나베를 향해 말하였다.

"당신들은 죄수에게 직접 신문할 권리가 없으니 가시오."

그를 물리쳐 보낸 후 나는 김윤정에게 이화보의 석방을 청하였더니 이화보는 그날로 석방되어 좋아라고 돌아갔다.

이로부터 나의 신문은 다 끝나고 판결만을 기다리는 한가한 몸이 되었다. 내가 이 동안에 한 일은 독서, 죄수에게 글을 가르치는 것, 죄수들을 위하여 소장을 대신 써주는 것이었다.

나는 아버지께서 들여보내주신 《대학》을 읽고 또 읽었다. 글도 좋거니와 다른 책도 없기 때문이었다. 그러던 중에 나는 감리서에 다니는 어떤 젊은 관리의 덕으로 천만뜻밖에 여기서 내 이십 평생 꿈도 못 꾸던 새로운 책을 읽어서 새로운 문화에 접촉할 수 있었다. 그 관리는 나를 찾아와서 여러 가지 새로운 말을 해주었다. 구미 문명국의 이야기며, 우리나라가 옛 사상과 옛 지식만 지키고 척양척왜로 외국을 배척하는 것만으로는 도저히 나라를 구할 수 없다는 것과, 널리 세계의 정치·문화·경제·과학 등을 연구해서 좋은 것은 받아들여서 우리 힘을 길러야 한다는 것을 말하고,

"창수와 같이 의기 있는 남자는 마땅히 신지식을 구하여 국가와

국민을 새롭게 할 것이니 이것이 영웅의 할 일이요, 한갓 배외사상만을 가지고는 이 나라가 멸망하는 것을 막을 수 없지 않겠소." 라며 나를 일깨워주었다. 뿐만 아니라 《태서신사泰西新史》, 《세계역사 · 지지世界歷史 · 地誌》 등 중국에서 발간된 책자와 국한문으로 번역된 책도 가져다주며 읽어보라고 권하였다. 나는 언제 사형의 판결과 집행을 받을지 모르는 몸인 줄 알면서도, 아침에 도를 깨우치면 저녁에 죽어도 좋다는 생각으로 손에서 책을 놓지 않고 열심히 탐독하였다. 내가 이렇게 열심히 신서적 읽는 것을 본 감리서 관리도 매우 좋아하였다.

이런 책들을 읽는 동안에 나는 서양이란 것이 무엇이며, 오늘날 세계의 형편이 어떠하다는 것을 아는 동시에, 나 자신과 우리나라에 대한 비판도 하게 되었다. 나는 고 선생이 조상의 제사를 지내며 쓴 축문에 명나라의 연호인 영력을 쓰는 것이 우리 민족으로서는 옳지 않은 것도 깨달았고, 안 진사가 서양 학문을 공부한다고 절교하던 것이 그리 잘한 일은 아니라는 생각이 들었다.

내가 청계동에 있을 때에는 고 선생의 학설을 그대로 받아 척양척왜를 나의 유일한 천직으로 알았고, 옳은 도가 한 줄기 살아 있는 데는 오직 우리나라뿐이요, 머리를 깎고 양복을 입은 무리들은 모두 금수와 같은 오랑캐라고만 믿고 있었다. 그러나 《태서신사》 한 권만 보아도 그 눈이 움푹 들어가고 코가 우뚝 솟은, 원숭이와 크게 다르지 않은 오랑캐들이 오히려 나라를 세우고 백성을 다스리는 좋은 법과 아름다운 풍속을 가졌고, 저 큰 갓을 쓰고 넓은 띠를 두른 신선과 같은 우리 탐관오리야말로 오랑캐의 칭호조차 받을 수 없다는 사실을 깨달았다.

나는 이에 우리나라에 가장 필요한 것은 저마다 배우고 사람마다 가르치는 것이라 깨달았다. 옥중에 있는 죄수들을 보니 글을 아는 이는 없고 또 그들의 생각이나 말이 모두 무지하기가 짝이 없어서 이 백성을 이대로 두고는 결코 나라의 수치를 씻을 수도 없고 다른 나라와 겨루어 나갈 부강한 힘을 얻을 수도 없다고 단정하였다.

그래서 나는 내가 깨달은 바를 곧 실행해서 내 목숨이 있는 날까지 같은 옥중에 있는 죄수들만이라도 가르쳐보겠노라 마음먹었다. 죄수는 들락날락하는 자를 아울러 평균 100명가량인데 그 열에 아홉은 문맹이었다. 내가 글을 가르쳐주겠다고 하니 그들은 싫다고는 하지 않고 배우는 체하였으나, 그중에 몇 사람을 제외하고는 글에 뜻이 있는 것보다 내 눈에 들어서 맛있는 음식을 얻어먹으려는 것이 목적인 것 같았다. 도적이나 살인으로 세상을 살아가는 그들에게는 글을 배워서 더 좋은 사람이 되어보겠다는 생각조차 일어나지 않는 것 같았다.

화개동 기생 서방으로 조덕근曹德根이란 자가 있었는데 창기 하나를 중국으로 팔아넘긴 죄로 10년 징역형을 받았다. 이자가 《대학》을 배우기로 하였는데, 그 서문에 '인생팔세人生八歲 개입소학皆入小學'이라는 구절을 소리 높이 읽다가, '개입소학'을 '개 아가리 소학'이라고 하여서 나는 허리가 끊어지도록 웃었다.

때는 건양建陽 2년쯤이었는데, 〈황성신문皇城新聞〉이 창간된 때였다. 누군가 내게 들여보내주는 어느 날 신문에, 내 사건의 전말을 대강 적고 나서 김창수가 인천 감옥에서 죄수들에게 글을 가르치므로 감옥은 학교가 되었다고 씌어 있었다.

나는 죄수의 선생 노릇을 하는 한편, 또 대서소도 벌인 셈이 되었다. 억울하게 잡혀온 죄수의 말을 듣고 내가 소장을 써주면 그것으로 석방되어 나가는 이도 있어서 내 소장 대서가 소문이 나게 되었다. 더구나 옥에 갇혀 있으면서 밖에 있는 대서인에게 소장을 써달라고 하려면 매우 힘도 들고 돈도 들었다. 그런데 같은 감방에 마주 앉아서 충분히 할 말을 다하고 소장을 쓰기 때문에 인지印札紙 사는 값 외에는 어떤 비용도 들지 않았다. 내가 소장을 쓰면 꼭 승소한다고 사람들이 헛소문을 내서, 옥내에서는 물론이고 심지어는 관리 중에도 소장을 써달라는 자도 있었다. 대서뿐 아니라 백성을 어려움에 빠뜨리고 돈을 강제로 빼앗는 사건이 있으면 상관에게 권계勸戒하여 파면시킨 일도 있었다. 그러므로 옥사정들이 나를 꺼려서 죄수를 함부로 학대하지 못하였다.

이렇게 글을 가르치고, 대서를 한 여가에 나는 죄수들에게 소리를 시키고 나도 소리를 배웠다. 나는 농촌에서 나고 자랐지만 농군들의 '김매는 소리'나 목동의 '갈까 보다 소리' 한 마디도 할 줄을 몰랐다.

그때 감옥의 규칙이 지금과는 달라서 낮잠을 재우고 밤에는 조금도 눈을 붙이지 못하게 하였으니, 이것은 다들 잠든 틈을 타서 죄수가 도망할 것을 염려한 까닭이다. 그러므로 죄수들은 밤새도록 소리도 하고 이야기책도 읽기를 허락하였던 것이다. 이 규칙은 내게는 적용되지 않았으나 다른 사람들이 그러하므로 나도 자연 늦도록 놀다가 자게 되었다. 자꾸 듣는 동안에 자연히 시조니 타령이니 남이 하는 소리의 맛을 알게 되어서 나도 배울 생각이 났다. 나는 기생 서방 조덕근한테 평시조, 엮음시조, 남창지름, 여창지름, 적벽가, 새타령, 개구리타령 등을 배워서 남들이 할 때면 나도 한몫 거들었다.

이러는 동안에 세월이 흘러서 7월도 거의 다 갔다. 하루는 〈황성신문〉에 경성·대구·평양·인천에서 아무 날 강도 누구누구, 살인 누구누구 등과 함께 인천 감옥에 있는 살인강도 김창수를 교수형에 처한다는 기사가 난 것을 보았다. 그 날짜는 7월 스무이렛날이었다.

사람이 이런 일을 당하면 일부러 태연한 태도를 꾸밀 법도 하지만 어찌 된 일인지 내 마음은 조금도 경동되지 않았다. 교수대에 오를 시간이 겨우 반일밖에 남지 않았지만 음식과 독서와 담화를 평상시처럼 하였다. 그것은 아마 고 선생께 들은 말씀 중에 박태보朴泰輔가 보습으로 단근질을 받을 때에 '이 쇠가 식었으니 더 달구어 오너라.' 한 것이며, 심양에 잡혀갔던 삼학사에 관한 이야기를 들은 영향이라고 생각되었다.

내가 사형을 당한다는 신문 기사를 본 사람들은 뒤를 이어 찾아와서 마지막 인사를 하고는 눈물을 흘렸다. 이를테면 '산 조문'이

었다. 아무 나으리, 아무 영감들도 찾아와서,

"김 석사, 살아 나와서 상면할 줄 알았더니 이것이 웬일이오?"

하고 두 주먹으로 눈물을 씻고 갔다.

그런데 이상한 것은 밥을 손수 들고 오시는 어머니가 평소와 조금도 다름이 없으셨다. 아마 사람들이 내가 죽게 되었다는 말을 안 알려드린 것인가 하였다.

나는 '산 조문' 하는 손님이 돌아간 뒤에도 여느 때처럼 《대학》을 읽고 있었다. 인천 감옥 죄수의 사형 집행은 언제나 오후에 하게 되었고, 처소는 우각동牛角洞이란 것을 알므로 나는 아침과 점심을 잘 먹었다. 죽을 때 어떻게 하겠다는 마음의 준비도 없었다. 나는 이렇게 아무렇지도 않았지만 다른 죄수들이 나를 위하여 슬퍼해 주는 모습은 차마 볼 수가 없었다. 내게 음식을 얻어먹은 죄수들이며 글을 배운 제자들, 그리고 내게 소송에 대한 지도를 받던 죄수들이 애통해하는 모습은, 과연 그들의 부모가 죽을 때에도 그리할까 의심하리만큼 간절하였다.

차차 시간은 흘러서 오후가 되고 저녁때가 되었다. 교수대로 끌려 나갈 시각이 바짝바짝 다가왔다. 나는 내 목숨이 끊어지는 순간까지 성현의 말씀에 마음을 가라앉히고, 성현과 동행하리라 마음먹고 몸을 단정히 하고 앉아서 《대학》을 읽고 있었다. 그럭저럭 저녁밥이 들어왔다. 사람들은 내가 특별한 죄수라서 밤에 집행하는 깃이라고들 생각하고 있었다. 나는 예상하지 않았던 저녁 한 끼를 이 세상에서 더 먹은 것이었다.

저녁 무렵이 되어서 밖에서 여러 사람이 떠들썩하고 가까이 오는 인기척이 나더니 옥문 열리는 소리가 들렸다. 나는,

'옳지, 이제 때가 왔구나.'

하고 올 것을 가만히 기다리고 있었다. 나와 한방에 있던 죄수들은 자기가 죽으러 나가기나 하는 것처럼 모두 낯빛이 변하여 덜덜 떨고 있었다. 이때 문 밖에서,

"창수, 어느 방에 있소?"

하는 소리가 들렸다.

"이 방이오."

하는 내 대답은 듣는 것 같지도 않고 방문을 열기 전부터 어떤 목소리가,

"아이고, 이제는 창수 살았소! 아이고, 우리 감리 영감과 전 직원과 각 청사 직원이 아침부터 밥 한 술 못 먹고 끌탕(속을 태우는 걱정)만 하고 있었소. 창수를 어찌 차마 우리 손으로 죽이느냐고. 그랬더니 지금 대군주 폐하께옵서 집무실에서 전화로 감리 영감을 불러 계시고, 감리 영감은 김창수의 사형을 정지하라는 친칙親勅을 받잡고 밤중이라도 감옥에 내려가 김창수에게 알려주라는 분부를 내리셨소. 오늘 하루 얼마나 상심하였소?"

하고 관리들은 친동기가 죽기를 면하기나 한 것처럼 기뻐하였다. 뒤에 알고 보니 내가 사형을 면하고 살아난 데는 두 번 아슬아슬한 일이 있었으니, 그것은 이러하였다.

법무대신이 내 이름과 함께 몇 사형 죄인의 명부를 가지고 입궐

하여 상감의 칙재勅裁(임금이 옳고 그름을 가림)를 받았다. 상감께서는 다 재가를 하였는데 그때에 입시入侍(대궐에 들어가서 임금을 뵙던 일)하였던 승지 중 한 사람이 각 죄수의 공건을 뒤적이며 보던 중, 내 죄명이 국모보수國母報讐인 것을 보고 이상하게 여겨서 이미 재가 된 안건을 다시 가지고 어전에 나아가 임금께 보여드렸다. 상감께서는 즉시 어전회의를 여시어 내 사형을 정지하기로 결정하시고, 곧 인천 감리 이재정을 전화로 부르신 것이라 했다. 그러므로 그 승지의 눈에 '국모보수國母報讐' 네 글자가 띄지 않았더라면 나는 예정대로 교수대의 이슬이 되었을 것이니, 이것이 첫째로 이상한 인연이었다.

둘째로는 인천까지의 전화 가설공사가 완공된 지 3일째 되는 날이었다고 한다. 만일 서울과 인천 사이에 전화 개통이 되지 않았다면 아무리 위에서 나를 살리려 하셨더라도 그 은명恩命(관리를 임명하거나 죄를 용서하는 따위의 임금이 내리는 은혜로운 명령)이 오기 전에 나는 벌써 죽었을 거라고 한다.

그러자 감리서 주사가 뒤이어 찾아와서 하는 말에 의하면, 내가 사형을 당하기로 작정되었던 날 인천항 내 서른두 물상객주들이 통지문通文을 돌려서 집집마다 한 사람 이상 우각동으로 김창수 처형 구경을 가되, 각기 엽전 한 냥씩을 가지고 와서 그것을 모아 김창수의 몸값을 삼자, 만일 그것만으로 안 되거든 부족액은 서른두 객주가 담당하자고 작정하였더라고 한다. 감리시 주사는 내게 이런 말을 들려주고 끝으로,

"어쨌거나 김 석사, 이제는 천행으로 살아났소. 며칠 안으로 궐 내에서 은명이 계실 터이니 아무 염려 말고 계시오."
하고 갔다.

이제는 다들 내가 분명히 사형을 면한 것을 알게 되었다. 마치 눈서리가 내리다가 갑자기 춘풍이 부는 것과 같았다. 옥문이 열리는 소리에 벌벌 떨고 있던 죄수들은 내게 전하는 이러한 소식을 듣고 좋아서 죽을 지경인 모양이었다. 신골방망이(신골을 칠 때 쓰는 둥글고 기름한 방망이)로 차꼬를 두드리며 온갖 노래를 다 부르고, 푸른 바지저고리 차림으로 얼씨구나 좋다고 춤을 추며 익살을 부리는 모양이 마치 푸른 옷을 입은 배우들의 연극장과 같았다.

죄수들은 내가 그날 아무 일도 없는 듯이 태연자약한 것은 이렇게 무사하게 될 줄을 미리 알았던 것이라고 제멋대로 해석하고, 나를 이인異人이라 하여 앞날을 내다보는 사람이라고들 떠들었다. 더구나 어머니는 배를 타고 강화 갑곶을 지나오면서 강물에 같이 빠져 죽자고 하셨을 때, 내가 결코 죽지 않을 거라 했던 말을 기억하시고 내가 무엇을 아는 사람인 것처럼 생각하시는 모양이요, 아버지도 그런 생각을 가지시는 것 같았다.

대군주의 칙령으로 김창수의 사형이 정지되었다는 소문이 전파되자 전날에 와서 영결하던 사람들이 이번에는 조문이 아닌 치하 면회를 하러 왔다. 너무도 면회인이 많으므로 나는 옥문 안에 자리를 깔고 앉아서 몇 날 동안 응접을 하였다. 전에는 다만 나의 젊은 의기를 애석하게 여기는 것뿐이었지만 칙명으로 내 사형이 정지되는 것을 보고는 머지않아 대군주의 소명이 내려서 내가 영귀榮貴(지체가 높고 귀함)하게 되리라고 짐작하고 벌써부터 내게 아첨하는 사람조차 생기게 되었다. 이런 일은 일반 사람들뿐만 아니라 관리 중에도 있었다.

하루는 감리서 주사가 의복 한 벌을 가지고 와서 내게 주며 말하기를, 이것을 병마우후兵馬虞候(조선시대 때 각 도에 둔 병마절도사를 보좌하는 일을 맡아보던 무관 벼슬로 종3품) 김주경金周卿이라는 강화 사람이 감리 사또에게 청하여 전하는 것이니, 이 옷을 갈아입고 있다가 김주경이 오거든 만나라고 하였다.

이윽고 한 사람이 찾아왔는데 나이는 사십이나 되어 보이고, 면목이 단단하게 생겼다. 만나서 별 말은 없었고 다만,

"고생이나 잘하시오, 나는 김주경이오."

하고는 돌아갔다. 어머니께서 저녁밥을 가지고 오셔서 하시는 말씀이 김우후라는 양반이 아버지를 찾아와서 부모님 두 분의 옷감과, 필요한 곳에 보태라고 돈 200냥을 두고 가며 열흘 후에 또 오마고 하였다 한다. 이 말끝에 어머니는,

"네가 보니 그 양반이 어떻더냐. 밖에서 듣기에는 아주 훌륭한 사람이라 하더구나."

하시기에 나는 사람을 한 번 보고 어찌 잘 알 수 있을까만 그 사람이 하는 일은 고맙다고 말씀드렸다.

김주경에게 내 일을 알린 사람은 인천 감옥의 사령 우두머리로

있는 최덕만崔德萬이었다. 최덕만은 본래 김우후 집 계집종의 서방이었다. 최덕만에게 김주경의 내력과 인격을 자세히 물어보았다. 김주경의 자는 경득이며, 강화 아전의 자식이었다. 병인양요丙寅洋擾 이후에 대원군이 강화에 3,000명의 무사를 양성하고 섬 주위에 두루 포루砲樓를 쌓아 국방 영문을 세울 때에 포량고지기(군수품 창고지기)가 된 것이 그의 출세의 시초였다. 그는 성품이 호방하여 초립동이 시절에도 글 읽기를 싫어하고 투전을 일삼았다.

한 번은 그의 부모가 그를 징계하기 위하여 며칠 동안 곳간에 가두었더니, 들어갈 때 투전목을 가지고 들어가서 거기 갇혀 있는 동안에 투전에 대한 여러 가지 묘법을 터득하였다. 나와서 투전을 몇 만 목을 만들었는데, 자기만 알 수 있는 표시를 하여 강화도로 가지고 가서 팔았다. 강화는 섬이라서 포구마다 고깃배들이 빽빽하게 세워져 있는 곳이다. 김주경은 이 투전목을 친구들에게 나누어주고 고깃배마다 들어가서 팔게 하였다. 그리고 자기는 이 배 저 배로 돌아다니면서 투전을 하여 수십만 냥의 돈을 땄다.

김주경은 그렇게 얻은 돈으로 강화와 인천 각 관청의 관리를 매수하여 그의 지휘에 복종하게 하고, 또 꾀 있고 용맹 있는 자들을 많이 모아 제 식구를 만들어놓고는 어떠한 세도 있는 양반이라도 비리를 저지르는 자가 있으면 직간접으로 꼭 혼을 내고야 말았다. 설사 경내에 도적이 나서 포교가 범인을 잡으러 나오더라도 먼저 김주경에게 물어보아서 그가 잡아가라면 잡아가고, 그에게 맡기고 가라면 포교들은 거역을 못 하였다.

당시에 강화에는 큰 인물 둘이 있었으니 양반에는 이건창李健昌이요, 상놈에는 김주경이라고 하였다. 대원군이 김주경의 인격을 자세히 알아보고 포량감包糧監의 중임을 맡겼다 한다.

최덕만이 하는 말을 들어보니, 김주경이 어느 날 자기 집에 와서 밥을 먹으면서 말하기를, 김창수를 살려내야 할 터인데 요새 정부의 대관들은 모두 눈에 구리녹이 슬어서 돈밖에는 아무것도 보이지 않으니 이번에 집에 가서 가산을 모두 팔아가지고 김창수의 부모님을 모시고 서울로 가서 무슨 짓을 해서라도 석방운동을 하겠노라 하였단다.

열흘이 지난 후에 과연 김주경이 인천에 왔다. 부모님 중에 한 분만 서울로 동행하자고 하여 내 어머니가 서울로 가시고 아버지는 인천에 머무셨다.

김주경은 서울로 가서 첫 번째로 당시 법무대신 한규설韓圭卨을 찾아서 내 말을 전하고, 이런 사람을 살려내야 충의지사忠義志士가 많이 나올 테니, 폐하께 비밀리에 주청을 드려 나를 조속히 방면하라고 하였다. 한규설도 내심으로는 찬성하였으나, 일본 공사 하야시 곤스케[林權助가 벌써 김창수를 죽이지 않은 것을 문제 삼아서 대신 중에 누구든지 김창수를 옹호하는 자는 무슨 수단으로든 해치려 하니, 옳은 일인 줄은 알지만 어떻게 할 방도가 없다고 거절하였다. 김주경은 분개하여 대관들에게 욕을 퍼붓고 나와서, 공식적으로 법부에 김창수 석방을 요구하는 소상을 올렸다. 그러자 '국모의 원수를 갚는다고 한 말의 뜻은 가상하나 일이 중대하니 여기서 마음대로 할 수 없다.'는 소장에 대한 답변서가 내려왔다.

　그 후에도 제2차, 제3차로 각 관청에 소장을 올렸으나 어디나 마찬가지로 이리 미루고 저리 미루어 결말을 보지 못하였다. 이 모양으로 김주경은 7, 8개월 동안이나 나를 위하여 송사를 하는 통에 그 집 재산은 다 탕진되었고, 아버지와 어머니도 번갈아서 인천에서 서울로 오르락내리락하셨으나 결국 아무 효과도 없이 김주경도 마침내 나를 석방하는 운동을 중지하고 말았다.

　김주경은 소송을 단념하고 집에 돌아와서 내게 편지를 보냈는데 보통의 위문편지였고, 오언절구 한 수를 적었다.

　새는 조롱을 벗어나야 진짜 좋은 새이며[脫籠眞好鳥]

　통발을 벗어난 물고기가 어찌 예사스러우랴[拔扈豈常鱗]

　충신은 반드시 효에서 비롯되니[求忠必於孝]

　그대여, 자식 기다리는 어머니를 생각하소서![請看依閭人]

　이 시를 읽고서 나는 곧장 김주경에게 그동안 나를 위하여 온 마음을 다한 것에 감사하고, 구차히 살길을 위하여 생명보다 중한 광명을 버릴 뜻이 없으니 너무 염려하지 말라고 답장하였다.

　김주경은 그 후 동지를 규합하여 당시 관용선인 청룡환靑龍丸, 현익호顯益號, 해룡환海龍丸 세 척 중에서 하나를 탈취하여 해적이 될 준비를 하였다. 그러나 강화 군수에 의해 미리 염탐되어서 일이 틀어지는 바람에 도망하였는데, 도중에 그 군수의 행차를 만나 군수를 실컷 두들겨주고 블라디보스토크 방면으로 갔다고도 하고 근방 어느 곳에 숨어 있다고도 하였다.

　그 후에 아버지는 김주경이 서울에서 소송 걸었던 문서 전부를 가지고 강화의 이건창을 찾아서 나를 구출할 방책을 물으셨으나 그도 역시 탄식만 할 뿐이었다고 한다.

　나는 그대로 옥중생활을 계속하며 신학문을 열심히 공부하였다. 나는 모든 일을 하늘의 뜻에 맡기고 성현과 더불어 동행하자는 생각은 변함이 없었으므로 탈옥 도주는 염두에도 두지 않았다. 그러나 장기수로 조덕근이 10년, 김백석金白石도 10년, 양봉구梁鳳求는 3년, 이름은 잊었으나 종신수도 하나 있어서 그들은 조용할 때면 가끔 내게 탈옥하자는 뜻을 비쳤다. 그들은 내가 하려고만 하면 한 손에 몇 명씩 쥐고 공중으로 날아서라도 그들을 건져낼 수 있는 것같이 생각하는 모양이었다. 두고두고 그들이 눈물을 흘려가며 살려달라고 조르는 바람에 내 마음도 움직이기 시작하였다. 그들의 생각에 나는 얼마 후면 대군주로부터 은명이 내려서 크게 귀하게 되겠지만 나마저 나가면 자기들은 어떻게 살랴 하는 것이었다.

　나는 생각하였다. 상감께서 나를 죄인으로 알지 않으심은 내 사형을 정지시킨 친칙으로 보아 분명하고, 동포들이 내가 살기를 원하는 것도 김주경을 비롯하여 인천항의 물상객주들이 돈을 모아서 내 목숨을 사려고 한 것으로 알 수 있다. 위아래가 다 내가 살기를 원하지만 나를 놓아주지 못하는 것은 오직 왜놈 때문이다.

내가 옥중에서 죽어버린다면 왜놈을 기쁘게 할 뿐이니 내가 탈옥을 하더라도 의리에 어긋나는 것이 없다고, 이리하여 나는 탈옥할 결심을 하였다. 내가 조덕근에게 내 결심을 말하니 그는 벌써 살아난 듯이 기뻐하면서 무엇이나 내가 시키는 대로 할 것을 맹세하였다. 나는 그에게 자기 집에서 밥을 가져오는 사람 편에 편지를 보내 돈 200냥만 들여와서 은밀히 몸에 감추어두라고 하였다. 그랬더니 조덕근의 집에서는 그날로 당장 200냥을 감옥으로 가져왔다. 이것으로 탈옥의 한 가지 준비는 된 것이다.

둘째로 큰 문제가 있으니, 그것은 강화 사람 황순용黃順用이라는 사람을 내 편으로 만드는 것이었다. 황가는 절도죄로 3년 징역을 거의 다 치르고 만기 출소가 멀지 않았으므로 감옥의 규례대로 다른 죄수를 감독하는 직책을 맡고 있었다. 이자를 이편으로 끌어들이지 않고는 일이 될 수가 없었다. 그런데 이 황가에게 한 약점이 있었으니 그것은 그가 김백석을 남색男色(남자끼리 동성연애)으로 지극히 사랑하는 것이었다. 김백석은 아직 17, 8세의 미소년인데 절도 재범으로 10년 징역의 판결을 받고 복역한 지가 한 달쯤 된 사람이었다. 나는 김백석을 이용하여 황가를 포섭(상대편을 자기편으로 감싸 끌어들임)하기로 계획을 정하였다.

나는 조덕근으로 하여금 김백석을 충동하고, 김백석으로 하여금 황가를 졸라서, 황가로 하여금 내게 김백석을 탈옥시켜주기를 빌게 하였다. 계교는 맞아떨어졌다. 황가는 날더러 김백석을 놓아달라고 졸랐다. 나는 그를 엄히 책망하고 다시는 그런 죄지을 말

은 말라고 엄명하였다. 그러나 김백석에게 자꾸 졸리는 그는 하루
에도 몇 번씩 눈물을 흘리면서 나를 찾았다. 내가 뿌리치면 뿌리
칠수록 그의 청은 간절하여서 한 번은,

"제가 대신 징역을 져도 좋으니 백석이만 살려주십시오."

하고 황가는 울었다. 비록 더러운 애정이라 하여도 애정의 힘은
과연 컸다. 그제야 내가 황가에게 절대 복종하겠노라는 서약을 받
고서 쾌히 허락하였다. 황은 백배사례하고 기뻐하였다. 이리하여
두 번째 준비도 끝이 났다.

다음에 나는 아버지께 면회를 청하여 한 자 길이 되는 세모난
철장 하나를 가져다주시라고 여쭈었다. 아버지께서는 얼른 알아
차리고 그날 저녁에 새 옷 한 벌에 그 창을 싸서 보내주셨다.

드디어 마지막으로 탈옥할 날을 정하였으니, 무술년 3월 초아흐
렛날이었다. 이날 나는 당번하는 옥사정 김가에게 돈 150냥을 주
면서 오늘 밤에 죄수들에게 한턱을 낼 터이니 쌀과 고기와 모주 한
통을 사 달라고 부탁하였다. 내가 죄수에게 턱을 내는 것은 한두
번이 아니었기 때문에 옥사정도 예사로 알았다. 그리고 따로 돈 25
냥을 옥사정에게 주어 그것으로는 아편을 사서 피우라고 하였다.
아편 값 25냥이 생긴 것이 무엇보다도 좋아서 두말없이 모든 것을
내 말대로 하였다. 옥사정이 아편쟁인 줄을 내가 알았기 때문이다.
관리들이나 죄수 모두 나는 조만간 은명으로 귀히 될 것이라고 믿
었기 때문에 아무도 내가 탈옥 도주를 하리라고는 꿈에도 생각하
지 않았다. 조덕근, 양봉구, 황순용, 김백석 네 사람도 나는 그냥

감옥에 머물러 있고 자기네만을 빼어주는 줄 믿고 있었다.

저녁밥을 들고 오신 어머니께, 오늘밤 감옥에서 나가려 하니 오늘 저녁 안으로 배를 타고 고향으로 돌아가셔서 자식이 찾아갈 때를 기다리라고 여쭈었다.

50여 명의 징역수와 30여 명의 미결수들은 주렸던 창자에 고깃국과 모주를 실컷 먹고 취흥이 도도하였다. 옥사정 김가에게 이 방 저 방 돌아다니며 죄수들 소리나 시키며 놀자고 내가 청하였더니 김가는 좋아하며,

"이놈들아, 김 서방님 들으시게 장기대로 소리들이나 해라."

하고 생색을 내며 저는 소리보다 좋은 아편을 피우려고 제 방으로 들어가 버렸다.

나는 도적 방에서 잡범 방으로, 잡범 방에서 도적 방으로 왔다 갔다 하다가 슬쩍 마루 밑으로 들어가서 바닥에 깐 박석(정방형으로 구운 옛날 벽돌)을 창끝으로 들춰내고 땅을 파서 감옥 밖으로 나섰다. 그리고 감옥 담을 넘을 줄사다리를 매어놓고 나니 문득 딴생각이 났다. 다른 사람을 끌어내려다가 무슨 일이 날지 모르니, 이 길로 나 혼자만 나가버리자 하는 것이었다. 그자들은 좋은 사람도 아니니 기어코 구해낸들 무엇하랴. 그러나 얼른 돌려 생각하였다. 사람이 현인군자에게 죄를 지어도 부끄럽거늘 하물며 저들과 같은 죄인에게 죄인이 되고서야 어찌 하늘을 이고 땅을 밟으랴. 종신토록 수치가 될 것이다.

나는 내가 나온 구멍으로 다시 들어가서 천연덕스럽게 내 자리

에 돌아가 앉았다. 그들은 여전히 흥에 겨워서 놀고 있었다. 나는 눈짓으로 조덕근의 무리를 하나씩 불러서 나가는 길을 일러주어다 내보내고 다섯 번째로 내가 나가 보니 먼저 나온 네 명은 담을 넘을 생각도 하지 않고 밑에 소복하니 모여 앉아서 벌벌 떨고 있었다. 나는 하나씩 하나씩 궁둥이를 떠받쳐서 담을 넘겨 보내고 마지막으로 내가 담을 넘으려 할 때, 먼저 나간 자들이 감리영과 옥을 통합하여 용동龍洞 마루를 송판으로 둘러막은 데를 넘느라고 요란한 소리를 내고 말았다. 밤중에 요란한 소리가 나니 경무청과 순검청에서는 무슨 큰일이 난 줄 알고 즉시 호각을 불어 비상소집을 하는 모양이었다.

옥문 밖에서는 벌써 통탕통탕하고 그들의 발자국 소리가 들렸다. 나는 아직도 옥담 밑에 서 있었다. 이제는 내 방으로 돌아갈 수도 없는 상황이라 재빨리 달아나는 것이 상책이었다. 그러나 남을 넘겨주기는 쉬워도 한 길 반이나 넘는 담을 혼자 넘기가 어려웠다. 나 혼자는 줄사다리로 어름어름 넘어갈 새가 없었다. 옥문 열리는 소리, 죄수들이 떠들썩하는 소리까지 들려왔다. 나는 죄수들이 물통을 마주 메는 한 길이나 되는 몽둥이를 짚고 몸을 솟구쳐서 담 꼭대기에 손을 걸고 저편으로 뛰어넘었다. 이렇게 된 이상 내 길을 막는 자가 있으면 사생결단할 결심으로 쇠창을 손에 들고 정문인 삼문으로 바로 나갔다. 삼문을 지키던 파수 순검들도 비상소집에 간 모양이어서 거리는 아무도 없었다. 나는 탄탄대로로 나왔다. 들어온 지 2년 만에 인천 감옥을 나온 것이다.

방랑의 길

옥에서는 나왔으나 어디로 갈 바를 몰랐다. 늦은 봄 밤안개가 자욱한데다가 인천은 몇 해 전 서울 구경을 왔을 때 한 번 지나갔을 뿐이라, 길이 생소하여 어디가 어딘지 알 수가 없었다. 나는 지척을 분간할 수 없는 캄캄한 밤에 물결소리를 더듬어서 모래사장을 헤매다가 훤히 동이 틀 때에 보니 기껏 달아난다는 것이 감리서 바로 뒤 용동 마루터기에 와 있었다. 잠시 숨을 돌리고 휘휘 둘러보니 수십 보 밖에 순검 한 명이 벌써 군도를 절그럭거리며 내가 있는 데로 달려오고 있었다. 나는 길가 어떤 가겟집 함실아궁이를 덮은 널빤지 밑에 몸을 숨겼다. 순검의 흔들리는 환도집이 바로 코끝을 스칠 듯이 지나갔다.

아궁이에서 나오니 벌써 훤하게 밝았는데, 천주교당의 뾰족 집이 보였다. 그것이 동쪽인 줄 알고 걸어갔다.

나는 어떤 집에 가서 주인을 불렀다. 누구냐 하기에,

"아저씨, 나와 보세요."

하였더니 그는 나와서 의심스러운 눈으로 나를 보았다. 나는 김창수인데 간밤에 인천 감리가 비밀리에 석방해 주었으나 이 꼴을 하고 대낮에 길을 갈 수가 없으니 날이 저물 때까지 집에 머물게 해 달라고 청하였다. 주인은 안 된다고 거절하였다. 또 얼마를 가노라니까 모꾼(날품팔이 일꾼) 하나가 상투바람에 두루마기를 걸치고 소리를 하며 내려왔다. 그는 식전에 막걸리 집으로 가는 모양이었다. 나는 또 사실을 말하고 빠져나갈 길을 물었더니, 그 사람은 대단히 친절하게 나를 이끌고 좁은 뒷골목 길로 요리조리 사람의 눈에 안 띄게 화개동花開洞 마루터기까지 가서 이리 가면 수원이요, 저리 가면 시흥이니 마음대로 어느 길로든지 가라고 일러주었다. 미처 그의 이름을 못 물어본 것이 한이다.

나는 서울로 갈 작정으로 시흥 가는 길로 들어섰다. 내 행색을 보면 누가 보든지 참말로 도적놈이라고 할 것이다. 감옥에서 장티푸스를 앓은 후 머리털이 다 빠져서 새로 난 머리카락은 소위 솔잎상투로 꼭대기만 노끈으로 비끄러매서 수건으로 동여매고, 두루마기도 없이 동저고릿바람이었다. 옷은 가난한 사람의 것은 아닌데, 새로 입은 옷에 보기 흉한 흙물이 들어서 스스로 살펴보아도 평범한 사람으로 보이지는 않았다.

인천 시가를 벗어나 5리쯤 가서 해가 떴다. 바람결에 호각 소리가 들리고 산에도 사람이 희끗희끗하였다. 내 이런 꼴로는 산에 숨더라도 수사망에 걸릴 것 같으므로 허허실실로 차라리 대로변에 숨으리라 하고 길가 잔솔밭에 들어가서 솔포기 밑에 몸을 감추고 드러누웠다. 얼굴은 솔가지를 꺾어서 덮었다. 아니나 다를까, 군도를 찬 순검과 벙거지를 쓴 압뢰들이 지껄이며 내가 누워 있는

옆으로 지나갔다. 그들의 주고받는 말로 조덕근은 서울로, 양봉구
는 배로 달아난 것을 알았고 나에 대해서는,

"김창수는 장사니까 잡기 어려울 거야. 하기야 잘 달아났지. 옥
에서 썩으면 무얼 하게."
하는 소리를 들었다. 그 목소리의 주인이 누군지 나는 다 알 수 있
었다.

나는 온종일 솔포기 밑에 누워 있다가 순검이 누구누구며 압뢰
김장석金長石 등이 도로 내 발부리를 지나서 인천으로 돌아가는
것을 보고서야 누웠던 자리에서 일어나 나왔다. 벌써 황혼이었다.
그러나 전날 이른 저녁밥 이후로는 물 한 방울 못 마시고 눈 한 번
못 붙인 나는 하늘이 빙빙 돌고 정신을 차릴 수가 없어서 몇 발자
국 옮기기가 어려웠다.

나는 가까운 동네 어떤 집에 가서, 황해도 연안에 가서 쌀을 사
가지고 오다가 북성포 앞에서 배가 부서진 서울 청파 사람이라고
말하고 밥을 좀 달라고 하였더니 주인이 죽 한 그릇을 내다주었
다. 나는 누구에게 정표로 받아서 몸에 지니고 있던 화류면경(꽃
과 버드나무 그림이 그려진 거울)을 꺼내어 그 집 아이에게 뇌물로
주고 하룻밤 머물기를 청했으나 거절당하였다. 그리고 보니 죽 한
그릇에 엽전 한 냥을 주고 사 먹은 셈이 되었다. 그때 엽전 한 냥
이면 쌀 한 말 값도 더 되었다. 또 한 집 사랑에 들어갔으나 다시
퇴짜를 맞고 하릴없이 방앗간에서 자기로 하였다. 나는 옆에 놓인
짚단을 가져다가 깔고 덮고 드러누웠다. 인천 감옥에서 2년 동안

지내던 연극의 제1막이 내리고 지금의 방앗간 잠으로 제2막이 열리는구나 하는 생각이 마음속에 들었다. 소리를 내어서 《손무자》와《삼략》을 낭독하니 지나가던 동네 사람들이 수군거렸다.

"거지가 글을 다 읽는다."

"예사 거지가 아니야. 아까 큰사랑에 와서 하룻밤 묵어가자고 하던 사람이야."

나는 미친 사람 모양으로 혼자 욕설을 퍼붓다가 잠이 들었다.

새벽에 일찍 일어나서 버리고개를 향하여 걸어가다가 밥을 빌어먹을 생각으로 어떤 집 문 앞에 섰다. 나는 거지들이 기운차고 넌출지게(본래는 식물의 덩굴 따위가 길게 치렁치렁 늘어지다는 뜻인데, 여기서는 소리가 끊이지 않고 길게 늘어지는 것을 의미) 밥을 달라고 떠들던 모양을 생각하고,

"밥 좀 주시오."

하고 힘껏 소리를 질렀다. 내 딴에는 목청껏 외친다는 것이 그 집 개가 먼저 알아채고 어지럽게 짖어대는 서슬에 주인이 머리를 내밀었다. 주인은 밥은 없으니 숭늉이나 먹으라고 한 그릇을 주었다. 그것을 얻어먹고 또 걸었다.

오랫동안 좁은 세계에서 살다가 넓은 천지에 나와서 가고 싶은 대로 활활 갈 수 있는 것이 참으로 신통하고 상쾌하였다. 나는 배고픈 줄도 모르고 감옥에서 배운 시조와 타령을 하면서 부평, 시흥을 지나 그날로 양화진 나루에 다다랐다. 강만 건너면 서울이지만 날은 저물고 배는 고프고, 또 나룻배를 타려 해도 뱃삯 줄 돈이

없었다. 그래서 동네 서당을 찾아 들어갔다.

선생과 인사를 청하니 그는 내가 나이 어리고 의관을 갖추어 입지 않은 것을 보고 초면에 낮춤말을 사용하였다. 나는 정색하고 선생을 나무랐다.

"선생이 이렇게 교만하고 예의가 없으니 어찌 남을 가르치겠소? 내가 일시 운수가 불길하여 길에서 도적을 만나 의관과 행장을 다 빼앗기고 이 꼴로 선생을 대하게 되었소만 사람을 그렇게 괄시하는 법이 어디 있소. 허, 예절을 알 만한 이를 찾아온다는 것이, 허 참, 봉변이로고."

선생은 곧 사과하고 다시 인사를 청하였다. 그러고는 그날 밤 함께 있는 것을 허락하고 토론으로 하룻밤을 지냈다. 아침밥을 먹은 후에 선생이 아이 하나에게 편지를 주어 나룻배 주인에게 전해 주었다. 덕분에 나는 뱃삯 없이 양화진을 건너 서울에 도착할 수 있었다.

나는 감옥에서 사귀었던 진 오위장陣五衛將을 찾아갔다. 이 사람은 남영희궁의 청지기로 있는 사람으로서 배오개 유기장 등 대여섯 명을 모아서 인천 바다에 배를 띄우고 백동전 위조를 사주하다가 깡그리 붙들려서 1년 동안이나 나와 함께 옥살이를 하였다. 그들은 내게 생전 못 잊을 신세를 졌다며 날더러 출옥하는 날에는 꼭 찾아달라는 말을 남기고 나갔다.

내가 남영희궁을 찾아간 것은 황혼이었다. 진 오위장은 마루 끝에 나와서 물끄러미 나를 바라보더니,

"아이고머니, 이게 누구요?"

하고 버선발로 마당에 뛰어나와 내게 매달렸다. 그리고 내 손을 끌고 방으로 들어가서 내가 나온 곡절을 물었다. 나는 사실대로 말하였다. 그러자 진 오위장은 나를 앉힌 후 자기 식구들을 불러서 내게 인사를 시키는 한편, 사람을 보내어 예전에 같이 감옥에 있던 공범들을 불러 모았다. 그들은 내 행색이 수상한 것을 보고는 걱정이 되었던지 한 사람이 한 가지씩 추렴을 모아서 갓과 망건과 두루마기를 사다주고 속히 갈아입으라고 하였다. 나는 3, 4년 만에 비로소 망건을 쓰니 저절로 눈물이 떨어졌다.

이렇게 며칠 동안 진 오위장 일파와 모여 잘 놀았다. 그러는 동안에 나는 조덕근을 두 번이나 찾아갔으나 이 핑계 저 핑계를 대며 나를 전혀 만나주지 않았다. 중죄인인 나를 아는 체하는 것이 이롭지 못하다고 생각하는 모양이었다. 며칠 동안 이 사람 저 사람들에게 성찬을 잘 대접받고 다리도 쉰 나는 팔도강산 구경이나 하겠다며 작별을 고하니, 여러 사람이 추렴하여 노자를 한 짐 지워주었다.

그날로 동작이 나루를 건너 삼남지방으로 향했다. 그때 내 마음이 심히 울적하여 승방 뜰에서부터 술을 마시기 시작하여 매일 술에 취해 비틀거리며 과천을 지나 겨우 수원 오산장에 다다랐을 때에 벌써 한 짐 돈을 다 써버리고 말았다. 나는 오산장 서쪽 동네에 사는 김 삼척金三陟의 집을 찾기로 하였다. 주인 영감은 삼척 영장

(감영이나 병영에 딸린 진영의 무관직 벼슬)을 지낸 사람으로서 아들이 6형제가 있었는데 그중 맏아들인 김동훈이 인천항에서 장사를 하다가 실패한 관계로 인천옥에서 한 달 정도 고생할 때 나와 절친하게 되었다. 그가 감옥에서 나올 때 내 손을 잡고 꼭 후일에 서로 만나기를 약속한 것이었다. 나는 김 삼척 집에서 대환영을 받아서 그 아들 6형제와 더불어 밤낮으로 술을 마시고 소리를 하며 며칠을 놀다가 노자까지 얻어가지고 또 길을 떠났다.

공주를 지나 은진 강경포에 있는 공종렬孔鍾烈의 집을 찾아갔다. 그도 인천 감옥에서 사귄 사람으로서 그 어머니도 옥에 면회하러 왔을 때 알았으므로 많은 우대를 받고, 공종렬의 소개로 그의 매부 진선전陣宣傳을 전라도 무주에서 찾은 후, 나는 이왕 삼남에 왔던 길이니 남원에서 김형진을 찾아보리라 마음먹고 이동耳洞을 찾아갔다. 동네 사람 말이 김형진의 집이 과연 대대로 이 동네에 살았으나 몇 해 전에 동학에 들어가 다 망한 후에 가족을 이끌고 도망한 후로는 소식이 없다고 했다. 나는 대단히 섭섭하였다.

전주 남문 안서에서 한약국을 하는 최군선崔君善이 자기의 매부라는 말을 김형진한테 들었던 것을 기억하고 찾아갔으나 최군선은 대단히 냉랭하게, 그가 처남인 것은 사실이나 무거운 짐을 자신에게 지우고 벌써 죽었다고 원망조로 말할 뿐이었다. 나는 슬픈 마음을 금하기 어려웠다. 그런 중에 최군선의 응접이 너무 불친절한 것을 보니 더 물어볼 마음조차 생기지 않아서 그와 곧 작별하고 마침 그날이 전주 장날이어서 장터에 나가 구경하였다. 나는 어떤 포목전 앞에 서서 포목을 파는 청년 하나를 보았다. 그의 모습이 김형진과 흡사하기에 그가 흥정을 하고 나오기를 기다려서 붙잡고,

"당신 김 서방 아니오?"

하고 물으니 그가 그렇다고 대답하였다.

"노형이 김형진 씨 계씨(아우) 아니시오?"

하였더니, 그는 무슨 의심이 났는지 머뭇거리며 대답하지 못했다.

"나는 황해도 해주 사는 김창수요. 노형 백씨(형) 생전에 혹시 내 말을 못 들으셨소?"

하였더니 그제야 그는 눈물을 흘리면서 그의 형이 생전에 늘 내 말을 하였을 뿐 아니라, 임종할 때에도 나를 못 보고 죽는 것이 한이라는 말을 했다고 한다.

나는 그 청년을 따라서 금구金溝 원평院坪에 있는 그의 집으로 갔다. 조그마한 농가였다. 그가 그 어머니와 형수에게 내가 왔다는 말을 고하니 집 안에서는 곡성이 진동하였다. 김형진이 죽은 지 열아흐레 되는 날이었다. 나는 궤연(신주를 모신 곳)에 곡하고 늙은 어머니와 젊은 부인에게 인사를 하였다. 고인에게는 맹문孟文이라는 8, 9세 되는 아들이 있고, 그의 아우에게는 맹렬孟悅이라는 아들이 있었다.

나는 이 집에서 가버린 벗을 생각하여 수일을 더 쉬고 목포로 갔다. 그것도 무슨 목적이 있는 것은 아니었다. 그때의 목포는 새로 열린 항구여서 관청의 건축도 채 되지 않은 엉성한 곳이었다.

여기서 우연히 양봉구를 만났다. 나와 같이 탈옥한 넷 중의 한 사람이다. 그에게서 조덕근이 다시 잡혀서 눈 하나가 빠지고 다리가 부러졌다는 말과, 그때 당직 옥사정이던 김가가 아편 중독으로 옥에서 죽었다는 말을 들었다. 나에 관한 소문은 못 들었다고 하였다. 양봉구는 약간의 노자를 내게 주며 인천과 목포 간에 순검들이 서로 내왕하고 있고, 팔도 사람이 다 모여드는 곳이니 오래 머물 곳이 못 된다 하여 어서 떠나라고 권하였다.

나는 목포를 떠나서 광주를 지나 함평에 이름난 육모정六毛亭 이 진사李進士 집에 과객으로 하룻밤을 잤다. 이 진사는 부유한 사람은 아니었으나 육모정에는 언제나 손님이 많았고, 손님들께 조석을 대접할 때에는 이 진사도 손님들과 함께 상을 받았다. 밥상은 주인이나 손님이나 일체 평등하여 조금도 차별이 없었고 하인들이 손님들을 대하는 태도도 그 주인께 대하는 것과 똑같이 하였다. 이는 주인인 진사의 인격을 보여주는 것으로써 참으로 놀라운 규모요, 가풍이었다.

육모정은 이 진사의 정자인데 그 속에는 침실, 식당, 응접실, 독서실, 휴양실 등을 갖추어 놓았다. 그때 글을 읽던 두 학동이 지금의 이재혁李載爀, 이재승李載昇 형제다. 나는 하룻밤을 쉬고 떠나려 하였으나 이 진사가 굳이 만류하여 얼마든지 더 묵고 가라는 말에는 은근한 신정新情(새로 사귄 정)이 담겨 있었다. 나는 주인의 정성에 감동되어 육모정에서 보름을 묵었다.

내가 다음 날 이 진사 집을 떠난다는 말을 듣고 자기 집으로 청한 사람이 있었다. 그는 나보다 다소 연장자인 장년의 한 선비로, 내가 육모정에 묵는 동안 날마다 와서 담화하던 사람이었다. 나는 그의 청을 물리칠 수가 없어서 저녁밥을 먹으러 그의 집으로 갔다. 집은 참말 게딱지와 같고 방은 단 한 칸뿐이었다. 그 부인이 개다리소반에 주인과 겸상으로 저녁상을 들여왔다. 주발 뚜껑을 열고 보니 밥은 아니요, 무엇인지 모를 것이었다. 한 숟가락을 떠서 입에 넣으니 맛이 쓰기가 곰의 쓸개와 같았다. 그것은 쌀겨와 팥으로 만든 겨범벅이었다. 주인은 내가 이 진사 집에서 매일 흰밥에 좋은 반찬을 먹는 것을 보았지만 조금도 미안해하는 기색도 없이 혼연히 저도 먹고 내게도 권하였다. 나는 그의 높은 뜻과 깊은 정에 감격하여 조금도 남기지 않고 다 먹었다.

다시 함평을 떠나 강진, 고금도, 완도를 구경하고 장흥을 거쳐 보성으로 갔다. 보성에서는 송곡면(지금은 득량면이라고 고쳤다고 한다) 득량리에 사는 종씨 김광언金廣彥이라는 이를 만나 그 여러 댁에서 40여 일이나 묵고 떠날 때에는 그 동네에 사는 선宣씨 부인한테 필낭 하나를 신행(먼 길을 떠나는 사람에게 주는 시문이나 물건) 선물로 받았다.

보성을 떠나 화순, 동복, 순창, 담양을 두루 구경하고 쌍계사에 들러 칠자 아자방을 보고 다시 충청도로 올라와 계룡산 갑사에 도착한 것은 감이 벌겋게 익어 달리고, 낙엽이 날리는 늦은 가을이었다. 나는 절에서 점심을 사 먹고 앉아 있었더니 동학사로부터 왔노라며 점심을 시켜 먹는 유산객(산으로 놀러 다니는 사람) 한 사람이 있었다. 통성명을 하니, 그는 공주에 사는 이 서방이라고 하였다. 나이는 사십이 넘은 듯한데 그가 들려주는 자작의 시로 보나 그가 말하는 것으로 보나 퍽 비관을 품은 사람이었다. 비록 초면이라도 피차가 다 허심탄회하여 말이 서로 맞았다. 어디로 가는 길이냐고 묻기에 나는 개성에 나고 자랐고, 장사를 업으로 삼다가 실패하여 홧김에 강산 구경을 떠나 삼남으로 돌아다닌 지가 거의 1년이 되었고, 지금은 고향으로 간다고 대답하였다.

이 서방은 내게 다정하게 마곡사가 여기서 40리밖에 안 되니 같이 가서 구경하고 가는 것이 어떻겠느냐고 청하였다. 나는 마곡사라는 말이 의미심장하게 들렸다. 내가 어려서 읽은 《동국명현록東國名賢錄》이란 책에 실려 있는 이야기가 있었다.

화담花潭 서경덕徐敬德 선생이 동지하례에 참례하여 크게 웃으니 임금이 물었다.

"경은 무슨 일로 무리 가운데 혼자 웃으시오?"

화담이 아뢰었다.

"오늘 밤 마곡사 상좌승이 밤중에 죽을 끓이려고 불을 때다가 졸음을 이기지 못해 죽 솥에 빠져 죽었는데, 다른 중들은 전혀 알지 못하고 죽을 먹으며 희희낙락하는 것을 생각하니 우스워서 그랬습니다."

임금이 곧 파발마를 놓아 하루 밤낮을 쉬지 않고 300여 리를 달려 마곡사로 가서 조사하게 하였더니 과연 그런 일이 있었다는 이야기다.

내가 승낙하고 이 서방과 같이 마곡사를 향해 동행하였다. 길을 걸으면서 알게 된 사실은 이 서방이 홀아비이며 사설 글방[私塾]의 훈장으로 여러 해 지냈으며, 지금은 마곡사에 들어가 중이 되려 하니 나도 같이 하면 어떻겠냐고 하였다. 나도 중이 될 마음이 없지는 않았으나 돌연히 일어난 문제라 당장에 대답은 하지 않았다.

하루 종일 걸어서 마곡사 앞 고개에 올라선 때는 벌써 황혼이었다. 온 산에 가득한 단풍잎이 누릇누릇 불긋불긋하여 가을바람에 서글픈 나그네[遊子悲秋風]의 감회를 깊게 하였다. 마곡사는 저녁 안개에 잠겨 있어서 풍진에 더럽힌 우리의 눈을 피하는 듯하였다. 저녁 종소리가 안개를 헤치고 나와 내 귀에 닿아, 일체 번뇌를 해탈하고 입문하라고 권고하는 것같이 들렸다.

이 서방이 다시 다져 물었다.

"김형, 어찌하시려오? 세사를 다 잊고 나와 같이 중이 됩시다."

나는 웃으며 대답하였다.

"여기서 말하면 무엇하오? 일단 중이 되려는 자와 중을 만드는 자가 마주한 자리에서 의견이 맞아야 할 것 아니오?"

"그건 그렇소."

우리는 안개를 헤치고 고개를 내려가서 산문으로 한 걸음 한 걸음 걸어 들어갔다. 걸음마다 내 몸은 더러운 세계에서 깨끗한 세계로, 지옥에서 극락으로, 세간에서 출세간으로 옮아가는 것이었다. 매화당梅花堂을 지나 소리쳐 흐르는 시냇물 위에 걸린 긴 나무다리를 건너 심검당尋劍堂에 들어가니 머리를 빡빡 깎은 노승 한 분이 화폭畵幅을 펴놓고 보다가 우리를 보고 인사했다. 이 서방도 익숙한 얼굴로 인사를 했다.

노승은 자기를 포봉당抱鳳堂이라고 소개하였다. 이 서방이 나를 심검당에 두고 자기는 다른 방으로 갔다. 이윽고 나를 위하여 밥이 나왔다. 저녁상을 물리고 앉아 있으니 어디선가 머리가 하얗게 센 노승 한 분이 나와서 내게 공손히 인사를 했다. 나는 거짓말로 본래 개성 태생이며 일찍이 부모님을 여의고 도와줄 만한 친척 하나 없는 외로운 몸으로 강산 구경이나 하려고 한가로이 다니는 중이라고 말하였다. 그러자 노승은 속성이 소蘇씨요, 익산 사람으로서 머리를 깎고 중이 된 지가 50년이나 되었다며, 은근히 나더러 상좌가 되기를 청하였다. 나는 본시 재질이 둔탁하고 학식이 천박하여 노 대사老師에게 누가 될까 염려된다고 겸손하게 사양하였더니, 노승은 내가 자신의 상좌만 되면 고명한 스승 밑에서 불학을 공부하여 장차 큰 강사講師(불법을 강설하는 스승)가 될지도 모르니 부디 결심하기를 강권하였다.

이튿날 이 서방은 벌써 머리를 달걀같이 밀고 와서 내게 문안을 하며 하는 말이, 어제 찾아왔던 하은당荷隱堂이 이 절에서 재산이 갑부인 보경대사寶境大師의 상좌이니, 하은당의 상좌만 되면 후일 내가 공부하고자 할 때 학비 걱정은 없을 것이라며 어서 삭발하기를 권하였다. 나도 하룻밤 청정한 생활에 모든 세상 잡념이 식은 재와 같이 되었으므로 출가하기로 작정하였다.

얼마 후에 나는 놋칼을 든 사제 호덕삼扈德三을 따라서 냇가로 나가 쭈그리고 앉았다. 덕삼은 삭발진언削髮眞言을 송알송알 부르더니 머리가 선뜩하며 내 상투가 모래 위에 뚝 떨어졌다. 이미 결심을 한 일이지만 머리카락과 함께 눈물이 떨어짐을 금할 수 없었다. 법당에서는 종이 울렸다. 나의 득도식을 알리는 것이었다.

각 암자로부터 가사를 입은 수백 명의 승려가 모여들었고, 향적실에서는 공양주가 불공밥을 짓고 있었다. 나도 검은 장삼과 붉은 가사를 입고서 대웅보전으로 이끌려 들어갔다. 곁에서 덕삼이가 부처님께 절하는 법을 가르쳐주었다. 은사 하은당이 내 법명을 원종圓宗이라고 명명하여 불전에 고하고, 수계사 용담龍潭 화상和尙이 경문을 낭독하고 오계를 일러주었다. 예불의 절차가 끝난 뒤에는 노스님 보경대사를 위시하여 절 안에 있는 나이 많은 여러 대사들께 차례로 절을 드렸다. 그러고는 날마다 절하는 연습을 하고 《진언집》과 《초발심자경문初發心自警文》 등을 읽고 중의 여러 가지 예법과 규율을 배웠다.

중이 되려면 제일 먼저 자기 마음을 낮추어야 하며, 교만한 마음을 버리라고 하였다. 사람은 물론이고 심지어 짐승이나 벌레에게까지도 공경하는 마음을 갖지 않으면 지옥의 고통을 받는다고 하였다. 전날 밤에 나를 찾아와 자신의 상좌가 되어 달라고 할 때에는 그렇게도 공손하던 은사 하은당이 오늘 낮부터는,

"얘, 원종아."

하고 기탄없이 부르고,

"이놈, 애초에 생긴 것이 미련스러워 고명한 중은 되지 못하겠

다. 얼굴이 어쩌면 저리도 밉게 생겼을까. 어서 가서 나무도 해오고 물도 길어라!"

하고 막 종으로 부리려 든다. 나는 깜짝 놀랐다. 중이 되면 이렇게까지 될 줄은 몰랐다. 내가 망명객이 되어 사방으로 떠도는 몸이 되었지만 내게는 영웅심도 있고 공명심도 있었다. 평생에 한이 되던 상놈의 껍질을 벗고 양반이 되어도 월등한 양반이 되어서 우리 집을 멸시하던 양반들에게 당한 오랜 원한을 갚고자 하는 마음을 가슴속에 감추고 있었다. 그런데 이제 중놈이 되고 보니 이러한 생각은 허영과 야욕에 불과한 것이었다. 이러한 생각이야말로 불씨佛氏 문중에서는 터럭만큼도 용납하지 못하는 악마와 같은 생각이었다. 만일 이러한 악한 생각이 계속 마음속에서 움틀 때에는 호법선신護法善神(불법을 수호하는 신)의 힘을 빌려서 뿌리째 없애 버려야 하는 것이다.

내가 어쩌다가 이런 데를 들어왔나 하고 혼자 웃고 혼자 탄식한 일도 있었다. 그러나 기왕 중이 되었으니 하라는 대로 순종할 길밖에 없었다. 나는 장작도 패고 물도 긷고 하라는 것은 다하였다. 하루는 물을 길어오다가 물통 하나를 깨뜨린 죄로 은사 하은당에게 눈알이 빠지도록 야단을 맞았다. 어찌나 심하게 나무라시는지 노사주老師主 보경당이 한탄을 하셨다.

"전에도 남들이 다 괜찮다는 상좌를 데려다주었건만 저렇게 못 견디게 굴어서 모두 내쫓았는데, 이제 또 저렇게 하니 원종인들 오래 붙어 있을 수가 있겠나. 잘 가르치면 제 앞쓸이는 할 만하건만."

하고 하은당을 책망하셨다. 그 말에 좀 위로가 되었다.

나는 낮에는 일을 하고 밤이면 다른 사미沙彌(십계十戒를 받고 구족계具足戒를 받기 위해 수행하고 있는 어린 남자 승려)들과 같이 예불하는 법이며 《천수경》 등을 외웠다. 또 수계사이신 용담 스님께 불학에서 중요한 것들을 모아놓은 《보각서장普覺書狀》을 배웠다. 용담은 당시 마곡사에서 불학뿐 아니라 유가의 학문까지도 잘 아시기로 유명한 분이었다. 또한 학식은 물론이고 세상 돌아가는 이치에 밝아서 누구에게나 존경받는 높은 스승이었다.

용담을 모시는 상좌는 혜명慧明이라는 젊은 불자였는데 내게 깊은 동정심을 보였다. 또 용담도 하은당의 가풍이 괴상함을 알고서 가끔 걱정하시며 나를 위로하였다. '견월망지見月忘指'라, 달을 보면 그만이지 그 달이 가리키는 손가락이야 아무려면 어떠냐는 말씀을 하시고, 또 칼날 같은 마음을 품으라는 '참을 인忍' 자의 이치를 가르쳐주셨다. 하은당이 심하게 나를 들볶는 것이 모두 내 공부를 도우심으로 알라는 뜻이다.

이 모양으로 살아가는 동안에 반년의 세월이 흘러서 무술년도 다 가고 기해년이 되었다. 나는 고생이 되지만 다른 중들은 나를 부러워하였다. 보경당이나 하은당이 모두 칠팔십 노인이시니 그분들만 작고하시면 그 많은 재산이 다 내 것이 된다는 것이었다. 내가 추수책秋收冊을 보니 백미로 받는 것이 200석이나 되고, 돈과 물건으로 있는 것이 수십만 냥이나 되었다. 그러나 나는 청정적멸淸淨寂滅(일체의 번뇌에서 벗어나 삶도 죽음도 없는 세계)의 도법에 일생을 바칠 생각이 생기지 않았다.

인천 감옥에서 탈옥한 후에 소식을 모르는 부모님도 그 후에 어찌 되셨는지 알고 싶고, 나를 구하려다가 가산을 탕진하고 몸까지 망쳐버린 김주경의 소식도 알고 싶었다. 해주 비동의 고 후조後凋 선생(후조는 고 선생의 당호다)도 뵙고 싶고, 청계동 안 진사도 다시 만나고 싶었다. 당시 나는 안 진사가 천주학을 한다고 해서 대의의 반역으로 곡해하고 불평을 품은 채 청계동을 떠났는데, 다시 만나면 그러한 과거의 오해를 사과해야겠다는 마음이 때때로 마음속에 오락가락하였다. 그러니 보경당의 재물에 탐을 낼 생각은 꿈에도 하지 않았다.

그래서 하루는 보경당을 뵙고 이렇게 말씀드렸다.

"소승이 기왕 중이 된 이상에는 중으로서 응당 배워야 할 공부를 해야 되지 않겠습니까? 금강산으로 가서 경전 공부를 하고 일생에 충실한 불자가 되겠습니다."

보경당은 내 말을 들으시고,

"내 벌써 그럴 줄 알았다. 네 원이 그러하니 할 수 있느냐?"

하시고 즉시 하은당을 불러 둘이서 한참 동안 서로 다투다가 마침내 나에게 세간을 내어주었다. 나는 백미 열 말과 의발衣鉢(가사와 바리때, 스님이 지녀야 할 최소한의 생활도구)을 받아가지고 큰방으로 옮겨왔다.

그날부터 나는 자유였다. 쌀 열 말을 팔아서 노자를 만들어 서울로 출발하였다. 며칠을 걸어 서울에 도착한 것은 기해년 봄이었다. 그때까지는 중이 서울 성문 안으로 들어가는 것을 나라에서 금하고 있었다. 나는 성곽 바깥으로 이 절 저 절 돌아다니다가 서대문 밖에 있는 새 절(서대문구 봉원사)에 가서 하루 묵는 중에 사형 혜명을 만났다. 그는 장단 화장사華藏寺에 은사를 찾아가는 길이라고 하고, 나는 금강산에 공부 가는 길이라고 이야기하고는 혜명과 작별하였다. 그리고 거기서 풍기에서 온 혜정慧定이라는 중을 만났다. 그가 평양 구경을 가는 길이라고 하기에 나와 동행하자고 하였다. 임진강을 건너 송도를 구경하고, 해주 감영부터 보고 난 후 평양으로 가자고 하여 혜정을 이끌고 해주로 갔다.

수양산首陽山 신광사神光寺 부근의 북암北菴이라는 암자에 머물면서 나는 혜정에게 내 사정을 조금 말하고 부탁하였다. 그에게 텃골 집에 가서 내 부모님과 비밀히 만나 그 안부를 알아오되, 내가 잘 있다고만 말씀드리고 어디 있다는 것은 알리지 말라고 부탁하였다. 혜정을 떠나보내고 소식 오기만을 기다리던 중, 4월 29일 석양에 혜정의 뒤를 따라 부모님 두 분이 북암으로 오셨다. 혜정에게서 내 안부를 들으신 부모님은,

"네가 내 아들이 있는 곳을 알 터이니 너만 따라가면 내 아들을 볼 것이다."

하고 혜정을 따라나선 것이었다. 급기야 아들을 만나고 보니 돌중이 되어 있는 게 아닌가. 세 식구가 다시 만나니 기쁘기도 하고 슬프기도 하여 서로 붙들고 눈물을 흘렸다.

북암에서 닷새를 묵고, 중의 행색 그대로 부모님을 모시고 혜정

과 같이 평양 구경을 떠났다. 길을 가면서 그동안 부모님께서 겪으셨던 일을 말씀해 주셨다.

무술년 3월 초아흐렛날 부모님은 해주 본향에 돌아오셨으나 인천 순검이 뒤따라와서 두 분을 다 잡아다가 3월 13일에 인천 감옥에 가두었다. 그곳에서 갖은 고초를 다 겪으시고 어머니는 얼마 지나지 않아 석방되셨는데 아버지는 석 달 후에야 석방되어 고향으로 돌아오셨다. 그로부터는 두 분이 고향에 계시면서 내 생사를 몰라 밤낮으로 마음을 졸이셨고 꿈자리만 사나워도 종일 식음을 전폐하셨다. 그러다가 두 해 만에 혜정이 찾아간 것이었다. 만나고 보니 내가 살아 있는 것은 다행이나 중이 된 것은 슬프다고 하셨다.

5월 초나흗날 평양에 도착하여 하룻밤을 여관에서 쉬고, 이튿날인 단오날에 모란봉 그네 뛰는 구경을 하고 돌아오는 길에 나는 내 앞길에 중대한 영향을 준 사람을 만났다. 관동貫洞 골목을 지나노라니 어떤 집 사랑에, 머리에 치포관(검은 베로 만든 유생들이 평소에 쓰는 관)을 쓰고 소매가 넓은 옷을 입은 학자가 두 무릎을 모으고 단정히 앉아 있는 것을 보았다. 나는 문득 호기심을 내어 말이나 주고받을 요량으로,

"소승 문안드리오."

하고 합장하고 허리를 굽혔다. 그 학자는 물끄러미 나를 바라보더니 들어오라고 하여 방 안에 들어가 이야기를 시작하였다. 그는 간재艮齋 전우田愚의 제자인 최재학崔在學으로, 호는 극암克菴인

데 상당히 이름이 높은 이였다.

"소승은 공주 마곡사의 보잘것없는 중으로, 이번에 서쪽으로 오던 길에 천안 금곡金谷에 가서 간재 선생을 찾았으나 마침 출타 중이어서 만나 뵙지 못하고 단지 봉鳳 자를 썼는데(봉鳳 자를 파자하면 '범조凡鳥'가 되는데 이는 '못난 사람'이란 뜻으로, 존경하는 사람을 찾아가 만나지 못하면 못난 사람이 다녀갔다는 의미로 씀) 이제 우연히 고명하신 선생을 뵈오니 매우 반갑습니다."

라고 인사한 후 몇 마디 도리道理의 문답을 하였다. 그때 최재학과 함께 앉은 노인 한 분이 있었는데, 수염이 좋고 위풍이 당당해 보였다. 최재학은 나를 노인에게 소개했고 나는 합장배례하였다. 그 노인은 당시 평양 진위대의 영관領官이었고, 그 후로 개천 군수를 지낸 전효순全孝淳이었다. 최재학이 전효순에게 청하여 물었다.

"이 대사는 도리가 고상하니 영천암靈泉菴 방주房主(절의 업무를 주관하는 스님) 자리를 내어주시면 영감 자제와 외손자들의 공부에 유익하겠소. 영감의 의향이 어떠시오?"

전씨는 무척 기뻐하였다.

"거 좋은 말씀이오. 지금 곁에서 듣는 것만으로도 대사의 고명하심을 흠모하오. 대사 의향은 어떠시오? 내가 최 선생께 부탁하여 내 자식과 외손자놈들을 영천암에서 공부시키고 있는데, 주지승의 성행이 불량하여 술만 마시고 도무지 음식 마련 등을 돌보지 않아서 디할 나위 없이 곤란하오. 대사가 최 선생을 보좌하여 내 자손들의 공부에 힘을 보태주시면 그 은혜가 클 것이오."

나는 겸손하게 사양하였다.

"소승의 방랑이 본래 있던 중보다 더할지 어찌 아시오?"

최재학은 즉시 전효순에게 당시 평양 서윤(판윤·부윤을 보조하는 종4품의 관직)으로 있던 홍순욱에게 연락하여 영천사 방주의 임명장을 받아달라고 간청하였다. 전효순은 그 길로 홍순욱을 방문하여 '승僧 원종圓宗으로 영천암 방주를 차정差定한다.'는 첩지를 가지고 와서 그날 바로 부임하라고 나를 재촉하였다.

나는 속으로 다행히 여겼다. 부모님을 모시고 다니면서 구걸하기도 황송한 일이었고, 더구나 학자와 함께 지내면 내 학식에도 많은 도움이 될 것 같았다. 의식주에 대한 근심도 덜었고 망명의 본뜻에도 방해가 없을 것이라는 생각이 들었으므로 승낙하여 나는 영천암 주지가 되었다.

영천암은 평양에서 서쪽으로 약 40리 떨어진 대보산大寶山에 있는 암자로서 대동강 넓은 들과 평양을 바라보는 경치 좋은 곳에 있었다. 나는 혜정과 같이 영천암으로 가서 부모님을 조용한 방에 거처하시게 하고 나는 혜정과 한 방을 차지하였다.

학생은 전효순의 아들 병헌炳憲·석만錫萬, 그의 사위 김윤문金允文의 아들 형제, 장손·중손[寬浩], 그 밖에 김동원金東元 등 몇몇이 있었다. 전효순은 하루 걸러 진수성찬을 절로 보냈다. 산 아래 신흥동新興洞에 있는 푸줏간에서 영천암에 고기를 대주기로 하여 나는 매일 내려가서 고기를 한 짐씩 져다가 끓이고 굽고 하여 승복을 입은 채 드러내놓고 먹었고, 염불 대신 시를 외웠다. 때때로 최재학을 따라 평양성에 나가 사숭재四崇齋에서 황경환黃景煥 등 시객들과 율律을 짓고, 밤에는 대동문 옆에 가서 면을 먹었다. 처음에는 주인이 주는 대로 소면을 먹다가 나중에는 고기로 꾸미를 얹은 육면을 그대로 먹었다. 소위 불가에서 말하는 '손에는 돼지머리를 들고 입으로는 거룩하게 경을 읽는' 지경이었으니, 평양에서는 '걸시승乞詩僧 원종' 이라고 하였다.

이런 내 모습은 그 절에서 같이 지내던 혜정에게 큰 실망을 안겨주었다. 혜정은 내 불심이 갈수록 쇠약해지고 속된 마음만 자라나는 것을 보고 매우 걱정하였으나, 고기 안주와 술에 취한 중의 귀에 그런 충고가 들어올 리가 없었다. 그는 내 불심이 회복되기 어려운 것을 보고 영천암을 떠난다 하여 행장을 지고 나서서 산을 내려가다가 차마 나와 작별하기가 어려워서 되돌아오기를 달포 남짓 되풀이하였다. 결국 약간의 여비를 준비하여 경상도로 돌아가게 하였다.

중의 행색으로 서도(황해도와 평안도의 총칭)에 내려온 후, 아버지가 다시 삭발하는 것을 원치 않으시므로 나는 장발승長髮僧이 되었다. 그해 9~10월경에 치마머리(머리털이 적은 남자가 상투를 짤 때에 본머리에 덧둘러서 감는 딴머리)로 상투를 틀고 신사紳士 의관으로 차려입고 부모님을 모시고 해주 본향(텃골)으로 돌아왔다.

고향에 돌아온 나를 환영하는 사람은 없고, 창수가 돌아왔으니 또 무슨 일이 생기지는 않을까 하고 친한 이는 걱정하고 남들은 비웃었다. 작은아버지 준영은 그동안 지난 일들을 다 뉘우치고 둘째 형님인 아버지에게 공손하였으나 나에 대해서는 조금도 신임하지 않았다.

"되지 못한 그놈의 글 다 내버리고 부지런히 농사를 한다면 장가도 보내주고 살림도 차려주겠지만 그렇지 않다면 나는 몰라요." 하고 부모님께 나를 농군이 되도록 명령하기를 권했다. 그러나 부모님은 내게 큰 뜻이 있음을 짐작하시고 이렇게 말씀하셨다.

"이제는 창수가 장성하였으니 스스로 알아서 할 수밖에 없다."

그러나 작은아버지는 계속해서 부모님께 말씀하셨다.

"형님 내외분은 창수놈 글공부시킨 죄로 온갖 고생을 다하셨으면서 아직도 깨닫지 못하셨소?"

작은아버지 말씀이 틀린 것은 아니었다. 만일 글을 몰랐다면 동학 두령이 되지도 않았을 것이고, 인천 감옥에 갇히는 일도 일어나지 않았을 것이다. 텃골에서 순진한 농군으로 열심히 농사를 짓고 우물을 파서 마시며 살았을 것이다. 내가 세상을 요란하게 할 일은 분명히 없었을 것이다. 이렇게 내가 농군이 되느냐 마느냐 하는 문제가 아버지 형제분 사이에 논쟁이 되고 있는 동안에 기해년도 저물었다.

경자년(1900년) 봄, 농사일을 시작할 때가 되었다. 작은아버지는 조카인 나를 꼭 사람으로 만들겠다고 결심하신 모양이어서 새벽마다 우리 집에 오셔서 내 단잠을 깨워 밥을 먹이고 가래질을 시켰다. 며칠 동안은 순순히 작은아버지의 명령에 복종했으나 아무래도 마음을 붙이지 못하고 문득 강화도로 가야겠다는 생각이 들어 몰래 고향을 떠나고 말았다. 고 선생과 안 진사를 못 찾고 가는 것이 섭섭하였으나 아직 내놓고 다닐 때도 아니라는 생각이 들었다. 그리하여 이름도 김두래金斗來라고 고치고 낯선 곳으로 가기로 한 것이다.

강화에 도착하여 남문 안 김주경의 집을 찾으니 김주경은 어디 갔는지 소식이 없다 하고 그 셋째 아우 진경鎭卿이라는 사람이 나와서 나를 접대하였다.

"나는 연안延安 사는 김두래일세. 자네 형님과는 막역한 동지인데 수년간 소식을 몰라서 궁금해 찾아온 길일세."

하고 나를 소개하였다. 진경은 나를 반가이 맞아 그동안 지낸 일을 말하였다. 그 말에 의하면 주경은 집을 떠난 후로 3, 4년이 되어도 소식 한 장이 없어서 진경이 형수를 모시고 조카들을 기르고 있다고 했다. 집은 비록 초가일망정 본래는 크고 넓게 썩 잘 지었는데 여러 해 동안 수리하지 않아서 많이 퇴락하였다.

사랑에는 평소에 주경이 앉았던 보료가 있고 신의를 어기는 동지를 친히 벌하는데 쓰던 것이라는 나무 몽둥이가 벽 위에 걸려 있었다. 사랑에 나와 노는 일곱 살 사내아이가 주경의 아들인데 이름이 윤태潤泰라고 했다.

나는 진경에게 모처럼 그 형을 찾아왔다가 그저 돌아가기가 섭섭하니 얼마 동안 윤태에게 글을 가르치면서 소식을 기다리고 싶다고 하였더니 진경은 매우 감격해하였다. 그렇지 않아도 윤태와 둘째 형의 두 아들이 글을 배울 나이가 되었는데 적당한 선생이 없어서 놀리고 있었다는 말을 하며, 곧 둘째 형 무경에게로 가서 조카 둘을 데려왔다. 나는 이날부터 촌학구(시골 글방의 스승)가 된 것이다. 윤태에게는 《동몽선습童蒙先習》을, 무경의 큰아들에게는 《사략史略》 초권初卷을, 또 작은놈에게는 《천자문千字文》을 심혈을 다하여 가르쳤다. 내가 글을 잘 가르친다는 소문이 나서 차차 학동이 늘어서 한 달이 못 되어 30여 명이나 되었다. 나도 무한한 흥미를 가지고 아이들을 가르쳤다.

이렇게 석 달이 지난 어느 날, 주인 진경이 서울서 온 편지 한 장을 보면서 혼자 중얼거렸다.

"글쎄, 유인무柳仁茂도 우스운 사람이야. 알지도 못하는 내게 자꾸 편지를 보내니 어찌하란 말인가? 이런 사실이 없다고 답장을 했는데도 또 사람을 보내?"

하는 것이었다. 나는 이 말에 가슴이 뜨끔하였으나 모르는 체하였다. 그래도 진경은 내게 설명하였다. 그 말은 이러하였다.

유인무는 부평 양반으로서 몇 해 전에 상喪을 당한 몸으로 읍에서 30리쯤 되는 곳에서 3년 동안 살다가 간 사람인데, 그때에 김주경과 반상班常의 구별을 초월하여 서로 친하게 지낸 일이 있었다고 한다. 그런 후 김창수가 인천 감옥을 탈옥하여 도망한 후에, 유인무가 여러 번 얼굴도 모르는 자기에게 해주에서 김창수가 오거든 급히 알려달라는 편지를 보내므로, 그런 사람이 온 적이 없었다고 회답을 하였단다. 그런데 이번에 통진 사는 이춘백李春伯

이라는 김주경과도 친한 친구를 보내니 의심 말고 김창수의 소식을 알려달라는 것이었다.

나는 진경이가 내 행색을 혹시나 알까 싶어 떠보려고,

"김창수가 그래 한 번도 안 왔나?"

하고 물었다. 진경은 내가 딱하다는 듯 말했다.

"생각해 보시오. 여기서 인천이 지척인데 피신해 다니는 김창수가 왜 오겠소?"

"그럼 유인무가 왜놈의 염탐꾼인 게지."

"아니오, 유인무라는 이는 그런 양반이 아니오. 내가 직접 만난 적은 없으나, 형님 말씀에 의하면 지금 보통 벼슬하는 양반과는 판이하게 달라서 학자의 기풍이 있다고 하오."

하며 유인무의 인물을 극구 칭송하였다. 나는 곰곰 생각하였다. 재앙이 닥쳐오는 것 같기도 하고, 유인무란 사람의 본뜻을 알고 싶기도 했다. 그러나 더 이상 묻는 것도 수상쩍을 것 같아서 그만 입을 다물었다. 겉으로 내색하지는 않았지만 내심 심란해지는 것을 어찌할 수 없었다.

이튿날 조반 후에 기골이 장대하고 얼굴에 우묵우묵한 마맛자국이 있는, 나이가 서른 남짓해 보이는 어떤 사람이 서슴지 않고 사랑으로 들어오더니 내 앞에서 글을 배우고 있던 윤태를 보고,

"이놈 윤태야, 그새 퍽 컸구나. 안에 들어가서 작은아버지 좀 나오시라고 해라, 내가 왔다고."

라고 말하는 모양이 이춘백이라고 나는 생각하였다.

이윽고 진경이가 윤태를 앞세우고 나와서 그 손님에게 인사를
했다.

"형 소식 못 들었지?"

"아직 아무 소식 없습니다."

"허어, 걱정이로군. 유인무의 편지 보았지?"

"네, 어제 받았습니다."

주객 간에 이런 문답이 오간 후 진경이가 장지문을 닫아서 내가
앉아 있는 방을 막고 둘이서만 이야기를 했다. 나는 아이들의 글
읽는 소리는 듣지 않고 두 사람의 말에만 귀를 기울였다. 그들의
문답은 이러하였다.

"유인무란 양반이 지각이 없으시지, 김창수가 형님도 안 계신
우리 집에 왜 오리라고 자꾸 편지를 하는 거요?"

"자네 말이 옳지만 여기밖에 알아볼 데가 없지 아니한가. 그가
해주 고향에 갔을 리는 없고 설사 그 집에서 김창수 있는 데를 안
다고 해도 발설을 할 리가 있겠나. 유인무로 말하면 아랫녘[南道]
에 내려가 살다가 서울 다니러 왔던 길에 자네 형이 김창수를 구
해 내려고 가산을 탕진하고 나중에는 어디로 갔는지도 모르게 피
신했다는 말을 듣고 자네 형의 의기를 장히 여겨서 어떻게 해서든
김창수를 구해 내야 한다고 결심하지 않았나. 그런데 자네 형이
법으로 할 수 있는 모든 방법을 다하여도 안 되었으니 이제 힘으
로 할 수밖에 없다고 해서 13명 결사대를 조직하였던 것일세. 나
도 그중 한 사람이야. 그래서 인천항 중요한 곳 7, 8곳에 석유를

한 통씩 지고 들어가서 불을 놓고 그 소란한 틈을 타서 옥을 깨뜨리고 김창수를 살려내기로 하고 유인무가 날더러 두 사람을 데리고 인천에 가서 감옥 형편을 알아오라 하기에 가보았더니, 김창수는 벌써 사흘 전에 다른 죄수 네 명을 데리고 달아난 뒤란 말이야. 일이 이렇게 된 것일세. 그러니 유인무가 자네 형이나 김창수의 소식을 알고 싶어 할 것이 아닌가. 그래 정말 김창수한테서 무슨 편지라도 온 것이 없나?"

"편지도 없습니다. 편지를 보내고 회답을 기다릴 만하면 본인이 오지요."

"그도 그러이."

"이 생원께서는 언제 서울로 가시렵니까?"

"오늘은 친구나 몇 찾고 내일 가겠네. 떠날 때에 또 옴세."

다음 날 아침을 기약하고 이춘백은 돌아갔다.

두 사람이 하는 말을 들은 나는 유인무를 믿고 그를 찾기로 결심하였다. 내게 그처럼 성의를 가진 사람을 모른 체할 수는 없었다. 설사 그가 성의를 가장한 염탐꾼일지도 모른다 하여도, 군자는 알고도 속아줄 수 있다는 말처럼 의리로 알고 속은 것이 내 허물은 아니다. 이만큼 하는 데도 안 믿는다면 그것은 나의 불의라고 생각했다. 그날 밤은 그대로 자고 다음 날 아침 진경과 겸상을 하며 물었다.

"어제 왔던 사람이 이춘백인가?"

"예, 그렇습니다."

"언제 또 오는가?"

"아침 먹고 난 후에 작별하고 서울로 간다 하니 조금 후면 오겠지요."

그래서 나는 진경에게 이춘백을 소개해 달라고 청하였다.

"이춘백이 오거든 내게 인사나 시켜주게. 자네 형님과 평소 친한 동지라니 나도 반가운 마음이 드네."

"그렇게 하시지요."

"진경 아우, 오늘 자네와 작별을 고하려 하네. 윤태와 종형제 아이들과도 아울러 작별일세. 섭섭한 마음이야 이루 다 말할 수 있겠는가."

내 말을 들은 진경은 깜짝 놀랐다.

"형님, 이게 무슨 말씀입니까? 제가 무슨 잘못이라고 했습니까? 갑자기 작별 말씀을 하시니 영문을 모르겠습니다. 제게 잘못이 있다면 제 형님 생각을 해서라도 용서하시고 책망해 주세요."

"내가 곧 김창수일세. 유인무란 자의 추측이 바로 맞았네. 어제 자네와 이춘백이 하는 이야기를 다 들었다네. 자네 생각에 나를 유인하기 위한 정탐이 아니라고 믿어지거든 내가 유인무란 사람을 만날 수 있도록 해주게."

진경은 이 말을 듣고 대경실색하였다.

"형님이 과연 그러시다면 제가 어찌 만류를 하겠습니까?"

라며 인천 감옥의 사령 우두머리로서 처음으로 김주경에게 내 말을 알린 최덕만은 작년에 죽었다고 알려주었다. 그런 다음 학동들에게는 선생님이 오늘 본댁에 가시니 다들 집으로 돌아가라 하여 돌려보냈다.

이윽고 이춘백이 작별 인사차 찾아왔다. 진경은 그에게 나를 소개하였다. 나도 서울을 가니 동행하자고 하였더니 이춘백은 보통 길동무로 알고 좋다고 하였다. 진경은 춘백의 소매를 끌고 뒷방에 들어가서 내 이야기를 하는 모양이었다.

마침내 나는 이춘백과 함께 진경의 집을 떠났다. 남문통에는 30여 명 학동과 그 학부형들이 길이 메이도록 모여서 나를 전송하였다. 내가 그동안 단 한 푼의 수업료[訓料]도 받지 않고 심혈을 기울여서 가르친 것이 그들의 마음에 감동을 준 모양이어서 나는 기뻤다.

우리는 그날로 서울 공덕리 진사 박태병朴台秉의 집에 도착하였다. 이춘백이 먼저 안사랑으로 들어가서 무슨 말인지를 하였다. 그러자 잠시 후에 키는 중키가 못 되고, 얼굴은 볕에 그을려 거무스름하고, 망건에 검은 갓을 쓰고, 검소한 옷을 입은 생원 한 분이 나와서 나를 방으로 맞아들였다.

"내가 유인무요, 오시느라 고생 많으셨소. '남아가 어디에 있든지 만나지 못하랴.[男兒何處不相逢]'라고 하더니 마침내 창수 형을 만나고 말았소."

하고 유인무는 희색이 만면하여 춘백을 보며,

"무슨 일이고 한두 번 실패한다고 낙심할 것이 아니란 말일세. 끝끝내 구하면 반드시 얻는 날이 있단 말이야. 내 전에 말하지 않앗던가?"

하는 말에서 나는 그들이 나를 찾던 심경을 엿볼 수가 있었다.

내가 유인무에게 말하였다.

"강화 김주경 댁에서 선생이 나 같은 사람을 위하여 허다한 노고를 겪으신 것을 알게 되었습니다. 오늘 비로소 뵙게 되었으나 세상에는 침소봉대針小棒大로 전하는 경우가 허다하니 소문과 실물이 용두사미龍頭蛇尾인 때가 많고, 저 역시 이제 실물로 보시니 낙심되실 줄 아오. 부끄럽소이다."

유인무는 빙그레 웃으면서 말했다.

"뱀의 꼬리를 붙들고 올라가면 용의 머리를 보겠지요."

주인과 손님이 함께 웃었다. 주인 박태병은 유인무와 동서라고 하였다. 나는 박 진사 집에서 저녁을 먹고 성문 안 유인무의 숙소로 가서 잤다. 며칠 동안 쉬면서 간혹 요릿집에 가서 음식을 사 먹기도 하고 구경도 하며 돌아다녔다.

유인무는 편지 한 통과 노자를 주며 나를 충청도 연산 광이다리 도림리桃林里 이천경李天敬에게 가라고 부탁하였다. 그날로 길을 떠나 이천경의 집에 가서 편지를 전하니, 그 집에서 흔연히 나를 맞아서 매일같이 닭을 잡고 기장밥 하여 잘 대접하였다. 한가로이 이런저런 이야기를 나누며 한 달을 지냈다.

하루는 이천경이 편지 한 통을 써주며 전라도 무주읍에서 인삼을 재배하는 이시발李時發에게 보냈다. 이시발을 찾아가서 편지를 전하니 영접하여 그 집에서 하루를 묵고, 다음 날 또 이시발의 편지를 받아가지고 지례군知禮郡 천곡川谷이란 동네에 있는 성태영成泰英을 찾아갔다. 성태영의 집을 찾아가니, 할아버지가 원주 목사를 지냈으므로 성 원주 댁이라고 불렀다. 사랑에 들어가니 수청방, 상노방에 하인이 수십 명이요, 사랑에 앉은 사람들은 다 귀족의 풍채와 태도를 가진 자들이었다.

주인 성태영이 내가 전하는 이시발의 편지를 보더니 크게 환영하여 상좌에 앉히니 하인들의 대우가 더욱 융숭하였다. 성태영의 자는 능하能河요, 호는 일주一舟이다. 성태영은 나를 이끌고 산에 올라 나물을 캐고 혹은 물에 나아가 고기를 구경하는 등 취미생활로 소일하기도 하고, 고금의 역사를 토론하며 지내다 보니 어언 한 달이 지났다.

하루는 유인무가 성태영의 집에 왔다. 반가이 만나서 성태영 집에서 하룻밤을 같이 자고 이튿날 아침에 같은 무주 읍내에 있는 유인무의 집으로 같이 가서 그로부터는 거기서 숙식을 하였다. 유인무는 내가 김창수라는 본명으로 행세하기가 불편할 것이라 하며 이름은 거북 구龜 자 외자로 하고, 자를 연상蓮上, 호를 연하蓮下라고 지어주었다. 그리고 나를 부를 때에는 연하라는 호를 썼다.

유인무의 큰딸은 시집을 가고 집에는 아들 형제가 있는데, 맏이의 이름은 한경漢卿이고 무주 군수 이탁李倬도 그와 인척인 듯하였다. 유인무는 그동안 나를 이리저리로 돌린 연유를 설명하였다. 이천경, 이시발, 성태영, 유인무는 모두 동지여서 새로운 인물을 얻으면 내가 당한 모양으로 이 집에서 한 달, 저 집에서 얼마, 이 모양으로 동지들의 집으로 돌려서 그 인물을 관찰하고 그 결과를 종합하여 그 인물이 벼슬하기에 합당하면 벼슬을 시키고, 장사나 농사에 합당하면 그것을 시키도록 약속이 되어 있던 것이었다. 나는 이러한 시험의 결과로 아직 학식이 부족하니 공부를 더 시키도록 하고, 또 상놈인 내 문벌을 높이기 위하여 내 부모에게 연산 이천경이 소유하고 있는 가택과 논밭, 그리고 가구 전부를 그대로 주어 거기 사시게 하고, 인근 몇몇 양반과 결탁하여 우리 집을 양반으로 행세할 수 있도록 하자는 것이었다.

유인무는 이런 설명을 하며 한탄하였다.

"아직 우리나라에서는 문벌이 양반이 아니고는 일을 할 수가 없소. 연하는 경성에서 유학하면서 잠깐씩 부모님을 만날 수 있게 할 테니, 곧 고향으로 가서 오는 2월까지 부모님 몸만 모시고 서울로 오시오. 서울서 연산까지 가는 길은 내가 알아서 하겠소이다."

이렇게 이야기하고는 바로 서울로 동행하였다. 나는 유인무의 깊은 뜻에 감사하면서 부모님을 모시고 연산 이천경의 가택으로 이사하기로 작정하였다.

서울에 와서 유인무의 제자인 강화 버드러지[長串]에 있는 진사 주윤호朱潤鎬를 찾아갔다. 김주경 집에 들어가기는 여러 가지 염려되는 바가 있어 은밀히 물어보았으나 그는 여전히 소식이 없다고 하였다. 주 진사는 백동전 4,000냥을 유씨에게 보냈는데, 나는 그것을 온몸에 돌려 감고 서울로 왔다. 대체 유인무의 동지는 얼마나 되는지 알 수가 없었고, 그들은 편지 한 장으로 만사에 서로 어김이 없었다. 주 진사 집은 바닷가여서 동짓달인데도 아직 감나무에 감이 주렁주렁 달려 있었고, 해산물이 풍족해서 며칠을 잘 지내고 왔다.

서울에 와서 유인무의 집에 묵다가 귀향길에 올랐다. 철로가 아직 놓이기 전이라 육로로 출발했다. 출발하기 전날, 꿈에 아버지가 나타나 내게 '황천黃泉' 두 글자를 쓰라고 하시기에 유인무에게 그 이야기를 하였다. 지난봄에 아버지께서 병환으로 계시다가 조금 나으신 것을 보고 집을 떠나서, 서울에 와서 탕약 보제를 지어 우편으로 보내드리고 이내 마음을 놓지 못하고 있던 차에 이러한 흉몽을 꾸게 된 것이었다.

단 하루도 지체할 수가 없어서 그날로 길을 떠나 나흘 만에 해주읍 비동에 도착하였다. 비동을 지나다 보니 고 선생이 보고 싶어 산중턱에 있는 작은 집을 찾아 들어가 뵈오니 지난 5, 6년 동안에 그다지 심하게 노쇠하지는 않았지만 돋보기가 아니고는 글을 못 보시는 모양이었다. 나와 약혼하였던 선생의 장손녀는 청계동 김사집이란 어떤 농가 며느리로 시집을 보냈다 하고, 나더러 아재라고 부르던 둘째 손녀가 벌써 10여 세가 되었는데 나를 알아보고 여전히 아재라고 부르는 것이 감개무량하였다.

내가 왜놈을 죽인 일을 고 선생께서 유의암柳毅菴 선생에게 말씀하여 선생이 그의 저서인 《소의신편 · 속편昭義新編 · 續編》에 나를 의기남아라고 써넣었다는 말씀도 하셨다. 의암이 의병에 실패하고 평산으로 왔을 때 고 선생과 서로 만나 장래 계획을 의논하였는데, 그때 내가 서간도를 돌아다니며 관찰한 내용을 의암께 보여드렸더니 의암도 그리로 가서 근거를 정하고 양병하기로 하였다는 말씀도 하셨다. 또 고 선생은 의암이 거기서 공자상을 모시고 무사를 모아서 훈련하니 나도 그리로 가는 것이 어떻겠느냐 하셨으나 '존중화양이적尊中華攘夷狄'(중국을 높이 받들고 서양 세력을 물리침)이라는 고 선생의 사상은 벌써 나를 움직일 힘이 없었다. 나는 내 신사상을 힘써 말하였으나 고 선생의 귀에는 그것이 들리지 않는 모양이어서,

"자네도 개화꾼이 되었네그려."

하실 뿐이었다. 나는 서양 문명의 힘이 위대하다는 것을 말하고, 이것은 도저히 상투와 공자 왈, 맹자 왈 만으로는 저항할 수 없으니 우리나라에서도 그 문명을 수입하여 신교육을 실시하고 모든 제도를 서양식으로 개혁하지 않고서는 나라의 명맥을 보존할 수 없는 연유를 설명하였다. 그러나 고 선생은 차라리 나라가 망할지언정 오랑캐의 도는 좇을 수 없다 하여 내 말을 물리치시니 어찌할 도리가 없었다. 선생은 이미 나와는 딴 시대 사람이었다. 그러나 고 선생 댁에서 외국 물건이라고는 당성냥 한 가치도 쓰지 않는 것을 보니 매우 고상하게 여겨졌다. 하룻밤을 같이 자고 이튿날 하직인사를 하고서 물러나온 것이 선생과 나와의 마지막 이별이 되고 말았다. 그 후에 전하는 바를 들으니 고 선생은 충청도 제천의 어느 일갓집에서 객사하셨다고 한다.

아, 슬프고 슬프도다! 이 말을 기록하는 오늘까지 30여 년 동안에 내 마음을 쓰거나 일을 처리함에 만에 하나라도 옳은 것이 있다고 하면 그것은 온전히 청계동에서 받은, 고 선생이 심혈을 기울여 구전심수口傳心授하신 훈육[薰炙]의 힘이다. 다시 이 세상에서 그 자애가 깊으신 존안을 뵈올 수 없으니 아아, 슬프고 아프다!

고 선생을 하직하고 당일로 텃골 본가에 다다르니 황혼이었다. 안마당에 들어서니 어머니께서 부엌에서 나오시며 말씀하신다.

"아이 네가 오는구나. 아버지 병세가 위중하시다. 아까 아버지가 이 애가 왔으면 들어오지 않고 왜 뜰에 서 있느냐 하시기에 헛소리로만 여겼더니 네가 정말 오는구나."

내가 급히 들어가 뵈오니 아버지께서 반가워는 하셨으나 병세는 과연 위중하였다. 나는 정성껏 시탕侍湯(어버이의 병환에 약시중을 드는 일)을 하였으나 약효를 보지 못하고 열나흘 만인 경자년(1900년) 12월 9일, 아버지는 내 무릎을 베고 돌아가셨다. 내 손을 꼭 쥐셨던 아버지의 손에 힘이 스르르 풀리시더니 곧 운명하셨다. 돌아가시기 전날까지도 나는 '평생의 친구인 유인무, 성태영 등의 호의대로 부모님을 연산으로 모시고 이사하였다면, 말년이나마 강씨, 이씨에게 상놈 대우를 받던 뼈에 사무치는 한은 면하게 되셨을 텐데.' 하고 아쉬워하였다. 이제 아주 다시 못 돌아오실 먼 길을 떠나시고 말았으니 천고에 남을 한이 되고 말았다.

집이 원래 궁벽한 산촌인 데다가 빈한한 우리 가세로는 명의나

명약을 쓸 처지도 못 되었다. 그래서 예전에 할머니께서 돌아가실 때 아버지가 단지斷指(손가락을 자름)하시던 것을 생각하고 나도 단지하여 짧은 시간이나마 아버지의 생명을 붙들어보리라 하였으나 내가 단지하면 어머니가 마음 아파하실 것이 두려웠다. 대신에 어머니가 계시지 않는 틈을 타 내 넓적다리의 살을 한 점 베어 피는 받아서 아버지의 입에 흘려 넣고, 살은 불에 구워서 약이라 하여 잡수시게 하였다. 그래도 시원한 효험이 없는 것은 피와 살의 양이 너무 적은 까닭인 듯하여 다시 칼을 들어서 그보다 크게 살을 떼어내려고 베기는 했으나 막상 떼어내자니 몹시 아파서 베어만 놓고 떼지는 못하였다. 손가락이나 넓적다리를 베어내는 것은 효자나 하는 것이지, 나 같은 불효자가 어찌 흉내 낼 수 있겠는가 하며 스스로 한탄하였다.

초종初終(유교식 장례 절차의 첫 과정으로, 혼을 부르는 초혼招魂, 시체 거두기, 관 준비 등을 함)을 마치고 성복일成服日(초종, 시체에 의복을 입히는 습襲, 소렴小殮, 대렴大殮 다음 순서로, 상주가 상복을 입는 날. 성복일 다음에 조문을 받음)에 원근에서 조문객이 당도하였다. 설한풍이 뼈에 사무치는 때 상청喪廳(혼백이나 신주를 모셔다 놓는 곳, 궤연)을 설치하고 조문을 받는데, 나는 독신 상주라 잠시도 상청을 비울 수 없었다. 살을 베어만 놓고 떼어내지도 못한 다리는 고통이 심했지만 어머께 알릴 수도 없었다. 조문객이 오는 것조차 괴로워 넓적다리 벤 것을 후회하는 생각까지 났다. 유인무와 성태영에게 부고를 하고 이사는 하지 않았으면 하는 내 뜻을 전했다. 유인무는 서울에 없었고 성태영이 혼자 말을 타고 500여 리 먼 길을 와서 조문과 위로를 해주었다.

아버지 장지는 내가 직접 골라 텃골 오른쪽 산기슭에 안장하였다. 나는 상중에 아무 데도 가지 않고 준영 작은아버지의 농사를 도와드렸더니 작은아버지는 나를 매우 기특하게 여기시는 모양이어서, 돈 200냥을 주시며 이웃 동네 어떤 상놈의 딸과 혼인하라고 하셨다. 아버지도 없는 조카를 당신의 힘으로 결혼시키는 것을 당연한 의무요, 또 큰 영광으로 아시는 준영 작은아버지는 내가 돈을 쓰고 하는 혼인이면 정승의 딸이라도 하지 않겠다고 거절하는 것을 보시고 크게 노하셔서 낫을 들고 내게 달려드셨다. 다행히 어머니께서 가로막아서 나를 피하게 해주셨다.

임인년(1902년) 정월에 장련 무산의 먼 친척 댁에 세배를 갔더니, 내게 할머니 되는 어른이 그 친정 당질녀로 17세 되는 처녀가 있으니 장가들 마음이 없느냐고 물으셨다. 나는 세 가지 조건만 맞으면 혼인한다고 말씀드렸다. 세 가지라는 것은 첫째, 재산을 따지지 않을 것 둘째, 신부 될 사람이 학식이 있을 것 셋째, 당사자와 서로 대면하여 서로의 마음이 맞을 것 등이었다.

어느 날 할머니는 나를 끌고 그 처자의 집으로 갔다. 그 처자의 어머니는 딸 4형제를 둔 과부댁으로서, 위로 3형제는 다 시집을 가고 지금 나와 혼인 말이 오가는 이는 여옥如玉이라는 막내딸이었다. 여옥은 국문을 깨치고 바느질과 길쌈을 잘한다고 하였다. 집은 오막살이여서 더할 수 없이 작은 집이었다.

나를 방에 들여앉혀 놓고 세 사람이 부엌에서 한참이나 쑥덕거리더니, 당사자 대면만은 어렵다고 하였다.

　"나와 대면하기를 꺼리는 여자라면 내 아내가 될 자격이 없소."
하고 내가 강경하게 나간 결과 처녀를 불러들였다.

　나는 처자를 향하여 인사말을 붙였으나 그는 잠잠하였다. 나는 다시 물었다.

　"당신이 나와 혼인할 마음이 있소?"

　역시 대답이 없었다. 나는 또 물었다.

　"내가 지금 상중이니 1년 후에 탈상을 하고야 성례를 할 텐데, 그동안은 나를 선생님이라고 부르고 내게 글을 배우겠소?"

　그래도 처녀의 대답 소리가 내 귀에는 들리지 않았는데 할머니와 처녀의 어머니는 여옥이가 그러겠다고 대답했다고 한다. 이리하여 그녀와 나는 약혼이 되었다.

　집에 돌아와서 내가 이러이러한 처자와 약혼했다는 말을 해도 준영 작은아버지는 믿지 않으시고 어머니께 가서 보고 오시라고 하더니 어머니께서 알아보고 오신 뒤에야 준영 작은아버지가,

　"세상에 어수룩한 사람도 있다."
라고 빈정거리셨다. 나는 《여자독본》(1908년 장지연이 편찬한 여성용 국어 독본)이라 할 만한 것을 한 권 만들어서 틈만 나면 내 아내 될 사람을 가르쳤다.

　어느덧 1년이 지나서 계묘년(1903년) 2월에 아버지의 담제(대상을 치른 그 다음다음 달에 지내는 제사)를 마치자, 어머니께서는 어서

나를 성례시켜야 한다고 분주하실 때에 여옥의 병이 위급하다는 기별이 왔다. 내가 놀라서 달려갔을 때만 해도 여옥은 아직 나를 반길 정신이 있었으나, 워낙 위중한 만성감기[長感]인데다가 약도 쓰지 못하여 내가 간 지 사흘 만에 그만 죽고 말았다. 나는 손수 그를 염습하여 남산에 안장하고, 장모는 금동金洞 김윤오金允五 집으로 인도하여 예수교를 믿고 여생을 보내도록 하였다. 내 나이 삼십에 이 일을 당한 것이었다.

이해 2월에 장련읍 사직동으로 이사하였다. 진사 오인형吳寅炯이 나로 하여금 집안일 걱정 없이 공공사업에만 전력할 수 있게, 그가 산 사직동 집과 대지, 20여 마지기 전답에 산림과 과수까지 모두 내게 맡겼다. 나는 해주에서 사촌 형 태수泰洙 부부를 데려다가 집안일을 보게 하고, 오 진사 집 큰사랑에 학교를 열었다. 오 진사의 큰딸 신애信愛와 아들 기수基秀, 오봉형吳鳳炯의 두 아들과 오면형吳勉炯의 아들과 딸, 오순형吳舜炯의 두 딸을 중심으로 학교에 뜻을 같이 하는 사람의 자녀 몇 명을 모아서, 방 중간을 병풍으로 막아 남녀의 자리를 구별하였다.

순형은 인형의 셋째 아우로서 사람이 근면 성실하고 성품이 너그럽고 후덕하였다. 그는 나와 같이 예수교에 전력하기로 약속하고 학생을 가르치며 예수교를 전도하였다. 1년도 채 되지 않아 교회도 흥왕하고 학교도 점차 발전하였다. 당시 장련읍에서 색주가나 출입하며 방랑하던 백남훈白南薰을 인도하여 예수교를 믿게 하였다. 후에 그는 봉양학교鳳陽學校 교원이 되었고, 나는 공립학교 교원이 되어 공·사립학교를 발전·유지시켰다.

당시 황해도에서 학교라는 이름을 가진 것은, 공립으로는 해주와 장련에 각각 하나씩 있었을 뿐인데, 해주에서는 이름만 학교이지 여전히 사서삼경을 가르치고 있었고, 정말 칠판을 걸고 산술·지리·역사 등 신문학을 가르치는 곳은 장련공립소학교뿐이었다.

여름에 평양에서 예수교 주최로 열린 사범강습소에 갔을 때에 최광옥崔光玉을 만났다. 그는 숭실중학교 학생이면서 교육가로, 애국자로 이름이 높았고 나와도 뜻이 맞았다. 최광옥은 내가 아직 혼자라는 말을 듣고 안신호安信浩라는 신여성과 결혼하기를 권하였다. 그녀는 도산島山 안창호安昌浩의 누이동생으로 나이는 스무 살이었는데, 극히 활발하고 당시 신여성 중에 명성明星(샛별)이라고 하였다.

나는 안 도산의 장인 이석관李錫寬의 집에서 안신호와 처음 만났다. 주인 이씨와 최광옥과 함께였다. 몇 마디 의사 교환이 끝나고 숙소에 돌아왔더니 최광옥이 뒤따라와서 안신호의 승낙을 얻었다는 말을 전하였다. 그래서 나는 안신호와 혼인이 되는 것으로 믿고 있었는데 이튿날 이석관과 최광옥이 달려와서 혼약이 깨졌다고 내게 알렸다. 그 까닭이라는 것이 이러하였다. 안 도산이 미국으로 가는 길에 상해 어느 중학교에 재학 중이던 양주삼梁柱三에게 신호와의 혼인 말을 하고, 양주삼이 졸업하기를 기다려서 결정하라는 말을 신호에게도 편지로 한 일이 있었다고 한다. 그런데 전날 나와 약혼이 된 뒤에 양주삼에게서 학교를 졸업하였으니 혼인 허락 여부를 결정하라는 편지가 왔다는 것이다. 이 편지를 받고 밤새도록 고민한 신호는 두 손에 떡이라, 어느 것을 취하고 어느 것을 버리기도 어려워 양주삼과 김구 둘 다 거절하고 한 동네에서 같이 자란 김성택金成澤(후에 목사가 됨)과 혼인하기로 작정하였다는 것이다. 그렇다면 어쩔 수 없지만 퍽 마음에 섭섭하였다. 얼마 지난 후 신호가 몸소 나를 찾아와서 미안하다는 말과 함께 나를 오라버니라 부르겠다고 말하여 나는 그의 쾌활한 결단성을 도리어 흠모하였다.

한 번은 군수 윤구영尹龜榮이 나에게 초청장을 보냈기에 가서 만나보았다. 윤 군수는 내게 정부에서 양잠업을 장려할 목적으로 해주에 뽕나무 묘목을 내려 보내고, 이를 각 군에 분배하여 심게 하라는 공문이 내려왔으니, 해주에 가서 농상공부農商工部에서 보낸 뽕나무 묘목을 찾아오는 소임을 맡아달라고 하였다. 수리首吏(서리배의 우두머리) 정창극鄭昌極이 나를 군수에게 추천한 결과였다. 나는 민생 산업에 관계되는 지극히 중요한 일이라는 것을 알고 승낙하였다. 정창극이 200냥을 여비로 주면서, 해주에 가면 관찰부에 농상공부 주사主事들이 뽕나무 묘목을 가져왔을 것이니 한 번 모시고 연회나 열고, 부족한 액수는 돌아온 후에 다시 청구하라고 하였다. 그렇게 하겠다고 하고 출발하였다. 말이든 가마든 마음대로 타고 가라고 했으나 나는 걸어서 해주에 갔다. 관찰부에 공문을 전달하고 관사로 돌아왔다.

다음 날 아침 관찰부의 부름에 따라 들어가니, 농부農部에서 특파된 주사가 묘목을 각 군에 배부하고 있었다. 내게도 장련으로 배당된 뽕나무 묘목 수천 그루를 가져가라고 주었다. 내가 묘목을 살펴보니 다 말라 있었다. 주사에게 마른 묘목을 무엇에 쓰겠냐며 받지 않겠다고 하였더니 주사는 발끈하여 상부의 명령을 거역하느냐고 나를 꾸짖었다. 나도 크게 노하여 말했다.

"주사는 경성에 살아서 장련이 산골임을 알지 못하시나 본데, 장련군에도 땔나무는 얼마든지 있으니 먼 경성에서까지 땔나무를 구할 일이 없습니다. 그대가 뽕나무 묘목을 이곳까지 가지고 온 사명은 묘목의 생명을 보호하고 군민들에게 나눠주어 심게 하는 것일 텐데, 이렇게 마른 묘목을 위협적으로 분배하니 그 책임이 누구에게 있는지 알아야겠습니다. 나는 관찰사에게 이 사유를 보고하고 그냥 돌아가겠습니다."

주사는 겁이 나는 모양이어서 내가 직접 살아 있는 생생한 것으로 골라가라고 간청하였다. 이리하여 나는 살아 있는 묘목으로만 수천 본을 골라서 관사로 돌아와서는, 물을 뿌리고 잘 보호했다가 말 한 필에 싣고 장련으로 돌아왔다.

나는 짚신 한 켤레에 얼마, 냉면 한 그릇에 얼마, 떡과 마삯, 밥값 등 모두 합해 70냥을 쓴 여비 사용 내역서[旅費用下記]를 자세히 적어서 남은 돈 130냥과 함께 정창극에게 돌려주었다. 정창극은 그것을 보고 경탄해 마지않았다.

"사람들이 다 선생 같으면 나라 일이 걱정이 없겠소. 다른 사람이 갔다면 적어도 몇 백 냥은 더 청구했을 것이오."

정창극은 실로 진실한 아전이었다. 당시 상하를 막론하고 관리라는 관리는 모두 나라와 백성의 것을 도적질하는 탐관이 되었건만 정창극만은 관에서 정한 요금 외에는 단 한 푼이라도 함부로 사용하지 않았기 때문에 군수도 감히 탐학하지 못했다.

얼마 후에 농부로부터 나를 종상위원種桑委員(뽕나무 묘목을 관리하는 사람)으로 임명한다는 임명장이 왔다. 이것은 큰 벼슬이어서 군내 하인들이며 천민들은 내가 지나가는 곳마다 담뱃대를 감추고 허리를 굽히기까지 하였다.

그러나 나는 두 해 동안이나 살던 사직동 집을 떠나지 않으면 안 되게 되었다. 그것은 오 진사와 내 사촌 형이 세상을 떴기 때문이다. 오 진사는 고기잡이배를 부린 지 두 해 만에 가산을 탕진하고, 이 일로 인해 병을 얻어 세상을 떠나고 말았다. 그래서 내가 살던 사직동 집과 대지를 그의 유족에게 돌려주었다. 또 가사를 맡아보던 사촌 형 태수는 본래 낫 놓고 기역 자도 몰랐으나, 나를 따라 장련에 와서 예수교를 믿은 뒤로는 국문에 능통하여 종교서적을 보고 강단에서 설교까지 하게 되어 장차 많은 도움을 받을 수 있으리라 믿었다. 그런데 불행히 교회당에서 예배 보는 중에 뇌출혈로 갑자기 세상을 떠났다. 사촌 형수에게 개가를 허락하여 그 친정으로 돌려보내고, 나는 어머니를 모시고 장련 읍내로 이사하였다.

내가 사직동에 있는 동안에 유인무와 주윤호가 다녀갔다. 그들은 예전 북간도 관리사 서상무徐相茂와 합력하여 북간도에 한 근거지를 건설할 목적으로 국내에서 동지를 구하러 온 것이었다. 어머니는 나를 사랑하는 지기들이라 하여 밤을 삶고 닭을 잡아서 정성으로 그들을 대접하셨다. 우리는 밤과 닭고기를 먹으면서 연일 밤이 늦도록 나라에 관한 일을 논의하였다.

강화 김주경의 소식을 물으니 유인무가 탄식하며 말하기를, 김주경은 강화를 떠난 뒤 10년 동안 몸을 숨긴 채 붓 장사를 하며 수만 원의 돈을 모아 자기 몸에 간직하고 다니다가 작년에 연안에서 불행하게도 객사하였다고 한다. 그의 아들이 이 사실을 알고 주경이 묵던 주막집을 찾아갔으나, 그 유산은 주막집 주인이 먹어버리고 주경의 유족에게는 한 푼도 주지 않았단다. 이에 소송까지 하였으나 별 소용이 없었다고 한다. 김주경이 그렇게 돈을 모은 것은 필시 무슨 경륜(일정한 포부를 가지고 일을 조직적으로 계획함)이 있었겠지만 이제 다시 이 세상에서 김주경의 큰 포부와 책략을 알 길이 없다 하였다. 그리고 주경의 아우 진경도 전라도에서 객사하여 그 집안 형편이 말이 아니라는 말을 듣고 나는 몹시 슬퍼하였다.

여러 번 혼약이 되고도 깨어지던 나는 마침내 신천 사평동謝平洞 최준례崔遵禮와 말썽 많은 혼인을 하였다. 준례는 본래 서울 태생으로, 그 어머니 김씨 부인이 젊어서 과부가 되어 길러낸 두 딸 중의 막내딸이었다. 김씨 부인은 구릿재[銅峴](지금의 을지로 입구 부근)에 임시로 세웠던 제중원(지금의 세브란스 병원)에 고용되었을 당시, 신창희를 맏사위로 맞았다. 신창희는 제중원 의과생이 되어

의사로 일하다 신천 사평동에서 개업함에 따라 이사하였는데, 김
씨 부인도 여덟 살 된 준례를 데리고 사위의 집에 우접寓接(남의
집이나 타향에서 임시로 몸을 의탁하여 삶)하며 있었다.

그때 나는 신천 사평동 예수교회의 영수領袖 양성칙梁聖則의 중
매로 준례와 약혼하였는데 이 때문에 교회에 큰 문제가 일어났다.
그것은 다름이 아니라, 준례의 어머니가 준례를 강성모姜聖謀라는
사람에게 허혼하였는데 준례는 어머니의 말을 듣지 않고 내게 허
혼한 것이었다. 당시 열여덟 살인 준례는 혼인의 자유를 주장하는
것이었다. 선교사 한위렴韓衛廉, 군예빈君芮彬 등이 나서서 강성모
에게 시집가라고 권하였으나 준례는 당연히 거절하였다. 내게도
이 혼인을 만류하는 사람이 있었으나 나는 본인의 자유를 무시하
는 부모의 허혼을 반대한다 하여 기어이 준례와 혼인하기로 작정
하고, 신창희로 하여금 준례를 사직동 내 집으로 데려오게 하여
굳이 약혼을 한 뒤에 서울 경신여학교敬信女學校로 유학을 보냈다.

처음에는 나와 준례가 교회에 반항한다 하여 책벌을 선언했으
나 끝내 불복하였다. 뿐만 아니라 구식 조혼을 인정하고 개인의
자유를 무시하는 것은 교회로서 잘못이며 사회악풍을 조장하는
것이라고 항의하였다. 얼마 후에 군예빈이 우리의 혼례서를 만들
어주고 두 사람의 책벌을 풀었으니 이리하여 나는 비로소 혼인한
사람이 되었다.

민족에 내놓은 몸

을사년(1905년)에 이른바 을사신조약乙巳新條約(을사늑약)이 체결되어서 대한의 독립권이 깨어지고 일본의 보호국이 되었다. 이에 사방에서 지사와 산림학자들이 일어나서 경기·충청·경상·황해·강원 등지에서 의병의 혈전이 시작되었다.

허위·이강년·최익현·신돌석·연기우·홍범도·이범윤·강기동·민긍호·유인석·이진룡·우동선 등은 다 의병대장으로 각 지방의 영웅이었다. 그러나 그들은 오직 하늘을 찌르는 의분이 있을 뿐이요, 군사 지식이 없기 때문에 도처에서 패전하였다.

이때 나는 진남포 에버트청년회 총무로서 대표의 임무를 띠고 경성대회에 출석하게 되었다. 대회는 상동교회에서 열렸는데 표면은 교회 사업을 의논한다 하나 실은 순전한 애국운동의 회의였다. 의병을 일으킨 이들이 구사상의 애국운동이라면 우리 예수교인은 신사상의 애국운동이라 할 것이다.

그때 상동에 모인 인물은 전덕기·정순만·이준·이동녕(이석)·최재학·계명륙·김인집·옥관빈·이승길·차병수·신상민·김태연·표영각·조성환·서상팔·이항직·이희간·기산도 · 전병헌(왕삼덕) · 유두환 · 김기홍, 그리고 나 김구 등이었다.

우리가 회의한 결과로 작정한 것은 도끼를 메고 상소하는 것이었다. 제1회 상소문은 이준이 지었다. 최재학이 소수疏首(소장의 서명 명단 중 제일 위에 있는 자)가 되고 그 밖의 네 사람이 더 서명하여 신민 대표로 다섯 명이 서명하였다. 다섯 명만 상소한 이유는 상소하면 반드시 사형될 것이요, 그러면 다시 다섯 사람씩 몇 번이고 반복하자는 것이었다.

상소를 올리러 가기 전에 정순만의 인도로 우리 일동은 상동교회에 모여서, 한 걸음도 뒤로 물러서지 말고 죽기까지 한 마음으로 행동하자고 굳게 맹세하는 기도를 올리고 일제히 대한문大漢門 앞으로 몰려갔다. 문 밖에 이르러 상소에 서명한 다섯 사람은 형식적으로 회의를 열고 상소를 한다는 결의를 하였으나 상소장은 벌써 별감의 손을 통하여 대황제께 입람이 된 때였다.

그런데 홀연 왜倭 순사대가 달려와서 우리에게 해산을 명하였다. 우리는 내정간섭이라 하여 한편으론 반항하고 또 한편으론 일본이 우리의 국권을 강탈하여 우리 2천만 신민臣民을 노예를 삼는 조약을 억지로 맺으니 우리는 죽기로 싸우자고 격렬한 연설을 하였다. 마침내 왜 순사대는 상소에 이름을 올린 다섯 지사를 경무청으로 잡아가고 말았다.

우리는 다섯 지사가 잡혀가는 것을 보고 종로로 몰려와서 가두 연설을 시작하였다. 거기도 왜 순사가 와서 칼을 뽑아들며 군중을 해산시키려 하므로 연설하던 청년 하나가 단신으로 달려들어 왜 순사 하나를 발길로 차서 거꾸러뜨리니 왜 순사들은 총을 쏘았다. 어물전 도매점[都家]이 화재를 당한 뒤라 우리는 불탄 자리에 쌓인 기와 조각을 던져서 왜 순사대와 접전을 하였다. 왜 순사대는 중과부적이어서 중국인 점포에 들어가 숨어서 총을 쏘고 있었다. 우리는 그 점포를 향하여 빗발같이 기와 조각을 던졌다. 이때 왜 보병 1개 중대가 달려와서 군중을 해산하고 한인을 닥치는 대로 포박하여 수십 명이나 잡아갔다.

그날 민영환[閔泳煥]이 자결하였다는 보도를 접하고, 몇몇 동지들과 함께 민영환 댁에 가서 조문을 마치고 돌아서 큰길에 나오는 때였다. 나이가 마흔 살쯤 되어 보이는 사람 하나가 맨 상투 바람으로 피 묻은 흰 무명 저고리를 입은 채 여러 사람의 호위를 받으며 인력거에 실려가는데, 큰 소리로 울부짖고 있었다. 누구냐고 물으니 참찬[參贊] 이상설이 자결하려다가 미수에 그쳤다고 한다. 그도 나라일이 나날이 잘못되어 가는 것을 보고 의분을 이기지 못해 자결하려던 것이었다.

당초 상동회의에서는 몇 번이고 상소를 반복하려 하였으나, 으레 사형에 처할 줄 알았던 최재학과 함께 체포되었던 지사들을 몇십 일 구류에만 처할 모양이어서 계속할 필요가 없어졌다. 또 정세를 돌아보니 국가흥망에 대한 절실한 각오가 적은 민중에게는 상소 같은 것으로 무슨 실효를 거둘 수 있을 것 같지도 않아서, 우리 동지들은 방침을 고쳐서 각각 전국에 흩어져 교육 사업에 힘쓰기로 하였다.

지식이 모자라고 애국심이 박약한 이 나라 국민으로 하여금 나라가 곧 제집이라는 것과, 왜놈이 곧 자기 생명과 재산을 빼앗고 자기 자손을 노예로 삼을 줄을 분명히 깨닫도록 하는 것 외에 아무것으로도 나라를 건질 수 없다는 것을 깨달은 것이다. 그래서 나도 황해도로 돌아와 교육에 종사하였다.

장련을 떠나 내 나이 서른세 살인 무신년(1908년) 9월 9일, 문화文化 초리면草里面 종산鍾山에 거주하면서 그 동네의 사립 서명의숙西明義塾의 교원이 되어 아이들을 가르쳤다. 그러다가 이듬해 김용제金庸濟 등 지기의 초청으로 안악으로 이사하여 그곳 양산학교楊山學校 교원이 되었다.

나는 종산에서 첫아기로 딸을 낳았다. 태어난 지 며칠 만에 모녀를 가마에 태워 안악으로 향하였다. 이때가 기유년(1909년) 정월 18일이라 찬 기운을 많이 쐰 탓인지, 딸아이는 안악에 도착한 후 바로 죽고 말았다.

안악에는 당시 십수 명의 유지가 있어서 신교육에 열심이었다. 김용제 · 김용진 · 김홍량 · 이시복 · 이상진 · 최재원 · 장윤근 · 김종원 · 최명식 · 김형종 · 김기형 · 표치정 · 장명선 · 차승용 · 한필호 · 염도선 · 전승근 · 함덕희 · 장응선 · 원인상 · 원정부 · 송영서 · 송종서 · 김용승 · 김용필 · 한응조 등은 중년 및 청년이요, 김효영 · 이인배 · 최용화 · 박남병 · 박도병 · 송한익 선배들은 중견 인물인데, 여기 적은 이름은 나와 직접적인 관련이 있는, 즉 교육 사업에 관계 있는 사람만 헤아려본 것이다.

이때에는 안악뿐 아니라 각처에 학교가 많이 설립되었으나 신지식을 가진 교원이 부족한 때라 당시 교육가로 이름이 높은 최광옥을 평양으로부터 초빙하여 안악 양산학교에 하기사범강습회를 열었다. 황해도에서 교육에 종사하는 인사는 시골의 서당 훈장들까지 강습생으로 오고 백발이 성성한 노인도 있었다. 멀리 경기·충청도에서까지 와서 강습생이 400여 명에 달하였다. 강사로는 김홍량·이시복·이상진·한필호·이보경(춘원 이광수)·김낙영·최재원·도인권 등이요 여교사로는 김낙희·방신영이 있었고, 강습생에는 강구봉·박혜명 같은 중僧도 있었다.

박혜명은 전에 말한 일이 있는 마곡사 시절의 사형師兄으로, 몇 년 전에 서울서 서로 작별한 뒤에는 소식을 몰랐다가 이번 강습회에서 서로 만나니 반갑기 그지없었다. 그는 당시 구월산 패엽사의 주지였다. 나는 그를 양산학교의 사무실로 인도하여 내 형이라고 소개하고, 내 친구들이 그를 내 친형으로 대우하기를 청하였다.

혜명은 내게 지난 일을 이야기해 주었다. 내 은사이신 보경당과 하은당 두 스님이 석유 한 통을 사다가 그 좋고 나쁨을 시험하기 위해 불붙은 막대기를 석유통에 넣었다가 그것이 폭발하는 바람에 포봉당까지 세 분이 일시에 죽었고, 그들이 남긴 재산을 내게 맡기기 위하여 금강산까지 사람을 보내어 내가 있는 곳을 두루 수소문하였으나 종적을 몰라서 할 수 없이 유산 전부를 절의 공유로 하였다고 한다.

나는 여기서 김효영金孝英 선생의 일을 적지 않을 수 없다. 선생은 김용진의 부친이요, 김홍량의 할아버지다. 젊어서 한학을 공부하다가 집이 가난함을 한탄하여 황해도 소산인 면포를 사서 몸소 등에 지고 평안도 강계, 초산 등 산읍으로 행상을 하여 밑천을 마련하고 근검으로 치부한 이라는데, 내가 뵈었을 때는 비록 기골이 장대하고 용모가 탈속脫俗하나 벌써 연세가 칠십이 넘었고 허리가 기역 자 모양으로 굽어서 지팡이에 의지하고 계셨다. 선생은 일찍부터 신교육이 필요함을 깨닫고 그의 장손 홍량을 일본에 유학시켰다. 한 번은 양산학교가 경영난에 빠졌을 때 이름을 밝히지 않고 벼 100석을 기부하였는데, 나중에야 그가 자손들에게도 알리지 않고 의연금을 낸 줄 알게 되었다. 나는 선생의 자손과 같은 연배이지만 며칠에 한 번씩 정해 놓고 내 집 문 앞에 와서,

　"선생님 평안하시오?"

하고 문안을 하였다. 이것은 '죽은 천리마의 뼈를 오백 금으로 사는 것[死馬骨 五白金]'만은 아니고, 자손의 스승을 존경하는 지극한 정성에서 나온 것이리라.

　교육에 종사한 이래로 성묘도 못 하다가 여러 해 만에 해주 본향에 가보니 많은 변화가 생겼다. 첫째로 감개무량한 것은 나를 안아주고 사랑해 주던 노인들이 많이 세상을 떠나고, 전에는 어린 아이였던 이들이 이제는 장성한 어른들이 된 것이다. 그러나 기가 막히는 것은 그 어른 된 사람들 중에 쓸 만한 인재가 없다는 것이다. 모양만 상놈이 아니라 정신까지도 상놈이 되고 말았다. 그들

은 민족이 무엇인지, 나라가 무엇인지 터럭만큼의 각성도 없는 밥 벌레에 불과하였다.

예전에 양반이라는 사람들도 찾아보았으나 다들 정신을 차리지 못하고 혼몽한 중에 있어서 자녀들을 학교에 보내라고 권하면 머리를 깎느니만 못 하다고 하였다. 내게는 전과 같이 하대하지는 못 하고 말하기 어려운 듯이 어물어물하였다. 상놈은 여전히 상놈이고 양반은 새로운 상놈이 될 뿐이니, 한 번 민족을 위하여 몸을 바쳐서 새로운 양반이 되리라는 기개를 볼 수 없으니 한심한 일이었다.

고향에 와서 이렇게 실망되는 일이 많은 중에 가장 나를 기쁘게 한 것은 준형 작은아버지께서 나를 사랑하심이었다. 항상 나를 집안을 망칠 난봉꾼으로 아시다가 내가 장련에서 오 진사의 신임과 존경을 받는 것을 보신 후부터는 비로소 나를 믿으셨다.

나는 본향 사람들을 모아놓고 내가 가지고 온 환등幻燈을 보이면서,

"양반도 깨어라, 상놈도 깨어라, 삼천리 강토와 2천만 동포에게 충성을 다하여라."

하고 목이 터지도록 외쳤다.

안악에서 하기사범강습회를 마친 뒤에 양산학교를 크게 확장하여 중학부와 소학부를 두고 김홍량이 교장이 되었다. 나는 최광옥 등 교육자들과 함께 교육총회敎育總會를 조직하고 내가 그 학무총

감學務總監이 되었다. 황해도 내에 학교를 많이 설립하고 그것을 잘 경영하도록 하는 것이 내 직무였다. 나는 이 사명을 띠고 도내 각 군을 순회하는 길을 떠났다.

배천 군수 전봉훈全鳳薰의 초청을 받아 배천읍에 당도하니, 군수가 각 면에 훈령을 보내어 면내 지도급 인사와 신식 문명에 눈을 뜬 사람들을 오리정으로 불러 모아놓고 내가 당도하기만을 기다리다가 군수가 선창으로,

"김구 선생 만세!"

를 부르니 일동이 재창하였다. 나는 크게 놀라 손으로 군수의 입을 막으며 그것이 망발인 것을 말하였다. 만세라는 것은 오직 황제에 대해서만 부르는 것이요, 황태자도 천세라고밖에 못 부르는 것이 옛 법이기 때문이다. 그런데 일개 서민인 내게 만세를 부르니 내가 당황하지 않을 수 없었다. 그러나 군수는 웃으며 내 손을 잡고 개화시대에는 친구 상호간에도 만세를 부르는 법이니 안심하라고 하였다. 나는 군수의 사저에 머물렀다.

전봉훈은 본시 제령 아전 출신으로, 해주에서 총순總巡(구한말에, 경무청에 속한 판임관)으로 오래 근무하며 교육에 많은 힘을 썼다. 해주 정내학교正內學校를 세운 것도 그요, 각 점포에 명령하여 사환하는 아이들을 야학에 보내게 하고 만일 안 보내면 주인을 벌한 것도 그여서 해주 부내의 교육에 많은 업적을 남겼다. 그 후 배천 군수가 되어 그 군내에 교육시설을 열심히 설립하였다. 전 군수의 외아들은 일찍 죽고 장손 무길武吉이 5, 6세였다.

당시 왜놈이 수비대나 헌병대를 군마다 두어 관아를 빼앗았지만 유독 배천군만은 전 군수가 대단히 단단한 이로서, 강력히 거부하여 빼앗기지 않았다. 이 때문에 왜의 미움을 받았으나 그는 군수를 영화로운 자리로 알아서가 아니요, 군수의 권한으로 교육에 힘을 보태기 위함이었다.

전봉훈은 최광옥을 초빙하여 사범강습소를 열고, 청년을 모집하여 애국심을 고취시키기에 온 힘을 다했다. 최광옥은 배천읍에서 강연을 하는 중에 강단에서 피를 토하며 죽고 말았다. 황해·평안도 인사들이 그의 공적을 사모하고 뜻과 재주를 아껴서 사리원沙里院에 큰 기념비를 세우기로 하고, 평양 안태국安泰國에게 비석 만드는 일을 맡기기까지 하였으나 합병조약이 체결되어 이를 이루지 못했다. 최광옥의 유해는 배천읍 남산에 묻혀 있다.

나는 배천을 떠나 재령 양원학교養元學校에서 유림을 소집하여 교육의 필요와 계획을 말하고 장련 군수의 청으로 읍내와 각 면을 순회하고 송화 군수 성낙영成樂英의 간청으로 수년 만에 송화읍을 찾았다. 이곳은 해서의 의병을 토벌하던 요충지이므로 읍내에는 왜의 수비대, 헌병대, 경찰서, 우편국 등의 기관이 있어서 관사는 전부 그런 것에 점령이 되고 정작 군수는 사가를 빌려서 사무를 보고 있었다. 나는 분한 마음에 머리카락이 가닥가닥 일어날 지경이었다.

환등회幻燈會(환등으로 비춘 화면 따위를 구경하는 모임)를 여니 남녀 청중이 무려 수천 명에 이르렀다. 군수 성낙영, 세무서장 구자록具滋祿을 위시하여 각 관청의 관리며 왜의 장교와 경관들도 많이 출석하였다. 대황제 폐하의 진영眞影이 나오자 나는 일동에게 기립국궁起立鞠躬(일어나 고개 숙여 경의를 표하는 것)을 명하여, 한인 관민官民은 물론이고 왜의 장교와 경관 무리까지 다 그리하게 하였다. 이렇게 하니 벌써 무언중에 장내는 엄중한 기운이 돌았다. 나는 '한인이 일본을 배척하는 이유가 무엇인가' 라는 제목으로 일장 연설을 하였다. 과거 청일전쟁과 러일전쟁 때만 해도 우리는 일본에 대하여 신뢰하는 감정이 극히 두터웠다. 그 후에 일본이 강제로 우리나라 주권을 빼앗는 조약을 맺음으로써 우리의 나쁜 감정이 격렬히 일어나게 되었다. 또 일본군이 시골 마을을 횡행하며 남의 집에 마구 들어가서 닭이나 달걀 등을 약탈하므로 우리가 배일排日의 감정을 갖게 된 것이니, 이것은 일본의 잘못이요, 한인의 책임이 아니라고 탁자를 두드리며 큰 소리로 꾸짖었다. 나란히 앉은 성낙영과 구자록은 얼굴이 흙빛이요, 왜놈들은 노기가 등등하였다.

홀연 경찰이 환등회의 해산을 명하였다. 일반 청중들은 감히 입으로 내어 말하지는 못했지만 분이 나서 대단히 격앙된 분위기였다. 나를 경찰서로 데리고 가서 한인 감독 순사 숙직실에서 묵게 하였다. 그러자 각 학교에서 학생들이 위문대를 조직하여 계속해서 방문하였다.

하룻밤을 자고 이튿날 아침에 하얼빈 전보로, 이토 히로부미(伊藤博文)가 한인 '은치안' 에게 피살되었다는 신문 기사를 보았다.

'은치안'이 누구일까 매우 궁금했는데 이튿날 아침 신문에, 안응칠安應七 곧 안중근安重根인 줄을 알고 십수 년 전 내가 청계동에서 보던 총 잘 쏘던 소년을 회상하였다.

그때서야 나는 내가 구금된 이유를 어렴풋이나마 짐작하게 되었다. 그날 저녁 환등회에서 일본놈을 꾸짖고 욕하였지만 이미 여러 곳에서도 그랬는데 하필 송화 경찰이 나를 잡은 것을 이상하게 여겼다. 그리고 잡혔다 해도 며칠 후면 훈방될 줄 알았는데, 하얼빈의 안중근과 관련되는 혐의라면 오래 놓이지 못할 것을 각오하였다.

며칠 후 간단한 말 몇 마디를 신문하고서 유치장에서 한 달을 지내게 한 후에 해주 지방재판소로 압송하였다. 수교水橋 감승무甘承武 집에서 점심을 먹을 때, 시내 학교의 교직원들과 시 유지들이 일제히 모여서 호송하는 왜 순사에게, 김구 선생은 우리 교육계의 사표이니 위로연을 베풀고 한 차례 대접하게 해달라고 요청하였다. 순사는 후일 해주에 다녀온 후 실컷 위로하라며 허락하지 않았다.

나는 해주에 도착한 즉시 감옥에 수감되었다. 이튿날 검사가 불러 안중근과 나와의 관계를 질문하였으나 나는 그 부친과는 각별했지만, 안중근과는 직접 관계가 없다는 것을 말하였다. 검사는 지난 수년간의 내 행적을 기록한 100여 쪽의 책자를 내놓고 이것저것 신문하였으나 결국 불기소로 방면되었다.

나는 행장을 챙겨서 박창진朴昌鎭의 책방에 갔다가 마침 유훈영

柳薰永 군을 만나 그 아버지 유장단柳長端의 회갑연에 참석해 달라는 요청을 받았다. 그런데 송화 경찰서에서 왜 순사와 같이 나를 호송했던 한인 순사들이 내 사건의 진행을 알고 싶어 떠나지 않고 해주에 묵고 있다는 말을 들었다. 연회를 마친 후 나는 그들 전부를 음식점으로 불러서 경과를 말해 주고 되돌아가도록 했다. 한인 순사들은 기회만 있으면 왜 순사의 눈을 피해 나를 동정하였던 것이다.

이승준李承駿·김영택金泳澤·양낙주梁洛疇 제군들이 방문할 즈음, 안악 동지들이 한정교韓貞敎를 파견했으므로 나는 동지들이 염려할 것을 생각하여 하루 일찍 한정교를 따라 안악으로 돌아왔다.

안악에 와서 나는 양산학교 소학부의 유년반을 담임하면서 재령군 북률면北栗面 무상동武尙洞 보강학교保强學校의 교장을 겸하였다. 이 학교는 나무리벌(재령평야)의 한 끝에 있어 가난한 사람들이 힘을 내어 세운 것이었다. 전임교원으로는 전승근田承根이 있고 장덕준張德俊은 교사 겸 학생으로 그 아우 덕수德秀를 데리고 학교 안에서 숙식하고 있었다.

내가 보강학교 교장이 된 뒤에 우스운 일화가 있었다. 그것은 학교에 세 번이나 도깨비불이 났다는 것이다. 학교를 지을 때 옆에 있는 고목을 찍어서 불을 땠으므로 도깨비가 불을 놓는 것이니 이것을 막으려면 부군당에 치성을 드려야 한다고 다들 말하였다. 나는 직원에게 명하여 밤에 숨어서 지키라 하였다. 이틀 만에 불을 놓는 도깨비를 붙잡고 보니 동네 서당의 훈장이었다. 그는 학교 때문에 서당이 없어져서 자기가 직업을 잃은 것이 분해서 학교에 불을 놓는 것이라고 자백하였다. 나는 그를 경찰서에 보내지 않고 조용히 동네를 떠나라고 명하였다.

이 지방에는 큰 부자는 없으나 나무리가 크고 살진 벌이 있어서 다들 가난하지는 않았다. 또 주민들이 다 명민하여 시대의 변천을 잘 깨달아 운수雲水, 진초進礎, 보강保强, 기독基督 학교 등을 세워 자녀를 교육하는 한편 농무회農務會를 조직하여 농업의 발달을 도모하는 등 공익사업에 착안함이 실로 볼 만하였다. 의사 나석주羅錫疇도 이곳 사람이다. 아직 이십 내외의 청년으로서 어린 소년과 소녀 8, 9명을 배에 싣고 비밀리에 왜의 철망을 벗어나 중국 방면에 가서 마음대로 교육할 양으로 출발하다가, 장련 오리포梧里浦에서 왜경에게 붙들려서 여러 달 옥고를 치렀다. 출옥 후에 겉으로는 장사도 하고 농사도 한다 하면서 속으로는 청년 간에 독립사상을 고취하고, 직간접으로 교육에 힘을 써서 나무리벌 청년의 신망을 받는 중심인물이 되어 있었다. 나도 종종 나무리에 내왕하면서 그와 만났다.

노백린盧伯麟이 육군 정령正領의 군직을 버리고 그의 고향인 풍천에서 교육에 종사하던 때였다. 하루는 서울 가는 길에 안악에서 그와 만나 함께 나무리 진초동進礎洞 김정홍金正洪의 집에서 하룻밤을 잤다. 김은 그 동네의 교육가였다.

저녁에 진초학교 직원들도 와서 주연을 벌이고 있노라니 동네가 갑자기 요란해졌다. 주인 김정홍이 놀라며 걱정스러운 얼굴로 설명하는 말이 이러하였다. 진초학교에 오인성吳仁星이라는 여교사가 있는데 무슨 이유인지 모르나 그의 남편 이재명李在明이 와서 단총으로 오인성을 위협하니, 인성은 학교 일을 못 보고 어느 집에 피신해 숨어버렸다고 한다. 이재명은 매국노를 모조리 죽이겠다고 부르짖으면서 미친 사람 모양으로 총을 쏘아대므로 동네가 이렇게 소란하다는 것이라고 했다.

나는 노백린과 상의하고 이재명이라는 사람을 불러왔다. 그는 23, 4세의 청년으로서 미우眉宇(이마의 눈썹 근처)에 분기가 가득했다. 인사를 청하니 그는 어려서 하와이에 건너가서 공부를 하던 중에 우리나라가 왜놈에게 빼앗긴다는 말을 듣고 두어 달 전에 환국하였다는 말과, 자신의 목적은 이완용李完用 이하의 매국노를 죽이는 것이라 하며 단도와 권총을 내보였다. 또 자기는 평양에서 오인성이라는 여자와 결혼하였는데, 자기 부인의 가정은 과부인 장모가 딸 셋을 데리고 지내는데 가세가 풍족하여 딸들을 교육시켰지만, 국가의 대사에 충성을 바칠 용기가 없고 구차하게 신상의 안일만을 도모하므로, 자기의 의기와 충성을 이해하지 못한다고 했다. 그리고 이러한 이유로 인해서 자기 부부가 다투는 바람에 학교에 손해를 끼치게 되었다고 기탄없이 말하였다.

그러나 나는 이 사람이 장차 서울 진고개[泥峴]에서 이완용을 단도로 찌른 의사 이재명이 될 줄은 전혀 생각 못 하고 허황된 열정에 들뜬 한 청년으로만 보았다. 노백린도 나와 같은 생각을 한 모양이어서 그의 손을 잡고 큰일을 하려는 사람이 큰일을 할 무기를 가지고 아내를 위협하고 동네를 소란케 하는 것은 아직 수양이 부족한 탓이라고 간곡히 말하고, 그 단총을 자기에게 맡겨두고 마음을 더 수양하고 동지도 더 얻은 후에 거사를 단행하라고 권하였더니, 이재명은 총을 노백린에게 주기는 하면서도 선선하게 주는 빛은 없었다.

노백린이 사리원역에서 기차를 타고 막 떠나려 할 때에 문득 이재명이 그곳에 나타나서 노백린에게 맡긴 물건을 도로 달라고 하였으나 노는 서울에 와서 찾으라는 말을 남기고 떠나버렸다.

그 후 한 달이 못 되어 이 의사는 동지 몇 사람과 서울에 들어와 군밤 장수로 변장하고 천주교당에 다녀오는 이완용을 찌른 것이었다. 이완용이 탔던 인력거꾼은 즉사하고 이완용의 목숨은 살아나서 나라를 파는 마지막 도장을 찍을 날을 주었으니 이것은 노백린이나 내가 공연한 간섭으로 그의 단총을 빼앗은 때문이었다.

나라의 명맥이 경각에 달렸으되 국민 중에는 망국이 무엇인지 모르는 이가 많았다. 이에 깨달은 지사들이 한데 뭉치고 또 한편으로 깨닫지 못한 동포를 계발하여서 다 기울어진 국운을 만회하려는 큰 비밀운동이 일어났으니, 그것이 신민회新民會였다. 안창호安昌浩는 미국으로부터 돌아와서 평양에 대성학교大成學校를 세우고 청년 교육을 표면의 사업으로 하면서 이면으로는 양기탁梁起鐸 · 안태국安泰國 · 이승훈李昇薰 · 전덕기全德基 · 이동녕李東寧 ·

주진수朱鎭洙 · 이갑李甲 · 이종호李鍾浩 · 최광옥崔光玉 · 김홍량金鴻亮 등과 기타 몇 사람을 중심으로 하여 400여 명 정수분자로 신민회를 조직하여 훈련 · 지도하다가 안창호는 용산 헌병대에 잡혀 수감된 일도 있었다.

합병이 된 뒤에는 소위 요주의 인물을 일망타진할 것을 미리 알았음인지, 안창호는 장련군 송천松川에서 비밀히 위해위威海衛로 가고, 이종호 · 이갑 · 유동열 동지도 뒤를 이어서 압록강을 건넜다.

서울에서 양기탁이 주최하는 비밀회의 통지를 받고 나도 출석하였다. 그때 양기탁의 집에 모인 사람은 주인 양기탁과 이동녕 · 안태국 · 주진수 · 이승훈 · 김도희金道熙, 그리고 나 김구 등이었다. 이 회의의 결과는 이러하였다.

왜가 서울에 총독부를 두었으니 우리도 서울에 도독부를 두고 각 도에 총감이라는 대표를 두어서 국가의 명맥을 이어서 나라를 다스리게 하고, 만주에 이민 계획을 세우고, 또 무관학교를 창설하여 광복전쟁에 쓸 장교를 양성하기로 하고, 이를 준비하기 위하여 이동녕을 먼저 만주에 파견하여 토지 매수, 가옥 건축, 기타 일반을 위임하고, 그 나머지는 참석한 인원으로 각 지방 대표를 선정하니 황해도에 김구, 평안남도에 안태국, 평안북도에 이승훈, 강원도에 주진수, 서울에 양기탁이었다. 이 대표들은 급히 맡은 지방으로 돌아가서 황해 · 평남 · 평북은 각 15만 원, 강원은 10만 원, 경기는 20만 원을 15일 이내로 모금하여, 이동녕의 뒤를 파견하기로 의결하고 즉시 출발하였다.

경술년(1910년) 11월 20일 이른 아침에 서울을 떠났다. 양기탁의 친아우 인탁寅鐸이 재령 재판소 서기로 부임하는 길이라 그의 부인과 같이 동행하여 사리원역에서 내렸다. 기탁은 내게 인탁에게도 말하지 말라고 일렀다. 부자와 형제간에도 필요 없이는 비밀을 누설하지 않는 것이었다.

사리원에서 인탁 부부와 작별하고 안악으로 돌아와 김홍량에게 이번 비밀회의에서 결정된 것을 말하였더니 김홍량은 그대로 실행하기 위하여 토지와 가산을 팔기 시작했다. 그리고 신천 유문형柳文馨 등 이웃 고을 동지들께도 비밀히 이 뜻을 통하였다. 그때 장련의 이명서李明瑞가 먼저 그 어머니와 아우 명선을 데리고 서간도로 가서 추후에 들어오는 동지들의 편의를 제공하겠다며 안악으로 찾아왔기에 내가 인도하여 출발시켰다. 이렇게 우리 일은 착착 진행 중에 있었다.

어느 날 밤중에 안명근安明根이 양산학교 사무실로 나를 찾아왔다. 그는 내가 서울 가 있는 동안에도 여러 번 찾아왔었던 것이다. 그가 나를 찾은 목적은, 독립운동 자금으로 돈을 내겠다고 약속하고도 안 내는 부자들을 경계하기 위하여 우선 안악 부자들을 육혈포(탄알을 재는 구멍이 여섯 개 있는 권총)로 위협하여 본을 보일 터이니, 날더러 지도해 달라는 것이었다. 이것은 지금 우리가 진행하고 있는 사업과는 상관이 없고 안명근이 독자적으로 하는 일이었으므로 나는 그에게 돈을 가지고 할 일이 무엇인가를 물었다.

그의 계획에 의하면 동지를 많이 모아서 황해도 내의 전신과 전화를 끊어 각지에 있는 왜적이 서로 연락하는 길을 막아놓고 지방마다 일어나서 제 지방에 있는 왜적을 죽이라는 명을 내리면 반드시 성사가 될 것이다, 그러면 설사 타지방에서 왜병 대대가 파병된다 하더라도 닷새는 걸릴 것이니 그동안만은 우리의 자유로운 세상이고 실컷 원수를 갚을 수 있다는 것이었다.

나는 명근의 손을 잡고 이 계획은 버리라고 만류하였다. 여순에서 그의 사촌 형 중근이 당한 일을 생각하면 다른 사람과 달리 혈족으로서 더욱 피가 끓을 일이지만, 국가의 독립은 그렇게 일시적으로 원통한 사정을 해결한다고 이루어지는 것이 아니라 널리 동지를 모으고 동포를 가르쳐서 실력을 기른 뒤에 크게 싸울 준비를 해야 한다는 뜻을 말하였다. 그보다 당장 의기 있는 청년들을 많이 인도하여 서간도로 데려가서 인재를 양성함이 급선무라는 뜻을 설명하였다. 내 말을 듣고 그도 그렇다고 수긍은 하였으나 자기의 생각과 같지 않은 것이 불만인 모양으로 서로 작별하였다. 그런 일이 있은 며칠 후 안명근이 사리원에서 잡혀 서울로 압송되었다는 소식이 신문으로 전해졌다.

해가 바뀌어 신해년(1911년) 정월 초닷새 새벽, 내가 아직 일어나기도 전에 왜 헌병 하나가 내 숙소인 양산학교 사무실에 와서 헌병 소장이 잠깐 면담할 일이 있다고 헌병 분견소로 데리고 갔다. 가보니 벌써 김홍량·도인권·이상진·양성진·박도병·한

필호·장명선 등 교직원들을 차례로 불러 모은 후였다. 경무총감부의 명령이라며 곧 우리를 구류하였다가 2, 3일 후에 재령으로 옮겨 수감하였다. 황해 일대에서 평소 애국자로 지목된 인사를 대부분 체포하였다.

우리는 재령에서 사리원, 사리원에 서울로 이송되었다. 해서 각 군에서 체포되어 서울로 이송되는 인사 중 송화의 반정沜亭 신석충申錫忠 진사는 재령강 철교를 건널 때에 강에 몸을 던져서 자살하고 말았다. 신 진사는 해서의 유명한 학자요, 또 대자선가였다. 그 아우 석제錫梯도 진사였다. 한 번은 내가 석제 진사를 찾아갔을 때에 그 아들 낙영洛英과 손자 상호相浩가 동구 밖까지 마중 나왔기에 내가 모자를 벗어서 인사하였더니 그들은 황망히 갓을 벗어서 답례한 일이 있었다.

또 서울로 호송되는 기차 안에서 이승훈을 만났다. 그는 우리가 포박된 것을 보고 다른 사람이 알지 못하게 차창 밖으로 머리를 내밀고 하염없이 눈물을 흘렸다. 차가 용산역에 닿았을 때에 (그때에는 경의선도 용산을 지나서 서울로 들어왔다) 형사 하나가 뛰어 올라와서 이승훈을 보고 물었다.

"당신 이승훈 씨 아니오?"

"그렇소."

"경무총감부에서 영감을 부르니 좀 가십시다."

하고 차에서 내리자마자 우리와 같이 결박 지어서 끌고 갔다.

이것은 왜가 우리나라를 강제로 빼앗은 뒤에 아주 제 것으로 만

들어볼 심산으로 우리나라의 애국자를 망라하여 체포한 것이다. 황해도를 중심으로 먼저 안명근을 잡아 가두고는 계속해서 지식계급과 부호를 모두 압송하였다. 서울에 이미 배치한 감옥과 구치소, 각 경찰서 구류소만으로는 부족하여 창고 같은 건물을 벌집모양으로 칸을 막아서 임시 감방을 만들었다. 나도 그곳에 수감되었는데, 한 방에 두 명 이상을 가두기는 불가능했다.

이번에 잡혀온 사람은 황해도에서 안명근을 비롯하여 군군郡별로 보면 신천에서 이원식李源植 · 박만준朴晚俊 · 신백서申伯瑞 · 이학구李學九 · 유원봉柳元鳳 · 유문형柳文馨 · 이승조李承祚 · 박제윤朴濟潤 · 배경진裵敬鎭 · 최중호崔重鎬, 재령에서 정달하鄭達河 · 민영룡閔泳龍 · 신효범申孝範, 안악에서 김홍량金鴻亮 · 김용제金庸濟 · 양성진楊成鎭 · 김구金龜 · 박도병朴道秉 · 이상진李相晋 · 장명선張明善 · 한필호韓弼昊 · 박형병朴亨秉 · 고봉수高鳳洙 · 한정교韓貞敎 · 최익형崔益亨 · 고정화高貞化 · 도인권都仁權 · 이태주李泰周 · 장응선張膺善 · 원행섭元行燮 · 김용진金庸震, 장련에서 장의택張義澤 · 장원용莊元容 · 최상륜崔商崙 · 김재형金在衡, 은율에서 김용원金容遠, 송화에서 오덕겸吳德謙 · 장홍범張弘範 · 권태선權泰善 · 이종록李鍾錄 · 감익룡甘益龍, 해주에서 이승준李承駿 · 이재림李在林 · 김영택金榮澤, 봉산에서 이승길李承吉 · 이효건李孝健, 그리고 배천에서 김병옥金秉玉, 연안에서 편강렬片康烈 등이었고 평안남도에서 안태국安泰國 · 옥관빈玉觀彬, 평안북도에서 이승훈李承薰 · 유동열柳東悅 · 김용규金龍圭 형제가 붙들리고, 경성에서는 양기탁

梁起鐸·김도희金道熙, 강원도에서 주진수朱鎭洙, 함경도에서 이동휘李東輝가 잡혀와서 다들 유치되어 있었다. 나는 이동휘와는 만난 적이 없었으나 유치장에서 명패를 보고 그가 잡혀온 줄을 알았다.

나는 생각하였다. 평소에 나라를 위하여 십분 정성과 힘을 쓰지 못한 죄로 이 벌을 받는 것이라고. 이제 와서 내게 남은 일은 고후조 선생의 훈계대로 사육신과 삼학사를 본받아 죽어도 굴하지 않는 것뿐이라고 결심하였다.

신문실에 끌려 나가는 날이 왔다. 신문하는 왜놈이 나이, 주소, 성명 등을 묻고 나서,

"네가 어찌하여 여기 왔는지 아느냐?"

하기에 나는,

"잡아오니 끌려왔을 뿐 이유는 모른다."

하였더니 다시 묻지도 않고 내 수족을 결박하여 천장에 매달았다. 처음에는 고통을 느꼈으나 이내 정신을 잃었는데 다시 정신이 들어보니 눈 내리는 밤 적막한 겨울 달빛을 받고 신문실 한구석에 누워 있었다. 얼굴과 몸에 냉수를 끼얹은 느낌만 있을 뿐, 그동안에 무슨 일이 있었는지 기억이 없었다.

내가 정신 차리는 것을 보고 왜놈은 비로소 나와 안명근과의 관계를 물었다. 나는 안명근과는 서로 아는 사이지만 같이 일한 적은 없다고 하였더니, 그놈은 와락 성을 내며 다시 나를 묶어 천장에 매달고 세 놈이 돌아가며 막대기와 단장으로 수없이 내 몸을 후려갈겨서 나는 또 정신을 잃었다. 세 놈이 나를 끌어다가 유치

장에 눕힐 때에는 벌써 훤하게 밝은 때였다. 전날 해질 때에 시작한 내 신문이 다음 날 해 뜰 때까지 계속된 것이었다.

처음에 내 성명을 물으며 신문하던 놈이 밤이 새도록 쉬지 않는 것과 그놈들이 온 힘을 다해 사무에 충실한 것을 보며 나는 몹시도 부끄러웠다. 저놈들은 남의 나라를 한꺼번에 삼키고 되씹으며 밤을 새거늘, 나는 내 나라를 빼앗기지 않기 위한 일을 하며 과연 몇 번이나 밤을 새웠던가? 스스로 돌아보니 온 몸이 바늘방석에 누운 것과 같이 고통스러운 중에도, 나 스스로 애국자인 줄로만 알고 있었으나 나 역시 망국노亡國奴(나라가 망하여 침략자에게 예속되어 있는 국민)의 근성을 가진 것이 아닌가 하여 부끄러운 눈물이 눈에 가득 찼다.

이렇게 악형을 받는 것은 나뿐이 아니었다. 옆방에 있는 김홍량·한필호·안태국·안명근 등도 신문을 받으러 끌려 나갈 때에는 기운 있게 제 발로 걸어 나가나 왜놈의 혹독한 단련을 받고 유치장으로 돌아올 때에는 언제나 반죽음이 다 되어 있었다. 그것을 볼 때마다 나는 치미는 분함을 누를 길이 없었다.

한 번은 안명근이 소리소리 지르면서,

"이놈들아, 죽일 때에 죽이더라도 애국 의사의 대접을 이렇게 한단 말이냐?"

하고 큰 소리로 꾸짖다가 간혹 우리에게,

"나는 내 말만 하였고 김구, 김홍량 등은 관계가 없다고 하였소."

하는 말을 끼워서 우리의 귀에 넣었다.

우리들은 감방에서 무선으로 이야기[無線話]를 통한다. 양기탁의 방에서 안태국의 방과 내가 있는 방으로, 이재림이 있는 방 좌우 20여 방의 40여 명은 서로 밀어를 전했다. 왜놈들은 사건을 보안법 위반과 또 살인모의 및 강도의 둘로 나누었다.

　누구든 신문을 당하고 오면 내용을 각 방에 전달하여 아무쪼록 동지의 희생을 적게 하기로 논의하였던바, 왜놈들은 신문이 진행됨에 따라 사건의 범위가 축소됨을 보고 우리들의 통방通房(교도소나 유치장 따위에서, 이웃한 감방의 수감자끼리 암호로 의사를 통함)을 의심하여 그중 한순직韓淳稷을 살살 꾀어 각 방에서 밀어하는 내용을 밀고하게 하였다. 어느 날 양기탁이 밥 받는 구멍에 손바닥을 대고, 우리의 밀어를 한순직이 밀고하니 이제부터는 통방을 폐하자는 뜻을 손가락 필담으로 전하였다.

　과연 센 바람을 겪고서야 단단한 풀을 알 수 있겠다. 안명근이 한순직을 내게 소개할 때에는 용감한 청년이라고 하였다. 그러나 이와 같이 위급한 지경에 처하면 꺾이는 것이 어찌 한순직뿐이랴, 최명식도 악형을 못 이겨서 없는 소리를 자백하였으나 나중에 후회하여 긍허兢虛(마음을 삼가고 비운다)라고 호를 지어서 평생 자책하였다. 그때의 형편으로 보면 내 혀끝이 한 번 움직이는데 몇 사람의 생명이 달렸으므로 나는 단단히 결심을 하고 또 하였다.

　하루는 또 불려나가서 내 평생의 지기가 누구냐고 묻기에 나는 서슴지 않고,

　"오인형吳麟炯이 내 평생의 지기다."

하고 대답하였더니 다른 사람의 이름을 부는 일이 없던 내 입에서 평생의 지기를 말하는 것을 극히 반가워하는 낯빛으로, 그 사람은 어디서 무엇을 하는지 묻고는 정신 바짝 차리고 내 대답을 기다리고 있었다. 나는 천연하게,

"오인형은 장련에 살았으나 몇 년 전에 죽었다."

하였더니 그놈들이 크게 성을 내며 또 내가 정신을 잃도록 가혹하게 고문하였다.

한 번은 학생 중에서 누가 가장 너를 사모하더냐는 질문에 나는, 창졸간에 내 집에 와서 공부하고 있던 최중호崔重鎬의 이름을 말하고서는 나는 내 혀를 물어 끊고 싶었다. 젊은것이 또 경을 치겠다고 아픈 가슴으로 창밖을 바라보니 언제 잡혀왔는지 반쯤 죽은 최중호가 왜놈에게 끌려 지나가는 것이 보였다.

진고개 끝 남산 기슭에 있는 소위 경무총감부에서는 밤낮으로 도살장에서 소나 돼지를 때려잡는 소리가 끊임없이 들렸다. 이것은 우리 애국자들이 왜놈에게 악형을 당하는 소리였다.

하루는 한필호 의사가 신문을 당하고 돌아오는 길에 겨우 머리를 들어 밥구멍으로 나를 들여다보면서,

"모두 부인했더니 지독한 악형을 받아서 나는 죽습니다."

하고 작별하는 모양을 보이기에 나는,

"그렇게 낙심 말고 물이나 좀 자시오."

하고 위로하였더니 한 의사는,

"이제는 물도 먹을 필요가 없습니다."

그 후로는 어디로 끌려갔는지 다시 소식을 몰랐는데 공판 때에야 비로소 한필호 의사가 살해당했다는 것을 알게 되었다.

하루는 최고신문실이라는 데로 끌려갔다. 그런데 누가 뜻하였으랴. 17년 전 내가 인천 경무청에서 신문을 당할 때 방청석에 앉았다가 내가 호령하자 '칙쇼우! 칙쇼우!' 하면서 뒷방으로 피신하던 와타나베 순사놈이 나를 신문하려고 앉았을 줄이야. 그놈은 전과 같이 검은 수염을 길러 늘어뜨리고 얼굴은 약간 노쇠한 빛이 보였으나 이제는 경무총감부 기밀과장機密課長의 제복을 입고 위의威儀가 엄숙하였다.

와타나베 놈이 입을 열어 내게 하는 첫말이,

"내 가슴에는 X-광선이 있어서 네 평생의 역사와 가슴속에 품은 비밀을 소상히 다 알고 있으니 한 치도 숨김없이 다 자백을 하면 괜찮겠지만, 만일에 감추거나 숨기는 것이 있으면 이 자리에서 때려죽일 테다."

나는 몇 년 전에 여순 사건에 대한 혐의로, 해주 검사국에서 《김구金龜》라는 제목이 쓰인 책자를 앞에 두고 신문당하던 일을 생각하였다. 각 지방의 보고를 수집한 그 책에는 내가 치하포에서 왜놈을 죽인 일과 인천 감옥에서 사형 정지를 받고 탈옥 도주한 것은 반드시 적혀 있을 것이라고 생각하였다. 왜냐하면 그 사건은 당시에 전국을 떠들썩하게 하였고, 더욱이 황해·평안도에서는 배일排日 연설의 소재가 되었으며, 평상시에도 이야깃거리가 되었기 때문이다.

그러나 와타나베가 먼저 '네가 17년 전 인천 경무청에서 나를 꾸짖으며 욕하던 일을 기억하느냐'고 묻기 전에는 입을 열지 않았고, 와타나베의 X-광선이 확실히 맞는지를 시험할 생각으로 이렇게 대답하였다.

"나의 일생은 구석진 곳에서 은사隱士(벼슬하지 않고 숨어 살던 선비) 생활을 한 적이 없고, 일반 사회에서 헌신적 생활을 한 탓으로 말과 행동이 모두 공개적이고 비밀은 없소."

와타나베는 순서대로 묻기 시작했다.

"출생지는?"

"해주 텃골."

"교육은?"

"서당에서 한학을 공부했소."

"직업은?"

"농촌에서 나고 자랐으므로 나무하고 밭 갈다가, 25~6세에 장련으로 이주하여 종교와 교육 사업을 시작하여 현재에는 안악 양산학교의 교장으로 근무하던 중에 체포되었소."

라고 대답하였더니 와타나베는 와락 성을 내며,

"종교와 교육에 종사한다는 것은 껍데기요, 그 이면에 불순한 음모가 한둘이 아니란 것을 내가 분명히 알고 있다. 안명근과 공모하여 총독을 암살할 음모를 꾸미고, 서간도에 무관학교를 설립하여 독립운동을 준비하려고 부자의 돈을 강탈한 사실을 끝까지 숨기려 하느냐?"

라며 나를 엄포하였다. 나는 두려움보다는 나의 가슴을 비춘다는 X-광선이 탈이 나지 않았나 하는 우스운 생각이 들었다. 하지만 꾹 참고 하나하나 답변하였다.

나는 안명근과는 전혀 관계가 없고, 서간도에 이민하란 것은 사실이지만 이것은 빈한한 농민에게 생활의 근거를 마련해 주자는 것뿐이라고 답변하였다. 그리고 화제를 돌려서 지방경찰의 도량이 좁고 의심만 많아서 걸핏하면 배일排日하는 사람으로 보니 이러고는 백성이 아무 일도 할 수 없어서 모든 사업에 방해가 많으니 이후로는 지방경찰에 주의하여 우리 같은 사람들이 교육 사업을 잘할 수 있도록 해달라, 학교 개학 시기도 벌써 지났으니 속히 내려가서 학교 일을 보게 해달라고 하였다. 와타나베 놈은 악형은 하지 않고 나를 유치장으로 돌려보냈다.

이제 보니 와타나베 놈은 내가 김창수인 것을 전혀 모르는 것이 확실하였다. 그렇다면 내 과거를 소상히 잘 아는 형사들조차 그 말을 밀고하지 않은 것도 분명하였다. 나는 기뻤다. 나라는 망했으나 민족은 망하지 않았다. 나는 평소 한인의 정탐을 몹시 못마땅하게 여겨 그들을 여지없이 공격했는데, 내게 공격을 받은 정탐꾼까지도 자기가 잘 아는 그 사실만은 왜놈에게 밀고하지 않고 비밀을 지켜준 것이었다.

다른 사람은 말할 것도 없고 내 제자로 형사가 된 김홍식과 같은 학교 직원으로 있던 원인상 등부터 밀고하지 않은 것이니, 각처에서 형사 노릇을 하는 한인과 고등정탐원까지도 조금이나마 애국심은 남아 있는 것이 아닌가. 사회에서 나를 이같이 동정해 주었으니 나로서는 최후의 일각까지 동지를 위하여 싸우고 원수의 요구에 응하지 않으리라 다짐하였다. 그리고 김홍량은 나보다 활동할 능력도 많고 인물의 품격도 높으니 나를 희생해서라도 그를 살리고자 마음먹고, 신문 시에도 내게 불리할지언정 그에게 유리하게 답변하였다. 그러면서 "거북은 진흙 속에 있으며 기러기는 바다 위를 난다[龜沒泥中鴻飛海外]"라고 중얼거렸다.

일곱 번 신문 중에 와타나베의 것을 제외하고 여섯 번은 번번이 악형을 당해서 정신을 잃었다.

그러나 악형을 받고 유치장으로 끌려 돌아올 때마다 나는,

"나의 목숨은 너희가 빼앗아도 나의 정신은 너희가 빼앗지 못하리라."

하고 소리를 높여 외쳐서 동지들의 마음이 풀어지지 않도록 하였다. 내가 그렇게 떠들면 왜놈들은,

"나쁜 말이 해소데 타타쿠."(우리말과 일본말이 혼합된 문장으로, '나쁜 말을 했으니 때려줄 테다'라는 의미)

라고 위협하였으나 동지들의 마음은 내 말에 격려되었으리라고 믿는다. 나에 대한 여덟 번째 신문은 각 과장과 주임 경시 7, 8명이 나란히 앉은 가운데 열렸다. 이놈들이 나를 향하여 하는 말이,

"네 동류가 대부분 자백을 하였는데 네 한 놈이 자백을 않으니 참 어리석고 완고한 놈이다. 네가 아무리 입을 다물고 있더라도 다른 놈들의 실토에서 나온 네 놈의 죄가 숨겨지겠느냐. 너도 생

각해 보아라. 새로 토지를 매입한 지주가 논밭에 거치적거리는 돌멩이를 골라내지 않고 그냥 두겠느냐? 그러니 지금 당장 말하지 않으면 이 자리에서 네 놈을 때려죽일 테니 그리 알아라."

라며 위협했다. 이 말에 나는,

"오냐, 이제 잘 알았다. 내가 너희가 새로 산 논밭의 돌이라면 그것은 맞다. 너희가 나를 돌로 알고 파내려는 수고보다 파내어지는 내 고통이 더 심하니, 그렇다면 너희들의 손을 빌릴 것 없이 내 스스로 목숨을 끊어버릴 테니 보아라."

나는 머리로 옆에 있는 기둥을 들이받고 정신을 잃고 쓰러졌다. 여러 놈들이 인공호흡을 한다, 냉수를 얼굴에 끼얹는다 하여 내가 다시 정신이 들었을 때 여러 놈 중에서 한 놈이 능청스럽게,

"김구는 조선인 중에 존경을 받는 인물인데 이같이 대우하는 것은 마땅치 않으니 저에게 맡겨주시기를 바라오."

하고 청을 하니 여러 놈들이 즉시 승낙했다. 승낙을 받은 그놈이 나를 제 방으로 데리고 가더니 담배도 주고 존대도 하며 대우가 융숭했다. 그놈의 말이 자기가 황해도에 출장하여 나에 관한 조사를 해보니, 월급을 받든 못 받든 교무를 한결같이 보아온 것으로 미루어 교육 사업에 열성이었던 점이 인정되고, 일반 인민의 여론을 들어보아도 정직한 사람인데 경무총감부에 와서 김구의 신분을 모르는 사람들에게 모진 악형을 많이 당한 모양이니 대단히 유감스럽다, 또 신문을 할 때도 이렇게 할 사람과 저렇게 할 사람이 따로 있는데 김구 같은 인물에게 그렇게 한 것은 크게 실례라고

아주 뻔뻔스럽게 듣기 좋은 소리를 했다.

왜놈들이 우리 애국자들의 자백을 짜내기 위한 방법에는 대개 세 가지 수단이 있다.

그중 첫 번째는 악형(가혹한 고문)이다. 회초리와 막대기로 전신을 두들긴 뒤에 다 죽게 된 사람을 걸상 위에 올려 세우고 붉은 오랏줄로 뒷짐결박을 지워서 천장에 있는 쇠갈고리에 달아 올리고는 걸상을 빼어버리면 사람이 대롱대롱 공중에 매달리는 것이다. 이 모양으로 얼마 동안 지나면 고통을 못 이겨 정신을 잃어버린다. 그러면 결박을 풀어 내려놓고 얼굴과 몸에 냉수를 끼얹어 정신을 들게 하는 것이다. 또 화로에 쇠꼬챙이를 달군 후 그것으로 벌거벗은 사람의 몸을 막 지지고, 세 손가락 사이에 손가락만 한 모난 막대기를 각각 끼우고 그 막대기 양끝을 노끈으로 동여매고, 사람을 거꾸로 매달고 콧구멍에 물을 들이붓는 것 등이 그것이다.

두 번째는 굶기는 것이다. 신문할 때 음식을 보통 수인囚人의 반으로 부쩍 줄여 겨우 죽지 않을 만큼 먹이는 것인데, 친척이 사식을 넣어주려 하여도 신문 주임의 허가를 받지 못하면 도로 내보낸다. 차입 밥! 얼마나 반가운 것인가. 그러나 신문 주임되는 놈은 사실 여부를 떠나서 왜놈들이 원하는 자백을 하지 않으면 차입을 허가하지 않는다. 참말이나 거짓말이나 저희들의 비위에 맞는 소리로 답변을 해야만 차입을 허가하는 것이다. 그래서 유치장에서 사식을 받아먹는 자는 당연히 강경치 못해 보이는 것이다.

세 번째는 회유책이다. 좋은 음식을 대접하고 훌륭히 꾸민 아카시[明石]의 방으로 데려가 극진히 공경하며 점잖게 대우하는 바람에, 가혹한 고문을 견뎌낸 사람도 그 자리에서 실토하는 경우가 더러 있었다.

내가 신체 고문에는 한두 번 참아보았고, 저놈들이 발악하면 나도 악을 내어서 참을 수 있었지만 이보다 더 견디기 어려운 것은 굶기는 벌이다. 밥이라야 껍질 절반 모래 절반에 반찬은 소금이나 쓴 장아찌 쪼가리를 주는데, 당기지 않아서 안 먹고 도로 내보내기도 하였다. 그러나 그 후에는 죽도록 맞는 날을 제외하고는 그런 밥이라도 기다려서 달게 먹었다. 그때까지 거의 석 달 동안 아내는 매일 아침저녁으로 밥을 가지고 유치장 앞에 와서 내게 들리라고 큰 소리로,

"김구의 밥을 가져왔으니 들여보내주시오."

하고 소리치는 것이 들리나 그때마다 왜놈이,

"김가메('가메'는 거북의 일본식 발음) 나쁜 말 했소데. 사식이레 일이 업으소다."

하고 물리치는 소리가 들렸다. '김가메'라는 것은 왜놈들이 부르는 내 별명이다.

내 몸은 더욱 말이 아니었다. 그놈들이 달아매고 때릴 때는, 박태보가 보습 단근질 당할 때 '이 쇠가 식었으니 다시 달구어 오라'고 한 구절을 암송하였다. 결박하고 때릴 때에는 내복 위로 맞으면 덜 아프니 내복을 벗어버리고 맞겠다고 자청하여 매번 알몸으로 매를 맞으니 온전한 살가죽이라곤 없었다.

그런 때에 다른 사람들이 사식을 먹으면, 고깃국과 김치 냄새가 코에 들어와서 미칠 듯이 먹고 싶어진다. 매일 아침저녁으로 음식 냄새가 코에 들어올 때마다 나도 남에게 해가 될 말이라도 하고서 가져오는 밥이나 다 받아먹을까, 또한 아내가 나이 젊으니 몸이라도 팔아서 맛있는 음식을 늘 들여보내주었으면 좋겠다는 더러운 생각까지도 났다.

박영효朴泳孝의 부친이 옥중에서 섬거적을 뜯어먹다가 죽었다는 말이며, 옛날 소무蘇武가 전모氈帽를 씹으며 19년 동안 한나라에 대한 절개와 의리를 지켰다는 글과, 전날에 알몸으로 고초를 받던 일을 생각했다. 이러다가 인간의 본성은 사라지고 짐승의 본능만 남는 것이 아닐까 자책하던 차에, 경무총감 아카시의 방으로 나를 불러들여 극진히 우대하며 신문한 것이었다.

아카시 놈이 내게 한 말의 요령은 이러하였다. 내가 식민 백성으로 인정하고 일본에 대한 충성만 표시하면 즉시 자기가 총독에게 보고하여 옥고를 면하게 할 것이요, 또 조선을 통치함에 있어서 순전히 일본인만이 아니라 덕망이 높은 조선인을 정치에 참여시키려 하니 그대와 같이 충후忠厚한 사람이 정세의 추이를 모르지 않을 텐데 순응함이 어떠냐 하면서 안명근 사건과 서간도 사건을 사실대로 자백하라는 것이었다.

나는 아카시에게 말하였다.

"당신이 나의 충후함을 인정하거든 내가 진술한 것도 모두 인정하시오."

그놈은 아주 점잖고 예의 있는 모습이었으나 내 말에 좋지 않은 기색을 보이며 돌려보냈다. 그런데 이런 일이 있은 뒤에 오늘, 당장에 때려죽인다고 발악하던 놈에게 끌려왔는데, 이놈은 구니토모國友라는 경시였다.

"내가 예전 대만에 있을 때 어떤 대만인 피의자 하나를 담임하여 신문하였는데 그 사람이 지금의 너와 같이 고집하다가 검사국에 가서야 일체를 자백하였다는 편지를 받았다. 김구도 이제 검사국으로 넘어갈 테니 그곳에 가서 자백을 하면 검사의 동정을 얻으리라."

하고는 전화로 국수장국밥에 고기를 많이 넣어서 가져오라고 하여 그것을 내 앞에 놓고 먹기를 청했다.

"당신이 나를 무죄로 인정한다면 이 음식을 먹겠지만, 나를 유죄라 한다면 입에 대지 않을 것이다."

"김구는 한문병자漢文病者야. 김구는 내게 동정을 하지 않았으나 나는 자연히 동정할 마음이 생겨서 변변치 못하지만 대접하는 것이니 식기 전에 먹으라."

나는 한결같이 사양하였더니 구니토모는 웃으면서 한자로 '군의치독부君疑置毒否'(그대는 음식에 독을 넣었다고 의심하는가) 다섯 자를 써 보이며, 이제는 신문도 종결되었고 오늘부터는 사식 차입도 허락한다고 하였다. 나는 독을 넣었나 의심한 것은 아니라 하고 장국밥을 받아먹고 내 방으로 돌아오니 그날 저녁부터 사식이 들어왔다.

나와 같은 방에 이종록李宗錄이라는 청년이 있는데 그를 따라온 친척이 없어서 사식을 들여보내줄 이가 없었다. 내가 밥을 그와 한방에서만 먹으면 나눠줄 수도 있겠지만 사식은 딴 방으로 불러내서 먹이기 때문에 그리할 수가 없었다. 그래서 나는 밥과 반찬을 한 입 잔뜩 물고 방에 돌아와서 제비가 새끼 먹이듯이 입에서 입으로 옮겨 먹였다. 그러나 그것도 한 끼뿐이었다.

이튿날 나는 종로 구치감으로 넘어갔다. 방은 독방이지만 모든 것이 총독부보다는 편하고 거기서 주는 식사도 총감부의 것보다는 훨씬 많았다.

왜놈이 내 사건에 대해 사실대로 형을 매긴다면 '보안법 위반'으로 극형 2년밖에 안 될 것이지만 나를 억지로 안명근의 강도 사건에 끌어다 붙이려 하였다. 그런데 내가 서울 양기탁의 집에서 서간도로 이민을 하고 무관학교를 세울 목적으로 이동녕을 파견하게 한 날짜가 바로 안명근이 안악에 와서 원행섭 · 박형병 · 고봉수 · 한정교 등과 안악 부호를 습격하자고 회의했다는 그 날짜이므로 나는 도저히 안악에서 한 회의에 참석할 수 없는 것이 분명하였다. 그때 안악에 있었던 김홍량 · 도인권 · 김용제 · 양성진 · 장윤근 등은 안명근의 종범으로 쉽게 꾸몄지만, 500여 리 밖에서 다른 회의에 참석하였다고 저희 기록에 써놓은 내가 같은 날 안악의 회의에도 참석했다는 것은 요술이라고 아니할 수 없었다. 내가 '억지로'라고 하는 것에는 이렇듯 분명한 이유가 있었다.

그렇지만 안악 양산학교 교지기(학교를 지키는 사람) 아들 이원형이라는 14세 되는 어린아이를 협박하여 내가 그 자리에 참석하는 것을 보았노라고 거짓 증언을 시켜서 나를 안명근의 강도 사건에 옭아 넣었다.

　내가 이른바 검사 신문을 당할 때 벽 너머 신문실에서 나에 대한 유일한 증인인 이원형 소년이 신문받는 소리를 분명히 들었다. 왜놈이 원형에게 물었다.

　"너는 안명근이 양산학교에 왔을 때, 김구도 그 자리에 있는 것을 보았지?"

　"나는 안명근이라는 사람은 얼굴도 모르고 김구 선생님은 그 자리에 없었습니다."

하고 사실대로 대답하였다. 왜놈들은 죽일 것같이 협박하고, 옆에서 어떤 조선 순사놈은,

　"이 미련한 놈아. 안명근이도 김구도 그 자리에 같이 있었다고만 하면 너의 아버지를 따라 집에 가게 해줄 테니 시키는 대로 대답을 해."

하는 말에 원형이 대답하였다.

　"그러면 그렇게 할 테니 때리지 마셔요."

　검사정에서도 나를 신문하다가 초인종이 울리니, 이원형을 문안으로 불러들여 증인으로 세웠다.

　"양산학교에서 안명근이 김구와 같이 앉아 있는 것을 네가 보았느냐?"

"네."

하는 대답이 있자마자 다른 말이 더 나오는 것을 꺼리는 듯 이원형을 곧 문 밖으로 몰아내었다.

"이런 증거가 있는데도 네가……."

"500여 리 멀리 떨어진 두 곳 회의에 한날한시에 참석하는 김구를 만드느라고 매우 수고스럽겠소."

검사에게 말하였더니 검사는 그 말에 대답도 하지 않고,

"종결!"

하고 신문이 끝난 것을 선언하였다. 이것으로 예심 종결이었다.

내가 경무총감부에 갇혀 있을 그때 의병장 강기동姜基東도 잡혀와 있었다. 그는 애초에 의병에 참가하였다가 즉시 귀순한 후 헌병 보조원이 되었다. 그런데 왜놈들이 의병을 총검거하여 수십 명을 일시에 총살하기로 내정하였는데, 그 의병들이 강기동의 전 동지들이었다. 깅기동은 자기 수직守直 시간에 수감된 의병들을 모두 방면하고 무기고에서 총기를 꺼내어 일제히 무장했다. 그리고 야간에 경계망을 뚫고 달아나서 강원·경기·충청 등지에서 수년 동안 항일전쟁을 계속하였다. 강기동은 후에 안기동으로 행세하며 원산에 들어가 무슨 일을 계획하다가 붙들려온 것이었다. 그는 육군법원에서 사형선고를 받고 총살되었다. 김좌진金佐鎭도 애국운동을 하다가 강도로 몰려 징역을 받고 나와 같은 감방에서 고생을 하였다.

하루는 안악 군수 이아무개라는 자가 감옥으로 나를 찾아와서

양산학교 관사와 기구를 공립보통학교에 인도한다는 요구서에 도장을 찍으라고 하므로, 나는 관사는 공공건물이니 빼앗아 환수하더라도 기구는 개인 것이니 사립학교인 양산학교에 기부한다고 하였으나 결국 학교 전부를 공립보통학교의 소유로 강탈해 가고 말았다. 양산학교는 우리들 불온분자들의 학교라 하여 강제로 폐지해 버린 것이었다. 내가 그렇게 사랑하는 아이들은 목자를 잃은 양과 같이 흩어져버렸을 것이다. 특별히 손두환孫斗煥과 우기범禹基範 두 학생이 생각났다. 재주로나 뜻으로나 특출하였고 어리면서도 망국한을 느낄 줄 아는 이들이었다.

어떻게 해서라도 이 자리를 모면하여 해외에서 활동하기를 바랐던 김홍량도 자기가 안명근의 부탁으로 신천 이원식李源植에게 권고했다는 것을 자백했으니 도저히 빠져나가기 어려울 것이다. 심혈을 다 바치던 교육 사업도 수포로 돌아가고 믿고 사랑하던 동지도 이제는 살아나갈 길이 망연하니 분하기 그지없었다. 어머니는 안악에 있던 살림살이를 다 팔아가지고 내 옥바라지를 하시려고 서울로 올라오셨다. 내 처와 딸 화경化慶이는 평산 처형네 집에 들렀다가 공판 날이 되어서 온다는 어머니의 말씀이셨다.

어머니가 손수 담으신 밥그릇을 열어 밥을 떠먹으며 생각하니 이 밥에 어머니 눈물이 점점이 떨어졌을 것이었다. 18년 전 해주에서의 옥바라지와 인천 옥바라지를 하실 때에는 내외분이 고생을 나누셨건만 이제는 어머니 홀로시다. 어머님께 도움이 되기는커녕 위로를 드릴 능력이 있는 자가 그 누군가.

그럭저럭 공판 날이 되었다. 죄수를 태우는 마차를 타고 경성 지방재판소 문 앞에 다다르니 어머니가 화경이를 업으시고 아내를 데리고 거기 서 계셨다.

우리는 2호 법정이라는 데로 끌려들어갔다. 법정 피고석 걸상에 앉은 차례는 수석에 안명근, 다음에 김홍량, 셋째는 나, 그리고는 이승길·배경진·한순직·도인권·양성진·최익형·김용제·최명식·장윤근·고봉수·한정교·박형병 등 모두 40명이 출석하였다. 방청석을 돌아보니 피고인의 친척, 친지와 남녀 학생들이 와 있었다. 변호사, 신문기자들도 열석列席하였다.

동지들에게 한필호·신석충 두 사람의 경과를 물어보니, 한필호 선생은 경무총감부에서 매 맞아 별세하고 신석충 진사는 사리원으로 호송되는 도중에 재령강 철교에서 투신자살하였다는 가슴 아픈 사연을 여기서 듣게 되었다.

소위 판결이라는 것은 안명근이 징역 종신이요, 김홍량·김구·이승길·배경진·한순직·원행섭·박만준 등 7명은 징역 15년(원행섭·박만준은 결석하였다), 도인권·양성진이 10년형, 최익형·김용제·장윤근·고봉수·한정교·박형병은 7년 혹은 5년으로 구형한 후, 판결도 그대로 언도되었는데 이것은 이른바 '강도 사건'으로 선고된 것이었다.

그 후에 소위 '보안 사건'으로 또 재판할 때는, 양기탁을 주범으로 하여 안태국·김구·김홍량·주진수·옥관빈·김도희·김용규·고정화·정달하·감익룡과 이름은 잊었으나 김용규의 조카

한 사람 등이었다. 양기탁·안태국·김구·김홍량·주진수·옥관빈은 징역 2년이고, 그 나머지는 1년 혹은 6개월이었다. 그리고 재판을 통하지 않고 소위 행정처분으로 이동휘·이승훈·박도병·최종호·정문원·김병옥 등 19인은 무의도·제주도·고금도·울릉도 등으로 1년간 거주 제한이라는 귀양살이를 하게 되었다. 그러고 보니 김홍량이나 나는 강도로 15년, 보안법으로 2년, 모두 17년 징역살이를 하게 된 것이다.

판결이 확정되어 우리는 종로 구치감을 떠나서 서대문 감옥으로 이감되었다. 지금까지 미결수였으나 이제부터는 변통 없는 전중이(징역살이하는 사람을 속되게 이르는 말)였다. 동지들의 얼굴을 날마다 서로 대하게 되고 이따금 말로 사정을 알리며 지낼 수 있는 것이 큰 위로였다.

7년, 5년 징역까지는 세상에 나갈 희망이 있지만 10년, 15년으로는 살아서 나갈 희망은 없었다. 그러므로 나는 몸은 왜에 포로가 되어 징역을 살면서도 정신으로는 왜놈을 짐승과 같이 여기고 쾌활한 마음으로 죽는 날까지 낙천생활을 하리라고 작정하였다. 다른 동지들도 다 나와 뜻이 같았다.

옥중에 있는 동지들은 대개 아들이 있었으나 나는 유독 젖먹이 딸 화경이 하나가 있을 뿐이요, 아들이 없었다. 김용제는 아들이 4형제나 되므로 그 셋째 아들 문량文亮으로 하여금 내 뒤를 잇게 한다고 허락하였다. 나도 동지의 호의를 고맙게 받았다.

또 한 가지 나로 하여금 비관을 품지 않게 하는 일이 있으니, 그것은 일본이 내가 잡혀오기 전에 생각하던 것과 같이 크고 무서운 나라가 아니라는 것을 본 것이었다. 밑으로는 형사, 순사로부터 위로는 경무총감까지 만나보는 동안에 모두 좀것들이요, 대국민다운 인물은 하나도 없었다. 가슴에 X-광선을 대어서 내 속과 내력을 다 뚫어본다면서도 내가 17년 전의 김창수인 줄도 몰라보고 깝죽대는 와타나베야말로 일본을 대표한 자인 것 같았다.

'일본은 조선을 오래 제 것으로 만들지는 못한다. 일본의 운수는 길지 못하다.'

나는 이렇게 단정하기 때문에 우리나라의 장래에 대해서 비관하지 않게 되었다.

허위, 이강년 같은 큰 애국지사의 부하로 의병을 하다가 들어왔다는 사람들이 인물로나 식견으로나 보잘것없음을 볼 때에는 낙심도 되지만 이재명, 안중근 같은 의사의 동지로 잡혀 들어온 사람들의 애국심이 불같고 정신이 씩씩한 것을 보면, 제대로 교육만 하면 우리 민족은 좋은 국민이 될 것을 믿지 않을 수 없었다. 저 무지한 의병들도 일본에 복종하는 백성이 되지 않고 10년, 15년의 벌을 받는 사람이 된 것만 해도 고맙고 존경할 일이라고 생각하였다. 나도 고 후조 선생 같은 어른의 가르침이 없었던들 어찌 대의를 아는 사람이 되었으랴.

옥에 있는 동안에 나는 내 심리가 차차 변화하는 것을 느꼈다. 그것은 지난 10여 년 동안 예수의 가르침에 따라 무엇에나 자신을 책망할지언정 남을 원망하지 않고, 남의 허물은 어디까지나 용서하는 그러한 부드러운 태도가 변해서 일본에 대한 것이면 무엇이나 미워하고 반항하고 파괴하려는 결심이 생긴 것이다. 나는 아침저녁으로 다른 죄수들과 같이 왜 간수에게 절을 하는 것이 무척 괴롭고 부끄러웠다. '다른 죄수들은 대의를 몰라서 그러하지만 너는 고 선생의 제자가 아니냐.' 하는 양심을 때리는 것이 있었다.

나는 내 손으로 밭 갈고 길쌈함이 없이 오늘까지 먹고 입고 살아왔다. 그 먹은 밥과 입은 옷이 누구에게서 나왔느냐, 우리 대한 나라의 것이 아니냐. 나라가 나를 오늘날까지 먹이고 입힌 것이 왜놈에게 순종하여 붉은 의복에 콩밥이나 얻어먹으라고 한 것이 아니었다.

남이 해준 음식을 먹고 남이 지어준 옷을 입었으니[食人之食衣人衣]
품은 뜻은 평생토록 어김이 없어야 한다.[所志平生莫有違]

남아는 의義로 죽을지언정 구구히 살지 않는다고 평소 어린 학생을 가르치더니 네가 지금 살아 있는 것이냐, 죽은 것이냐? 네가 대한 나라의 밥을 먹고 옷을 입고 살아왔으니 이 수치를 참고 살아나서 앞으로 17년 후에 이 은혜를 갚을 공을 세울 수가 있느냐?

내가 이 같은 생각을 하며 심신이 극도로 혼란할 때, 마침 안명근이 굶어 죽기를 결심하였노라고 내게 말하기에 나는 서슴지 않고 말하였다.

"할 수 있거든 단행하시오."

그날부터 안명근은 배가 아프다고 하며 들어오는 밥은 다른 죄수에게 나눠주고 4, 5일을 계속 굶어서 기운이 탈진하였다. 감옥에서는 의사를 시켜 진찰하게 하였으나 아무 병이 없으므로 안명근을 결박하고 강제로 입을 벌린 후 계란 따위를 흘려 넣어서 죽으려는 목숨을 억지로 붙들었다. 죽을 자유조차 없는 이 자리였다.

"나는 또 밥을 먹소."

하고 안명근은 내게 기별하였다. 우리가 서대문 감옥으로 넘어온 후에 얼마 되지 않아 또 중대 사건이 발생하니, 그것은 소위 사내寺內 총독 암살음모라는 맹랑한 사건으로 전국에서 무려 700여 명의 애국자가 검거되어 경무총감부에서 우리가 당한 악형을 다 겪은 뒤에 105인이 공판으로 회부된 사건이다. 105인 사건이라고도 하고 신민회 사건이라고도 한다.

이미 제1차 소위 '보안 사건'으로 2년형을 집행 받고 있던 양기탁 · 안태국 · 옥관빈과 제주도로 유배형에 처해졌던 이승훈도 붙들려 올라왔다. 왜놈들은 새로 산 논밭에 뭉우리돌을 다 골라내고야 말려는 것이었다. 그러나 그것으로 대한이 제 것으로 될까?

내가 복역한 지 7, 8개월 만에 어머니께서 서대문 감옥으로 나를 면회하러 오셨다.

딸깍 하고 주먹 하나 드나들 만한 구멍이 열리기에 내다보니 어머니가 서 계시고 그 곁에는 왜 간수 한 놈이 지키고 있었다. 어머니는 태연한 안색으로 말씀하셨다.

"나는 네가 경기 감사를 한 것보다 더 기쁘게 생각한다. 면회는 한 사람밖에 못 한다고 해서 네 처와 화경이는 저 밖에 와 있다. 우리 세 식구는 잘 있으니 염려 말아라. 옥중에서 네 몸이나 잘 보중하여라. 밥이 부족하거든 하루 두 번씩 사식 들여주랴?"

오랜만에 모자 상봉하니 나는 반가운 마음과 함께 저렇게 씩씩하신 어머니께서 자식을 왜놈에게 빼앗기시고 면회를 하겠다고 왜놈에게 고개를 숙여 청원하셨을 것을 생각하니 황송하고도 분하였다.

우리 어머니는 참말 갸륵하셨다! 17년 징역을 받은 아들을 대할 때에 어쩌면 저렇게 태연하실 수가 있었으랴. 그러나 면회를 마치고 돌아가실 때에는 눈물이 앞을 가려서 발부리가 아니 보이셨을 것이다.

어머니께서 하루 두 번 들여보내주시는 사식을 한 번은 내가 먹고 한 번은 다른 죄수에게 번갈아 나눠주었다. 그들은 받아먹을 때에는 평생에 그 은혜를 잊지 않을 듯이 굽실거리지만 다음번에 저를 주지 않고 다른 사람을 줄 때에는,

"그게 네 의붓아비[義父]냐, 효자정문 세우겠다."

이러한 소리를 하면서 내게 욕설을 퍼부었다. 그러면 그때에 내게 얻어먹는 자가 들고 일어나 나를 역성하므로 마침내 툭탁거리고 싸움이 벌어져서 둘이 다 간수에게 흠씬 얻어맞는 일도 있었다. 내가 선을 행한다는 것이 도리어 악이 되는 것이었다.

나도 처음 서대문 감옥에 들어갔을 때에는 먼저 들어온 패들이

나를 멸시하였으나 소위 국사 강도범이란 것이 알려지면서부터는 대접이 변하였다. 더구나 이재명 의사의 동지들이 모두 학식이 있고 일어에 능통하여서 죄수와 간수 사이에 무슨 일이 있을 때에는 통역을 하기 때문에 죄수들 간에 세력이 있었는데, 그들이 나를 우대하는 것을 보고 다른 죄수들도 나를 어려워하게 되었다.

나는 처음에는 한 100여 일 동안 수갑을 찬 채로 있었다. 더구나 첫날 수갑을 채우는 놈이 너무 단단하게 졸라서 살이 패이고 손목이 통통 부었으므로 이튿날 문제가 되어서,

"왜 아프다고 말하지 않았느냐?"

라고 하기에 내가 대답하였다.

"무엇이나 시키는 대로 복종하라고 하지 않았느냐?"

"이 다음에는 불편한 일이 있거든 말하라."

손목이 아프고 방은 좁아서 몹시 괴로웠으나 나는 꾹 참았다. 사람의 일이란 알 수 없는 것이어서, 이러한 생활에도 차차 익숙해지게 마련이었다. 수갑도 풀게 되어서 몸이 좀 편하게 되니 불현듯 최명식 군이 보고 싶었다. 수갑 푼 자리의 허물은 지금도 완연히 남아 있다. 최 군은 옴이 올라서 옴방에 있다 하니 나도 옴이 생기면 최 군과 같이 있게 되리라 하여 인공적으로 옴을 만들었다. 의사의 순회가 있기 30분 전쯤 철사 끝으로 손가락 사이를 꼭꼭 찔러놓으면 그 자리가 볼록볼록 부르트고 말간 진물이 나와서 옴이 옮은 것처럼 보였다. 이것은 내가 감옥살이에서 배운 부끄러운 재주였다.

이 속임수가 성공하여 나는 옴쟁이 방으로 옮겨져서 최명식과 반가이 만날 수가 있었다. 반가운 김에 밤이 늦도록 둘이 이야기를 하다가 사토[佐藤]라는 간수 놈에게 들켜서 누가 먼저 말을 했느냐고 묻기에 내가 먼저 했노라 하였더니 나를 창살 밑으로 나오라 하여 내어 세워놓고 곤봉으로 난타하였다. 나는 아무 소리도 내지 않고 맞았으나 그때에 맞은 것으로 내 왼편 귀 위의 연골이 상하여 봉충이(크기가 다른 짝짝이)가 되어서 지금도 남아 있다. 그러나 다행히 최 군은 용서한다 하고 다시 왜놈 말로,

"하나시 헷소데 다다귀도.(이야기하면 때려줄 테다)"

하고 물러갔다.

감옥에서 죄수에게 이렇게 가혹한 대우를 하기 때문에 죄수들은 더욱 반항심과 자포자기하는 마음이 생겼다. 그래서 사기나 횡령으로 들어온 자는 절도나 강도질을 하게 된다. 그리고 만기로 출옥했던 자들도 다시 들어오는 자를 가끔 보았다. 민족적 반감이 충만한 우리를 왜놈의 그 좁은 소갈머리로는 도저히 감화할 수 없겠지만 내 민족끼리의 나라에서 감옥을 다스린다 하면 단지 남의 나라를 모방만 하지 말고 우리의 독특한 제도를 만들 필요가 있다. 즉 감옥의 간수부터 대학 교수의 자격이 있는 자를 쓰고, 죄인을 죄인으로 보는 것보다는 국민의 불행한 한 사람으로 보아서 선(善)으로 지도하기에만 힘을 쓸 것이요, 일반 사회에서도 수감자를 멸시하는 감정을 버리고 대학생의 자격으로 대우한다면 반드시 좋은 효과가 있으리라고 믿는다.

왜의 감옥제도로는 작은 죄인을 큰 죄인으로 만들 뿐만 아니라 사람의 자존심과 도덕심마저도 마비시켰다. 예를 들면 죄수들은 어디서 무엇을 도둑질하던 이야기, 누구를 어떻게 죽이던 이야기를 부끄러워함도 없이 도리어 자랑삼아서 떠들고 있었다. 그것도 친한 친구라면 몰라도 초면인 사람에게도 꺼림이 없고, 또 세상에 드러난 죄도 아니고 저 혼자만 아는 죄를 뻔뻔스럽게 말하는 것을 보아도 그들이 감옥에 들어와서 부끄러워하는 감정을 잃어버렸다는 표시다. 사람이 부끄러움을 잃었는데 무슨 짓을 못 하랴. 짐승과 다름없을 것이니 감옥이란 이런 곳이어서는 안 되겠다고 생각하였다.

나는 최명식과 함께 소제부의 일을 하게 되었다. 이것은 죄수들이 부러워하는 '벼슬'이다. 우리는 공장에서 죄수들에게 일감을 돌려주고 뜰이나 쓸고 나면 할 일이 없어서 남들이 일하는 구경을 하거나 돌아다녔다. 이 기회를 이용하여 최 군과 나는 죄수 중에서 뛰어난 인물을 고르기로 하였다. 내가 돌아보다가 눈에 띄는 죄수의 번호를 기억하고 명식 군도 기억하여 나중에 맞추어보아서 둘의 본 바가 일치하는 자가 있으면 그의 내력과 인물을 조사하는 것이었다.

이 방법으로 우리는 한 사람을 골랐다. 그는 다른 죄수와 같이 입고 같은 일을 하지만 그 눈에 정기가 가득하고 동작에도 남다른 데가 있었다. 나이는 사십 내외였다. 인사를 청하니 그는 충청북도 괴산 사람이요, 5년 징역을 받아 두 해를 치르고 앞으로 3년을 남긴 강도범으로, 통칭 김 진사라는 사람이었다. 그도 내게 누구며 무슨 죄로 왔느냐고 묻기에 나는 황해도 안악 사람이요, 강도로 15년형을 받아 작년에 입감했다고 말하니 김 진사는,

"거, 짐이 좀 무겁소그려."

하였다. 그리고 이어서 그가 날더러,

"초범이시오?"

하기에 그렇다고 대답할 때에 왜 간수가 와서 더 말을 못 하고 헤어졌다.

내가 그 사람과 이야기하는 것을 본 어떤 죄수가 날더러 그 사람을 아느냐고 묻기에 초면이라 대답하였더니 그 죄수가 말하기를,

"남도 도적 치고 그 사람 모르는 도적은 없습니다. 그가 바로 유명한 삼남 불한당 괴수 김 진사요, 그 패거리가 많이 잡혀 들어왔는데 더러는 병이 나서 죽고 사형도 당하고 방면된 자도 많지요."

그날 저녁에 감방에 들어오는데 그 사람이 벌거벗고 우리 뒤를 따라서 들어왔다.

"오늘부터 이 방에서 괴로움을 끼치게 됩니다."

나는 퍽이나 반가워서,

"이 방으로 전방이 되셨소?"

하고 물은즉 그는,

"네. 아, 노형 계신 방이구려."

하고 그도 기쁜 빛을 보였다. 옷을 입고 점검도 끝난 뒤에 나는 죄수 두 사람에게 부탁하여 철창에 귀를 대고 간수의 신발 끄는 소

리가 들리거든 알려달라고 부탁하고 김 진사와 이야기를 시작하였다.

내가 먼저 입을 열어, 아까 공장에서는 서로 할 말을 다 못 해서 유감이었는데 이제 한방에 있게 되니 다행이란 말을 하였다. 그도 동감이라고 말하고는 계속해서 그는 마치 목사가 신입 교인에게 세례문답을 하듯이 내게 여러 가지를 물었다. 그 첫 질문은,

"노형은 강도 15년이라 하셨지요?"

하는 것이었다.

"네, 그렇소이다."

"그러면 어느 계통이시오? 추설이오, 목단설이오, 북대요? 또 행락은 얼마 동안이오?"

나는 이게 다 무슨 소린지 한 마디도 알아들을 수가 없었다. '추설', '목단설'은 무엇이요, '북대'는 무엇이며, '행락'은 대체 무엇일까? 내가 어리둥절하고 있는 것을 보더니 김 진사는 빙긋 웃으며,

"노형이 북대인가 싶으오."

하고 경멸하는 빛을 보였다. 내 옆에서 우리들의 이야기를 듣고 있던 죄수 하나가 김 진사에게 나를 가리키며 말했다.

"이분은 국사범 강도라 그런 말을 하여도 못 알아들을 것이오."

감옥 말투로 '찰(察)강도'이니 계통 있는 도적이므로, 내가 김 진사의 말에 내답을 못 하는 이유를 변명해 주었다.

그의 설명을 듣고서야 김 진사는 고개를 끄덕였다.

"내 어째 이상하다 했소. 아까 공장에서 노형이 강도 15년이라기에 위아래로 훑어보아도 강도 냄새가 안 나기에 아마 북대인가 보다 하였소이다."

나는 양산학교 사무실에서 교원들과 함께 나누던 이야기를 생각하지 않을 수 없었다. 세상에 활빈당活貧黨이니 불한당不汗黨이니 하는 여러 가지 비밀결사가 있어서 진을 치고 성을 공격하여 관원을 죽이고 재물을 빼앗되 단결이 굳고 용기가 있으며 동에 번쩍 서에 번쩍 동작이 민활하여 나라 군사의 힘으로도 그들을 잡지 못한다는 말을 들었는데, 우리가 독립운동을 하자면 견고한 조직과 기민한 훈련이 필요한즉 이 도적 떼의 결사와 훈련의 방법을 연구할 필요가 있다 하여 두루 탐문해 보았으나 마침내 아무 단서도 얻지 못하고 만 일이 있었다.

사흘을 굶으면 도적질할 마음이 난다고 하지만 마음만으로 도적이 될 수는 없을 것이니 거지도 용기와 공부가 필요할 것이다. 담을 넘고 구멍을 뚫는 좀도둑은 몰라도 수십 명, 수백 명 떼를 지어 다니는 도적이라면 거기에는 조직도 있고 훈련도 있고 의리도 있으려니와 무엇보다도 두목 되는 지도자가 있을 것인즉 수십 명, 수백 명 도적 떼의 지도자가 될 만한 인물이면 능히 한 나라를 다스릴 만한 지혜와 용기와 위엄이 있어야 할 것이다.

그래서 나는 김 진사에게 도적 떼의 조직에 관한 것을 물었다. 그러자 진사는 의외로 감추거나 숨기려는 기색 없이 내 요구에 응하였다.

"우리나라의 기상이 다 해이한 이때까지도 그대로 남은 것은 벌과 도적의 법뿐이외다."

라는 허두로 시작된 김 진사의 말에 의하면, 고려 이전은 상고할 길이 없으나 조선시대 도적 떼의 기원은 이성계李成桂의 이신벌군以臣伐君(신하가 임금을 침)의 불의에 분개한 지사들이 도당을 모아, 한편으로 이성계를 따라서 부귀영화를 누리는 소위 양반들의 생명과 재물을 빼앗고, 다른 한편으로 그들이 세우려는 질서를 파괴하여 불의에 대한 보복을 하려는 데서 나왔으니, 그 정신에 있어서는 두문동 72현과 같았다. 그러므로 그들을 도적이라 하나 약한 백성의 것은 건드리지 않고 나라 재물이나 관원이나 양반의 것을 약탈하여 가난하고 불쌍한 자를 구제함으로써 쾌사를 삼았다. 이 모양으로 나라를 상대로 하기 때문에 자연히 법이 엄하고 단결이 굳어서 적은 무리의 힘으로 능히 500년간 나라의 힘과 겨루어 온 것이었다.

이 도적의 떼는 근본이 하나요, 또 노사장老師丈이라는 한 지도자의 밑에 있으나 그중에서 강원도에 근거를 둔 일파를 '목단설'이라고 부르고, 삼남에 있는 것을 '추설'이라고 부르게 되었다. 이 두 설에 속한 사람끼리 만나면 곧 동지로 인정하고 서로 믿으며 친밀하게 지냈다. 그러나 이 두 설에 속하지 않고 임시 임시로 도당을 모아서 도적질하는 자를 '북대'라고 하는데 이 북대는 목단설과 추설의 공동의 적으로 알아서 닥치는 대로 죽인다는 것이다.

노사장 밑에는 유사有司가 있고 각 지방의 주관자도 유사라고 하여 국가의 행정조직과 비슷하게 전국의 도적을 통괄하였다. 1년에 1차 '대장'을 부르니 이것은 목단설과 추설 전체의 대회요, 또 수시로 '장'을 부르니 이것은 한 설만의 대회였다. 대회라고 전원이 출석하기는 불가능하므로 각 도와 각 군에서 몇 명씩 대표자를 파견하기로 되었는데, 그 대표자는 각기 유사가 지명하게 되며 한 번 지명을 받으면 절대 복종이었다.

이 '장'을 부르는 처소는 흔히 큰 절이나 장거리(장이 서는 거리)였다. 대소공사를 의논하고 혹은 지시하여 장이 끝난 뒤에는 으레 어느 고을이나 장거리를 쳐서 시위를 하는 것이었다. 그들이 대회에 참석하러 갈 때에는 혹은 양반으로 혹은 등짐장수로, 혹은 장돌림(여러 장으로 돌아다니면서 물건을 파는 장수), 혹은 중, 혹은 상제로 별별 가장을 하여서 관민의 눈을 피하였다. 어디를 습격하러 갈 때에도 마찬가지였다. 당시에 세상을 놀라게 한 하동장 습격은 장례를 가장하여 무기를 관에 넣어 상여에 싣고 도적들은 혹은 상제喪制, 혹은 복인服人, 혹은 상여꾼, 혹은 화장객이 되어서 장날 백주 대낮에 당당히 하동 읍내로 들어간 것이었다.

김 진사는 이러한 설명을 구변 좋게 한 후에 내게 묻는다.

"노형, 황해도라고 하셨지요? 그러면 몇 년 전에 청단장靑丹場을 치고 곡산 군수를 죽인 소문을 들었을 것입니다."

내가 안다고 대답했더니 김 진사는 지난 일을 회상하고 유쾌한 듯이 빙그레 웃으며,

"그때에 도당을 지휘한 것이 바로 나요. 나는 양반의 행차로 가

장하고 사인교를 타고 따르는 하인들을 늘어 세워 앞뒤 벽제(지위가 높은 사람이 행차할 때 잡인의 통행을 금하던 일)까지 시키면서 호기당당하게 청단장에 들어갔던 것이오. 장에 볼일을 다 보고 질풍뇌우와 같이 곡산읍으로 들이몰아서 곡산 군수를 잡아 죽였는데, 이것은 그놈이 학정을 하여서 인민으로 어육魚肉을 삼는다 하기에 체천 행도를 한 것이었소."

하고 말을 마쳤다.

"그러면 이번 징역이 그 사건 때문이오?"

"아니오. 만일 그 사건이라면 5년만으로 되겠소? 이미 징역을 면하기 어려울 듯하여 대단치 않은 사건 하나를 실토하였더니 5년 징역을 받았소이다."

계속해서 김 진사는 그들이 새 동지를 구할 때는 다음과 같은 네 가지 기준을 정해 놓고 신중하게 오랜 동안 그 인물을 관찰한다고 했다. 그 기준이란 첫째, 눈의 정기가 군세고 맑으며 둘째, 아래가 맑고 셋째, 담력이 강하며 넷째, 성품이 침착한가를 본다고 한다. 그런 다음 이만하면 동지가 되겠다고 판단한 뒤에도 어떻게 그의 심지를 시험하는 방법과, 이런 과정을 통해 동지를 고르기 때문에 한 번 동지가 된 뒤에는 서로 다투거나 배반하는 일이 거의 없다고 일러주었다. 장물(도적질한 재물)은 예로부터 정해진 규칙에 의해서 분배하되, 노사장의 몫과 각 지방의 공용, 조난당한 유족의 구제비 등을 먼저 제하고 극단의 모험을 감수한 자에게 장려금까지 준 후, 평균으로 분배하므로 이로 인한 말썽은 일어나지 않는다고 한다. 또한 만일에 동지의 의리를 배반하는 자가 있으면 엄중한 형벌이 내려지는데 특히 사형죄에 해당하는 것으로는 첫째, 동지의 처첩을 간통한 자 둘째, 체포·신문 때에 자기 동료를 실토한 자 셋째, 도적질할 때 장물을 은닉한 자 넷째, 동료의 재물을 강탈한 자 등이다.

김 진사의 말을 듣고 나는 나라의 독립을 찾는다는 우리 무리의 단결이 저 도적만도 못 한 것을 무한히 부끄럽게 생각하였다. 여기서 나는 동지 도인권을 생각하지 않을 수 없었다. 그는 본시 용강 사람으로 노백린, 김희선, 이갑 등이 장교將領로 있을 때 군인이 되어서 장교의 자리에까지 올랐다가 왜놈에게 군대가 해산된 후 고향에 돌아와 있는 것을 양산학교 체육 선생으로 초빙하여 같이 근무하였다. 사람 됨됨이가 민첩하고 굳건하였으며, 우리와 동지가 되어 10년 징역을 받고 나와 같이 고생하게 된 사람이다. 이때에 옥중에서는 죄수를 모아서 불상 앞에 예불을 시키는 예가 있었는데, 도인권은 자기는 예수교인이니 우상 앞에 고개를 숙일 수 없다 하여 아무리 위협하여도 고개를 빳빳이 하고 있었다. 이것이 문제가 되어서 마침내 예불은 강제로 시키지 않기로 결정되었다.

또 옥에서 상표와 상장을 주었으나 그는 죄를 지은 일도 없고 따라서 회개할 일도 없으니 상이 무슨 관련이 있느냐며 끝끝내 거절하였다. 그 후에 가출옥을 시킬 때에도 도인권은, 내가 본래 죄가 없는 것을 지금 와서 깨달았으니 판결을 취소하고 나가라 하면 나가겠지만 가출옥이라는 '가' 자가 불쾌하니 기한까지 있다가 나가겠다고 버텨서 옥에서도 할 수 없이 형기를 채우고 방면하였다. 도인권의 이러한 행동은 강도로서는 능히 하지 못할 일이다. '온 산의 마른나무 가운데 잎사귀 하나만 푸르다.[滿山枯木一葉靑]'는 기개를 누가 흠모하고 감탄하지 않을 것인가. '홀로 우뚝 솟아 넓은 도량을 펼치고, 천하를 홀로 걸으니 누가 나를 따르랴.[嵬嵬落落 赤裸裸 獨步乾坤誰伴我]'라는 불서佛書의 한 구절을 도 군을 위해 암송하였다.

하루는 나가서 일을 하고 있는데 갑자기 일을 중지하고 수인을 한 곳에 모이게 하더니 메이지[明治]의 사망을 선언하고, 대사면을 발표하였다. 이 때문에 최고 2년인 보안법 위반에 걸린 동지들은 그날로 나가고, 나는 8년을 감하여 7년이 되고, 김홍량 이외 몇 사람은 대부분 7년을 감하여 8년이 되고, 10년, 7년, 5년들도 차례로 감형되었다.

그런 뒤 몇 달이 지나서 또 메이지의 처가 사망하여, 다시 잔기의 3분의 1을 감하니 내 형은 5년여의 가벼운 형이 되었다. 이때 종신형에서 20년형으로 감해진 안명근은 형을 더하여 죽임을 받을지언정 감형은 받지 않겠다고 항거하였으나, 죄수에 대해서는 일체를 강제로 집행하는 것인즉 감형을 받지 않을 자유도 죄수에게는 있지 않다 하여 필경 20년이 되고 말았다. 그러고는 안명근은 새로 지은 마포 감옥으로 이감이 되어서 다시는 그의 얼굴을 대할 기회도 없게 되었다.

안명근은 전후 17년 동안 감옥에 있다가 몇 년 전에 방면되어 신천 청계동에서 그 부인과 같이 여생을 보내다가, 자기 부친과 친아우가 그리워 가족을 이끌고 중국과 러시아 접경지대[中俄領]로 이주하였다. 그런데 워낙 오랜 세월 동안 가혹한 고생을 한 탓으로 몸의 저항력이 없어져 그리 심하지도 않은 신병으로, 만고의 한을 품고 만주 화룡현和龍縣에서 마침내 돌아오지 못할 불귀의 객이 되었다.

내가 연거푸 감형을 당하고 보니 서대문 감옥에서 이미 겪은 3년 남짓을 빼면 나머지 형기는 불과 2년이었다. 이때부터는 확실히 세상에 나가서 활동할 희망이 생겼다. 그리하여 세상에 나가서 무슨 일을 할 것인가에 대해 밤낮으로 생각하였다. 지사들이 감옥에서 세상으로 나와서는 왜놈에게 순종하여 구질구질하게 살아가는 사람이 많은 것을 보니 나도 걱정이 되었다.

나는 왜놈이 지어준 '뭉우리돌' 대로 가리라 굳게 결심하고 그 표시로 내 이름 김구金龜를 고쳐 김구金九라 하고, 당호 연하蓮下를 버리고 백범白凡이라고 하여 옥중 동지들께 알렸다. 이름자를 고친 것은 왜놈의 호적에서 이탈하는 뜻이요, '백범'이라 함은 우리나라에서 가장 천하다는 백정과 무식한 범부까지 모두 적어도 나만한 애국심을 가진 사람이 되게 하자는 내 바람을 표하는 것이니, 우리 동포의 애국심과 지식의 정도를 그만큼이라도 높이지 않고는 완전한 독립국을 이룰 수 없다고 생각한 것이었다. 나는 감옥에서 뜰을 쓸고 유리창을 닦을 때마다 하느님께 빌었다. 우리나라가 독립하여 정부가 생기거든 그 집의 뜰을 쓸고 유리창을 닦는 일을 해보고 죽게 해달라고.

나는 잔기를 2년도 채 못 남기고 인천 감옥으로 이감되었다. 그 원인은 내가 서대문 감옥 제2과장 왜놈하고 싸운 일이 있었는데, 그 보복으로 그놈이 나를 고역이 심한 인천 축항 공사로 돌린 것이다.

여러 동지가 서로 만나고 위로하며 쾌활하게 3년이나 살던 서대문 감옥과 작별하고 40명 붉은 옷 입은 전중이 떼에 편입되어서 쇠사슬로 허리를 얽혀서 인천으로 끌려갔다. 무술년(1898년) 3월 초아흐렛날 한밤중에 옥을 깨뜨리고 도망한 내가 17년 만에 쇠사슬에 묶인 몸으로 다시 이 옥문으로 들어올 줄을 누가 알았으랴.

문을 들어서서 둘러보니 새로이 감방이 증축되었으나 내가 글을 읽던 그 감방이 그대로 있고 산보하던 뜰도 변함이 없었다. 내가 호랑이같이 소리를 질러 와타나베 놈을 꾸짖던 경무청은 매춘녀 검사소가 되고, 감리사가 집무하던 내원당來遠堂은 감옥의 집물을 두는 곳간이 되고, 옛날 주사와 순검이 들끓던 곳은 왜놈의 천지로 변해 버렸다.

마치 죽었던 사람이 몇 십 년 후에 살아나서 제 고향에 돌아와서 보는 것 같았다. 감옥 뒷담 너머 용동 마루터기에서 옥에 갇힌 불효한 이 자식을 보겠다고 우두커니 서서 내려다보시던 선친의 얼굴이 보이는 듯했다. 그러나 오늘의 김구가 그날의 김창수라고 아는 자는 없으리라고 생각하였다.

감방에 들어가니 서대문에서 먼저 이감된 낯익은 사람도 더러 있어서 반가웠다. 그런데 어떤 자가 내 곁으로 쓱 다가앉아서 내 얼굴을 들여다보면서 아는 체를 한다.

"그분 낯이 매우 익은데, 당신 김창수 아니오?"

참말 청천벽력이었다. 나는 깜짝 놀랐다. 자세히 보니 17년 전에 절도 10년형을 받고 나와 한 감방에 있던 문종칠文種七이었다. 늙었을망정 젊었을 때 얼굴이 그대로 있었다. 오직 그때와 다른 것은 이마에 움푹 들어간 구멍이 있는 것이었다. 내가 의아한 듯이 짐짓 머뭇거리는 것을 보고 제 얼굴을 내 앞으로 쑥 내밀어 나를 쳐다보면서,

"창수 김 서방, 나를 모를 리가 있소? 지금 내 얼굴에 이 구멍이 없다고 보면 아실 것 아니오? 나는 당신이 달아난 후에 죽도록 매를 맞은 문종칠이오."

"그만하면 알겠구려."

나는 그자가 밉기도 하고 무섭기도 했지만 모른다고 버틸 수가 없어서 반갑게 인사하였다.

문종칠이 물었다.

"당시에 인천 항구를 진동하던 충신이 무슨 죄를 짓고 또 들어오셨소?"

나는 귀찮은 생각이 들어서 간단히 대답하였다.

"15년 강도요."

문은 입을 삐죽거리며 빈정거렸다.

"충신과 강도는 거리가 너무 먼데요. 그때 창수는 우리 같은 도적놈들과 동거하게 한다고 경무관한테까지 들이대지 않았소? 강도 15년은 맛이 꽤 무던하겠구려."

나는 속에 불끈 치미는 것이 있었으나 문의 말을 탓하기는 고사하고 빌붙는 어조로,

"충신 노릇도 사람이 하고 강도도 사람이 하는 것 아니오? 한때는 그렇게 놀고 한때는 이렇게 노는 게지요. 대관절 문 서방은 어찌하여 또 이렇게 고생을 하시오?"

하고 농쳐버렸다.

"나요? 나는 이번까지 감옥 출입이 일곱 번째니 일생을 감옥에서 보내는 셈이오."

"징역은 얼마요?"

"강도 7년에서 5년이 되어, 한 반년 후엔 또 한 번 세상에 다녀오겠소."

"또 한 번 다녀오다니, 여보시오, 끔찍한 말도 하시오. 또 여기를 들어와서야 되겠소?"

"자본 없는 장사가 거지와 도둑질이지요. 더욱이 도적질에 맛을 붙이면 별 수가 없습니다. 당신도 여기서는 별 꿈을 다 꾸지만 사회에 나가만 보시오. 도적질하다가 징역한 놈이라고 누가 받아주기나 하오? 자연 농·공·상에 접촉을 못 하지요. 개 눈에는 똥만 보인다고 도적질하던 놈은 배운 길이 그것이라 또 도적질을 하지 않소."

문이 이렇게 술회를 한다.

"그렇게 여러 번째라면 어떻게 감형이 되었소?"

하고 내가 물었더니 문은,

"번번이 초범이지요. 지난 일을 다 말했다가는 영영 바깥바람을 못 쐬게요?"

내가 서대문 감옥에 있을 때에 어떤 강도가 중형을 지고 징역을 사는 중에 그의 공범으로서 잡히지 않고 있다가 횡령죄로 들어온 것을 보고 밀고하여 중형을 지우고 저는 감형을 받아서 다른 죄수들에게 미움을 받는 사람을 보았다. 이것을 생각하니 문가를 덧드러내(숨겨 속인 일이 남에게 알려짐) 놓았다가는 큰일이었다. 이자가 내가 17년 전의 김창수라는 것을 밀고하거나 떠벌리는 날이면 모처럼 1년 남짓하면 세상에 나가리라던 희망은 허사가 되고 만다. 그래서 나는 문가에게 친절 또 친절하게 대접하였다. 사식도 틈을 타서 문가를 주어 먹게 하고 감식(감옥에서 주는 밥)이라도 문가가 곁에 있기만 하면 나는 굶으면서도 그를 먹였다. 그러다가 문가가 만기가 되어 출옥할 때에 나의 시원함이란 내가 출옥하는 것 못지않았다.

나는 아침이면 다른 죄수 하나와 쇠사슬로 허리를 마주 매여 짝을 지어 축항 공사장으로 나갔다. 흙지게를 등에 지고 십여 길이나 되는 사다리를 오르내리는 것이다. 서대문 감옥에서 하던 생활은 여기 비기면 실로 호강이었다. 채 반달이 안 되어 어깨는 붓고 등은 헐고 발은 부어서 운신을 못 하게 되었다. 그러나 면할 도리는 없었다. 나는 여러 번 무거운 짐을 진 채로 높은 사다리에서 떨어져 죽을 생각도 하였으나 그것도 할 수가 없는 것이, 나와 마주 맨 사람은 인천항에서 구두 켤레나 담뱃갑을 훔치고 두서너 달 징역을 사는 판이라 그런 사람을 죽이는 것은 도리가 아니었다. 그래서 나는 조금이라도 편하고자 하는 잔꾀를 버리고 '더울 때는 더위로 도리를 죽이고, 추울 때는 추위로 도리를 죽여라.' 라는 선가의 병법으로 일하는 것에 아주 몸을 던져버리고 말았다. 그리했더니 몸이 아프기는 마찬가지라도 마음은 편안하였다. 이렇게 한지 두어 달 후에 소위 상표라는 것을 주었다. 나는 도인권과 같이 이를 거절할 용기는 없고 도리어 다행으로 생각하였다.

날마다 축항 공사장에 가는 길에 나는 17년 전 부모님께 친절하던 박영문朴永文의 물상객주집 앞을 지났다. 옥문을 나서서 왼편 첫 집이었다. 그는 후덕한 사람인데다가 나를 사랑하여 물심양면으로 도와주고, 아버지와는 동갑이라 매우 친밀히 지냈는데 바로 그 노인이 자기 집 문 앞에서 우리가 옥문으로 들어가고 나가는 것을 물끄러미 쳐다보고 있었다. 이렇게 은인을 눈앞에 보면서도 '내가 아무개요.' 하고 절할 수 없는 것이 괴로웠다.

박씨 집 맞은편이 물상객주 안호연安浩然의 집이다. 안씨 역시 나와 부모님께 극진하게 하던 이였다. 그도 그 집에 그대로 살고 있었다. 나는 옥문을 출입할 때마다 마음으로나마 늘 두 분께 절하였다.

7월 어느 심히 더운 날 돌연히 수인 전부를 교회당으로 부르기에 나도 가서 앉았다. 이윽고 분감장인 왜놈이 좌중을 향하여,

"55호!"

하고 불렀다. 나는 대답하였다. 곧 일어나 나오라 하기에 단 위로 올라갔다. 가출옥으로 내보낸다는 뜻을 선언했다. 나는 꿈인 듯 생시인 듯 좌중 수인들을 향하여 점두례點頭禮(머리를 끄덕거려 절하는 것)를 하고 곧 간수의 인도로 사무실로 가니 옷 한 벌을 내주었다. 이로써 붉은 전중이가 변하여 흰옷 입은 사람이 되었다. 옥에 맡겨두었던 금품과 출역한 품값을 계산하여 주었다.

옥문을 나서서 첫 번째 생각은 박영문, 안호연 두 분을 찾는 일이었으나 지금 내가 김창수라는 것을 세상에 알리는 것이 이롭지 못할 것을 생각하고 떨어지지 않는 발길을 억지로 떼어서 그 집 앞을 지나 옥중에서 사귄 어떤 중국 사람의 집을 찾아가서 그날 밤을 묵었다. 이튿날 아침에 전화국으로 가서 안악 우편국으로 전화를 걸고 내 아내를 불러달라고 하였더니 전화를 받은 직원이 마침 내게 배운 사람이라 내 이름을 듣고는 반기며 곧 집으로 기별한다고 약속하였다.

나는 당일로 서울로 올라가 경의선 기차를 타고 신막에서 하룻밤을 자고 이튿날 사리원에 내려 배넘이나루를 건너 나무리벌을 지나니, 전에 없던 신작로에 수십 명이 쏟아져 나오는데 그 선두에 선 것은 어머니셨다. 어머니는 내 걸음걸이를 보시며 마주 오셔서 나를 붙들고 눈물을 흘리시며,

"너는 살아왔지만 너를 그렇게도 보고 싶어 하던 화경이 네 딸은 서너 달 전에 죽었구나. 네게 말할 것 없다고 네 친구들이 권하기에 기별도 하지 않았다. 어디 그뿐이겠느냐, 일곱 살밖에 안 된 그 어린 것이 죽을 때에 저 죽거든 아예 옥중에 계신 아버지한테 기별 말라고, 아버지가 들으시면 오죽이나 마음이 상하시겠느냐고 하더라."

하고 말씀하셨다. 나는 그 후에 곧 화경의 무덤에 가보았다. 화경의 무덤은 안악읍 동쪽 산기슭 공동묘지에 있었다.

어머니 뒤로 김용제 등 여러 사람이 다투어 달려와 희비가 교차하는 얼굴로 나를 맞아주었다. 나는 돌아와서 안신학교에 들어갔다. 그때까지 아내가 안신학교 교원으로 있으면서 교실 한 칸을 얻어 살고 있었으므로, 나는 예배당에 앉아서 오는 손님을 맞았다. 아내는 다른 부인들 틈에 섞여서 잠깐 내 얼굴을 바라보고는 보이지 않았다. 그녀는 내 친구들과 함께 내게 저녁을 먹게 하려고 음식을 차리러 간 것이었다. 퍽 수척한 것이 눈에 띄었다.

며칠 후에 읍내 이인배李仁培의 집에서 나를 위하여 위로연을 베풀고 기생을 불러 가무를 시켰다. 잔치 도중에 어머니께서 친히 오셔서 나를 부르셨다. 나는 어머니를 따라 집에 왔다. 어머니는 노하셔서 책망하셨다.

"내가 여러 해 동안 고생을 한 것이 오늘 네가 기생을 데리고 술 믹는 것을 보려고 한 것이너냐?"

나는 무조건 어머니의 처분만을 기다렸다. 나를 연회석에서 불러낸 것은 아내가 어머니께 말씀드린 때문이었다.

어머니와 내 아내는 종전에는 고부간의 충돌도 없지는 않았으나 내가 옥에 간 후로 서울로 시골로 고생하고 다니는 동안에 고부가 일심동체가 되어서 한 번도 뜻이 어긋난 일이 없었다고 아내가 말하였다. 아내는 서울서 책 만드는 공장에도 다녔고 어떤 서양 부인 선교사가 학비를 줄 테니 공부를 하라는 것도 어머니와 화경이가 고생이 될까 봐서 하지 않았노라고, 내외간에 말다툼이 있을 때면 번번이 그 말을 내세웠다.

우리 내외간에 다툼이 생기면 어머니는 반드시 아내의 편이 되셔서 나를 책망하셨다. 경험에 의하면 고부간에 무슨 귓속말이 있으면 반드시 내게 불리하였다. 내가 아내의 말을 반대하거나 조금이라도 아내에게 불쾌한 빛을 보이면 으레 어머니의 불호령이 내렸다.

"네가 옥에 있는 동안에 그토록 절개를 지키고 고생한 아내를 박대해서는 안 된다. 네 동지들의 아내 중에 별별 일이 다 있었지만 네 처의 절행節行은 갸륵하다. 나는 고사하고 네 친구들이 감동하였다. 결코 네 처를 박대하여서는 못 쓴다."

하시는 것이었다. 그래서 나는 집안일에 하나도 내 마음대로 해본 일이 없었고 내외 싸움에 한 번도 이겨본 일이 없었다. 내가 옥에서 나와서 또 한 가지 기뻤던 것은 준영 작은아버지가 내 가족에 대하여 극진히 하신 것이었다. 어머니께서 아내와 화경이를 데리고 내 옥바라지하러 서울로 가시는 길에 해주 본향에 들르셨을 적에 준영 작은아버지는 어머니께, 젊은 며느리를 데리고 어떻게 사고무친인 타향에 가느냐고, 당신이 집을 하나 마련하여 형수님과 조카며느리 고생을 시키지 않을 테니 서울 갈 생각을 말고 본향에 계시라고 굳이 만류하셨는데, 어머니는 며느리는 옥과 같은 사람이라 어디를 가도 걱정이 없다 하여 뿌리치고 서울로 가셨다는 것이었다. 또 어머니와 아내가 고향으로 내려와서 종산鍾山 우종서禹宗瑞 목사에게 의탁하여 있을 때에는 준영 작은아버지가 소달구지에 양식을 실어다 주셨다고 한다.

어머니는 이렇게 준영 작은아버지의 일을 고맙게 말씀하시고 나서,

"네 작은아버님이 네게 대한 정분이 전과 달라 매우 애절하시다. 네가 나온 줄만 알면 보러 오실 것이다. 편지나 하여라."

어머니는 또 내 장모도 전과 같지 않아서 나를 소중하게 아니, 거기도 출옥하였다는 기별을 하라고 하셨다. 내가 서대문 감옥에 있을 때에 장모가 여러 번 면회를 와주셨다.

나는 당장이라도 준영 작은아버지를 찾아가 뵙고 싶었으나 아직 가출옥 중이라 어디를 가려면 일일이 헌병대의 허가를 얻어야 하는데 왜놈에게 고개 숙이고 청하기가 싫어서 만기가 오기만을 기다리고 있었다. 오는 정초에 세배 겸 준영 작은아버지를 찾을 작정이었다.

그 후 내 거주 제한이 해제되어서 김용진 군의 부탁으로 문화의

궁궁농장에 추수를 검사해 주고 돌아왔더니 그 사이에 준영 작은 아버지가 다녀가셨다고 하였다. 점잖은 조카를 보러 오는 길이라 하여 남의 말을 빌려 타고 오셨는데, 이틀이 지나도 내가 돌아오지 않아서 섭섭해하며 돌아가셨다는 어머니의 말씀이었다.

그러다 정초가 되었다. 정초 3, 4일 동안은 나도 이곳 어른들을 찾아뵙고 어머니께 세배 오는 손님들을 접대하기로 하고, 초닷샛날 해주로 가서 준영 작은아버지를 뵙고 오래간만에 성묘도 하리라고 벼르고 있었다. 그런데 바로 초나흗날 저녁때에 재종 아우 태운이가 와서,

"준영 당숙께서 별세하셨습니다."

라고 알렸다. 참으로 경악하였다. 다시는 준영 작은아버지의 얼굴을 뵙지 못하게 되었다. 아버지 4형제 중에 아들이라고는 나 하나뿐, 준영 작은아버지는 딸 하나가 있을 뿐이었다. 오직 하나뿐인 조카인 나를 못 보고 떠나시는 작은아버지의 심정이 어떠하셨을까. 백영 큰아버지는 관수觀洙, 태수泰洙 두 아들이 있었으나 다 일찍 죽었고, 딸 둘도 시집간 지 얼마 지나지 않아 죽어서 자손이 없고 필영, 준영 두 작은아버지는 각각 딸 하나씩 있을 뿐이었다.

날이 밝는 대로 나는 태운과 함께 해주로 달려가서 준영 작은아버지의 장례를 주관하여 텃골 고개 동녘 기슭에 산소를 모셨다. 그러고는 돌아가신 준영 작은아버지의 가사를 대강 처리하고 선친 묘소에 나아가 손수 심은 잣나무 두 그루를 살펴보고 안악으로 돌아온 뒤로는 다시 본향을 찾지 못하였다. 당숙모와 재종조가 생

존하시다고 하나 뵈올 길이 망연하다.

나는 아내가 근무하고 있는 안신학교 일을 좀 거들어주었으나 소위 전과자인 나로서, 그뿐 아니라 시국이 변해서 나 같은 사람이 전과 같이 당당하게 교육 사업에 종사할 수도, 더구나 신민회와 같은 정치운동을 다시 계속할 수도 없었다. 지금까지 애국자이던 사람들은 해외로 망명하거나 문을 닫고 숨을 길밖에 없는 세상이 되어버렸다. 왜놈은 우리 민족의 청소년을 우리 지도자가 가르치지 못하도록 백방으로 막아놓고 노려보고 있었다.

나는 그렇다고 가만히 있을 수도 없어서 농촌 사업이나 해보려고 마음을 먹고 김홍량과 용진, 용정에게 부탁했다. 그들은 자기네 소유 중에 산천이 맑고 아름다운 곳을 택하여 드리겠으니 농사 감독이나 잘하라고 흔쾌히 허락하였다. 나는 해마다 추수를 감독하고 시찰한바 소작인의 풍기가 괴악한 동산평東山坪 농장의 농감이 되기를 자청하였다.

그들은 놀라며 말하였다.

"동산평이야 되겠습니까? 소작인들의 인품이 험할 뿐만 아니라 기후와 풍토가 극히 좋지 못한 곳에 가서 어찌 견디겠습니까?"

"나 역시 몇 년간 그곳 소작인들의 악습과 패속敗俗을 자세히 살폈으므로 그런 곳에 가서 농촌 개량에나 취미를 붙이고자 하네."

동산평이란 데는 예로부터 각 궁에 딸렸던 논밭으로, 감독관과 소작인이 서로 협잡하여 천 석을 수확하면 몇 백 석 수확했다고 궁에 보고하고 나머지는 감독이 가로채고, 소작인들은 수확기에 도적질을 하여 실제 수확량이 얼마 되지 않는데다가, 감독관 역시 도적질하여 오기를 수백 년이니, 소작인의 악습과 악풍이 극에 달했다. 여기에 농민을 타락시켜서 집집이 도박이요, 사람사람이 모두 속임질과 음해를 일삼아서 할 수 없이 가난하고 괴악하게 된 부락이었다. 게다가 이곳은 기후와 풍토가 좋지 못하여 토질(풍토병) 구덩이로 소문이 났었다.

김씨 가문에서는 내가 이런 데로 가는 것을 원치 않아 경치도 좋고 기후와 풍토도 좋은 다른 농장으로 가라고 권하였다. 그들은 내가 한문 야학夜學으로 벗을 삼아 은거하는 생활을 하려는 것으로 아는 모양이었다. 그러나 나는 고집하여 동산평으로 왔다.

나는 도박하는 자, 학령 아동이 있고도 학교에 보내지 않는 자의 소작을 불허하고 그 대신 아이를 학교에 보내는 자에게 가장 좋은 논 두 마지기를 주는 법을 반포하였다. 이리하여 학부형이 아니고는 땅을 얻지 못하게 되었다.

그리고 오랫동안 이 농장 마름으로 있으면서 소작인을 착취하고 도박을 시키던 노형극 5, 6형제의 과분한 소작지를 회수해서 근면하고도 땅이 부족한 사람에게 분배하였다. 이 때문에 나는 노형극에게 팔을 물리고 집에 불을 놓는다는 위협을 받았으나 조금도 굴하지 않고 마침내 노 군 형제에게 항복받아서 다시는 성군작당成群作黨(무리를 이루어 패거리를 만듦)하여 남을 음해하는 일을 하지 않기로 맹세를 시켰다.

이곳은 본래 학교가 없던 데라 나는 곧 학교를 세우고 교원을 초빙하였다. 처음에는 20명가량의 아동으로 시작하였으나 이 농장 작인의 자녀가 다 입학하게 되니 제법 학교가 커져서 교원 한 사람으로는 부족하여 나 자신도 시간을 내서 도왔다. 장덕준은 재령에서, 지일청池一淸은 나와 같은 지방에서 나와 비슷한 농촌개발운동을 하고 있었다.

내 운동은 상당한 효과를 거두어서 동산평에는 도박이 없어지고 이듬해 추수 때에는 작인의 집에 볏섬이 들어가 쌓였다고 작인의 아내들이 기뻐하였다. 지금까지는 노름빚과 술값으로 타작마당에서 1년 소출所出을 몽땅 빚쟁이에게 빼앗기고 대부분의 농민들은 타작 기구만 들고 집으로 들어갔다는 것이었다.

나는 농촌 중에도 가장 괴악한 동산평을 그만하면 되겠다 할 정도의 농촌으로 만들어보려 하였다. 그러나 기미년 3월에 일어난 만세 소리에 나는 이 사업에서 손을 떼고 고국을 떠나게 되었다. 떠날 날을 하루 앞두고 나는 작인들을 동원하여 만세 부르는 운동에는 아무 관심도 없는 듯이 가래질을 하고 있었다. 내 동정을 살피러 왔던 왜 헌병도 이것을 보고는 안심하고 돌아가는 모양이었다.

그 이튿날 나는 사리원으로 가서 경의선 열차를 타고 압록강을 건넜다. 신의주에서 재목상이라 하여 무사히 통과하고 안동현에서는 좁쌀 사러 왔다고 칭하였다. 안동현에서 이레를 묵고 영국 국적인 이륭양행恰隆洋行 배를 타고 동지 15명이 나흘 만에 무사히 상해 포동浦洞 마두碼頭에 도착하였다. 안동현을 떠날 때에는 아직도 얼음 덩어리가 첩첩이 쌓인 것을 보았는데 황포 강가에는 벌써 녹음이 우거졌다. 공승서리公昇西里 15호에서 첫날밤을 잤다.

이때에 상해에 모인 인물 중에 내가 전부터 잘 아는 이는 이동녕李東寧·이광수李光洙·김홍서金弘敍·서병호徐炳浩 네 사람이었고 그 밖에 구미와 일본에서 온 인사들, 중아령과 본국 등지에서 이번 일로 모인 인사, 전부터 중국에 와 있는 이가 500여 명이나 된다고 하였다.

이튿날 나는 벌써부터 가족을 데리고 상해에 와 있는 김보연金甫淵 집을 찾아서 거기서 숙식을 하게 되었다. 김 군은 장련읍 김두원의 큰아들이며 경신학교 출신으로, 예전에 내가 장련에서 교육 사업을 총괄할 때부터 나를 성심으로 존경하고 따르던 청년이었다. 김 군의 지도로 이동녕·이광수·김홍서·서병호 등 옛 동지를 만났다.

임시정부의 조직에 관해서는 후일 국사에 자세히 기록될 것이니 생략하거니와 나는 위원의 한 사람으로 뽑혔다. 얼마 후 안창호 동지가 미주로부터 상해로 건너와서 내무총장으로 국무총리를 대리하게 되고, 총장들이 아직 모이지 않았으므로 차장제를 채용하였다.

나는 안 내무총장에게 임시정부의 문지기를 하게 해달라고 청원하였다. 도산은 처음에는 내 뜻을 의아하게 여기는 모양이었으나 내가 이 청원을 한 동기를 듣고는 쾌락하였다. 내가 본국에 있을 때에 내 자격을 시험하기 위하여 순사 시험 과목을 혼자서 풀어본 결과 합격하지 못한 일이 있었던 경험과 허영을 탐하여 실무에 소홀할 우려가 있었기 때문이다. 또한 감옥에서 청소할 때에 내가 하느님께 원하기를, 생전에 한 번 우리 정부 정청의 뜰을 쓸고 유리창을 닦게 하여 주시라고 빌었던 말을 도산 동지에게 한 것이었다.

안 내무총장은 내 청원을 국무회의에 제출한 결과 돌연 내게 경무국장의 사령을 주었다. 다른 총장들은 아직 취임하기 전이라 윤현진尹顯振·이춘숙李春塾·신익희申翼熙 등 새파란 젊은 차장들이 총장의 직무를 대행할 때라 나이 많은 선배가 문지기를 하면 드나들기에도 거북하니 경무국장으로 하자고 하였다는 것이었다. 나는 순사 될 자격도 못 되는 사람이 경무국장이 가당하냐고 반대하였으나 도산은,

"만일 백범이 사퇴하면 젊은 사람들 밑에 있기를 싫어하는 것같이 오해할 염려가 있으니 그대로 공무를 집행하시오."

하고 강권하니 나는 부득이 취임하여 시무하였다.

대한민국 2년(1920년)에 아내가 인仁을 데리고 상해로 오고, 민국 4년(1922년)에 어머니께서 또 오시니 오래간만에 재미있는 가정을 이루게 되었다. 그해에 신信이 태어났다.

나의 국모 보수사건이 24년 만에 왜의 귀에 들어갔다는 본국 보도가 전해졌다. 내가 본국을 떠난 뒤에야 형사들도 안심하고 김구가 김창수라는 것을 왜 경찰에 말한 것이었다. 아아, 눈물 나는 민족의식이여! 왜의 정탐 노릇은 해도 마음속에는 애국심과 동포애

를 감추고 있는 것이다. 이 정신이 족히 우리 민족으로 하여금 독립 민족의 행복을 누리게 할 것을 믿지 않고 어이하랴.

민국 5년(1923년)에 내무총장으로 집무하였다.

그간에 아내는 신을 낳은 후 낙상으로 인해 폐렴에 걸려 몇 해를 고생하다가 상해 보륭의원寶隆醫院에서 진찰을 받고, 역시 서양 시설을 갖춘 홍구 폐병원虹口肺病院에 격리, 입원하게 되었다. 나와는 보륭의원에서 한 작별이 마지막이 되었고, 민국 6년(1924년) 1월 1일에 세상을 떠났다. 나는 아내를 프랑스 조계 숭산로嵩山路의 공동묘지에 매장하였다.

내 본의는 독립운동 기간 중에는 혼례나 장례의 성대한 의식으로 금전을 소비하는 것을 찬성하지 않아서 아내의 장례를 극히 검소하게 할 생각이었다. 그러나 여러 동지들이 내 아내가 나를 위하여 평생에 무한한 고생을 한 것이 곧 나라일이라 하여 돈을 거두어 성대하게 장례를 지내고 묘비까지 세워주었다. 그중에도 유세관柳世觀, 인욱寅旭 군은 병원 교섭과 묘지 주선에 정성과 노력을 다하였다.

아내가 입원할 무렵에 인仁도 병이 중하였으나 아내 장례 후에는 완쾌하였고 신信은 겨우 걸음마를 뗄 때요, 아직 젖을 떼지 않았으므로 우유를 먹였으나 잘 때에는 어머니의 빈 젖을 물었다. 그러므로 신이 말을 배우게 된 때에도 할머니란 말을 알고 어머니란 말은 몰랐다.

민국 8년(1926년)에 어머니는 신을 데리고 환국하시고, 이듬해

민국 9년(1927년)에는 인까지 보내라는 어머니의 명으로 인도 내 곁을 떠나서 본국으로 갔다. 나는 외로운 몸으로 상해에 남아 있었다.

그해 11월에 나는 국무령國務領으로 피선되었다. 국무령은 임시정부의 최고 수령이다. 나는 임시의정원 의장 이동녕에게, 아무리 아직 완성되지 않은 국가라 하더라도 나같이 미미한 사람이 한 나라의 원수元首가 된다는 것은 국가의 위신에 관계된다 하여 고사固辭하였으나 강권에 못 이겨 부득이 취임하였다.

윤기섭尹琦燮·오영선吳永善·김갑金甲·김철金澈·이규홍李圭洪으로 내각을 조직한 후에 헌법개정안을 의정원에 제출하여 독재적인 국무령제를 고쳐 평등제인 위원제로 개정 실시하여, 지금 당장은 나 자신도 국무위원의 한 사람으로 집무하였다.

내 육십 평생을 돌아보니 너무도 상식에 벗어나는 일이 한두 가지가 아니다. 대개 사람이 귀하면 궁함이 없을 것이고 궁하면 귀함이 없을 것이건만, 나는 귀해도 궁하고(貴亦窮) 궁해도 궁한(窮亦窮) 일생을 보냈다.

우리나라가 독립하는 날에는 삼천리 강산이 다 내 것이 되는지 모르겠지만 지금의 나는 넓고 넓은 지구면에 한 치의 땅, 한 칸의 집도 가진 것이 없다. 나는 과거에는 궁을 면하고 영화를 얻으려고 몽상도 하고 비둥거려 보기도 하였다. 그러나 지금에 이르러서는 이런 생각을 한다. 옛날 한유韓愈는 〈송궁문送窮文〉(가난 귀신을 쫓

아버리려 했으나 귀신들의 이야기를 듣고 오히려 그들을 모시고 살기로 했다는 글로, 역경을 견디며 자신의 신념을 지키고자 하는 결의를 우화적으로 다짐하는 글)을 지었다지만 나는 차라리 〈우궁문友窮文〉(궁함을 떨칠 수 없기에 차라리 벗하여 살겠다는 뜻)을 짓고 싶다. 허나 문장이 아니므로 그것도 할 수 없다. 자식들에게 대하여도 아비 된 의무를 조금도 못 하였으니 너희들이 나를 아비라 하여 자식 된 의무를 해주기 원치 않는다. 너희들은 사회의 은택을 입어서 먹고 입고 배우는 터이니 사회의 아들이 되어 사회를 아비로 여겨 효도로 섬기면 내 소망은 이에서 더 만족할 수는 없을 것이다.

이 붓을 놓기 전에 두어 가지 더 적을 것이 있다.

내가 동산평 농장에 있을 때 일이다. 기미년(1919년) 2월 26일이 어머니의 환갑이므로 약간 음식을 차려서 가까운 친구나 모아 간략하나마 어머니의 수연壽宴을 해드리자고 내외가 상의하여 진행하던 차에 어머니께서 눈치를 채시고 극구 말리셨다.

"네가 1년 추수만 더 지내도 생활이 좀 나아질 테니, 굳이 하겠다면 네 친구들을 모두 청하여 놀아야 하지 않겠느냐? 지금 이 어려운 때에 환갑잔치를 한다면 도리어 내 마음이 편치 않으니 다음에 더 넉넉하게 살게 될 때로 미루어라."

하시므로 중지하였다. 그 후 며칠이 지나지 않아 나는 본국을 떠나게 되었고 어머니께서 상해에 오신 뒤에도 마음은 먹고 있었으나 독립운동을 하느라 날마다 수십, 수백의 동포가 혹은 목숨을, 혹은 집을 잃는 비참한 소식을 듣고 앉아서, 설사 힘이 있기로서니 어떻게 어머니를 위하여 수연을 차릴 경황이 있으랴. 하물며 내 생일 같은 것은 입 밖에 낸 일도 없었는데, 민국 8년(1826년) 나석주羅錫疇가 조반 전에 많은 양의 고기와 반찬거리를 들고 우리 집에 와서 어머니께 드렸다.

"오늘이 선생님 생신이 아닙니까? 돈은 없어서 옷을 전당잡혀서 고기 좀 사가지고 밥해 먹으러 왔습니다."

나석주는 나라를 위하여 동양척식주식회사에 폭탄을 던지고 제 손으로 저를 쏘아 충혼이 되었다. 나는 그가 차려준 생일을 영구히 기념하기 위하여, 또 어머니의 화연花宴을 못해 드린 것이 황송하여 평생에 다시는 내 생일을 기념하지 않기로 하고 이 글에도 내 생일 날짜를 기입하지 않는다.

인천 소식을 듣건대 박영문은 별세하고 안호연은 생존한다 하기에 믿을 만한 인편에 회중시계 한 개를 사서 보내며 내가 김창수란 말을 해달라고 하였으나 아직 답변이 없다. 성태영은 길림吉林에 와서 산다 하기에 통신하였으며, 유인무는 북간도에서 누구에게 죽임을 당하고, 그 아들 한경漢卿은 아직도 거기 살고 있다고 한다. 나와 서대문 감옥에서 두 해나 같은 방에 있으며 내게 글을 배우고 또 나를 끔찍이 대하던 이종근李種根은 러시아 여자를 아내로 맞아 상해에 와서 종종 만났다. 이종근은 의병장 이운룡李雲龍의 사촌 동생으로, 헌병 보조원을 하다가 이운룡이 죽으려 하자 회개하고 그를 따라 의병으로 다니다가 잡혀왔었다. 김형진의 유족 소식은 아직도 모르고 강화 김주경의 유족 소식도 탐문하는 중이다.

지난 일의 연월일은 내가 기억하지 못하므로 어머니께 편지로 여쭈어서 기입한 것이다.

내 일생에 제일 행복은 몸이 건강한 것이다. 감옥생활 5년에 하루도 병으로 쉰 날이 없었고, 인천 감옥에서 학질로 반나절을 쉰 적이 있을 뿐이다. 병원이라고는 혹을 떼느라고 제중원에 1개월, 상해에서는 서반아 감기로 20일 동안 치료를 받았을 뿐이다.

기미년에 고국을 떠난 후 지금까지 10여 년, 그간 지내온 일에 대하여 중요하고도 진기한 일이 많지만, 독립 완성 전에는 말할 수 없는 것이므로 너희들에게 알려주지 못함이 심히 유감이다. 이해해 주기를 바라고 이만 그친다.

이 글을 쓰기 시작한 지 1년이 넘은 민국 11년(1929년) 5월 3일에 붓을 놓는다.

임시정부 청사에서

하 권

: 하권을 쓰고 나서 :

　내 나이 이제 67세. 중경 화평로和平路 오사야항吳師爺巷 1호一
號 대한민국 임시정부 청사에서 다시 이 붓을 드니, 53세 때 상해
법조계法租界(프랑스 조계) 마랑로馬浪路 보경리普慶里 4호 임시정
부 청사에서 《백범일지》 상권을 쓰던 때에서 14년의 세월이 지난
후다.
　나는 왜 《백범일지》를 썼던고!
　내가 젊어서 붓대를 던지고 국가와 민족을 위하여 제 힘도 재주
도 헤아리지 않고 성패도 영욕도 돌아봄이 없이 분투하기 30여
년, 그리고 명의만이라도 임시정부를 지키기 10여 년에 이루어놓
은 일은 하나도 없이 내 나이는 육십을 바라보고 있었다. 이에 나
는 침체된 국면을 타개하고 국민의 쓰러지려 하는 3·1운동의 정
신을 다시 떨치기 위하여 미주美洲와 하와이에 있는 동포들에게
편지로 독립운동의 위기를 말하여 돈의 후원을 얻어서 열혈남자
熱血男子를 물색하여 암살과 파괴의 테러 운동을 계획한 것이다.
동경 사건과 상해 사건 등이 다행히 성공되는 날이면 냄새나는 내
가죽 껍데기도 최후가 될 것을 예견하고 본국에 있는 두 아들이

장성하여 해외로 나오거든 그들에게 전해 달라는 뜻으로 쓴 것이 이《백범일지》다. 나는 이것을 등사하여 미주와 하와이에 있는 몇 분 동지에게 보내어 후일 내 아들에게 보여주기를 부탁하였다.

그러나 나는 죽을 땅을 얻지 못하고, 천한 목숨이 아직 남아서 《백범일지》 하권을 쓰게 되었다. 이때에는 내 두 아들도 이미 장성하였으니 그날을 위해서 이런 것을 쓸 필요는 없어졌다. 내가 지금 이것을 쓰는 목적은 해외에 있는 동지들이 내 50년 분투奮鬪 사정을 보고 허다한 과오를 거울삼아서 복철覆轍(앞서 가던 사람이 실패한 자취를 이르는 말)을 밟지 말기를 원하는 노파심에 있는 것이다.

지금 이 하권을 쓸 때의 정세는 상해에서 상권을 쓸 때보다는 훨씬 호전되었다. 그때로 말하면 임시정부라고, 외국 사람은 말할 것도 없고 우리 한인韓人으로도 국무위원과 십수 인의 의정원 의원 외에는 와보는 자도 없었다. 그야말로 이름만 남고 실상은 없는 임시정부였었다. 그런데 하권을 쓰는 오늘날로 말하면 중국 본토에 있는 한인의 각 당 각 파가 임시정부를 지지하고 옹호할 뿐만 아니라 미주와 하와이에 있는 만여 명 동포가 이 정부를 추대하여 독립운동 자금을 상납하고 있다. 또 외교로 보더라도 종래에는 중국, 소련, 미국의 정부 당국자가 비밀히 찬조한 일은 있으나 공식적으로는 거래가 없었는데, 지금에는 미국 대통령 루스벨트가,

"한국은 장래에 완전한 자주독립국이 될 것이다."

라고 방송하였고 중국에서도 입법원장立法院長 손과孫科 씨가 공

식석상에서,

"일본의 제국주의를 박멸하는 중국의 양책良策(좋은 계책이나 뛰어난 책략)은 제일 먼저 한국 임시정부를 승인함에 있다."

라고 부르짖었다. 한편 우리 자신도 워싱턴에 외교위원부를 설치하고 이승만 박사를 위원장으로 임명하여 외교와 선전에 힘을 쓰고 있다. 또 군정으로는 한국韓國 광복군光復軍이 정식으로 조직되어 이청천李靑天으로 총사령을 임명하고, 서안西安에 사령부를 설치하여 군사 모집과 함께 훈련 작전을 계획·실시중이다.

재정도 종래에는 본국 동포들의 비밀 연납捐納(돈이나 곡식을 상납하고 벼슬자리를 얻는 일)과 미주·하와이 한인 동포들의 세금 명목 상납으로 충당했는데, 왜의 강압과 운동의 퇴조로 원년(1919년)보다 2년(1920년)의 숫자가 감소되고, 그 후 점점 더 감소되었다. 이에 따라 집세를 내기도 어려울 지경에 이르러 임시정부의 직무도 정지되고 총장과 차장들 중에서 투항하거나 귀국하는 자가 한둘이 아니었다. 이러한 지경이니 그 아랫사람들은 더 말하지 않아도 알 만하며, 그 중요 원인은 경제적 곤란이었다.

그러나 윤봉길 의사의 홍구虹口 공원 폭탄 사건 이후로 내·외국인의 임시정부에 대한 인식이 변해서 점차로 정부의 수입도 늘어, 민국 23년(1941년)에는 수입이 53만 원 이상에 달하였으니 실로 임시정부 설립 이래 최고 기록을 돌파하였다.

이 모양으로 임시정부의 상태는 상해에서 이 책 상권을 쓸 때보다 나아졌지만 나 자신으로 말하면 날마다 늙어가고 병드니, 상해

시대를 '죽자꾸나 시대'라 한다면 중경시대는 '죽어가는 시대'라고 할 것이다.

만일 누가 어떤 모양으로 죽는 것이 네 소원이냐 한다면 나의 최대한 욕망은 독립이 다 된 날 본국에 들어가 영원의 입성식을 한 뒤에 죽는 것이지만, 적어도 미주와 하와이에 있는 동포들을 만나보고 오는 길에 비행기 위에서 죽으면 내 시체를 아래로 던져 그것이 산에 떨어지면 날짐승, 길짐승의 밥이 되고 물에 떨어지면 물고기의 뱃속에 영원히 잠드는 것이다.

세상은 고해苦海라더니 살기도 어렵거니와 죽기도 또한 어렵다. 나는 서대문 감옥에서와 인천 축항 공사장에서 몇 번 자살할 생각을 가졌으나 실행하지 못하였고, 안매산安梅山 명근明根도 모처럼 굶어 죽으려고 나흘이나 식음을 전폐한 것을 서대문 옥리獄吏들이 억지로 달걀을 입에 흘려 넣어 죽지 못하였으니, 죽는 것도 자유가 있는 자라야 할 일이어서 결코 용이한 일이 아니다.

나의 칠십 평생을 회고하면 살려고 하여 산 것이 아니요 살아져서 산 것이고, 죽으려고 하여도 죽지 못한 이 몸이 필경은 죽어져서 죽게 되었다.

3·1운동의 상해上海

기미년 3월, 안동현에서 영국사람 솔지의 배를 타고 상해에 온 나는 김보연 군을 앞세우고 이동녕 선생을 찾았다. 서울 양기탁 사랑에서 서간도西間島 무관학교 의논을 하고 헤어지고는 10여 년 만에 서로 만나는 것이었다. 그때에 광복 사업을 준비할 전권의 임무를 맡았던 선생의 좋은 신수는 10여 년 고생에 약간 쇠하여 얼굴에 주름살이 보였다. 서로 악수하니 감개가 무량하였다.

내가 상해에 갔을 때에는 먼저 와 있던 인사들이 신한청년당新韓青年黨을 조직하여 김규식金奎植을 파리 평화회의에 대표로 파견한 지 벌써 두 달이나 후였다.

3·1운동이 일어난 뒤에 각지로부터 모여온 인사들이 임시정부와 임시의정원을 조직하여 중외(안과 밖, 국내와 국외)에 선포한 것이 4월 초순이었다. 이에 탄생된 대한민국 임시정부의 수반首班은 국무총리 이승만 박사, 그 밑에 내무·외무·군무·재무·법무·교통 등의 부서가 조직되어 광복운동의 여러 선배 수령을 그 총장에 추대하였다. 총장들이 먼 곳에 있어서 미처 도착하지 못했기 때문에 취임하지 못하므로 청년들을 차장으로 임명하여 총장을

대리하게 하였다.

　내가 내무총장 안창호 선생에게 정부 문지기를 청원한 것이 이때였다. 나는 문지기를 청원했는데 경무국장으로 취임하게 되니, 이후 5년간 신문관·판사·검사의 직무와 사형집행까지 혼자 겸하게 되었다. 왜 그런고 하면 그때의 범죄자 처벌은 말로 타이르는 것이 아니면 사형이었기 때문이다. 예를 들면 김도순金道淳이라는 17세 소년이 본국에 특파되었던 임시정부 특파원의 뒤를 따라 상해에 와서, 왜의 영사관에 매수되어 그 특파원을 잡는 앞잡이가 되었고 돈 10원을 받은 죄로 미성년자임에도 불구하고 극형에 처한 것은 기성 국가에서는 보지 못할 일이었다.

　내가 맡은 경무국의 임무는 기성 국가에서 하는 보통 경찰행정이 아니요, 왜의 정탐활동을 방지하고, 독립운동가가 왜에게 투항하는 것을 감시하며, 왜의 마수가 어느 방면으로 들어오는가를 감시하는데 있었다. 이 일을 하기 위하여 나는 정복과 사복의 경호원 20여 명을 썼다. 이로써 홍구의 일본 영사관과 대립하여 암투가 시작되었다.

　당시 프랑스 당국은 우리 국정을 잘 알므로 일본 영사관에서 우리 동포의 체포를 요구해 온 때에는 미리 우리에게 알려주어서 피하게 한 뒤에 일본 경관을 대동하고 빈집을 수색할 뿐이었다.

　한 번은 황포 선창에서 오성륜 등이 왜구 다나카 기이치[田中義一]에게 폭탄을 던졌으나 폭발되지 않아, 오성륜이 다시 권총을 쏜

것이 다나카 기이치는 맞지 않고 미국인 여자 한 명이 죽은 사건이 일어났다. 이 사건 후 일본 · 영국 · 프랑스 세 나라가 합작으로 프랑스 조계의 한인을 대거 수색 · 체포한 일이 있었다.

당시 우리 집에는 어머니가 본국으로부터 상해에 오신 때였다. 하루는 이른 새벽에 왜 경관 일곱 놈이 프랑스 경관 서대납西大納을 앞세우고 내 침실에 들어섰다. 서대납은 나와 잘 아는 자라 나를 보더니 옷을 입고 프랑스 경무국으로 가자며, 왜 경관이 나를 결박하려는 것을 금하였다.

프랑스 경무청에 가니 원세훈元世勳 등 다섯 사람이 벌써 잡혀 와 있었다. 프랑스 당국은 왜 경관이 우리를 신문하는 것도 허락하지 않고 일본 영사관으로 넘기라는 것도 듣지 않고, 나로 하여금 다섯 사람을 담보케 한 후에 나를 아울러 모두 석방해 버렸다. 우리 동포 관계의 일에는 내가 임시정부를 대표하여 언제나 배심관이 되어 프랑스 조계租界의 법정에 출석하였으므로 현행범이 아닌 이상 내가 담보하면 석방하는 것이었다.

왜 경찰이 나와 프랑스 당국과의 관계를 안 뒤로는 다시는 내 체포를 프랑스 당국에 요구하는 일이 없었고, 나를 프랑스 조계 밖으로 유인해 내려는 수단을 쓰므로 나는 한 걸음도 조계 밖에는 나가지 않았다.

내가 5년간 경무국장을 하는 동안에 생긴 기이한 일을 일일이 적을 수도 없고 또 이루 다 기억도 못 하거니와 그중에 몇 가지만을 말하련다.

고등정탐꾼 선우갑鮮于甲을 잡았을 때에 그는 죽을죄를 지었음을 깨닫고 사형을 원하였지만, 나는 뉘우치는 것을 보고 물었다.

"살려줄 테니 큰 공을 세워 속죄할 것이냐?"

그가 소원이라 하기에 결박을 풀어 살려주었더니, 그는 상해에서 정탐한 문건을 임시정부에 바치겠다는 뜻을 밝혔다. 나는 시간을 약속하고 그를 만나기 위해 김보연·손두환 등을 왜놈의 승전여관으로 보냈다. 과연 그는 왜놈에게 고발하지 않았고, 내가 전화로 호출하면 시간을 어기지 않고 즉시 대기하였다. 그러다가 나흘 만에 몰래 도망하여 본국으로 돌아가서 임시정부의 덕을 칭송하고 다닌다는 소문을 들었다.

강인우康麟佑는 왜놈의 경부警部로서 총독부에서 받은 비밀사명을 띠고 상해에 와서, '김구 선생에게 자기가 상해에 온 임무를 보고하겠으니 면회를 허락해 달라.'는 글을 보내왔다. 그는 만나는 장소를, 왜놈과 동행하면 나를 체포할 수 있는 영국 조계지의 신세계 음식점으로 정하였다. 약속된 시각에 가서 보니 강인우 혼자만 있었다. 그는,

"총독부에서 제가 받은 사명은 모모 사건이므로 그 점을 주의하십시오."

라고 말하고, 내게 거짓 보고 자료를 주면 귀국하여 얼버무리겠다고 하기에 내가 쾌히 승낙하고 자료를 만들어주니, 본국에 돌아가서 그 공으로 풍산 군수가 되었다고 한다.

구한국 내무대신 동농東農 김가진金嘉鎭 선생이 3·1선언 후에

왜에게 받았던 남작의 직위를 버리고 대동당大同黨을 조직하여 활동하다가 아들 의한懿漢 군을 데리고 상해에 왔을 때의 일이다. 왜는 남작이 독립운동에 참가하였다는 것이 수치라 하여 의한 처의 사촌 오빠인 정필화를 보내어 동농 선생에게 은밀히 귀국을 종용하였다. 이를 사전에 탐지한 경무국에서 정필화를 검거하여 신문하니 낱낱이 자백하므로 교수형에 처하였다.

황학선黃鶴善은 해주 사람으로 3·1운동 이전에 상해에 온 자인데 가장 우리 운동에 열심인 듯하기에 타처에서 오는 지사들을 그 집에서 머물게 하였다. 그런데 그자가 이것을 기화로 하여 한편으로 일본 영사관과 통하여 거기서 돈을 얻어 쓰고, 다른 한편으로는 애국 청년에게 임시정부를 악선전하여 나창헌羅昌憲, 김의한 등 십수 명이 작당하여 임시정부를 습격하는 일이 발생했다. 그러나 이것은 곧 진압되고 범인은 전부 경무국의 손에 체포되었다가 그들이 황학선의 모략에 속은 것이 분명하므로 모두 타일러 풀어 주고, 그때 중상을 당한 나창헌, 김기제는 입원시켜 치료를 받게 하였다.

마침내 황학선을 비밀리에 체포하여 신문한 결과 그가 일본 영사관에서 자금과 지령을 받아 우리 정부 각 총장과 경무국장을 살해할 목적으로, 나창헌이 경성의전의 학생인 것을 이용하여 삼층 양옥을 세내어 병원 간판을 붙이고 총장들과 나를 그리로 유인하여 살해할 계획이었던 것이 판명되었다.

나는 황학선의 신문 기록을 나창헌에게 보였더니 그는 펄펄 뛰며 속은 것을 자백하고, 자신도 모르게 큰 죄를 범할 뻔했다며 황학선을 사형에 처할 것을 주장하였다. 그러나 그때는 이미 황학선의 사형이 집행된 뒤였다. 나는 나창헌·김기제 등이 전혀 악의가 없고 황의 모략에 속은 것이라고 판단하였다.

한 번은 박모라는 한인 청년이 경무국장 면회를 청하기에 만났다. 그는 나를 대하자 곧 눈물을 흘리며 단총 한 자루와 수첩 하나를 내 앞에 내놓았다. 자기는 수일 전에 본국으로부터 상해에 왔는데 일본 영사관에서 그의 체격이 건장함을 보고 김구를 죽이라고 하면서, 성공하면 돈도 많이 줄 것이며 설사 실패하여 그가 죽는 경우에는 그 가족에게 나라에서 좋은 토지를 주어 편안히 살도록 할 것이라 하였단다. 만일 이에 응하지 않으면 그를 '후데이센진[不逞鮮人]'(불만을 품고 제 마음대로 행동하는 조선인이라는 뜻)으로 엄벌한다 하기에 부득이 응하여 무기를 품고 프랑스 조계에 들어와 길에서 나를 보기도 하였으나, 독립을 위하여 애쓰시는 선생을 보고서 자기도 대한 사람인데 어찌 감히 살해할 마음을 품을 수 있으랴 하는 마음이 생겨서 단총과 수첩을 내게 바치고 먼 지방으로 달아나서 장사나 하겠다는 것이었다. 나는 그 말을 믿고 감사하다는 말을 하고 놓아 보냈다.

나는 '의심하는 사람이거든 쓰지를 말고, 쓰는 사람이거든 의심을 말라.'는 것을 신조로 하여 살아왔거니와 그 때문에 실패한 일도 없지 않았으니 한태규韓泰圭 사건이 그 예다.

한태규는 평양 사람으로서 매우 근면하고 성실하여 내가 7, 8년을 부리는 동안에 안팎 사람들의 신임을 얻었다. 내가 경무국장을 사면한 후에도 그는 여전히 경무국 일을 보고 있었다. 그러던 어느 날 계원桂園 노백린盧伯麟 형이 아침 일찍 내 집에 와서 말하였다.

"뒤 도로변에 어떤 젊은 여자의 시체가 하나 있는데 중국인들이 한인이라고 떠드니 같이 나가서 알아봅시다."

계원과 같이 나가서 보니 그것은 명주明珠의 시체였다. 명주는 하층여자로, 어찌 왔는지는 모르겠으나 상해에 온 후로 정인과鄭仁果 · 황석남黃錫南 등의 식모로도 일했고, 젊은 사내들과의 추행도 있다던 여자였다. 어느 날 한밤중에 한태규가 이 여자를 동반하여 가는 것을 보고 나는 무심히 한 군도 젊은 사람이니 그러나 보다 하고 무심히 지나친 것이 얼마 오래지 않은 것이 기억되었다.

시체를 자세히 살펴보니 피살이 분명하였다. 머리에 피가 묻었으니 처음에는 때린 모양이요, 목에는 노끈으로 조른 자국이 있는데 그 수법이 내가 서대문 감옥에서 활빈당 김 진사에게 배운 것을 경호원들에게 가르쳐준 그것이었다.

여기서 단서를 얻어 조사한 결과 그 범인이 한태규인 것이 판명되어 프랑스 경찰에 말하여 그를 체포케 하여 내가 배심관으로 그의 문초를 들었다. 그는 내가 경무국장을 사임한 후로부터 여러 가지 사정으로 왜에게 매수되어 그들의 밀정이 되었고, 명주와 비밀히 동거하던 중, 명주가 한이 밀정인 것을 눈치 채게 되므로 한은 명주가 자기의 일을 내게 밀고할 것을 겁내서 죽인 것이라고 자백하였다.

명주는 행실이 부정할망정 애국심은 열렬한 여자였다. 그는 종신 징역의 형을 받았다. 나와 이 사건을 같이 조사한 나우羅愚도 한태규가 돈을 물 쓰듯 하는 것으로 보아 오래 의심은 하였으나 확실한 증거도 없이 내게 그런 말을 고하면, 내가 동지를 의심한다고 책망할 것을 두려워하여 말을 않고 있었다고 하였다.

후에 한태규는 다른 중죄수들을 선동하여 양력 1월 1일에 탈옥하기로 약속을 해놓고 제가 도리어 감옥 당국에 밀고하였다. 이에 간수들이 어깨에 총을 메고 경비하게 한 후에 약속한 시간이 되자 각 감방 문이 일제히 열리며 칼·몽둥이·돌멩이를 가진 죄수들이 뛰어나오자, 총을 메고 경비중인 간수들이 나오는 죄수들을 쏘아 죄수 8명이 즉사하였다. 이를 본 다른 죄수들은 겁을 내어 움직일 엄두도 내지 못하자 파옥 소동이 진정되었다. 그리고 이 사건을 재판하는 마당에 한태규는 8명의 시체를 담은 관머리에 서서 증인으로 출정했다는 말을 들었다.

그로부터 얼마 후에 한태규의 편지를 받았는데, 그는 같이 고생한 죄수 8명을 죽인 공로를 인정받아 특전으로 방면되었으며, 전에 잘못한 것은 다 회개하였으니 다시 써 달라는 내용이었다. 나중에 듣건대 이 편지에 대한 회답이 없는 것을 보고 겁이 나서 본국으로 도망하여 조그마한 장사를 하며 돌아다닌다는 소문을 들었다. 내가 이런 흉악한 놈을 절대로 신임한 것이 다시 세상에 머리를 들 수 없을 만큼 부끄러워서 심히 고민하였다.

내가 경무국장 시절에 있던 일은 여기에서 끝내고 상해에 임시 정부가 생긴 이후에 일어난 우리 운동 전체의 파란곡절을 회상해 보기로 하자.

기미년, 즉 대한민국 원년(1919년)에는 국내나 국외를 막론하고 정신이 일치하여 민족 독립운동으로만 매진하였으나 당시 세계 사조의 영향에 따라서 우리 중에도 점차로 봉건이니, 무산혁명이니 하는 말을 하는 자가 생겨서 단순하던 우리 운동계에도 사상의 분열, 대립이 생기게 되었다. 임시정부 직원 중에도 민족주의니, 공산주의니 하여 음으로 양으로 투쟁이 개시되었다. 심지어 국무총리 이동휘가 공산혁명을 부르짖고, 이에 반하여 대통령 이승만은 데모크라시(Democracy, 민주주의)를 주창하였다.

이로 인해서 국무회의 석상에서도 의견이 일치하지 못하고 대립과 충돌을 빚는 기괴한 현상이 거듭 발생하였다. 예를 들면 국무회의에서 러시아에 보내는 대표로 여운형呂運亨 · 안공근 · 한형권韓亨勸 세 사람을 임명하고 여비를 갹출하던 중, 정작 여비가 손에 들어오자 이동휘가 자기 심복인 한형권만을 비밀리에 파견하였다. 그리고 이동휘는 한형권이 시베리아를 통과하고 난 후에야 이것을 발표하여, 정부나 사회에 물의가 분분하였다.

이동휘는 본래 강화진江華鎭 위대참령衛隊參領으로서 군대 해산 후에 블라디보스토크海蔘威로 건너가 이름을 바꾸어 대자유大自由라고 행세한 일도 있었다고 한다. 하루는 이동휘가 내게 공원에 산보 가기를 청하기에 따라갔더니, 조용한 말로 자기를 도와 달라

고 하기에 나는 좀 불쾌한 생각이 들어서,

"제가 경무국장으로 총리를 호위하는데 제 직책에 무슨 불찰이 있습니까?"

라고 물었다. 이씨는 손을 내저으며 대답하였다.

"그런 것이 아니라, 대저 혁명이라는 것은 피를 흘리는 사업인데, 지금 우리가 하고 있는 독립운동은 민주주의 혁명에 불과하니 이대로 독립을 하더라도 다시 공산주의 혁명을 해야 하니 두 번 피를 흘리는 것은 우리 민족에게도 큰 불행이 아니오. 그러니 적은이(아우님이라는 뜻으로 이동휘가 수하 동지에게 즐겨 쓰는 말이다)도 나와 같이 공산혁명을 하는 것이 어떠하오?"

이에 나는 반문하였다.

"우리가 공산혁명을 하는데 제3국제당(코민테른)의 지휘와 명령을 받지 않고 우리 독자적으로 할 수 있습니까?"

이씨는 고개를 저으며 말하였다.

"안 되지요."

나는 강경한 어조로 다시 말하였다.

"우리 독립운동은 우리 대한민국 독자의 운동이요, 어느 제3자의 지도나 명령에 지배되는 것은 남에게 의존하는 것이니, 자존성을 상실한 것은 물론이고 우리 임시정부 헌장에 위배되는 것입니다. 선생이 이런 말씀을 하시는 것은 크게 옳지 못하니 저는 선생의 지도를 따를 수가 없고, 또 선생께 자중하시기를 권고합니다."

그러자 이동휘는 불만스러운 얼굴로 돌아섰다.

이 총리가 몰래 파견한 한형권이 러시아 국경 안에 들어서서 우리 정부의 대표로 온 사명을 국경 관리에게 전달하니, 러시아 관리는 즉시 모스크바 정부에 보고하였다. 이에 러시아 정부에서 한인 동포들을 동원하라는 명령이 하달되어, 한형권이 도착하는 정거장마다 재류 한인 동포들이 태극기를 손에 들고 임시정부 대표를 크게 환영하였다.

마침내 한형권이 모스크바에 도착하니 러시아 최고지도자인 레닌 씨가 친히 맞이하며, 독립자금은 얼마나 필요하냐고 묻자 한은 입에서 나오는 대로 200만 루블이라고 대답하였다. 레닌이 웃으며,

"일본을 대항하는데 200만 루블로 족하겠는가?"

하고 반문하므로 한은 너무 적게 부른 것을 후회하면서 본국과 미국에 있는 동포들이 자금을 마련하니 당장 그만큼이면 된다고 변명하였다. 레닌은,

"제 민족의 일은 스스로 하는 것이 당연하다."

하고 즉시 러시아 외교부에 명하여 200만 루블을 한국 임시정부에 지불하게 하였으나, 외교부는 금괴 운반 문제 때문에 제1차분으로 40만 루블을 한형권에게 주었다. 이동휘는 한형권이 돈을 가지고 떠났다는 기별을 받자 국무원에는 알리지 않고 비서장인 동시에 자기의 심복인 김립金立을 시베리아로 밀파해, 한형권을 종용하여 금괴를 임시정부에 내놓지 않고 중간에서 빼돌렸다. 김립은 또 제 속이 따로 있어서 그 금괴로 북간도에 있는 자기 가족을

위하여 토지를 매입하고, 이른바 공산주의자라는 한인·중국인·인도인에게 얼마씩 지급하였다. 그런 다음 상해에 비밀리에 잠복하여 광동廣東 여자를 첩으로 들이고 호화롭게 향락생활을 시작하였다.

이 사건으로 인하여 임시정부에서는 이동휘에게 그 죄를 물으니 그는 총리직을 사임하고 러시아로 도망해 버렸다. 또한 한형권은 다시 모스크바로 가서 통일운동의 자금이라 칭하고 20만 루블을 가지고 몰래 상해에 들어와, 공산당 무리들에게 돈을 뿌려서 소위 국민대표대회를 소집하였다. 그러나 당시 한인 공산당도 하나가 되지 못하고 세 파로 갈렸으니 하나는 이동휘를 수령으로 하는 상해파요, 다음은 안병찬安秉贊, 여운형을 우두머리로 하는 이르쿠츠크파(고려공산당)요, 그리고 셋째는 일본에 유학하는 학생들로서 일본인 후쿠모토 가즈오[福本和夫]와 김준연金俊淵 등을 우두머리로 하는 일본에서 조직된 엠엘(ML)파였다. 엠엘파는 상해에서는 그 세력이 미미하였으나 만주에서는 가장 맹렬히 활동하였다.

이것저것 있을 것은 다 있어서 공산당 외에 무정부당까지 생겼으니 이을규李乙奎, 이정규李丁奎 형제와 유자명柳子明 등은 상해上海, 천진天津 등지에서 활동하던 아나키스트(무정부주의자)의 맹장들이었다.

한형권의 붉은 돈 20만 루블로 상해에서 개최된 국민대표대회는 참말로 '잡동사니회'라는 것이 옳을 것이었다. 이 회의에 참석하기 위해 일본 · 조선 · 중국 · 러시아 등 각처에서 무슨 단체, 무슨 단체 등등 형형색색의 명칭으로 200여 대표가 모여들었다. 그 중에서 이르쿠츠크파와 상해파 두 공산당이 민족주의자인 다른 대표들을 서로 경쟁적으로 끌고 쫓으며 분열시켜, 이르쿠츠크파는 임시정부 창조론을, 상해파는 임시정부 개조론을 주장하였다. 이른바 창조론이란 지금 있는 정부를 취소하고 새로 정부를 조직하자는 것이고, 개조론이란 현재의 정부를 그냥 두고 개조만 하자는 것이었다. 결국 하나로 의견을 통일시키지 못하여 소위 국민대표대회는 분열되고 말았다. 이에 창조파에서는 제 주장대로 '한국정부'를 조직하고 본래 그 정부의 외무총장인 김규식이 수반이 되어서 '한국정부'를 이끌고 블라디보스토크까지 가서 출품하였으나, 러시아가 허용하지 않으므로 계불입량計不入量(계획이 들어맞지 아니함)하여 흐지부지 쓰러지고 말았다.

국민대표대회에서 공산당 두 파가 서로 투쟁하는 통에 순진한 독립운동가들까지도 그들의 언어 모략에 현혹하여 두 파의 공산당으로 나뉘어, 창조 혹은 개조를 주장하여 시국이 요란하였다. 이런 까닭에 당시 내무총장이던 나는 국민대표대회의 해산을 명하였다. 이로써 붉은 돈이 일으킨 1막의 희비극이 끝을 맺고 시국은 안정되었다.

이와 전후하여 임시정부 공금횡령범 김립은 오면직吳冕植 · 노종균盧宗均 두 청년들에게 총살을 당하니 사람들이 통쾌하다 하였다. 임시정부에서는 한형권을 러시아 대표직에서 파면하고 안공근을 러시아 주재 대표로 파견하였으나 별 효과 없이 임시정부와 러시아와의 외교관계는 이내 단절되고 말았다.

상해에 남아 있는 공산당원들은 국민대표대회가 실패한 뒤에도 좌우 통일이라는 미명으로 민족운동가들을 종용하여 지금까지 해 오던 민족적 독립운동을 공산주의운동으로 방향 전환을 하자고 떠들었다. 공산당 청년들은 여전히 두 파로 나뉘어 동일한 목적과 동일한 명칭으로 '재중국청년동맹在中國靑年同盟'과 '주중국청년 동맹住中國靑年同盟'을 조직하고 상해에 있는 우리 청년들을 앞다 투어 포섭하여, 민족주의자와 공산주의자가 통일하여서 공산혁명 운동을 하자는 것이었다.

그런데 또 한 희극이 생겼다. '식민지에서는 사회운동보다 민족 독립운동이 우선한다.'는 레닌의 새로운 지령이 발표되었다. 이 말이 떨어지자마자 어제까지 민족독립운동을 비난하고 조소하던 공산당원들이 민족독립운동가로 돌변하여 민족독립이 공산당의 당시黨是(당의 기본 방침)라고 부르짖었다. 여기에 민족주의자들도 그들을 배척할 이유가 없어졌으므로 '유일독립당촉성회唯一獨立 黨促成會'를 만들었다.

그러나 공산주의자들은 입으로 하는 말만 고쳤을 뿐이요, 속은 그대로여서 민족운동이란 미명 하에 민족주의자들을 끌어들여 그 들의 헤게모니(주도권)로 이를 옭아매려는 것이었다. 그러나 이제 는 민족주의자들도 그들의 모략이나 전술을 다 알아서 공산당의 손아귀에서 벗어나 결국 '유일독립당촉성회'는 해산되고 말았다.

그 후 생긴 것이 한국독립당韓國獨立黨이니 이것은 순전한 민족주의자의 단체여서 이동녕·안창호安昌浩·조완구·이유필李裕弼·차이석車利錫·김붕준金朋濬·송병조宋秉祚 그리고 나 김구가 수뇌가 되어 조직한 것이었다. 이로부터 민족주의자와 공산주의자가 조직을 따로 가지게 되었다.

이렇게 민족주의자가 단결하니 공산주의자들은 상해에서 할 일을 잃고 남북 만주로 달아났다. 거기는 아직 동포들의 민족주의적 단결이 박약하고 또 분산되어 있어서 공산주의의 정체에 대한 인식이 없었으므로, 그들은 상해에서보다 더 맹렬하게 날뛸 수가 있었다. 예를 들면 이상룡李尙龍의 자손은 공산주의에 충실한 나머지 살부회殺父會(아비 죽이는 회)까지 조직하였다. 그러나 제 아비를 제 손으로 죽이지 않고 회원끼리 서로 아비를 바꾸어 죽이는 것이라 하니 아직은 사람의 마음이 조금은 남은 것이었다.

이 붉은 무리는 만주의 독립운동단체인 정의부正義府·신민부新民府·참의부參議府·남군정서南軍政署·북군정서北軍政署 등 각 기관에 스며들어가 능란한 모략으로 내부로부터 분해시키고 서로 충돌시켜 여지없이 파괴하고 훼손하며 동포끼리 많은 피를 흘리게 하였다. 백광운白狂雲·정일우鄭一雨·김좌진金佐鎭·김규식金奎植(임정 부주석 김규식과 동명이인) 등 우리 운동에 없어서는 안 될 큰 일꾼들을 다 잃어버렸다.

여기에 국제 정세의 냉담과 일본의 압박 등으로 민족의 독립사상이 날로 감쇄하던 중에 공산주의자의 교란으로 민족전선은 분

열에서 혼란으로, 혼란에서 궤멸로 굴러 떨어져갈 뿐이었다. 엎친데 덮친 격으로 만주의 주인이라 할 장작림張作霖이 일본의 꾀에 넘어가서 그의 치하에 있는 독립운동가를 닥치는 대로 잡아 일본에 넘기고, 심지어는 중국 백성들이 한인의 머리를 베어 일본 영사관에 몇 십 원, 심지어는 3, 4원에 팔아넘기기도 하였다. 어찌 중국인들뿐이랴. 그곳 우리 한인들은 비록 중국 경내에 거주하였지만 처음에는 가가호호에서 해마다 독립운동 기관인 정의부나 신민부에 정성을 다해 세금을 냈었다. 그러나 이처럼 순박한 동포들도 우리 무장한 병사의 지나친 위력과 침탈을 당하게 되자 점차 반발심이 생기게 되었다. 이로 인해 독립군이 자기 집이나 동네에 도착하면 비밀리에 왜놈에게 독립군의 소재를 밀고하는 일까지 생겼으니, 이는 독립운동가들이 하나로 통일하지 않고 셋, 다섯으로 갈라져서 재물과 기타 여러 가지로 동포들에게 귀찮게 한 책임도 없지 않다. 그러다 왜가 만주를 점령하여 소위 만주국이란 것을 만드니, 우리 운동의 최대 근거지였던 만주에서의 활동은 거의 불가능하게 되어버렸다.

애초에 만주에 있던 독립운동 단체는 다 임시정부를 추대하였으나 차차로 군웅할거의 폐풍이 생겨, 정의부와 신민부가 우선 임시정부의 절제를 받지 않게 되었다. 그러다가 끝까지 임시정부에 대한 의리를 지키던 참의부마저 이들과 결합하여 새로운 정의부를 만든 후에는 자기들끼리도 사분오열하여 서로 짓밟아 종말을 고하게 되었다. 그리하여 공산진영이나 민족진영의 말로는 같은 운명으로 귀결되었으니 진실로 슬픈 일이다.

상해 정세도 대략 양패구상兩敗俱傷(쌍방이 다 패하고 상처를 입음)의 꼴이 되었으나 임시정부와 한국독립당으로 겨우 민족진영의 껍데기를 유지할 뿐이었다. 그러나 임시정부는 인재도 극히 귀하고 재정도 매우 어려웠다. 정부 제도는 대통령 이승만이 물러나고 박은식朴殷植이 취임하였으나 대통령제를 국무령제國務領制로 고쳤다. 제1대 국무령으로 뽑힌 이상룡李尙龍은 서간도로부터 상해로 취임하러 왔으나 인재를 고르다가 입각 지원자가 없어 도로 서간도로 돌아가 버렸다. 그 다음에 홍면희洪冕憙(나중에 홍진洪震)를 선거하여, 그가 진강鎭江에서 상해로 와서 취임한 후 조각에 착수하였으나 역시 호응하는 인물이 없으므로 실패하였다.

이리하여 임시정부는 한참 동안 무정부 상태에 빠져서 의정원에서 큰 문제가 되었다. 하루는 의정원 의장 이동녕 선생이 나를 찾아와서 내가 국무령이 되기를 권하였으나 나는 두 가지 이유로 사양하였다. 첫째 이유는 나는 해주 서촌의 일개 김 존위(경기도 지방의 영좌에 상당한 것)의 아들이니 우리 정부가 아무리 위축되었다 하더라도 나같이 미천한 사람이 한 나라의 원수가 된다는 것은 국가와 민족의 위신을 크게 떨어뜨리는 것이요, 둘째로 말하면 이상룡, 홍면희 두 사람도 사람을 못 얻어서 내각 조직에 실패하였거늘 나 같은 자에게 더욱 응할 인물이 없을 것이란 것이었다.

그러나 이씨는 나를 설득하였다.

"첫째는 이유가 안 되는 것이니 말할 것도 없고, 둘째로 말하면 백범만 나서면 따라 나설 사람들이 있을 것이오. 그러니 쾌히 응낙하여 의정원에 수속을 밟고 조각하여 임시정부가 무정부 상태를 면하게 해주오."

라며 강권하므로 나는 승낙하였다. 이에 의정원의 정식 절차를 밟아서 내가 국무령으로 취임하였다. 윤기섭尹琦燮·오영선吳永善·김갑金甲·김철金徹·이규홍李圭洪 등으로 조각하였다. 또한 현재의 제도로는 조각이 심히 곤란한 것을 통절히 깨달았으므로 한 사람에게 책임을 지우는 국무령제를 폐지하고 국무위원제國務委員制로 개정하여 의정원의 동의를 얻었다. 그래서 나는 국무위원의 주석이 되었으나 제도로 말하면 주석은 다만 개회할 때의 주석일 뿐이었다. 또한 모든 국무위원들이 주석을 돌아가면서 맡아 모두 평등한 권리를 가졌다.

이렇게 하여 정부는 자리가 잡혔으나 경제 곤란으로 정부의 이름을 유지할 길이 망연하였다. 정부의 집세가 30원, 심부름꾼 월급이 20원 미만이었으나, 이것도 낼 힘이 없어서 집주인에게 여러 번 송사를 겪었다.

다른 위원들은 거의 식구들과 함께 거처하였으나 나는 민국 6년(1924년)에 아내를 잃었고 그 이듬해에 어머니께서 신을 데리고 고국으로 돌아가셨다. 그 후 상해에서 나 혼자 인을 데리고 지냈는데 어머니의 명령으로 인마저 어머니께 돌려보낸 뒤라 홀몸이었다. 그래서 잠은 임시정부 정청에서 자고, 밥은 직업을 가진 동포들 집에서 얻어먹었다. 동포의 직업은 전차 회사의 차표 검사원이 제일 많아 70명가량 되었다. 나는 이들의 집으로 다니며 아침 저녁을 빌어먹는 것이니, 거지 중의 상거지였다.

다들 내 처지를 잘 알므로 누구나 내게 차래식嗟來食(무례한 태도로 푸대접하며 주는 음식)으로 대접하지는 않았다. 특히 조봉길曹奉吉·이춘태李春台·나우·진희창秦熙昌·김의한 같은 이들은 절친한 동지들이니 더 말할 것도 없고 다른 동포들도 진정으로 동정하였다.

엄항섭嚴恒燮 군은 뜻있는 청년으로, 지강대학之江大學 중학을 졸업한 후 자기 집 생활은 돌보지 않고 프랑스 공무국工務局에 취직을 하였다. 그가 프랑스 공무국에 취직한 이유는 두 가지였는데 첫째, 월급을 받아 석오石吾(이동녕의 당호)나 나처럼 궁한 운동가를 먹여 살리는 것이고 둘째, 일본 영사관에서 우리를 체포하려는 사건을 사전에 탐지하여 피하게 하고, 우리 동포 중 범죄자가 있을 때 편리를 도모해 주기 위해서였다. 그의 전실前室(남의 전처를 높여 부르는 말) 임씨林氏는 내가 그 집에 갔다가 나올 때면 대문 밖까지 따라 나와서 은전 한두 개를 내 손에 쥐어주며,

"아기 사탕이나 사주세요."

하였다. 아기라 함은 내 둘째 아들 신을 가리킨 것이었다. 그는 초산에 딸 하나를 낳고 가엾이 세상을 떠나서 노가만盧家滿 공동묘지에 묻혔다. 나는 그 무덤을 볼 때마다 만일 엄 군의 능력이 부족하다면 나라도 능력이 생길 때 묘비 하나 세워주리라 하고 늘 생

각하였다. 마침내 그만한 능력이 생겼을 때에는 숨어서 상해를 떠나는 몸이라, 그것을 못한 것이 유감이다. 오늘날도 노가만 공동묘지 임씨의 무덤이 눈에 어른거린다. 그녀는 자기 남편이 존경하는 늙은이라 하여 내게 극진했던 것이다.

나는 애초에 임시정부의 문지기를 지원했으나 경무국장으로, 노동국총판勞動局總辦으로, 내무총장으로, 국무령으로 오를 대로 다 올라서 다시 국무위원이 되고 주석이 되었다. 이것은 나의 문지기 자격이 진보된 것이 아니라, 임시정부의 인재난과 경제난이 극도에 달했기 때문이다. 예를 들어 이름났던 대가가 몰락하여 거지의 소굴이 된 것과 마찬가지였다.

일찍이 이승만 대통령이 취임하여 시무始務할 때에는 중국 인사는 물론이요, 눈 푸르고 코 높은 영·미·프 등 외국인도 정청에 찾아오는 일이 있었으나 지금은 서양 사람이라고는 프랑스 경찰이 왜놈 경관을 대동하고 사람을 잡으러 오거나 밀린 집세 채근을 오는 것밖에는 없었다. 그리고 한창 때에는 1,000여 명이나 되던 독립운동가가 이제는 수십 명도 못 되는 형편이었다.

왜 이렇게 독립운동가가 줄었는가. 첫째로는 임시정부의 군무차장 김희선, 독립신문 사장 이광수, 의정원 부의장 정인과 같은 무리는 왜에게 항복하여 본국으로 들어가고, 둘째로는 국내 각 도·군·면에 조직하였던 연통제聯通制가 발각되어 많은 동지가 왜에게 잡혔고, 셋째로는 생활난으로 인해 각각 흩어져 밥벌이를 하게 된 때문이었다.

이러한 상태에서 임시정부의 할 일이 무엇인가.

첫째로 돈이 있어야 할 텐데 돈이 어디서 나오나? 본국과 만주와는 이미 연락이 끊겼으니 미주와 하와이에 있는 동포에게 임시정부의 곤란한 사정을 말하여 그 지지를 구할 수밖에 없었다. 그래서 시작한 것이 내 편지 정책이었다. 나는 미주와 하와이 체류 동포의 열렬한 애국심을 믿었다. 그 이유는 그곳에 살고 있는 서재필·이승만·안창호·박용만朴容萬 등의 가르침을 받은 까닭이었다.

그러나 불행히도 나는 영문英文 문맹이므로 편지 겉봉도 쓸 줄 몰랐으며 또한 그곳 동포들 중 몇 사람의 친지가 있으나 주소도 알 수 없었다. 다행히 엄항섭, 안공근 등에게 의뢰하여 몇 사람의 주소와 성명을 알아냈다. 그리하여 임시정부의 현재 상황을 극진히 설명하여 동정을 구하는 편지를 쓰고, 엄 군이나 안 군에게 겉봉을 쓰게 하여 우송하는 것이 내 유일한 사무였다.

이 편지 정책의 효과를 기다리기는 벅찼다. 그때에는 아직 항공우편이 없었으므로 상해·미국 간에 한 번 편지를 부치고 답장을 받으려면 두 달이나 걸렸기 때문이다. 그러나 기다린 보람은 있어서 차차 동정하는 회답이 왔고, 시카고에 있는 김경金慶은 그곳 공동회共同會에서 모은 것이라 하여 집세나 하라고 미화 200불을 보내왔다. 당시 임시정부의 형편으로는 결코 적은 돈이 아니었다. 돈도 돈이려니와 동포들의 정성이 고마웠다. 김경은 나와는 일면식도 없는 사람이었다.

나의 편지가 진실성이 있기에 점차 믿음이 생기기 시작하였다. 그래서 하와이의 안창호(도산 안창호와는 다른 인물), 카우아이(Kauai, 하와이 주 소재)의 현순玄楯·김상호金商鎬·이홍기李鴻基·임성우林成雨·박종수朴鍾秀·문인화文寅華·조병요趙炳堯·김현구金鉉九·안원규安源奎·황인환黃仁換·김윤배金潤培·박신애朴信愛·심영신沈永信 등 제씨諸氏(여러 사람을 높여 이르는 말)가 나와 임시정부에 정성을 보내주기 시작하였다.

또한 샌프란시스코의 〈신한민보〉 방면에서도 점차 정부에 관심을 쏟기에 이르렀다. 김호金乎·이종소李鍾昭·홍언洪焉·한시대韓始大·송종익宋鍾翊·최진하崔鎭河·송헌수宋憲澍·백일규白一圭 등 제씨가 일어나 정부를 지지하고, 멕시코에서는 김기창金基昶·이종오李鍾旿, 쿠바에서는 임천택林千澤·박창운朴昌雲 등 제씨가 임시정부를 후원하였다. 동지회同志會 방면에서도 이승만 박사를 위시하여 이원순李元淳·손덕인孫德仁·안현경安賢卿 등 제씨가 임시정부 후원에 참가하니, 미주·하와이·멕시코·쿠바의 우리 교포들 전부가 정부의 유지, 발전에 공동 책임을 지게 되었다.

그리고 하와이에 있는 안창호, 임성우 등 제씨는 내가 민족에 생색날 일을 한다면 돈을 주선하겠다고 하기에 간절히 하고 싶은 일이 있으니 조용히 돈을 모아두었다가 보내라는 통지가 있을 때 보내달라고 하였다. 나는 그때부터 민족의 생색낼 일이 무엇이며, 내가 그런 일을 할 수 있을까 연구하기 시작하였다.

하루는 어떤 청년 동지 한 사람이 거류민단居留民團으로 나를 찾아왔다. 그는 이봉창李奉昌이라 하였다.(나는 그때에 상해 거류민단장도 겸임하였다.) 그는 말하기를 자기는 일본서 노동을 하고 있었는데 독립운동을 하고 싶어서 왔으니 자기와 같은 노동자도 노동을 하면서 독립운동을 할 수 있는가 물었다. 그는 우리말과 일본말을 섞어 쓰고 임시정부를 '가정부假政府'라고 일본식으로 부르므로 나는 특별히 조사할 필요가 있다고 생각하였다. 그리고 곧장 민단 사무원 김동우에게 명령하여 여관을 잡아주라 하고, 그 청년에게는 이미 날이 저물었으니 내일 또 만나서 이야기하자고 하였다.

며칠 후였다. 하루는 내가 민단 사무실에 있노라니 부엌에서 술 먹고 떠드는 소리가 들리는데 그 청년이 이런 소리를 하였다.

"당신네들은 독립운동을 한다면서 왜 일본 천황을 죽이지 못합니까?"

이 말에 어떤 민단 사무원이,

"일개 문관이나 무관 하나도 죽이기가 어려운데 천황을 어떻게 죽입니까?"

라고 하니 그 청년이 말하였다.

"작년에 동경에서 천황이 능행한다고 길가는 행인을 엎드리라고 하기에 엎드려서 생각하니, 그때 내 손에 폭탄 한 개만 있었으면 천황을 죽일 수 있겠다고 생각하였소."

나는 그날 밤에 이봉창이 묵고 있는 여관을 조용히 방문하여,

이씨와 흉금을 터놓고 서로의 속마음을 모두 털어놓았다. 과연 그는 의기남자義氣男子로 살신성인殺身成仁할 큰 결심을 품고 일본에서 상해로 건너와 임시정부를 찾아온 것이었다. 그는 내게 자신의 큰 뜻을 이렇게 말하였다.

"제 나이가 이제 서른한 살입니다. 앞으로 서른한 해를 더 산다 하여도 과거 반생에서 맛본 방랑생활에 비한다면 늙은 생활에 무슨 취미가 있겠습니까? 인생의 목적이 쾌락이라면 지난 31년 동안에 인생의 쾌락이란 것을 대강 맛보았습니다. 그런 까닭에 이제부터는 영원한 쾌락을 위해서 우리 독립 사업에 몸을 바칠 목적으로 상해에 왔습니다."

이씨의 이 말에 내 눈에는 눈물이 벅차올랐다. 이봉창은 공경하는 태도로 내게 국사에 헌신할 길을 지도해 주십사 청하였다. 나는 그의 뜻을 쾌히 허락하고, 1년 이내에 그가 할 일을 준비할 것이나 지금 임시정부의 사정으로는 그의 생활비를 댈 길이 없으니 그동안은 어떻게 지내겠는가를 물었다. 그러자 그는 다음과 같이 자신의 계획을 나에게 알려주었다.

"그러시다면 더욱 좋습니다. 저는 어려서부터 일어에 익숙해서 일본에서 지낼 때에는 일본인의 양자가 되어 이름도 기노시타 쇼조[木下昌藏]로 바꾸어 행세하였습니다. 이번 상해에 오는 도중에도 그 이름을 썼으니, 앞으로도 일본인으로 행세하겠습니다. 일을 준비하실 동안 제가 철공을 할 줄 아니 일본인 철공장에 취직하면 많은 월급을 받을 수 있습니다."

이리하여 나는 그의 의견에 대찬성하고, 우리 기관이나 우리 사람들과의 만남을 빈번히 하지 말고 일본인으로 행세하며, 한 달에 한 번씩 밤중에만 찾아오라고 주의시킨 후에 일인이 많이 사는 홍구로 떠나 보냈다.

수일 후에 그가 내게 와서 월급 80원에 일본인의 철공장에 취직하였다고 보고하였다. 그 후부터 종종 술과 고기와 국수를 사 가지고 민단 사무실에 와서 민단 직원들과 술을 마시기도 하였다. 그는 취하면 일본 노래를 유창하게 부르며 호방하게 놀았으므로 '일본경감'이라는 별명을 얻었다.

어느 날은 하오리(일본옷의 위에 입는 짧은 겉옷)에 게다(왜나막신)을 신고 정부 문을 들어서다가 중국인 하인에게 쫓겨난 일도 있었다. 그래서 나는 이동녕 선생과 기타 국무원들에게 한인인지 일인인지 판단키 어려운 인물을 정부 문 안에 출입시킨다는 책망을 받았고, 그때마다 조사하는 일이 있어서 그렇다고 변명하였으나 동지들은 매우 불쾌하게 여기는 모양이었다.

이봉창과 만난 지도 그럭저럭 1년이 다 되었다. 아직 항공통신이 통하지 않던 때라 미국과 하와이의 편지 왕복에는 거의 두 달이나 걸렸다. 나는 그 돈을 받아서 거지 복색인 전대 속에 몰래 감추고 예전 그대로 거지생활을 계속 하니 아무도 내 품에 1,000여 원의 큰돈이 든 사실을 아는 이가 없었다.

1931년 12월 중순경 나는 이봉창을 비밀리에 프랑스 조계 중흥

여관으로 청하여 하룻밤 같이 자면서 일본행에 대한 여러 가지 문제를 상의하였다. 나는 돈과 함께 폭탄도 두 개 구입하였다. 폭탄한 개는 왕웅王雄을 시켜 상해 병공창兵工廠에서, 한 개는 김현金鉉을 하남성河南省 유치劉峙에게 보내어 구입한 것이니 모두 수류탄이었다. 이중에 한 개는 일본 천황에게 쓸 것이요, 다른 한 개는이씨 자살용이었다. 사용법을 가르쳐주고 만일 자살이 실패하여체포될 때를 대비해서 신문에 대답할 문구까지 일러주었다.

이튿날 아침에 나는 내 헌옷 주머니 속에서 돈뭉치를 꺼내 이봉창에게 주며 일본에 갈 준비를 다 해놓고 다시 오라 하고 서로 작별하였다. 이틀 후에 그가 찾아왔기에 중흥여관에서 마지막 밤을함께 잤다. 그때 이씨는 이런 말을 하였다.

"일전에 선생님이 제게 돈뭉치를 주실 때에 나는 눈물이 났습니다. 나를 어떤 놈으로 믿으시고 이렇게 큰돈을 제게 주시나 하고요. 제가 이 돈을 떼어먹는다 해도 프랑스 조계 밖으로는 한 걸음도 못 나오시는 선생님이 저를 어찌할 수 있겠습니까. 저는 평생에 이처럼 신임을 받아본 일이 없습니다. 이것이 처음이요, 또 마지막입니다. 과연 선생님이 하시는 일은 영웅의 도량이라고 생각하였습니다."

그 길로 나는 그를 안공근의 집으로 데리고 가서 선서식을 거행하고, 폭탄 두 개와 돈 300원을 주며 말하였다.

"선생은 마지막 가시는 길이니 이 돈은 동경까지 가는 동안에다 쓰고, 동경에 도착하는 대로 전보만 하면 곧 더 보내리다."

그리고 사진관으로 가서 기념사진을 찍을 때, 내 얼굴에 처연한 빛이 있었던 모양이어서 이씨가 오히려 나를 돌아보고,

"제가 영원한 쾌락을 얻으러 가는 길이니 우리 기쁜 낯으로 사진을 찍읍시다."

하고 얼굴에 빙그레 웃음을 띠었다. 나도 그를 따라 웃으면서 사진을 찍었다.

차에 올라앉은 이봉창은 나를 향하여 깊이 허리를 굽혀 마지막 인사를 하였고, 무정한 차는 한 번 경적 소리를 내고 홍구를 향하여 가버렸다.

10여 일 후에 그는 동경에서 전보를 보냈는데 물품은 1월 8일에 방매放賣하겠다고 하였다. 나는 곧 200원을 전보환으로 부쳤다. 그 후 다시 편지가 왔는데, 미친놈처럼 돈을 다 쓰고 여관비, 밥값이 밀렸던 차에 200원 돈을 받아 빚을 청산하고도 돈이 남았다고 하였다.

당시 정세로 말하면 우리 임시정부에서는 운동이 매우 침체되었는데, 군사공작을 못 한다면 테러공작이라도 하는 것이 절대 필요하게 되었다. 그런데 왜놈이 한·중 두 민족의 감정을 악화시키기 위해 이른바 '만보산 사건'을 날조하여 조선과 중국에서 대학살 사건이 일어나게 되었다. 인천·평양·경성·원산 등 각지에서 조선인 무뢰배가 일본인의 사주를 받아 중국인을 닥치는 대로 타살하였던 것이다.

또한 만주에서는 1931년 왜가 9·18 만주사변을 일으켜 중국이

굴욕적으로 왜와 강화하였다. 이 전쟁 중에 한인 부랑자들이 왜의 권세를 빌려 중국인에게 극단의 만행을 저질렀기 때문에, 중국의 무식한 자는 물론이고 유식한 인사들까지 우리 민족에 대해 종종 민족감정을 말하는 자가 생겨나게 되었다. 사태가 이에 이르니 우리 정부에서는 지극히 우려하지 않을 수 없었다.

상해의 길거리에서도 한·중 노동자들 간에 종종 충돌이 일어나던 때, 나는 우리 임시정부 국무회의에서 의논한 후 한인애국단韓人愛國團을 조직하여 암살과 파괴 등의 공작을 실행하게 되었다. 공작에 사용하는 돈과 사람의 출처에 대해서는 내가 전담하라는 일체의 전권을 위임받았고, 다만 그 결과 여부를 정부에 보고하라는 특권을 얻었다. 그래서 제1착으로 이봉창의 동경 사건을 주관하였다. 1월 8일이 임박하므로 나는 국무위원에 한하여 그동안의 경과를 보고하고, 만일 사건이 발생하면 우리 정부의 입장이 곤란한 지경에 처할 수도 있다고 보고하였다.

기다리던 1월 8일 신문에 다음과 같은 제목의 기사가 보도되었다.

한인 이봉창이 일본 천황을 저격하였으나 명중하지 못하였다.
[韓人 李奉昌 狙擊日皇不中]

이봉창이 일본 천황을 저격한 것은 좋으나 맞지 않았다는 것이 극히 불쾌하였다. 그러나 여러 동지들은 나를 위로하였다. 일본 천황이 그 자리에서 죽은 것만은 못 하나 우리 한인이 정신상으로는 그를 죽인 것이요, 또 세계만방에 우리 민족이 일본에 동화되지 않았다는 것을 웅변으로 증명하는 것이니 이번 일은 성공으로 볼 수 있다는 것이었다. 다만 동지들은 내 신변을 주의할 것을 부탁하였다.

아니나 다를까, 이튿날 이른 아침에 프랑스 공무국으로부터 비밀리에 통지가 왔다. 그 내용은 과거 10년간 프랑스에서 김구를 보호하였으나, 이번 김구의 부하가 일본 천황에게 폭탄을 던진 사건에 대해 일본은 반드시 김구 체포 인도를 요구해 올 것이며, 이러한 까닭에 일본과 전쟁을 하기로 결심하기 전에는 김구를 보호하기 힘들다는 것이었다.

중국 국민당 기관지인 청도 〈민국일보民國日報〉는 특호 활자로,

한인 이봉창이 일본 천황을 저격하였으나 불행히 맞지 않았다.

[韓人 李奉昌 狙擊 日皇 不幸不中]

라는 기사를 보도하였다고 하여 당시 주둔 일본 군대와 경찰이 그 신문사를 습격하여 파괴하였고, 그 밖에 장사長沙 등 여러 신문에서도 '불행부중不幸不中'이라는 문구를 썼다 하여 일본이 중국 정부에 엄중한 항의를 한 결과, 중국 정부는 어쩔 수 없이 각 신문사를 폐쇄 조치하고 일을 마무리 지었다.

일본인은 한인에게 당한 이 한 가지 사건만으로는 침략전쟁을

개시하기가 체면이 서지 않았던지, 상해에서 일본 승려 하나가 중국인에게 맞아 죽었다는 것을 빌미로 하여 1·28 상해사변을 일으켰다. 말하자면 이봉창 의사의 일본 천황 저격과 이에 대한 중국인의 '불행부중不幸不中'이라고 말한 감정이 이 전쟁의 주요 원인인 것이었다.

나는 동지들의 권고에 의하여 낮에는 일체 활동을 쉬고 밤에는 동지의 집이나 창기娼妓의 집에서 자고, 밥은 동포의 집으로 돌아다니면서 얻어먹었다. 동포들은 정성껏 나를 대접하였다.

중일전쟁이 개시된 후 19로군路軍의 채진개蔡進鍇 군대와 중앙군의 제5군장 장치중張治中의 참전으로 일본군에 대한 상해 싸움은 가장 격렬하게 전개되었다. 프랑스 조계지 안에서도 후방병원이 곳곳에 설치되어 전사병의 시체와 부상병을 가득가득 실은 트럭이 피를 흘리며 왕래하는 것을 목격하니 나도 모르게 눈물이 비오듯 쏟아졌다. 우리도 언제 저와 같이 왜와 혈전을 벌여 본국 강산을 충성스런 피로 물들일 날이 올까? 눈물이 쉼 없이 흘러 길 가는 사람들이 수상히 볼까 두려워 고개를 숙이고 피해 버렸다.

동경의 이봉창 의거가 세계에 전해지자 미주와 하와이 동포들로부터 수많은 편지가 오고 그중에는 이번 중일전쟁에 우리도 중국을 도와서 일본과 싸우라는 이도 있고, 적당한 사업을 한다면 거기 필요한 돈을 마련하겠다는 이도 있었다. 그러나 목이 마르고 나서 우물을 파듯[臨渴掘井] 사전 준비도 없이 무엇을 할 수 있으랴. 나는 한인 중에, 일본 군중에 노동자로 출입하는 사람들을 이용하여 비행기 격납고와 군수품 창고에 연소탄을 장치하여 이것을 태워버릴 계획을 진행하고 있었으나, 중·일간에 송호협정淞滬協定이 조인되는 바람에 내 계획은 수포로 돌아가고 말았다. 송호협정의 중국 측 대표는 곽태기郭泰祺였다.

이에 나는 암살과 파괴 계획은 계속하여 실시하려고 인물을 물색하였다. 내가 믿던 제자요, 동지인 나석주羅錫疇는 벌써 몇 년 전에 서울 동양척식주식회사에 침입하여 7명의 일인을 쏘아 죽이고 자살하였고, 이승춘李昇春은 천진에서 붙들려 사형을 당하였으니 이제는 그들을 생각하여도 하릴없었다.

그리하여 새로 얻은 동지 이덕주李德柱·유진식俞鎭植에게는 왜 총독의 암살을 명하여 먼저 본국으로 보냈고, 유상근柳相根·최흥식崔興植은 만주의 관동군 사령관 혼조 시게루本庄繁의 암살을 명하여 기회를 보아 진행하고자 하였다.

그러던 어느 날, 윤봉길尹奉吉이 나를 찾아왔다. 윤 군은 동포 박진朴震이 경영하는, 말총으로 모자와 기타 일용품을 만드는 공장에서 일하다가 근래에는 홍구 시장에서 채소장사를 하던 사람이다.

윤봉길 군은 자기가 애초 상해에 온 것은 큰 뜻을 품고 큰일을 하려 함이고 채소를 지고 홍구 방면으로 돌아다닌 것도 기회를 기다렸던 것인데, 이제는 중·일中日 간의 전쟁도 끝이 났으니 아무리 생각해 보아도 마땅히 죽을 자리를 구하기가 어렵다고 한탄한 뒤에, 내게 동경 사건과 같은 계획이 있거든 자기를 써달라는 것이었다. 나는 그에게 나라를 위하여 목숨을 버리려는 큰 뜻이 있는 것을 보고 기꺼이 이렇게 대답하였다.

"내가 마침 그대와 같은 인물을 구하던 중이니 안심하시오."

그리고 나는 왜놈들이 이번 상해 싸움에서 이긴 것으로 자못 의기양양하여 오는 4월 29일에 홍구 공원에서 이른바 일본 천황의 천장절天長節(생일) 축하식을 성대히 거행한다 하니 이때에 한 번 큰 목적을 달성해 보는 것이 어떻겠느냐며 그 일의 계획을 말하였다. 내 말을 듣더니 윤 군은,

"하렵니다. 저는 이제부터 가슴에 한 점 번민이 없어지고 마음이 편안해집니다. 준비해 주십시오."

하고 쾌히 응낙하였다.

그 후, 왜놈의 상해 영사관은 〈일일신문日日新聞〉을 통하여 자기 주민들에게 다음과 같이 포고하였다.

4월 29일 홍구 공원에서 천장절 축하식을 거행한다. 그날 식장에 참석하는 사람은 점심 도시락과 물통 하나, 일장기 하나씩을 가지고 입장하라.

이 신문을 보고 나는 곧 서문로西門路 왕웅王雄(본명은 김홍일金弘壹)을 방문하여 상해 병공창장 송식표에게 교섭하여 일본인들이 사용하는 어깨에 메는 물통과 도시락을 사서 보낼 터이니, 그

그릇에 폭탄 장치를 하여 사흘 안에 보내주기를 부탁하라 하였다. 왕웅이 다녀와서 말하기를 내가 친히 병공창으로 오라고 한다기에 가보니 기사 왕백수王伯修의 지도하에 물통과 도시락으로 만든 두 가지 폭탄의 성능을 시험하여 보여주었다.

시험 방법은 마당에 토굴을 파고 그 속의 사면을 철판으로 싸고 폭탄을 그 속에 넣고 뇌관에 긴 줄을 달아서 사람 하나가 수십 보 밖에 엎드려서 그 줄을 당기니, 토굴 안에서 벼락 소리가 나며 깨어진 철판 조각이 공중으로 날아오르는 것이 아주 장관이었다. 뇌관을 이 모양으로 20개나 실험하여서 한 번도 실패가 없는 것을 보고야 실물에 장치한다고 하는데, 이번 성적이 양호하다는 말을 듣고 나는 마음속으로 기뻐하였다.

상해 병공창에서 이렇게까지 정성을 들이는 까닭은 동경 사건에 쓴 폭탄의 성능이 부족하였던 것을 유감으로 생각하기 때문이라고 왕 기사는 말하였다. 그리하여 20여 개 폭탄을 무료로 만들어준다는 것이었다.

이튿날 물통 폭탄과 도시락 폭탄을 병공창 자동차로 서문로 왕웅 군의 집까지 실어다주었다. 위험한 폭탄을 우리가 운반하기에는 어렵다고 생각한 친절에서였다. 나는 입고 있던 중국 거지 복색을 벗어버리고 넝마전에 가서 양복 한 벌을 사서 갈아입었다. 그러고 보니 나도 엄연한 신사가 되었다. 물통과 도시락을 하나씩 둘씩 프랑스 조계지 안에 사는 친한 동포의 집으로 가져다주며, 주인에게도 그것이 무엇이라고는 알리지 않고 다만 귀중한 약이니 불조심만 하라고 이르고 까마귀 떡 감추듯 이 집 저 집에 감추었다. 나는 오랜 상해 생활로 동포들과 다 친하게 되어 어느 집에를 가든 내외가 없었다. 더구나 동경 사건 이래로 더욱 그리하여서 부인네들도 나와 허물없이 되어,

"선생님, 아이 좀 보아주세요."

하고 우는 젖먹이를 내게 안겨놓고 제 일들을 하였다. 내게 오면 울던 아이도 울음을 그치고 잘 논다는 소문이 났다.

그러는 가운데 운명의 날, 4월 29일이 점점 다가왔다. 윤봉길 군은 말쑥하게 일본식 양복을 사 입혀서 날마다 홍구 공원에 가서 식장 설비하는 것을 살펴서 그 당일에 자기가 행사할 적당한 위치를 고르게 하였다. 또한 시라카와白川 대장의 사진이며 일장기도 마련하게 하였다. 하루는 윤 군이 홍구에 갔다가 와서,

"오늘 시라카와 놈도 식장 설비하는데 왔습니다. 바로 제 곁에 와서 섰을 때 내게 폭탄만 있었더라면 그때에 해버리는 건데 하는 생각이 문득 들었습니다."

하고 아까워하였다. 나는 정색하고 윤 군을 책하였다.

"그것이 무슨 말이오? 포수가 사냥을 하는 법이 앉은 새와 자는 짐승은 아니 쏜다는 것이오. 날려놓고 쏘고 달려놓고 쏘는 것이야. 윤 군이 그런 소리를 하는 것을 보니 내일 일에 자신이 없나보구려."

윤 군은 내 말에 무료한 듯이,

"아니오. 그놈이 내 곁에 있는 것을 보니 불현듯 그런 생각이 나

더란 말입니다. 내일 일에 왜 자신이 없어요, 있지요."
하고 변명하였다.

나는 웃는 낯으로,

"나도 윤 군의 성공을 확신하오. 처음 이 계획을 내가 말할 때에
윤 군의 마음이 편안해진다고 하지 않았소? 그것이 성공할 증거라
고 나는 믿고 있소. 마음이 움직여서는 안 되오. 가슴이 울렁거리
는 것이 곧 마음이 움직이는 거요."
라며 내가 치하포에서 쓰치다[土田讓亮]를 타살하려 할 때에 가슴
이 울렁거리던 것과 고능선 선생에게 들은 '득수반지무족기得樹
攀枝無足奇(나뭇가지를 잡아도 발에는 힘주지 않고) 현애철수장부아
縣崖撒手丈夫兒(벼랑에 매달려도 잡은 손을 놓는 것이 장부다).' 라는
글귀를 생각하니 마음이 고요하게 되었다는 것을 말하니 윤 군은
마음에 새기는 모양이었다.

윤 군을 여관으로 보내고 나는 폭탄 두 개를 가지고 김해산金海
山 군의 집으로 가서 김 군 내외에게, 내일 윤봉길 군이 중대한 임
무를 띠고 동삼성(만주)으로 떠나니, 고기를 사서 이른 조반을 지
어달라고 부탁하였다.

이튿날은 4월 29일이었다. 나는 김해산 집에서 윤봉길 군과 최
후의 식탁을 같이하였다. 밥을 먹으며 가만히 윤 군의 기색을 살
펴보니 그 태연자약함이 마치 농부가 일터에 나가려고 넉넉히 밥
을 먹는 모양과 같았다.

김해산 군은 윤 군의 침착하고도 용감한 태도를 보고 조용히 내게 이런 권고를 하였다.

　"지금 상해에 민족 체면을 위하여 할 일이 많은데 윤 군 같은 인물을 구태여 다른 데로 보내는 이유는 무엇이오?"

　"일은 하는 사람에게 맡기는 것이 좋지. 윤 군이 어디서 무슨 소리를 내나 들어봅시다."

　나는 김해산 군에게 이렇게 대답하였다.

　식사도 끝나고 시계가 7시를 쳤다. 윤 군은 자기의 시계를 꺼내어 내게 주며,

　"이 시계는 어제 선서식 후에 선생님 말씀대로 6원을 주고 산 시계인데 선생님 시계는 2원짜리니 제 것하고 바꿉시다. 제 시계는 앞으로 한 시간밖에는 더 소용없습니다."

하기에 나도 기념으로 윤 군의 시계를 받고 내 시계는 윤 군에게 주었다.

　식장을 향하여 떠나는 길에 윤 군은 자동차에 앉아서 그가 가졌던 돈을 꺼내어 내게 쥐어주었다.

　"왜 돈은 좀 가지면 어떻소?"

하고 묻는 내 말에 윤 군이,

　"아닙니다. 자동차 요금을 주고도 5, 6원은 남습니다."

　그러는 사이 자동차가 움직였다. 나는 목이 멘 소리로,

　"후일 지하에서 만납시다."

라고 하였더니 윤 군은 차창으로 고개를 내밀어 나를 향하여 머리

를 숙였다. 자동차는 크게 경적 소리를 지르며 천하 영웅 윤봉길을 신고 홍구 공원을 향하여 달렸다.

그 길로 나는 조상섭趙尚燮의 상점에 들러 편지 한 장을 써서 점원 김영린金永麟을 주어 급히 안창호 선생에게 전하라 하였다.

"오전 10시경부터 댁에 계시지 마시오. 무슨 대사건이 있을 듯합니다."

그리고 그 길로 석오 이동녕 선생 처소로 가서 지금까지 진행한 일의 경과를 보고하고, 점심을 먹고 난 후 무슨 소식이 있기를 기다리고 있었다. 마침내 오후 1시쯤 되자 많은 중국 사람들이 술렁이는 소리가 들려왔지만 전하는 말이 제각각이라 정확한 상황을 확인할 수 없었다. '홍구 공원에서 중국인이 폭탄을 던져서 일본인이 많이 죽었다.' 혹은 '고려인의 소행이다.' 등등의 소문이 무성하였다.

우리 동포 중에도 어제까지 채소바구니를 지고 다니며 장사하던 윤봉길이 오늘 경천동지驚天動地(하늘을 놀라게 하고 땅을 뒤흔든다는 뜻으로, 세상을 몹시 놀라게 함을 비유적으로 이르는 말)할 이 일을 했으리라고 짐작하는 사람은 이동녕, 이시영, 조완구 등 몇 사람뿐이고, 그날의 거사는 순전히 나 혼자만 알고 있었다. 그런 까닭에 즉시 이동녕 선생에게 가서 일의 자초지종을 보고한 후 자세한 소식을 기다리고 있었다. 그러자 오후 두세 시경에 다음과 같은 신문 호외가 터져 나왔다.

홍구 공원 일본인의 천장절 경축대 위에 대량의 폭탄이 폭발하여 민단장 카와바타[河端]는 즉사하고 시라카와[白川] 대장, 시게미츠[重光] 대사, 우에다[植田] 중장, 노무라[野村] 중장 등 문무대관이 다수 중상重傷.

그날 일본인의 신문에서는 중국인 소행이라고 하더니, 이튿날 신문에는 일제히 윤봉길의 이름을 크게 게재하였다. 곧이어 프랑스 조계지에 대한 대대적인 수색이 벌어졌다. 나는 안공근과 엄항섭을 비밀히 불러, 이후로부터 군 등의 집안 살림을 내가 책임질 테니 오로지 나를 따라 일에 전념할 것을 명하였다. 그러고는 미국인 피치[費吾生] 씨에게 잠시 숨겨주기를 청하였더니 피치 씨는 쾌히 승낙하고 그 집 2층을 전부 내게 제공하므로 나와 김철, 안공근, 엄항섭 넷이 그 집에 있게 되었다. 피치 씨는 고故 피치 목사의 아들이요, 피치 목사는 우리 상해 독립운동의 숨은 은인이었다. 피치 부인은 손수 우리의 식사를 보살폈다.

우리는 피치 댁 전화를 이용하여 프랑스 조계지 내 우리 동포들의 집에 연락해 본 결과, 때때로 우리 동포들이 체포되었다는 보고를 받았다. 나는 체포된 우리 동포들을 법률로써 구제하기 위하여 서양 변호사를 고용했으나 별 효과는 없었다. 또 체포된 동지가족의 구제며 피신하고자 하는 동지의 여비 지급 등의 일을 하였다. 내가 사람을 시켜 편지까지 하였지만 불행히 안창호 선생이 이유필의 집에 갔다가 잡히고, 그 밖에 장헌근張憲根 · 김덕근金德根과 몇몇 젊은 학생들이 잡혔을 뿐이요, 독립운동 동지들은 대개 무사함을 알고 다행히 생각하였다.

그러나 왜놈들이 미친개와 같이 사람을 잡으려고 혈안이 되어 움직이니 우리 임시정부와 민단 직원들은 말할 것도 없고, 심지어 부녀단체인 애국부인회까지도 전혀 활동을 할 수 없게 되었다. 이렇게 되자 우리 동포들 사이에서 나를 비난하는 소리가 생기기 시작하였다.

"이번 홍구 사변의 책임주동자는 따로 있는데, 자기가 사건을 감추고서 관계없는 자들만 잡히게 하는 것은 옳지 못하다."

이는 이유필 등 일부 인사들의 말이었다. 이런 까닭에 나는 사건의 진상을 세상에 공개할 필요가 있다고 여러 동지들에게 주장했다. 그러자 안공근은 펄쩍 뛰며 반대하였으나 나는 그의 주장을 받아들이지 않고, 마침내 엄항섭으로 하여금 성명서를 기초하게 하고 피치 부인에게 영문으로 번역을 부탁하여 로이터 통신사에 투고하였다. 그리하여 일본 천황에게 폭탄을 던진 동경 사건(이봉창 의거)과 상해에서 시라카와白川 대장 이하를 살상한 홍구 사건(윤봉길 의거)의 주모자는 김구요, 집행자는 이봉창과 윤봉길이라는 사실이 전 세계에 알려진 것이다.

이번 일로 인해 은주부殷鑄夫·주경란朱慶瀾 등의 중국 명사가 내게 특별 면회를 청하였고, 이들의 면회에 응하기 위하여 야간에 자동차를 타고 홍구 방면과 정안사로靜案寺路 방면으로 돌아다녔다. 전에는 프랑스 조계지 밖으로 한 발자국도 나가지 않던 나의 행동거지로 볼 때 그것은 굉장한 변화가 아닐 수 없었다.

여기서 잠시 중국 인사들의 우리들에 대한 태도, 미주·하와이·멕시코·쿠바 교포들의 나에 대한 태도, 중국 관내 우리 인사들의 나에 대한 태도에 대해서 간략히 적기로 한다.

첫째는 중국 사람들인데, 왜놈들의 중·한 양 민족에 대한 감정 악화 정책의 일환으로 빚어진 만보산 사건과 1·28 상해전쟁 등으로 악화되었던 중국인들의 우리 한인에 대한 감정은 윤봉길 의사의 희생으로 말미암아 놀랄 만큼 호전되었다.

둘째는 이 거사로 인하여 미주·하와이·멕시코·쿠바 등지에 거주하던 한인 교포들의 임시정부에 대한 성원이 대단하였다. 임시정부에 대한 납세와 나에 대한 후원이 급격하게 증가하여 점차 사업이 확장 일로에 있었다.

그러나 중국 관내 우리 독립운동가들의 나에 대한 태도는 낙관적이기보다는 오히려 비관적인 편이었다. 나에 대한 한인 교포들의 유일한 불만은 4·29 사건 이후 신변의 위험으로 인해서 내가 평소 친지들의 면담 요구에 함부로 응할 수 없었다는 것이었다. 한 번은 전차 검표원으로 별명이 '박 대장'이란 사리원 출신 젊은 이의 청첩을 받고, 그의 혼인 잔치에 축하차 잠시 방문한 적이 있었다. 그 집에 도착하여 부엌에서 일하는 부인들을 보고 나는 속히 가야겠으니 빨리 국수 한 그릇만 말아달라고 부탁하였다. 그러고는 부엌에 선 채로 국수를 먹고 곧장 나와 그 집과 이웃한 우리 동포가 운영하는 가게로 들어가 미처 앉기도 전에 주인이 내 옆구리를 쿡쿡 찌르며 손으로 가리키는 곳을 보니 왜경 10여 명이 쏟

살같이 박 대장의 집으로 들어가는 것이 아닌가. 나는 급히 그 가게를 빠져나와 김의한 군의 집으로 가서, 그 부인을 박 대장 집으로 보내 상황을 살펴보게 하였다. 왜놈들은 방금 들어온 김구가 어디 있느냐며 집안을 샅샅이 수색하였고, 심지어는 박 대장 집 아궁이까지 뒤지고 갔다는 것이다. 이와 같은 사건은 누구나 아는 잘 알려진 사실이다.

4·29 사건(윤봉길 의거) 발생 이후 왜는 제1차로 내 몸에 20만 원 현상금을 붙였고, 제2차로 일본 외무성, 조선총독부, 상해 주둔군 사령부 3부 합작으로 현상금 60만 원을 내걸었다.

나를 만나고자 하는 남경 정부(중국 국민당의 장개석 정부) 요인들에게 내 신변의 위험을 말하였더니 그들은 김구가 온다면 비행기라도 보내겠다고 하였다. 그러나 그들이 나를 데려가려 함은 반드시 무슨 요구가 있을 것인데, 내게는 그들을 만족시킬 아무 도리도 없음을 생각하고 헛되이 남의 나라 신세를 질 것이 없다 하여 모두 사절해 버렸다.

그러는 동안에 20여 일이 지났다. 하루는 피치 부인이 급히 2층으로 올라와서,

"우리 집이 정탐꾼에게 발각된 모양이니 속히 이곳을 떠나셔야겠어요."

라고 알려주고 곧 아래층으로 내려가서 전화로 자기 남편을 불렀다. 부인은 자기네 자동차에 나와 부부인 것처럼 동승하고 피치

씨가 운전사가 되어 차를 몰고 문 밖으로 나갔다. 대문을 나서 보니 과연 중국인·러시아인·프랑스인 정탐꾼들이 문 앞과 주위를 수풀처럼 에워싸고 있었는데, 피치 씨가 미국인이라 손을 쓰지 못하고 있었던 것이다. 프랑스 조계지를 지나 중국 지역에 있는 기차역으로 가서 나와 공근은 당일로 가흥嘉興의 수륜사창秀綸紗廠으로 피신하였다. 이곳은 남파 박찬익 형이 은주부와 저보성褚補成 제씨에게 주선하여 얻어놓은 곳으로, 이동녕 선생을 비롯하여 엄항섭, 김의한 군의 가족은 수일 전에 벌써 이사해 와 있었다.

나중에 들으니 우리가 피치 댁에 숨은 것이 발각된 이유는 우리가 그 집 전화를 남용한 데서 단서가 나온 것이라 하였다.

기적 장강 만리풍寄跡長江萬里風

이로부터 나는 가흥에 몸을 붙이게 되었다. 성은 아버지 외가 성을 따서 장張이라 하고 이름은 진구震球, 또는 진震이라고 행세하였다. 가흥은 내가 의탁하고 있는 저보성 씨의 고향인데, 저씨는 일찍이 절강성장浙江省長을 지낸 이로 덕망이 높은 신사요, 그 맏아들 봉장鳳章은 미국 유학생으로 그곳 동문 밖 민풍지창民豊紙廠이라는 종이 공장의 고등기사였다.

저씨의 집은 가흥 남문 밖에 있는데 구식 집으로 그리 굉장하지는 않지만 대부大富의 저택으로 보였다. 저씨는 그의 수양아들인 진동손陳桐蓀 군의 정자를 내 숙소로 지정하였는데 이것은 호숫가에 반양식(반쯤 서양식을 본뜬 격식)으로 지은 말쑥한 집으로, 수륜사창이 바라보이고 경치가 좋았다. 저씨 댁에서 내 본색을 아는 이는 저씨 댁 부자 내외와 진동손 내외뿐인데, 가장 곤란한 것은 내가 중국말을 하지 못하는 것이었다. 비록 중국 남부의 광동인廣東人으로 행세했지만 중국말을 너무도 모르는데다 광동말은 상해말과 또 다르니 나는 벙어리나 다름없었다.

가흥은 산이 없지만 호수와 운하가 낙지발같이 사통팔달하여 7,

8세 되는 아이들도 배 저을 줄을 알았다. 토지는 극히 비옥하여 각종 물산物産이 풍부하고 인심은 상해와는 딴판으로 순후하여 상점에 에누리가 없고, 고객이 물건을 잊어버린 채 갔다가 며칠 후 찾으러 오면 잘 보관하였다가 내어주었다.

나는 진씨 내외와 동반하여 남호南湖 연우루烟雨樓와 서문 밖 삼탑三塔 등을 구경하였다. 그곳은 명나라의 임진난리 때 왜구가 침입하여 횡포하던 유적이 있었다. 동문 밖으로 10리쯤 나아가면 한나라 주매신朱買臣의 무덤이 있고, 북문 밖에는 낙범정落凡亭이 있다. 주매신은 글만 읽고 세상을 모르는 서치書癡(글 읽기에만 온 정신을 쏟고 다른 일은 돌아보지 않는 어리석음, 또는 그런 사람) 같았는데, 하루는 부인 최씨가 농사일을 나가면서 보리나락을 잘 보라고 부탁하였다. 그런데 아내가 일을 마치고 밭에서 돌아와 보니 보리는 소낙비에 떠내려가는데 남편은 그것도 모르고 글만 읽고 있었다. 이에 그의 아내는 그만 목수에게 개가하고 말았다. 그 후 주매신이 과거에 급제하여 회계 태수會稽太守가 되어 돌아오는 길에 도로를 수리하는 여자를 보니 자기의 옛 처가 아닌가. 그 여자를 수레 뒤에 태우고 관사에서 불러보니, 그녀는 주매신이 귀하게 된 것을 보고 다시 그의 부인이 되기를 원하였다. 그러자 주매신은 물 한 동이를 길어다 땅에 쏟은 후, 다시 그 물을 주워 담아 한 동이가 되면 같이 살자고 하였다. 그녀는 그와 같이 해보았으나 물이 동이에 다시 차지 못함을 보고 낙범정 앞 호수에 빠져 죽었다는 얘기가 전해지는 사적을 두루 살펴보았다.

가흥에 몸을 의탁한 지 얼마 지나지 않아 상해 일본 영사관에
있는 일본인 관리 중에 우리에게 매수된 자로부터, 호항선(상해~
항주 간 철도)이나 경호선(북경~상해 간 철도)을 수색하러 일본 경관
이 가니 조심하라는 기별이 왔다. 가흥 정거장에 사람을 보내어
알아보았더니 과연 변장한 왜 경관이 기차에서 내려 눈에 불을 켜
고 여기저기 둘러보고 갔다고 하므로, 가흥에 오래 머무는 것은
위험하니 나만은 가흥을 떠나야 했다.

그러나 어디로 간들 위험하지 않은 곳이 있으랴. 저봉장의 처가
는 해염현海鹽縣 성내에 있고, 거기서 서남쪽으로 수십 리를 가면
해염 주씨 산당山堂이 있는데 그곳은 피서별장이었다. 저봉장은
나의 피신 문제를 재취 후 첫아들을 낳은 자기 부인과 상의하였
다. 부인은 젊고 아름다운 미인인데 나와 단둘이 기선을 타고 하
루 걸려 해염성 내 주씨 공관公館에 도착하였다.

주씨 공관은 성내에서 제일 큰 집이라 하는데 과연 굉장하였다.
내 숙소인 양옥은 그 집 후원에 있는데, 대문 밖은 돌을 깔아놓은
길이요, 길 건너는 크고 작은 선박이 왕래하는 호수였다. 그리고
대문 안은 정원이 있고 다시 좁은 문으로 들어가면 사무실이 있는
데, 여기는 주씨 댁 총경리가 매일 이 집 살림살이를 맡아보는 곳
이다. 예전에는 400여 명 식구가 한 식당에 모여서 식사를 했으나
지금은 사·농·공·상의 직업에 따라 대부분 각처로 분산하고,
남아 있는 식구들도 소가속으로 자취를 원하므로 사무실에서는
물자만 배급한다고 했다.

집의 생김은 벌집과 같아서 세 채나 네 채가 한 가족 차지가 되었는데, 앞에는 큰 객청이 한 칸씩 딸려 있었다. 이러한 구식 건축 뒤에 몇 개의 2층 양옥과 화원이 있고, 그 뒤에는 운동장이 있었다. 해염의 3대 화원 중 전가錢家 화원이 첫째요, 주가朱家 화원이 둘째라 하기에 전가 화원도 구경하였다. 과연 전가 화원이 주가 화원보다 낫고, 집과 설비로는 주가가 나았다.

주씨 댁에서 하룻밤을 지내고 이튿날 다시 주씨 부인과 함께 자동차로 노리언盧里堰까지 가서 거기서부터는 서남으로 산길 5, 6리를 걸어 올라갔다. 저씨 부인이 굽 높은 구두를 신고 연신 손수건으로 땀을 씻으며 7, 8월 염천에 고개를 걸어 넘는 광경을 영화로 찍어 만대 후손에게 전할 마음이 간절하였다. 부인의 친정 시비 하나가 내가 먹을 것과 기타 일용품을 들고 우리를 따랐다. 국가가 독립이 된다면 저 부인의 정성과 친절을 내 자손이나 우리 동포가 누구든 감사하지 아니하랴. 영화로는 못 찍어도 글로라도 전하려고 이것을 쓴다.

고개턱에 오르니 주씨가 지은 한 정자가 있다. 거기서 잠시 쉬고 다시 걸어 수백 보를 내려가니 산 중턱에 아담한 양옥 한 채가 보였다. 들어가니 집을 지키는 비복婢僕들이 나와서 공손하게 저씨 부인을 맞았다.

부인은 시비에게 들려 가지고 온 고기며 과일을 꺼내어 비복들에게 주며 내 식성食性과 어떻게 요리할 것을 설명하고, 또 나를 안내하여 어디를 가거든 얼마, 어디 어디는 얼마를 받으라고 안내

요금까지 자상하게 분별하여 지시하고 당일로 본가로 돌아갔다.

　이로부터 나는 묘지기를 데리고 매일 산에 오르는 것을 일로 삼았다. 본국을 떠나 상해에서 생활한 지 14년 동안, 남들이 다 보고 말하는 소주니, 항주니, 남경이니 하는 데를 구경하기는 고사하고 상해 테두리 밖에 한 걸음을 내어놓은 일도 없었다. 그러다가 마음대로 산과 물을 즐길 기회를 얻으니 유쾌하기 짝이 없었다.

　그 산당은 본래 저씨 부인의 친정 숙부 여름 별장이었는데, 그가 별세하자 이곳에 매장한 뒤로는 묘소의 묘막과 제각祭閣을 겸한 것이라고 한다. 명가名家가 산장을 지을 만한 곳이라 풍경이 자못 아름다웠다. 산에 오르면 앞으로는 바다요, 좌우는 푸른 솔과 붉은 단풍이 어우러진 광경은 떠도는 사람에게 더욱 가을바람의 쓸쓸함을 느끼게 하였다.

　하루는 응과정鷹窠亭에 오르니 산 위에 비구니 암자가 하나 있었다. 한 늙은 비구니가 나와서 맞이하는데, 묘지기는 서로 아는 사이로 인사를 나누었다.

　"저 귀한 손님은 해염 주씨 댁 큰아가씨가 모셔온 분으로 광동인이고, 약을 드시기 위해서 산당에 머물고 계시는데 구경하러 여기 왔습니다."
라고 말하니 노비구니는 나를 향하여 고개를 끄덕이며 말하는데, 말끝마다 아미타불을 불렀다.

　"아미타불, 먼 길에 잘 오셨는지요? 아미타불. 내당으로 들어갑시다, 아미타불!"

그를 따라 암자로 들어가니 각 방마다 붉은 입술과 분 바른 얼굴에 승복을 맵시 있게 입은 젊은 여승이 목에는 긴 염주를 매고 손에는 짧은 염주를 쥐고 고개 숙여 추파를 보내며 인사하였다. 그 모습을 보니 상해 팔선교에 있는 하등 창녀촌인 야계굴野鷄窟을 구경하던 광경이 생각났다.

암자 뒤에 바위 하나가 있는데 그 위에 지남침을 놓으면 거꾸로 북을 가리킨다 하기에 내 시계에 달린 윤도輪圖(방위를 재는 데에 쓰는 기구의 하나로, 가운데에 지남침이 꽂혀 있으며 가장자리에 24방위로 나뉜 원이 그려져 있음)를 놓아보니 과연 그러하였다. 아마 자철광인가 하였다.

하루는 해변 어느 나루터에 장날이라 구경을 갔다가 경찰의 눈에 띄어서 마침내 정체가 이 지방 경찰에 알려지게 되었으므로 도로 가흥으로 돌아왔다.

가흥에 와서는 거의 매일 배를 타고 호수에 뜨거나 운하로 오르내리고, 혹은 엄가빈嚴家濱이라는 농촌의 농가에 몸을 붙여 있기도 하였다. 이렇게 강남의 농촌을 보니 누에를 쳐서 길쌈을 하는 법이나 벼농사를 짓는 법이나 다 우리나라보다는 발달된 것이 부러웠다. 구미 문명이 들어와서 그런 것 외에 예로부터 전해 내려오는 것도 그러하였다. 나는 생각하였다. 우리 선인들은 한·당·송·원·명·청 시대에 끊임없이 사절使節이 내왕하면서 왜 이 나라의 좋은 것은 못 배워오고 궂은 것만 들여왔는고. 의관문물衣

冠文物(그 나라의 문화와 문물)은 모두 중국 제도에 따르는 것이 조선 500년의 당책이라 하건만, 실제는 아무 이익도 없고 불편하고 고통스럽기만 한 망건과 갓 등 망할 놈의 기구만 들여오고 이용후생利用厚生에 관한 것은 없었다.

그리고 민족의 머리에 들어박힌 것은 원수의 사대사상뿐이 아니냐. 실질적인 나라의 이익과 국민의 행복을 멀리하고, 주자학을 주자 이상으로 주창하여 사색당파가 생겨 수백 년 동안 손가락 하나 놀리지 않고 입으로 다투기만 하다가 민족의 원기를 모두 소신해 버리니, 남은 것은 오직 의뢰심뿐이라 어찌 망하지 않으리오.

오늘날도 일부 청년들은 늙은이들을 노후니 봉건 잔재니 하며 비판하는데, 긍정할 점이 아주 없지는 않지만 그들 또한 문제가 적지 않다. 사회주의자들은 제정신을 잃고 러시아로 조국을 삼고 레닌을 국부國父로 삼아서, 어제까지의 민족혁명은 두 번 피 흘릴 운동이니 서슴지 않고 사회주의 혁명을 한다고 떠들던 자들이 레닌의 말 한 마디에 돌연히 민족혁명이야말로 그들의 진면목인 것처럼 들고 나오지 않는가.

주자님의 방귀를 향기롭게 여기던 부유腐儒(생각이 낡고 완고하여 쓸모없는 선비)들을 비웃던 그 입과 혀로 레닌의 똥까지 달다고 하는 청년들을 보게 되니 한심한 일이다. 나는 결코 주자朱子를 옳다고도 하지 않고 마르크스를 그르다고도 하지 않는다. 내가 청년 제군에게 바라는 것은 자기를 잃지 말란 말이다. 우리의 역사적 이상, 우리의 민족성, 우리의 환경에 맞는 나라를 생각하라는 것이다. 밤낮 저를 잃고 남만 높여서 남의 발뒤꿈치를 따르는 것으로 장한 체를 말라는 것이다. 자기 뇌로, 자기 정신으로 생각하란 말이다.

나는 엄가빈에서 다시 사회교砂灰橋 엄항섭 군 집으로 와 오룡교五龍橋 진동생陳桐生(진동손)의 집으로 옮아 다니며 숙식하고 낮에는 주애보朱愛寶라는 여자가 사공이 되어 부리는 배를 타고 이 운하, 저 운하로 농촌 구경을 돌아다니는 것이 나의 일과였다.

가흥성 내에는 몇 군데 고적이 있는데, 고대의 부자로 유명한 도주공陶朱公(춘추전국시대 말기 월나라 왕 구천의 신하인 범려)의 집터[鎭明寺]가 있고, 암소 다섯 마리를 기르던 축오자畜五牸 바깥에 연못을 파서 만든 양어장이 있는데, 문 앞에 '도주공 유지陶朱公遺址'라는 비석이 서 있었다.

하루는 무료하여 동문으로 가는 큰길가 광장에 나가 보았다. 그곳에는 군대 조련장이 있고, 오가는 사람들이 모여서 훈련하는 광경을 보고 있기에 나도 그 틈에 끼어 구경하였다. 그런데 조련장의 군관 하나가 나를 유심히 보더니 돌연 내 앞으로 달려와서 어디서 온 사람이냐고 묻기에 나는 언제나 하는 대로 광동인이라고 대답하였다. 그러나 그 군관이 정작 광동인일 줄이야 누가 알았으랴. 나는 곧 보안대 본부로 붙들려가서 취조를 받게 되었다.

"나는 한인인데 상해 홍구 사건 이후에 상해 거주가 곤란하여 이곳 저봉장의 소개로 오룡교 진동생의 집에 머물고 있는데 성명은 장진구라고 한다."

저씨 댁과 진씨 댁에 조사한 결과, 네 시간쯤 후 진형이 와서 보증을 서고 난 후에야 무사히 풀려날 수 있었다. 저봉장 군은 내가 피신할 줄 모른다고 책하며, 그의 친우이며 중학교 교원인 과부가 하나 있으니 그와 혼인하여 살면서 행색을 감추라고 권하였다.

"중학교 교원이라면 더욱 내 본색이 탄로 나기 쉬우니 차라리 무식한 뱃사공 주애보에게 몸을 의탁하리라."
하고 아주 선중생활船中生活을 계속하였다. 오늘은 남문 밖 호수에서 자고, 내일은 북문 운하 옆에서 자고, 낮에는 땅 위로 올라와 행보나 할 뿐이었다.

이러는 동안에도 박남파[朴贊翊], 엄일파[嚴恒燮], 안신암 세 사람은 줄곧 외교와 정보 수집에 종사하였다. 중국인 친구의 동정과 미주 동포의 후원으로 활동하는 비용에는 곤란이 없었다.

박남파는 원래 남경에서 중국 국민당 당원으로 중앙당부에 취직해 있던 관계로 중앙 요인 중에도 친한 인사들이 다수 있었다. 그를 통해 중앙 방면으로 교섭한 결과 중앙당의 조직부장이요, 강소성 주석인 진과부陳果夫와 안면이 있어, 그의 소개로 장개석 장군의 면담 통지를 받았다. 이에 나는 안공근, 엄항섭 두 사람을 대동하고 남경으로 갔다.

공패성貢沛誠, 소쟁蕭錚 등 요인이 진과부의 대표로 마중 나와 중앙반점에 숙소를 정하였다. 이튿날 밤에 박남파를 통역으로 대동하고 진과부의 자동차를 타고 중앙군관학교 구내에 있는 장개석 장군의 자택으로 갔다. 중국옷을 입은 장씨는 온화한 얼굴로 나를 맞아주었다. 인사가 끝난 뒤에 장 주석은 간명한 어조로 말하였다.

"동방 각 민족은 손중산孫中山 선생의 삼민주의三民主義(중국의 손문이 제창한 민족·민권·민생)에 부합되는 민주정치를 하는 것이 좋을 듯하오."

"그렇습니다. 일본의 침략 마수가 시시각각으로 중국 대륙에 침입하니, 좌우를 물리쳐주시면 필담으로 몇 마디 올리겠습니다."

"하오하오.[好好, 좋소.]"

진과부와 박남파가 밖으로 나간 후, 장씨가 붓과 벼루를 친히 가져다주었다. 나는 붓을 들어,

"선생이 백만 원의 돈을 허락하시면 2년 안에 일본·조선·만주 세 방면에서 대폭동을 일으켜 일본의 대륙 침략을 위한 다리를 끊을 터이니 선생은 어떻게 생각하시오?"

라고 써서 보였다. 그것을 보더니 이번에는 장씨가 붓을 들어,

"서면으로 계획서를 상세히 작성하여 보고해 주시오.[請以計劃書詳示]"

라고 써서 내게 보이기에, 나는 알겠다고 대답하고 물러나왔다.

이튿날 간단한 계획서를 만들어 장 주석에게 보냈더니, 진과부가 자기의 별장에 나를 초대하여 연회를 베풀고 장 주석의 뜻을 대신 전했다.

"특무공작으로 천황을 죽이면 천황이 또 있고, 대장을 죽이면 대장이 또 있으니 장차 독립전쟁을 하려면 무관을 양성해야 하지 않겠소?"

라고 말하기에 나는 이렇게 대답하였다.

"그것이야말로 감히 부탁할 수는 없었으나 진실로 바라는 바요. 문제는 장소와 재력이오."

그리하여 하남성河南省 낙양洛陽의 군관학교 분교를 우리 동포의 무관양성소로 정하고, 학교 발전에 따라 자금을 지원한다는 약속을 받은 후에 1기에 군관 100명씩 양성하기로 결의하였다. 이에 따라 동북 3성에 사람을 파견하여 옛 독립군들을 소집하니 이청천李靑天 · 이범석李範奭 · 오광선吳光善 · 김창환金昌煥 등 장교와 그 부하 청년 수십 명, 중국 관내 지역의 북평 · 천진 · 상해 · 남경 등지에 있던 청년들이 총집결하였다. 100명을 제1차로 학적에 올리고, 이청천李靑天과 이범석李範奭을 교관과 영관으로 근무하게 하였다. 그러나 이 군관학교는 겨우 제1기생을 배출하고는 일본 영사 스마[須磨]의 항의로 남경 정부에서 폐쇄령을 내렸다.

이때에 우리 사회에서는 또다시 통일 바람이 일어나, 대일전선통일동맹對日戰線統一同盟의 발동으로 의논이 분분하였다. 어느 날 의열단장 김원봉金元鳳이 내게 특별히 만나기를 청하기에 남경 진회秦淮 강가에서 비밀리에 만났더니 그는 내게 묻기를,

"현재 발동되는 통일운동에 참가하지 않을 수 없으니 선생도 동

참하는 것이 어떻습니까?"

"통일하자는 대원칙은 같지만 그 내용이 한 이불 속에서 다른 꿈을 꾸는 것[同床異夢]으로 판단되는데 그대의 소견은 어떻소?"

"제가 통일운동에 참가하는 주요 목적은 중국인들에게 김원봉은 공산당이라는 혐의를 면하기 위함이올시다."

"나는 통일은 좋으나 목적이 각기 다른 그런 통일운동에는 참가하길 원하지 않소."

라며 거절하였다.

그로부터 얼마 후에 소위 5당五黨 통일회의統一會議가 개최되니 의열단義烈團 · 신한독립당新韓獨立黨 · 조선혁명당朝鮮革命黨 · 한국독립당韓國獨立黨 · 미주대한독립단美洲大韓獨立團이 통합하여 조선민족혁명당朝鮮民族革命黨이 탄생하였다. 이 통일에 주동자가 된 김원봉 · 김두봉金枓奉 등 의열단은 임시정부를 눈엣가시와 같이 싫어하는 패라 임시정부의 해소를 극렬히 주장하였고, 당시 임시정부의 국무위원이던 김규식金奎植 · 조소앙趙素昻 · 최동오崔東旿 · 송병조宋秉祚 · 차이석車利錫 · 양기탁梁起鐸 · 유동열柳東悅 등 일곱 사람 중에 차이석 · 송병조 두 사람을 제외하고 김규식 · 조소앙 · 최동오 · 양기탁 · 유동열 등 다섯 사람이 통일이란 말에 심취하여 임시정부 파괴에 무관심한 태도를 보였다. 이것을 본 김두봉은 임시정부 소재지인 항주로 가서 차이석 · 송병조 두 사람에게 5당이 통일된 이날에 이름만 남은 임시정부는 취소해 버리자고 강경하게 주장하였으나, 송병조 · 차이석 두 사람은 끝까지 반대하고 임시정부의 문패를 지키고 있었다. 그러나 일곱 사람에서 다섯이 빠졌으니 국무회의를 진행시킬 수가 없었다.

이 무렵 나는 임시정부가 사실상 무정부 상태라는 조완구 형의 친서를 받고 대단히 분노하여 즉시 항주로 달려갔다. 그곳에 주재하던 김철은 이미 병사하였고 5당 통일에 참가하였던 조소앙은 벌써 민족혁명당에서 탈퇴하였다.

나는 이시영·조완구·김붕준·양소벽楊小碧·송병조·차이석 제씨와 임시정부 유지 문제를 협의한 결과 의견이 일치하기에, 일동이 가흥으로 가서 거기 있던 이동녕·안공근·안경근·엄항섭 그리고 나 김구 등이 남호南湖에 놀잇배 한 척을 띄우고 선중에서 의회를 개최하였다. 이 회의에서 국무위원 세 사람을 더 뽑으니 이동녕·조완구와 김구였다. 이에 기존의 송병조·차이석을 합하여 국무위원이 다섯 사람이 되었으니 이제는 국무회의를 진행할 수 있게 된 것이다.

5당 통일론이 나왔을 때에도 여러 동지들은 단체 조직을 주장하였으나 나는 차마 또 한 단체를 만들어 파쟁을 늘이기를 원치 않는다는 이유로 줄곧 반대하여 왔었다. 그러나 임시정부를 유지하려면 그 배경이 될 단체가 필요하였고 또 조소앙이 벌써 한국독립당을 재건한다 하니 내가 새 단체를 조직하더라도 통일을 파괴하는 책임은 지지 않으리라 하여 동지들의 찬동을 얻어 한국국민당을 조직하였다.

나는 다시 남경으로 돌아왔으나 왜는 내가 남경에 있는 낌새를 알아채고 한편으로는 중국 관헌에게 나를 체포할 것을 요구하고 다른 한편으로는 암살대를 보내어 내 생명을 엿보고 있었다. 남경 경비사령관 곡정륜谷正倫은 나를 만나서 일본과의 교섭 내용을 말하기를, 일본 측에서 대역大逆 김구를 체포할 것이니 입적入籍이니 무엇이니 하며 기타의 이유로 방해 말라 하기에, 자기가 김구를 잡거든 일본서 걸어놓은 상금은 자기에게 달라고 대답하였으니 부디 몸조심하라고 하였다. 또 사복 입은 일본 경관 일곱이 공자묘 부근으로 돌아다니더라는 말도 들었다.

이에 나는 남경에서도 내 신변이 위험함을 깨닫고 회청교淮淸橋에 집 하나를 얻고 가흥에서 배 저어주던 주애보를 매달 15원씩 주기로 하고 데려다가 동거하며, 직업은 고물상이요, 원적은 광동성 해남도海南島라고 멀찍이 대었다. 혹시 경관이 호구조사를 오더라도 주애보가 나서서 설명하기 때문에 내가 나서서 본색을 탄로할 필요는 없었다.

노구교蘆溝橋 사건이 일어나자 중국은 일본에 대하여 항전抗戰을 개시하였다. 이에 재류한인의 인심도 매우 불안하게 되어서 5당 통일로 되었던 민족혁명당이 족족 분열되어 조선혁명당이 새로 생기고, 미주대한독립단은 탈퇴하고, 의열단 분자만이 민족혁명당을 지지하고 있었다. 이렇게 분열된 원인은 의열단 분자가 민족운동의 가면을 쓰고 속으로는 공산주의를 실행하기 때문이었다.

이렇게 민족혁명당이 분열되는 반면에 민족주의자의 결합이 생기니 곧 한국국민당, 조선혁명당, 한국독립당과 미주와 하와이에

있는 모든 애국단체들이 연결하여 민족진선(정식 명칭은 한국광복
운동단체연합회)을 결성하고, 임시정부를 옹호 · 지지하게 되었다.
이리하여 임시정부는 점점 힘을 얻게 되었다.

　중일전쟁은 강남에까지 미쳐서 상해의 전투가 날로 중국에 불
리하였다. 일본 공군의 남경 폭격도 갈수록 심하여 회청교의 집도
초저녁에 적기의 폭격에 무너졌으나 나와 주애보는 간신히 죽기
를 면하고 이웃에는 시체가 수두룩하였다. 나와 보니 남경 각처에
서 불빛이 하늘로 높이 치솟아 밤하늘은 마치 붉은 담요 같았다.
날이 밝기를 기다려 무너진 집과 흩어진 시체 사이로 마로가馬路
街에 있는 어머니 댁을 찾아가서 문을 두드리니 어머니께서 친히
나오셔서 문을 열었다.

　"놀라셨지요?"

　내가 여쭙자 어머니는 웃으시면서,

　"놀라기는 무얼 놀라, 침대가 들썩들썩하더군. 그래, 우리 사람
은 상하지 않았나?"

하고 물으셨다.

　"글쎄올시다. 지금 나가보렵니다."

　나는 그 길로 동포 사는 데를 돌아보았다. 먼저 백산 이청천의
집을 방문하니 집의 진동으로 경황을 겪었으나 별고는 없었고, 남
기가藍旗街에 있는 많은 학생과 가족들도 모두 무고하니 천만다행
이었다.

　남경의 정세가 위험하여 중국 정부 각 기관도 중경을 전시 수도

로 정하고, 각 기관을 분분히 옮기기 시작하였다. 우리 광복전선光復戰線 삼당三黨의 100여 명 대가족은 물가가 싼 호남성 장사長沙로 피난하기로 결정하고 상해, 항주에 있는 동지들에게 남경으로 모이라는 지시를 하였다. 율양栗陽 고당암古堂菴에서 선도仙道를 공부하고 있는 양기탁에게도 같은 기별을 하였다. 그리고 안공근을 상해로 보내어 그의 식구들과 고故 안중근 의사의 부인인 맏형수를 꼭 모셔오라고 신신 부탁하였다. 그런데 안공근이 돌아올 때에 보니 제 가솔뿐이요, 안 의사 부인이 없으므로 나는 크게 책망하였다.

"양반의 집에 불이 나면 신주神主부터 먼저 안아 모시는 법이거늘 혁명가가 피난을 하면서 나라 위하여 몸을 버린 의사의 부인을 적진 중에 버리고 오는 법이 어디 있는가. 이는 다만 안공근 가문의 잘못만이 아니라 혁명가의 도덕으로도 어그러지는 일이며 우리 민족의 수치다. 또한 군의 가족도 단체생활 범위 내에 들어오는 것이 생사고락을 같이 하는 본의에 합당하지 않겠는가?"

그러나 안공근은 자기 식구만 중경으로 이주하게 하고, 피난하는 동포들의 단체에 들기를 원하지 않으므로 제 뜻에 맡겨버렸다.

나는 안휘安徽 둔계중학屯溪中學에 재학 중인 신信이를 불러오고 어머니를 모셔와 안공근 식구와 같이 영국 윤선(화륜선)으로 한구漢口를 향해 떠났다. 그 뒤를 이어 대가족 100여 식구는 중국 목선 한 척에 짐까지 잔뜩 싣고 남경을 떠났다.

내가 어머니를 모시고 신이를 데리고 한구를 거쳐서 무사히 장사에 도착하니, 선발대 조성환, 조완구 등은 진강에서 임시정부의 문서와 장부를 가지고 남경에서 오는 일행보다 수일 먼저 도착하였고, 목선으로 오는 대가족 일행도 풍랑을 겪었다 하나 무사히 장사에 도착하였다. 다만 남기가 사무소에서 부리던 중국인 채 군이 무호蕪湖 부근에서 풍랑 중에 물을 길어 올리다가 실족하여 익사한 것이 유감이었다. 그는 사람이 충실하니 데리고 가라 하시는 어머니 명령으로 일행 중에 편입하였던 것이다.

남경서 데리고 있던 주애보는 거기를 떠날 때에 제 본향 가흥으로 돌려보냈다. 그 후 두고두고 후회되는 것은 그때 여비 100원만 준 일이다. 거의 5년 가깝게 나를 광동인으로만 알고 섬겨왔고, 부지중에 우리는 부부같이 되어 나에 대한 공로가 적지 않은데, 다시 만날 기약이 있을 줄 알고 노자 이외의 다른 돈을 넉넉하게 주지 못한 것이 참으로 유감천만이다.

안공근의 식구는 중경으로 갔고 장사에 모인 100여 식구도 공동생활을 할 줄 모르므로 저마다 방을 얻어서 제각기 밥을 짓는 살림을 하였다. 나도 어머니를 모시고 또 한 번 살림을 시작하여서 어머니가 손수 지어주시는 음식을 먹었다.

그러나 어머니는 이 글을 쓰는 오늘날에는 이미 이 세상에 계시지 않으시다. 어머니가 계셨더라면 상권을 쓸 때와 같이 지난 일과 날짜도 많이 여쭈어볼 것이건만 슬프도다! 이제는 어머니가 안 계시다. 이 기회에 나는 어머니께서 내가 상처喪妻 후에 본국으로 가셨다가 다시 상해로 오시던 일을 기록하련다.

어머니가 신이를 데리고 인천에 상륙하셨을 때에는 노자路資가 다 떨어졌었다. 그때에는 우리가 상해에서 조석이 어려워서 어머니가 중국 사람들의 쓰레기통에 버린 배추 떡잎을 뒤져다가 겨우 반찬을 만드시던 때라 노자를 넉넉히 드렸을 리가 만무하다.

인천서 노자가 떨어진 어머니는 내가 말씀드린 일도 없건만 〈동아일보〉 지국으로 가서서 사정을 말씀하셨다. 지국에서는 벌써 신문 보도로 어머니가 귀국하시는 것을 알았다 하면서 서울 갈 여비와 차표를 사드렸다. 어머니는 서울에 내려서는 〈동아일보〉사를 찾아가니 역시 사리원까지 보내드렸다고 하였다.

상해를 떠나실 때 나는 어머니께 부탁하였다.

"사리원에 도착하신 후 안악 김홍량 군에게 통지하여 영접을 나오거든 따라가시고, 소식이 없거든 송화 득성리 이모 댁으로 가십시오."

어머니는 내 부탁대로 사리원에서 안악의 김 군에게 통지를 하였으나 아무 소식이 없어 송화로 가셨다. 2, 3개월 후인 음력 정초에 안악에서 김용제의 큰아들 선량 군이 어머니를 찾아뵙고 안악으로 모셔갈 의사를 말씀드렸다.

"경찰서 일본인이 누차 우리 집에 와서 '할머님이 안악으로 오시지 않고 중도에 계시면서 우리 집안에서 할머님에게 금전을 보내어 상해에 계신 김 선생님에게 독립자금을 공급한다.'고 야단이니 집안 어른들이 가서 모셔오라기에 왔습니다."

어머니는 크게 노하셔서 호통을 치셨다.

"내가 사리원에서 왔다고 통지하였으나 아무 대답이 없다가, 지금 일본 순사의 심부름으로 왔느냐?"

"사정이 그리 된 것은 정이 부족해서가 아니고 환경 관계이니 용서하시고 같이 가십시다."

"네 말 잘 알았다. 날이 따뜻해지면 해주 고향에 다녀서 안악으로 가마."

하시고 어머니는 선량을 돌려보냈다.

봄이 되어 득성리에서 떠나 도고로陶古路 임선재(셋째 삼촌의 사위)의 집과 백석동 손진현(고모의 아들)의 집을 방문하시고 해주 텃골 김태운(육촌 동생)과 몇몇 친척들과 함께 아버지 묘소에 마지막으로 다녀서 안악으로 가셨다.

먼저 선량의 집으로 들어가셨는데 김씨 문중에서 이를 알고, 다정히 지내던 용진·홍량 등이 찾아뵙고,

"어머님 오시기 전에 주택과 살림살이며 식량과 의료를 다 준비하였으니 편안히 계십시오."

하고 모셔가셨다고 말씀하셨다.

내가 인仁이를 데리고 있는 동안, 어머니는 당신의 생활비를 절약하셔서 때때로 내게 돈을 보내주셨다. 그러나 그것은 홍로점설 紅爐點雪(빨갛게 달아오른 화로 위에 한 송이의 눈을 뿌리면 순식간에 흔적도 없이 녹아 사라짐을 비유)처럼 별 보탬이 되지는 못했다. 이를 눈치 챈 어머니는 인이를 본국으로 보내라고 명령하셨다. 김철남 군의 삼촌 편에 인이까지 귀국시키니 나는 혈혈단신으로 혼자

의 몸이 되었다.

어머니가 안악에 계실 때 이봉창 의사의 의거(동경 사건)가 일어
나자 순사대가 어머니 계시는 주택을 포위하고 며칠씩 경계하였
고, 윤봉길 의사의 의거(홍구 사건) 이후에는 점차 심해진다는 소
식을 들었다. 나는 비밀리에 어머니께 아이들을 데리고 중국으로
나오시라고 기별하며, 이제는 예전처럼 굶지는 않으실 수 있다고
여쭈었다.

어머니는 중국으로 오실 결심을 하시고 안악 경찰서에 친히 가
셔서 출국 허가를 청하였더니 의외로 어렵지 않게 하락하므로 짐
을 꾸리셨다. 그랬는데 경성 경시청으로부터 관리 하나가 안악으
로 일부러 내려와서 어머니를 위협하고 설득하였다.

"상해에서 우리 일본 경관들이 당신의 아들을 체포하려 해도 찾
지 못하는데 노인이 어떻게 찾을 수 있겠소? 그러니 상부 명령으
로 출국 허가가 취소되었으니 그리 알고 집으로 돌아가시오."

어머니는 크게 노하여,

"내 아들을 찾는 데는 내가 경관들보다 나을 테고, 또 가라고 허
가를 해서 살림살이를 다 처분했는데 이제 와서 못 간다니 이게
무슨 법이냐. 너희 놈들이 남의 나라를 빼앗아 이렇게 정치를 하
고도 오래갈 줄 아느냐?"

라고 말씀하시고 너무 흥분한 나머지 기절하셨다. 이에 경찰은 어
머니를 김씨 집에 맡기고 가버렸다. 그 후에 경찰이 여전히 출국
할 의사가 있느냐고 물으면 어머니는,

"그렇게 말썽 많은 길은 안 떠난다."

하시고는 목수를 불러 다시 집을 수리하고 살림살이를 마련하시는 등 오래 사실 계획을 보이셨다. 이러하신 지 수개월 후에 어머니는 송화에 사는 동생 병문안을 간다며 신이를 데리고 신천으로, 재령으로, 사리원으로 도막도막 몸을 옮겨서 평양에 도착하였다. 거기서 숭실중학에 재학 중인 인이를 데리고 만주 안동현으로 가는 직행열차를 타셨다. 대련에서 왜 경찰의 취조를 받았으나 인이가 늙은 할머니와 어린 동생을 위해威海衛에 있는 친척집에 맡기러 간다고 대답하여서 무사히 통과하셨다.

어머니가 상해 안공근의 집에서 하룻밤을 묵고, 가흥 엄항섭 집에 오셨다는 기별을 남경에서 듣고 나는 곧 가흥으로 달려가서 9년 만에 다시 모자가 서로 만났다.

나를 보시자마자 어머니는 의외의 말씀을 하셨다.

"나는 이제부터 '너' 라고 하지 않고 '자네' 라고 하겠네. 또 말로는 꾸짖더라도 회초리로 자네를 때리지는 않겠네. 듣자 하니 자네가 군관학교를 설립하고 청년들을 교육하며 남의 사표師表가 된 모양이니 그 체면을 세워주자는 것일세."

나는 어머니의 이 같은 분부에 황송하였고, 나이 육십에 어머니가 주시는 큰 은정恩情(은혜로 사랑하는 마음)을 알았다.

그 후 나는 어머니를 남경으로 모셔다가 1년이 지난 후, 남경 함락이 가까워옴에 따라 장사長沙로 가게 된 것이다.

어머니가 남경에 계실 때의 일이다. 청년단과 늙은 동지들이 어

머니의 생신 축하연을 베풀려 함을 어머니께서 눈치 채시고 그들에게,

"그 돈을 내게 주면 내가 먹고 싶은 음식을 만들어 먹겠다."
라고 하시므로 돈으로 드렸더니, 어머니는 그 돈에 더 보태어 권총을 사서 독립운동에 쓰라고 청년단에 내놓으셨다.

장사로 옮아온 우리 100여 명 대가족은 중국 중앙정부의 보조와 미국에 있는 동포들의 후원으로 생활에 곤란은 없어서 피난민으로는 고등 피난민이라 할 만하게 살았다. 더욱이 장사는 곡식이 흔하고 물가가 쌌으며, 천우신조로 호남성湖南省 주석으로 새로 부임한 장치중張治中 장군은 나와는 친숙한 사람이었기 때문에 우리에게 많은 편의를 제공해 주어 만사가 순탄하였고 신변도 보호받았다. 내가 본국을 떠나 상해에 도착한 후 특별한 경우를 제외하고는 매번 변성명變姓名을 하였으나 장사에서는 언제나 버젓이 김구로 행세하였다.

당시 상해·항주·남경에서 장사로 오는 도중에도 제안되었던 3당 통일문제가 장사에 들어와서는 더욱 활발하게 진전되었다. 통일하려는 3당의 구성은 이러하였다.

첫째는 조선혁명당이니, 이청천·유동열·최동오·김학규金學奎·황학수黃學秀·이복원李復源·안일청安一淸·현익철玄益哲 등이 중심이요,

둘째는 한국독립당이니, 조소앙·홍진·조시원趙時元 등이 그

간부며,

다음으로 셋째는 내가 창립한 한국국민당이니, 이동녕·이시영·조완구·차이석·송병조·김붕준·엄항섭·안공근·양묵楊墨·민병길閔丙吉·손일민孫逸民·조성환 등이 주요 인물이었다.

이상 3당이 통일문제를 의논하려고 조선혁명당 본부인 남목청南木廳에 모여서 연회를 열기로 하여 나도 거기 출석하였다. 그런데 내가 의식을 회복하여 보니 병원인 듯한데, 몸이 몹시 불편하였다. 웬일이냐고 물으니, 내가 술을 마시다 졸도하여 입원한 것이라고 하였다. 내 가슴에 상처가 나 있는 것을 발견하고 의사가 회진할 때에 상처에 대해 물으니, 그것은 내가 졸도할 때 상머리에 부딪힌 것이라고 하므로 그런 줄만 알고 병석에 누워 있었다. 한 달이나 지나서야 엄항섭 군이 내게 비로소 진상을 설명해 주었다. 그것은 이러하였다.

그날 남목청에서 연회가 시작될 때, 조선혁명당원으로 남경에서부터 상해로 특수공작을 간다고 하여 내가 금전 보조도 해준 적이 있는 이운환李雲煥이 연회장에 돌입하여 권총을 난사하였다. 제1발은 내가 맞고, 제2발에 현익철 중상, 제3발에 유동열 중상, 제4발에 이청천이 경상을 입었다. 현익철은 의원에 도착하자마자 절명하였고, 나와 유동열은 치료 경과가 양호하여 동시에 퇴원하게 되었다는 것이다.

범인 이운환은 장사 교외의 작은 정거장에서 곧 체포되고, 연루자로 강창제姜昌濟·박창세朴昌世·송욱동·한성도 등도 잡혀 수감되었다고 하였다. 그러나 전쟁의 위험이 장사에도 파급되어 성 정부에서도 끝까지 이 사건을 법적으로 규명할 여유가 없어서 대부분 석방하였다. 이운환은 탈옥하여 귀주 방면으로 도망하였다. 내 추측으로는 이운환이 강창제·박창세 두 사람의 악선전에 혹하여 그런 일을 한 것인 듯하다.

성 주석인 장치중 장군은 친히 내가 입원한 상아의원湘雅醫院에 방문하여 나를 위문하고, 치료비는 얼마가 들든지 성 정부에서 담당할 것이라고 말하였다 한다. 당시 한구에서 중일전쟁을 지휘하던 장개석 장군은 하루에도 두세 번 전보를 보냈으며, 한 달 후 퇴원했다는 기별을 듣고는 나하천羅霞天을 대표로 보내 3,000원을 요양비로 쓰라고 주었다.

퇴원하여 어머니를 찾아뵈니 어머니는,

"자네 생명은 하느님이 보호하시는 줄 아네. 사불범정邪不犯正 (바르지 못하고 요사스러운 것이 바른 것을 건드리지 못함, 곧 정의가 반드시 이김을 이르는 말)이지."

이렇게 말씀하시고 또,

"한인의 총에 맞고 살아 있는 것이 왜놈의 총에 맞아 죽은 것만 못해."

라고 하시기도 하였다.

애초에 내 상처는 중상이어서 병원에서 의사가 보더니 입원 수속도 할 필요가 없다 하여 문간방에 두고 절명하기만 기다렸는데, 네 시간이 되어도 살아 있었기 때문에 병실로 옮기고 치료를 시작하였다고 한다. 내가 이런 상태이므로 홍콩[香港]에 있던 인이에게 내가 총에 맞아 죽었다는 전보를 보내서 안공근은 인이와 함께 내 장례에 참석할 생각으로 달려왔었다.

내가 퇴원하여 엄항섭 군 집에서 휴양을 하고 있는데, 하루는 갑자기 몸의 기력이 불편하고 구역질이 나며 오른쪽 다리가 마비되어서 다시 상아의원에 가서 진찰을 받았다. X-광선으로 본 결과 서양인 외과 주임이 말하였다.

"심장 옆에 박혀 있던 탄환이 혈관을 통하여 오른편 갈비뼈 옆으로 옮겨갔습니다. 불편하면 수술도 어렵지 않지만 그대로 두어도 생명에는 아무 관계가 없습니다. 오른편 다리가 마비되는 것은 탄환이 대혈관을 압박하기 때문인데 점차 소혈관들이 확대되어서 압박된 혈관의 기능을 대신하게 되면 마비되었던 다리도 차차 해소될 것입니다."

그러던 중 장사에 적기 공습이 심하고 중국 기관들도 피난하는 중이었다. 우리 3당의 간부들이 모여서 회의한 결과, 광동[廣東]으로 가서 남녕[南寧]이나 운남[雲南] 방면으로 진출하여 해외와 연락망을 유지할 계획을 세웠다. 그러나 피난민이 너무 많아서 100여 명 가족과 함께 산적한 짐을 지고 피난을 가기란 지극히 곤란한 상황이었다. 그래서 나는 절룩거리는 다리를 이끌고 호남성의 장치중 주석을 방문하여 광동으로의 피난 계획을 상의하였다. 그 결과 장주석이 기차 한 칸을 우리 일행에게 무료로 내주었고, 광동성 주석 오철성吳鐵城 씨에게 친필 소개장을 작성해 주어 큰 문제는 해결되었다.

대가족 일행보다 하루 먼저 출발하여 광주廣州에 도착하였다. 이전부터 중국 군대 방면에 복무하던 동포 이준식李俊植·채원개蔡元凱 두 분의 알선으로 동산백원東山栢園을 임시정부 청사로, 아세아 여관 전부를 우리 대가족의 숙소로 쓰게 되었다.

이렇게 정부와 가족을 안돈安頓(사물이나 주변 따위가 잘 정돈됨)하고 나는 안 의사 미망인과 그 가족을 상해에서 나오게 할 계획으로 다시 홍콩으로 가서 안정근, 안공근 형제를 만나 강경하게 그 일을 주장하였으나 그들은 교통이 어렵다는 이유로 듣지 않았다. 사실상 그때 사정으로는 어렵기도 하였다. 나는 안 의사의 유족을 적진 중에 둔 것과 율양 고당암에서 중국 도사 임한정任漢廷에게 선도를 공부하고 있던 양기탁을 구출하지 못한 것이 유감이었다.

홍콩에서 이틀을 묵어서 광주로 돌아오니 거기도 왜의 폭격이 시작되었으므로 또 나는 어머니와 우리 대가족을 불산佛山으로 이주시켰다. 이것은 오철성 주석의 호의와 주선에 의함이었다. 광주에서 두 달을 머물고, 중국 정부가 전시 수도를 중경으로 정하였으므로 장개석 장군에게 우리도 중경으로 가기를 원한다고 청하였더니 오라는 답신이 왔다. 조성환·나태섭羅泰燮 두 동지를 대동하고 다시 장사로 가서 장치중 주석을 면담하고 중경행의 편의를 요청하니, 쾌히 승낙하고 국도 차표 3장과 귀주성貴州省 주석 오정창吳鼎昌 씨에게 보내는 소개장을 써주었다.

우리는 중경으로 출발하여 10여 일 만에 귀주성 수도 귀양貴陽에 도착하였다. 내가 지금까지 본 중국은 물산이 풍부한 지방뿐이었으나 귀주 지경에 들어서고 보니 눈에 띄는 것이 모두 빈궁뿐이었다. 귀양 시중에 왕래하는 사람들을 보면 극소수를 제외하고는 모조리 의복이 남루하고 혈색이 좋지 못하였다. 워낙 산이 많은 지방인데다가 산에는 돌이 많고 흙이 적어서 농가에서는 바위 위에다 흙을 펴고 씨를 뿌리는 형편이었다. 그중에도 한족漢族은 형편이 좀 나아 보였으나 원주민인 묘족苗族의 생활은 더욱 곤궁하고 야만스러워 보였다. 중국말을 모르는 내가 언어로 한족과 묘족을 구별할 수는 없으나 복색으로는 묘족의 여자를 알아낼 수 있고 눈빛으로 묘족의 남자를 분별할 수가 있었다. 한족의 눈에는 문화의 빛이 있는데 묘족의 눈에는 그것이 없었다.

묘족은 요순시대 삼묘씨三苗氏의 자손으로서 4,000년 이래 이렇게 꼴사나운 생활을 하고 있으니 이 무슨 전생의 업보인고. 요순 이후로는 역사상에 묘족의 이름이 다시 나타나지 않아 그들이 이미 다 절멸된 줄만 알았는데 호남, 광동, 광서, 운남, 귀주, 사천, 서강 등지에 수십 수백 종족으로 변화된 묘족이 널리 퍼져 있다. 그런데도 이렇게 소문이 없는 것은 그들 중에 인물이 나지 못한 까닭이다. 현재 광서의 백숭희白崇禧 장군과 운남 주석 용운龍雲 등이 묘족의 후예라 하는 말도 있으나, 나는 그 소문의 옳고 그름을 단정할 자료를 갖지 못하였다.

귀양에서 8일을 보내고 무사히 중경에 도착하였으나 그동안에 광주가 일본군에게 점령되었다. 우리 대가족의 소식이 궁금하던 차에, 다 무사히 광주를 탈출하여 유주柳州에 와 있다는 전보를 받고 안심하였다. 그들 모두는 중경으로 오기를 희망하므로 내가 교통부와 중앙당부에 여러 차례 교섭하여 자동차 여섯 대를 얻어서 기강綦江이라는 곳에 대가족을 옮겨왔다. 군수품 운송에도 자동차가 극히 부족하던 이때에 이렇게 빌려준 중국의 호의는 이루 감사할 말이 없는 일이었다.

내가 미주서 오는 통신을 기다리느라고 우정국(우편국)에 가 있는 때에 인이가 왔다. 유주에 계신 어머니가 병환이 중하신데 중경으로 오시기를 원하시므로 모시고 온 것이었다. 내가 인이를 따라 달려가니 어머니는 내 여관인 저기문儲奇門 홍빈여관鴻賓旅舍 맞은편에 와 계셨다. 곧 내 여관으로 모시고 와서 하룻밤을 지내시게 하고, 김홍서金弘敍 군이 자기 집으로 모시기로 하여 남안南岸 아궁보鵝宮堡 손가화원孫家花園으로 가시게 하였다. 이것은 김홍서 군이 호의로 자청한 것이었다.

어머니의 병환은 인후증인데 의사의 말이 이것은 광서廣西지방의 풍토병으로, 젊은 사람이면 수술을 할 수 있으나 어머니 같은 팔십 노인으로서는 그리할 수도 없고, 또 이미 치료할 시기를 놓쳐서 손쓸 길이 없다고 하였다.

어머니께서 중경으로 오시는 일에 관하여 잊지 못할 은인이 있으니, 그는 의사 유진동劉振東 군과 그 부인 강영파姜映波 여사이다. 이 부부는 상해에서 학생으로 있을 때부터 나를 따르던 사람들인데 고령牯嶺에서 폐병 요양원을 경영하다가 고령이 전쟁 거점이 될 것을 간파하고 의창宜昌·만현萬縣을 거쳐서 중경에 도착하였다. 그들은 어머니를 잘 모시지 못하는 내 형편을 알고 나를 대신하여 내 어머니의 시중을 들겠으니 나는 마음 놓고 독립 사업에만 전념하라는 것이었다. 그러나 그들이 갸륵한 마음으로 남안에 도착했을 때, 어머니는 이미 인제의원에서도 손을 놓은 상태여서 퇴원하여 죽을 날만 기다리고 있었으니 한스럽기 그지없다.

내가 중경에 와서 추진한 일은 세 가지였다. 첫째는 차를 얻어서 대가족을 실어오는 일이요, 둘째는 미주·하와이와 연락하여 경제적 후원을 받는 일이요, 셋째는 장사에서부터 말이 있었으나 이루지 못한 여러 단체의 통일을 완성하는 것이었다. 대가족도 안돈이 되고 미주와 연락도 되었으므로 나는 셋째 사업인 단체 통일에 착수하였다.

나는 중경에서 강 건너 아궁보에 있는 조선의용대朝鮮義勇隊와 민족혁명당 본부를 찾았다. 당시 김약산은 계림桂林에 있었으나 민족혁명당 간부인 윤기섭·성준용成俊用·김홍서·석정石丁·김두봉金枓奉·최석순崔錫淳·김상덕金商德 등이 나를 위하여 환영회를 열었다. 그 자리에서 나는 모든 단체를 통일하여 민족주의 단일당 결성을 제의하였더니 모두 찬성하였다. 이에 한 걸음 더 나아가서 미주와 하와이에 있는 여러 단체에도 참가를 권유하기로 결의하였다.

미주와 하와이에서는 곧 회답이 왔다. 통일에는 찬성이지만, 김약산은 공산주의자이니 만일 내가 그와 일을 같이 한다면 그들은 나와의 관계까지도 끊어버린다는 것이었다. 그래서 나는 김약산과 상의한 결과 그와 나의 연명連名으로, 민족운동이야말로 조국광복에 필요하다는 뜻으로 성명서를 발표하였다.

그러나 여기 의외의 문제가 생겼으니 그것은 국민당 간부들이 연합으로 하는 통일은 좋으나, 있던 당을 해산하고 공산주의자들을 합한 단일당을 조직하는 데는 반대한다는 것이었다. 주의가 서로 다른 자는 도저히 한 조직체를 유지할 수 없다는 것이 그 이유였다.

나는 병을 무릅쓰고 기강으로 가서 국민당의 전체회의를 열고 노력한 지 1개월 만에 비로소 단일당으로 모든 당들을 통일하자는 의견에 국민당의 합의를 얻었다. 그래서 민족운동 진영인 한국국민당·한국독립당·조선혁명당 등 3당과, 공산주의 진영인 조선민족혁명당·조선민족해방동맹·조선민족전위동맹·조선혁명자연맹 등 4개 단체가 모여 7당 통일회의를 개최하였다.

회의가 진행됨에 따라 민족운동 편으로 대세가 기울어지는 것을 보고 해방동맹과 전위동맹은 민족운동을 위하여 공산주의 조직을 해산할 수 없다고 말하며 퇴장하였다. 이렇게 되니 7당이 5당으로 줄어서 순전한 민족주의적인 새로운 당을 조직하고 8개조의 협정에 5당의 당수들이 서명하였다.

이에 좌우 5당의 통일이 성공하였으므로 며칠간의 휴식에 들어갔다. 그런데 이미 해산하였을 민족혁명당 대표 김약산이 돌연히 탈퇴를 선언하였다. 그 이유는 당의 간부들과 그가 거느리는 청년의용대가 도저히 공산주의를 버릴 수 없으니, 만일 8개조의 협정을 수정하지 않으면 그들이 모두 도주할 것이니 탈퇴한다는 것이었다.

이리하여 5당 통일도 실패하여 나는 민족진영 3당의 동지들과 미주·하와이 각 단체를 향하여 사과하고, 이어서 원동에 있는 3당만을 통일하여 새로 한국독립당이 탄생되었다. 하와이 애국단과 하와이 단합회가 각각 자기 단체를 해산하고 한국독립당 하와이 지부가 되었으니 실은 5당 통일이 된 셈이었다.

한국독립당의 간부로는 집행위원장에 김구, 집행위원으로는 홍진·조소앙·조시원·이청천·김학규·유동열·안훈安勳·송병조·조완구·엄항섭·김붕준·양묵·조성환·박찬익·차이석·이복원이요, 감찰위원장에 이동녕, 감찰위원에 이시영·공진원公鎭遠·김의한 등이었다.

임시의정원에서는 임시정부 국무위원을 개선하고, 국무회의 주석을 종래와 같이 돌아가며 하던 '윤회주석제'를 폐지하고 주석에게 회의 주석 외에 대내외에 책임을 지는 권한을 부여하였다. 나는 국무회의 주석으로 임명되었고, 미국 수도 워싱턴에 외교위원부를 설치하고 이승만 박사를 그 위원장으로 임명하였다.

한편 중국 중앙정부에서는 우리 대가족을 위하여 토교土橋 동감 폭포東坎瀑布 위쪽의 한 구역을 매입한 후 기와집 세 채를 짓고, 또 도로변에 2층 기와집 한 채를 사주었다. 그러나 그 밖에 우리 독립운동을 원조해 달라는 요청에 대해서는 냉담하였다. 그래서 나는 중앙정부의 당국자 서은증徐恩曾과 교섭하였다.

중국이 일본군의 손에 여러 대도시를 빼앗겨 자신의 항전에 골몰한 이때에 우리를 위한 원조를 바라기가 미안하니 나는 미국으로 가서 미국의 원조를 청할 생각이다, 그러니 여행권 수속을 해달라고 청하였다. 그러자 서은증徐恩曾 씨가 말하기를, 내가 오랫동안 중국에 있었으니 중국에서 무슨 일을 하나 남김이 좋지 않겠느냐며 사업 계획서 제출을 청하였다. 이에 계획서를 작성하여 광복군(한국 국군) 결성을 허락해 주는 것이 3천만 한족韓族의 염원임을 설명하여 장개석 장군에게 보냈다. 그랬더니 곧 김구의 광복군 계획을 흔쾌히 허락한다는 회답이 왔다.

임시정부에서는 이청천을 광복군 총사령으로 임명하고, 미주·하와이 동포가 보내준 돈 3~4만 원 등 있는 힘을 다하여 중경 가릉빈관嘉陵賓館에서 중국인, 서양인 주요 인사를 초청하고 우리 한인을 총동원하여 한국광복군 성립 전례식을 거행하였다. 그리고 우선 30여 명 간부를 선발하여 서안西安으로 보내 미리 파견하였던 조성환 등과 합하여 한국광복군사령부를 설치하였다. 기존의 간부 중 이준식을 제1지대장으로 임명하여 산서山西 방면으로 보내고, 고운기高雲起(본명 공진원公鎭遠)를 제2지대장으로 임명하여 수원綏遠 방면으로 보내고, 김학규를 제3지대장으로 임명하여 산동山東으로 보내고, 나월환羅月換 등의 한국청년전지공작대韓國靑年戰地工作隊를 광복군으로 편입하여 제5지대를 삼았다.

그리고 강서성江西省 상요上饒의 중국 제3전구 사령부 정치부에서 근무 중이던 황해도 해주 사람 김문호金文鎬를 한국광복군 징모처徵募處 제3분처 주임을 삼고 그 밑에 신정숙申貞淑을 회계조장, 이지일李志一을 정보조장, 한도명을 훈련조장으로 각각 임명하여 상요로 파견하였다.

독립당과 임시정부와 광복군의 일체 비용은 미주·하와이·멕시코·쿠바에 있는 동포들이 보내는 것을 가지고 대략 분배하여 3부 사업을 진행하였다. 그러던 중 장개석 부인 송미령宋美齡 여사가 대표하는 부녀위로총회婦女慰勞總會에서 한국광복군에게 중국돈 10만 원의 특별위로금이 전달되었다.

광복군이 창설되었으나 인원도 많지 않아 몇 달 동안을 유명무실하게 지내다가 문득 한 사건이 생겼으니 그것은 50여 명 청년이 가슴에 태극기를 붙이고 중경에 있는 임시정부 정청으로 애국가를 부르며 들어온 것이다. 이들은 우리 대학생들로, 학병으로 일본 군대에 편입되어 중국 전선에 출전하였다가 탈주하여 안휘성安徽省 부양阜陽의 광복군 제3지대를 찾아온 것인데 지대장 김학규가 임시정부로 보낸 것이었다.

이 사실은 중국인에게 큰 감동을 주어 중한문화협회中韓文化協會 식당에서 환영회를 개최하였는데, 서양 여러 나라의 통신기자들이며 대사관원들도 출석하여 우리 학병들에게 여러 가지 질문을 퍼부었다. 그중 중요한 일화는 한 청년의 다음과 같은 답변이었다.

"우리는 어려서부터 일본의 교육을 받았습니다. 그런 까닭에 우리 역사는 고사하고 우리의 언어도 잘 알지 못합니다. 그런데 일본에 유학 중 징병으로 출전하게 되어 가족께 이별 인사를 드리기 위해 귀가하였더니, 부모님과 조부모님들이 비밀히 교훈하기를 '우리의 독립정부가 중경에 있으니 왜놈 앞잡이로 끌려 다니다가 개죽음을 당하지 말고, 우리 정부를 찾아가서 독립전쟁을 하다가 영광스러운 죽음을 맞이하라.' 는 명을 받았습니다. 이 말씀에 따라 일본 부대에서 탈주하다가 더러는 죽고 더러는 살아 우리 정부를 찾아온 것입니다."

우리말도 제대로 알지 못하는 그들이 조국의 독립을 위하여 목숨 바치려고 총살의 위험을 무릅쓰고 임시정부를 찾아왔다는 그들의 말에 우리 동포들은 목이 멨고 연합국 인사들까지도 감격에 넘친 모양이었다.

이것을 인연으로 우리 광복군이 연합국의 주목을 끌게 되어, 미국의 OSS(미국전략사무국)를 주관하는 싸전트 박사는 광복군 제2지대장 이범석과 합작하여 서안에서 비밀훈련을 실시하고, 윔쓰 중위는 제3지대장 김학규와 합작하여 부양에서 우리 광복군에게 비밀훈련을 실시하였다. 예정대로 3개월의 훈련을 마치고 정탐과 파괴 공작의 임무를 띠고 그들을 비밀히 본국으로 파견할 준비를 마쳤을 때, 나는 미국 작전부장 도노반 장군과 군사협의를 하기 위하여 미국 비행기를 타고 서안으로 갔다.

회의는 광복군 제2지대 본부 사무실에서 열렸는데 정면 오른쪽 태극기 밑에는 내가 앉고, 내 앞에는 제2지대 간부들이 앉았고, 왼쪽 성조기 밑에는 도노반 장군이 앉고, 그 앞에는 미국 훈련관들이 앉았다. 도노반 장군이 일어나 정중한 선언발표가 있었다.

"오늘 이 시간으로부터 아메리카합중국과 대한민국 임시정부의 적 일본에 항거하는 비밀공작이 시작되었다."

도노반과 내가 정문을 나올 때에 활동사진반들이 사진 촬영을 하는 것으로 의식이 끝났다.

이튿날 미국 군관들의 요청으로 비밀훈련을 받은 학생들의 실전 공작을 시험하기 위해 두곡杜曲에서 다시 동남으로 40리쯤 떨어진, 고대 한시漢詩에 유명한 종남산終南山 고찰古刹에 있는 비밀 훈련소로 자동차를 몰았다. 동구에서 차를 버리고 5리쯤 걸어가서 도착하니 시간이 마침 정오라서 미국 군대식으로 점심을 먹고 참외와 수박을 먹었다.

첫째로 본 것은 심리학적으로 시험하여 모험에 능한 자는 파괴술을, 지적 능력이 강한 자는 적정(적 내부의 사정이나 형편) 정탐으로, 눈과 귀가 밝고 손재주가 있는 자는 무선전신 사용법을 분과 과목으로 훈련시키는 것이었다. 심리학자가 시험 성적의 개요를 보고하였는데, 특히 한국 청년은 용기로나 기능으로나 모두 우량하여 장래가 촉망된다고 하였다.

다음에는 청년 7명을 뽑아서 종남산 봉우리로 올라가 수백 길 절벽 아래로 내려가서 적정을 탐지하고 올라오는 것이 목표인데, 소지품은 단지 수백 길 되는 숙마熟麻 밧줄 하나뿐이었다. 청년 7명이 잠깐 모여서 의논하더니 그 수백 길 되는 숙마 밧줄을 여러 번 매듭지은 후, 한쪽 끝은 가장 높은 봉우리 바위 위에 매고, 다른 끝은 절벽 아래로 떨어뜨린 후 그 줄을 타고 내려가서 나뭇잎 하나씩을 따서 입에 물고 다시 그 줄에 달려 일곱 명이 차례차례로 올라왔다. 이것을 지켜본 미국 교관은 크게 칭찬하며 이렇게 말하였다.

"내가 중국 학생 400명을 모아놓고 시켰건만 그들이 해결하지 못한 문제를 귀국 청년 일곱 명이 훌륭하게 해냈소. 참으로 한국 사람은 전도유망한 국민이오."

일곱 청년이 이 칭찬을 받을 때에 나는 대단히 기뻤다.

다음에는 폭파술, 사격술, 비밀도강술秘密渡江術(비밀히 강을 건너가는 재주) 등등을 시험하여 다 좋은 성적을 얻었다. 나는 시찰을 무사히 마친 후 그날로 두곡으로 돌아왔다.

이튿날은 중국 친구들을 찾을 생각으로 서안으로 들어갔다. 두곡서 서안은 40리였다. 호종남胡宗南 장군을 방문하였으나 출타 중이어서 참모장이 대신 접견하였다. 성 정부를 방문하니 성 주석 축소주祝紹周 선생은 나와 막역한 친우라 이튿날 그의 사저에서 저녁을 같이하자고 초청하기에 승낙하였다. 또한 성 당부에서는 나를 위하여 환영회를 개최하겠다고 하고, 서안부인회에서도 나를 환영하기 위하여 특별히 연극을 준비한다 하며, 서안의 각 신문사에서도 환영회를 개최하겠으니 참석해 달라는 초청이 왔다.

나는 그 밤을 우리 동포 김종만金鍾萬 씨 댁에서 지내고 이튿날은 서안의 명소를 대강 구경하고 저녁에는 전날 약속대로 축 주석 댁 만찬에 불려갔다. 식사를 마치고 객실로 돌아와 수박을 먹으며 담화를 하는 중에 홀연히 전화벨이 울렸다. 축 주석은 놀라는 듯 자리에서 일어나, 중경에서 무슨 소식이 있나 보다고 전화실로 가더니 잠시 후에 뛰어나오며,

"왜적이 항복한답니다!"

라고 하였다.

"아! 왜적이 항복!"

이 소식은 내게 기쁜 소식이라기보다는 하늘이 무너지고 땅이 꺼지는 듯한 일이었다. 천신만고로 수년간 애를 써서 참전할 준비를 한 것도 다 허사가 되고 말았다. 서안과 부양에서 훈련을 받은 우리 청년들에게 각종 비밀무기를 주어 산동에서 미국 잠수함을 태워 본국으로 들여보내서 국내의 요소를 혹은 파괴하고 혹은 점령한 후에 미국 비행기로 무기를 운반할 계획까지도 미국 육군성과 다 약속이 되었던 것이다. 그런데 한 번 해보지도 못하고 왜적이 항복하였으니 진실로 지금까지 들인 정성이 애석하고, 그보다도 더 걱정되는 것은 우리가 이번 전쟁에 한 일이 없기 때문에 장래에 국제간의 발언권이 박약하리라는 것이다.

나는 더 머물 마음이 없어서 곧 축씨 댁에서 나왔다. 내 차가 큰 길을 지날 때 벌써 거리는 인산인해를 이루고 만세 소리가 성 안에 진동하였다. 약속한 모든 환영회를 취소하고 즉시 두곡으로 돌아왔다. 우리 광복군은 제 임무를 다하지 못하고 전쟁이 끝난 것을 실망하여 침울한 분위기에 잠겨 있는데, 미국 교관들과 군인들은 질서를 잊을 만큼 기뻐 뛰고 있었다. 미국이 우리 광복군 수천 명을 수용할 병사兵舍를 건축하려고 종남산에서 재목을 운반하고 벽돌가마에서 벽돌을 실어 나르던 것도 이날부터 일제히 중지하고 말았다. 내 이번 길의 본래 목적은 서안에서 훈련을 마친 우리 청년들을 제1차로 본국으로 들여보내고, 그 길로 부양으로 가서 거기서 훈련받은 청년들도 제2차로 본국으로 떠나보낸 후에 중경으로 돌아갈 계획이었으나 그 역시 수포로 돌아가고 말았다. 서안으로 갈 때 군용기를 타고 갔으니 중경으로 돌아갈 때에도 군용기를 타고 올 예정이었으나, 질서가 문란하여 군용기를 타지 못하고 여객기로 돌아오게 되었다.

중경에 돌아와 보니 중국 사회는 벌써 전쟁 중의 긴장이 풀어져서 모두 혼란한 상태에 빠져 있고, 우리 동포들은 지향할 바를 모르는 형편에 있었다. 임시정부에서는 그동안 임시의정원을 소집하여 혹은 임시정부 국무위원의 총사직을 주장하고, 혹은 임시정부를 해산하고 본국으로 들어가자는 등 의견이 분분하였다. 그러다가 주석인 내가 돌아온다는 소식을 듣고 주석의 의견을 들어보고 결정하자며 3일간 정회停會 중이었다.

나는 의정원에 나아가, 임시정부 해산도 총사직도 천만부당하다고 단언하고 서울에 들어가 전체 국민 앞에 정부를 내어바칠 때까지 현상태로 가는 것이 옳다고 주장하여 전원의 동의를 얻었다. 그러나 미국 측으로부터 서울에는 미국 군정부가 있으니 임시정부는 개인 자격으로 입국하라는 통보를 받았다. 그리하여 이 문제로 다시 의견이 분분하였으나 우리는 할 수 없이 개인의 자격으로 고국에 돌아가기로 결정하였다.

이리하여 7년간의 중경생활을 마치게 되니, 실로 감개가 무량하여 무슨 말을 써야 할지 두서를 찾기가 어렵다. 나는 교자를 타고 강 건너 화상산에 있는 어머니 묘소와 아들 인의 무덤을 찾아가 꽃을 바치고 축문을 읽어 하직하고, 묘지기를 불러 금품을 후히 주며 분묘의 관리를 부탁하였다.

그리고는 가죽상자 여덟 개를 사서 정부의 모든 문서를 싸고, 중경에 거류하는 500여 명 동포의 선후 문제와 임시정부가 본국으로 돌아간 뒤에 중국 정부와 연락하기 위하여 주화대표단駐華代表團을 두어 박찬익을 단장으로 하고 간부에는 민필호閔弼鎬, 이광李光, 이상만李象萬, 김은충金恩忠 등을 임명하였다.

우리가 중경을 떠날 당시에 중국 공산당 본부에서 주은래周恩來, 동필무董必武 제씨가 우리 임시정부 국무원 전원을 초청하여 송별연을 해주었다. 국민당 정부에서도 송별연을 열었는데 장개석 선생을 위시하여 중앙정부와 중앙당부 각계 요인 수백 명이 모였고, 우리 측에서는 임시정부 국무위원과 한국독립당 간부들이 초청을 받았다. 연회는 중국 국민당 중앙당부 대례당에서 중국기와 태극기를 교차한 채 융숭하고도 간곡하게 진행되었다. 장개석 주석과 송미령 여사가 선두로 일어나 '장래 중국과 한국 두 나라가 영구히 행복을 도모하자'는 축사가 있었고 우리 편에서도 답사가 있었다.

중경을 떠나던 일을 기록하기 전에 7년간의 중경생활에서 잊지 못할 것 몇 가지를 적으려 한다.

첫째 중경에 있던 우리 동포의 생활에 관해서다. 중경은 원래 인구 몇 만밖에 안 되던 작은 도시였으나, 중앙정부가 이리로 옮겨온 후로 일본군에게 점령당한 지방의 관리와 피난민이 모여들어서 일약 인구 100만이 넘는 대도시가 되었다. 아무리 새로 집을 지어도 미처 다 수용할 수 없어서 여름에는 길거리에서 사는 사람이 수십만이나 되었다.

식량은 배급제인데 배급소 앞에는 언제나 장사진을 이루었고, 서로 욕하고 때리며 분규가 일어나지 않는 때가 없었다. 그러나 우리 동포들은 따로 인구대장을 작성하여 중국 정부와 교섭하여 인구 비례에 의해 단체 분량을 한꺼번에 타서 화물차로 운반하였고, 다시 미곡을 도정하여 하인을 시켜 집집마다 배급하기 때문에 대단히 편하였다. 쌀그릇은 쥐와 참새의 피해를 대비하기 위하여 집집마다 독그릇을 사용하였고, 그 밖의 반찬 등은 돈으로 지급하였으며 먹을 물도 사용인을 시켜 길었으니, 전시임에도 불구하고 동포들의 단체생활은 규율이 있고 안전한 편이었다.

중경시 안에 사는 동포들뿐 아니라, 남안과 토교土橋에 사는 이들도 중경과 같이 한인촌을 이루고 중국의 중산계급 정도의 생활을 유지할 수가 있었다. 그러나 간혹 생활이 부족하다는 불평도 있었다. 나는 그 말을 들을 때마다 이곳 생활은 지옥생활인 줄 알고 살아가길 바란다고 말하였다.

나 자신의 중경생활은 임시정부를 지고 피난하는 것이 일이요, 틈틈이 먹고 잤다고 할 수 있었다. 중경의 폭격이 점점 심해짐에 따라 임시정부도 네 번이나 옮겼다. 첫 번째 정청인 양류가楊柳街, 두 번째는 석판가石版街, 세 번째는 오사야항吳獅爺巷, 마지막 네 번째는 연화지蓮花池에서 보냈다.

양류가에서는 계속되는 폭격으로 인하여 더 이상 견딜 수가 없어서 석판가로 옮겼다. 그랬는데 석판가에서는 폭격으로 일어난 불에 건물이 전소하여 의복까지 다 태우고 소실되었다. 오사야항吳獅爺巷에서는 겨우 화재는 면했으나 폭격을 당하여 무너진 것을 고쳤는데 정청으로 쓸 수는 없어서 직원의 주택으로 사용하였다. 연화지蓮花池에 70여 칸 집을 얻었는데 집세가 1년에 40만 원이었다. 그러나 이 돈은 장 주석의 보조를 받게 되어 임시정부가 중경을 떠날 때까지 이곳을 사용하였다.

이 모양으로 연이은 폭격으로 인하여 중경에는 인명과 가옥의 손해가 막대하였으며, 동포 중에 죽은 이는 신익희 씨 조카와 김영린의 아내, 두 사람이었다. 이 두 동포가 죽던 날의 폭격이 가장 심해서 수많은 사람들이 폭사하였는데 한 방공호에서 400명이니,

800명이니 하여 내가 직접 시찰해 보았다. 그날 교장구較場口에 나가 산처럼 쌓여 있는 시체를 운반하는 광경을 내가 목도하였는데 화물차에 짐을 싣듯 시체를 싣고 달리면 시체가 흔들려 굴러 떨어지는 일이 있고, 그것을 다시 싣기가 귀찮아서 목을 자동차 뒤에 달아매고 달리니 시체가 땅에 끌리며 달려가는 모습은 차마 눈을 뜨고 볼 수 없는 참상이었다. 그런데 그 많은 시체 중 대다수는 밀매음(허가 없이 몰래 몸을 팖)하던 여자의 시체이니, 그 원인은 본래 교장동 부근이 밀매음촌이었던 까닭이다.

이처럼 가족을 잃어 한편에서 통곡하는 사람이 있으면, 다른 편에는 방공호에서 시체를 끌어내는 인부들이 시체가 지녔던 금은보화를 뒤져서 대번에 부자가 된 사람도 있었다.

중경은 옛날 이름으로는 파巴인데, 지금은 성도成都라고 부르는 촉蜀과 아울러 파촉이라고 하던 곳이다. 시가의 왼편으로 가릉강嘉陵江이 흘러와서 바른편에서 오는 양자강과 합하는 곳으로 천 톤급의 기선이 정박하는 중요한 항구다. 지명을 파巴라고 하는 것은 옛날 파 장군巴將軍이란 사람이 도읍하였던 곳이기 때문이어서, 연화지에는 파 장군의 분묘가 있다. 중경의 기후는 심히 건강에 좋지 못하며 호흡기병이 많다. 7년간에 우리 동포도 폐병으로 죽은 자가 80명이나 된다. 9월 초승부터 이듬해 4월까지는 운무가 껴서 볕을 보기가 드물고 기압이 낮은 우묵한 땅이라 지변의 악취가 흩어지지를 않아 공기가 심히 불결하다. 내 맏아들 인도이 기후의 희생이 되어서 중경에 묻혔다.

11월 5일에 우리 임시정부 국무위원과 기타 직원은 비행기 두 대에 나눠 타고 중경을 떠나서 다섯 시간 걸려 떠난 지 13년 만에 상해의 땅을 밟았다. 우리 비행기가 착륙한 비행장이 곧 홍구 신공원新公園이라 하는데 우리를 환영하는 남녀 동포들로 인산인해를 이루었다. 나는 14년을 상해에 살았건만 홍구 공원에 발을 들여놓은 일이 일찍이 없었다.

신공원에서 나와서 시내로 들어가려 하니 아침 6시부터 우리를 기다리고 있다는 6,000명 동포가 열을 지어서 고대하고 있었다. 나는 차를 멈추고 나가서 한 길 높이의 축대 단 위로 올라가 동포들에게 인사말을 하였다. 나중에 알고 보니 그 단이야말로 13년 전 윤봉길 의사가 왜적 시라카와白川 등을 폭살한 곳이었다. 왜적들이 그곳을 기념하기 위하여 단을 모으고 군대를 지휘하던 곳이라고 한다. 세상에 우연한 것은 없다고 생각하였다.

나는 양자반점楊子飯店에 묵었다. 13년은 사람의 일생에서 긴 세월이었다. 내가 상해를 떠날 때에 아직 어리던 이들은 벌써 장정이 되었고 장정이던 사람들은 노쇠하였다. 이 오랜 동안에 까딱도 하지 않고 깨끗이 고절을 지킨 옛 동지는 선우혁鮮于爀·장덕로張德櫓·서병호徐丙浩·한진교韓鎭敎·조봉길曹奉吉·이용환李龍煥·하상린河相麟·한백원韓栢源·원우관元宇觀 등 불과 10여 인에 불과하였다. 그들의 굳은 지조를 가상히 여겨 서병호 댁에서 만찬을 같이 하고 기념사진을 촬영하였다.

한편으로는 상해에 재류하는 동포들 중에 부정한 직업을 가진

이가 적지 않다는 말이 나를 슬프게 하였다. 나는 우리 동포가 가는 곳마다 정당한 직업에 정직하게 종사하여서 우리 민족의 신용과 위신을 높이는 애국심을 가지기를 바란다.

나는 구 프랑스 조계 공동묘지에서 아내의 무덤을 찾았는데 전에 있던 자리에 가보니 분묘가 흔적도 없이 사라졌다. 내가 의아해하자 따라온 묘지기가 10년 전에 이장한 사실을 고하고 인도해 주어 분묘를 살피고 참배하였다. 상해에서 그럭저럭 10여 일을 묵고서 미국 비행기로 본국을 향해서 출발하였다. 이동녕 선생, 현익철 동지 같은 이들이 이역에 묻혀서 함께 고국으로 돌아오지 못하는 것이 유감이었다.

나는 기쁨과 슬픔이 한데 엉클어진 가슴으로 27년 만에 조국의 신선한 공기를 마시고 그리운 흙을 밟으니 김포 비행장이요, 상해를 떠난 지 3시간 후였다. 조국의 땅에 들어오는 길로 한 가지 기쁨과 한 가지 슬픔을 느꼈다. 책보를 메고 가는 학생들의 모양이 심히 활발하고 명랑한 것이 한 기쁨이요, 그와는 반대로 동포들이 사는 집들이 납작하게 땅에 붙어서 퍽 가난해 보이는 것이 한 슬픔이었다. 동포들이 여러 날을 우리를 환영하려고 모였다는데 비행기 도착 시일이 분명히 알려지지 못하여 이날에는 우리를 맞아주는 동포가 많지 않았다. 늙은 몸을 자동차에 의지하고 서울에 들어오니 의구한 산천이 반갑게 나를 맞아주었다. 내 숙소는 새문밖 최창학崔昌學 씨의 집이요, 국무원 일행은 한미호텔에 머물도록 우리를 환영하는 유지들이 미리 준비하여 주었다.

　나는 곧 신문을 통하여 윤봉길, 이봉창 두 의사와 강화 김주경 선생의 유가족을 만나고 싶다는 뜻을 말하였다. 윤봉길 의사의 자제는 덕산德山으로부터 찾아왔고, 이봉창 의사의 질녀가 서울에서 찾아오고, 김주경 선생의 아들 윤태允泰 군은 38 이북에 있어서 오지 못하고 그 딸과 친척들이 혹은 강화에서 혹은 김포에서 찾아와서 만나니 반갑기도 하고 슬프기도 하였다.

　그러나 친척과 헤어지고 선조의 묘소를 버리고 고향을 떠난 지 27년, 고국에 돌아왔으나 친척과 고구故舊가 사는 그리운 내 고향은 소위 38선의 장벽 때문에 가보지도 못하고 다만 육촌 형제들과 사촌 누이 가족들이 상경하여 반갑게 만났을 뿐이었다.

　군정청에 소속한 각 기관과 정당, 사회단체, 교육계, 공장 등 각 계가 빠짐없이 연합환영회를 조직하였다. 우리는 개인의 자격으로 입국하였지만 '임시정부 환영臨時政府歡迎'이라고 크게 쓴 깃발을 태극기와 아울러 창공에 높이 휘날리고 수십만 동포가 서울 시가로 총출동하여 성황리에 시위행진을 하니, 만리 해외에서 풍상을 겪은 온갖 고통을 위로하는 것 같았다.

　행렬을 마친 후 덕수궁에서 환영연회가 열렸는데 참으로 대단하였다. 서울 기생은 총출동하여 400명 이상이요, 식탁이 400여 개로 이루 다 기록하기 어려울 정도로 성황을 이루었다. 하지 중장을 비롯하여 미군정 간부들과 참석한 동포들이 이루 헤아릴 수 없을 정도로 많이 출석하여 덕수궁 뜰이 좁을 지경이었으니 참으로 찬란하고 성대한 환영회였다. 나는 이러한 환영을 받을 공로가 없음이 부끄럽고도 미안하였으나 동포들이 해외에서 오래 신고辛苦(어려운 일을 당하여 몹시 고생함)한 우리를 위로하는 것이라고 강잉强仍(어찌할 수 없어서 그대로 함)하여 고맙게 받았다.

어느덧 해가 바뀌었다. 나는 38 이남만이라도 돌아보리라 하고 첫 번째 길로 인천에 갔다. 인천은 내 일생에 뜻 깊은 곳이다. 스물 두 살에 인천 감옥에서 사형선고를 받았다가 스물세 살에 탈옥 도주하였고, 마흔한 살에 17년 징역수로 다시 이 감옥에 이수되었다. 저 축항 공사장에는 내 피땀이 배어 있는 것이다. 옥중에 있는 이 불효를 위하여 부모님이 걸으셨을 길에는 그 눈물 흔적이 남아 있는 듯하여 49년 전 기억이 어제인 듯 새롭다. 인천에서도 시민의 큰 환영을 받았다.

두 번째 길로 나는 공주 마곡사를 찾았다. 공주에 도착하니 충청남북도 11개 군에서 10여 만 동포가 모여서 환영회를 열어주었다. 공주를 떠나 마곡사로 가는 길에 김복한金福漢·최익현崔益鉉 두 선생의 영정 모신 데를 찾아서 배례하고, 그 유가족을 위로하고 동민의 환영하는 정성을 고맙게 받았다. 각 군의 정당과 사회단체의 대표로 마곡사까지 나를 따르는 이가 350여 명이었다. 마곡사 승려의 대표는 공주까지 마중을 왔으며 마곡사 동구에는 남녀 승려가 도열하여 지성으로 나를 환영하니, 옛날에 이 절에 있던 한 중이 일국의 주석이 되어서 온다고 생각함이었다. 48년 전에 머리에 굴갓을 쓰고 목에 염주를 걸고 출입하던 길이었다. 산천도 옛날과 같거니와 대웅전 기둥에 걸려 있는 주련柱聯(기둥에 써 붙이는 글)도 옛날 그대로였다.

　한 걸음 물러나 속세를 돌아보니[却來觀世間]
　마치 꿈속의 일만 같구나.[猶如夢中事]

　그때에는 무심히 보았던 이 글귀를 오늘에 자세히 보니 나를 두고 하는 말인 것 같았다. 용담龍潭 스님께 보각서장普覺書狀을 배우던 염화실拈花室에서 뜻 깊은 하룻밤을 지냈다. 승려들은 나를 위하여 이날 밤에 불공을 드렸다. 그러나 승려들 중에는 내가 알던 사람은 하나도 없었다. 이튿날 아침에 나는 기념으로 무궁화 한 포기와 향나무 한 그루를 심고 마곡사를 떠났다.
　세 번째 길로 예산 시량리 윤봉길 의사의 본댁을 찾으니 4월 29일이었다. 거기서 기념제를 거행하고 다시 서울로 귀환하였다.
　그리고 나는 일본 동경에 있는 박렬朴烈 동지에게 부탁하여 윤봉길, 이봉창, 백정기白貞基 세 분 열사의 유골을 본국으로 모셔오게 하고 국내에서 장례 준비를 진행하였다. 그러던 중 유골이 부산에 도착했다는 기별을 받고 특별열차로 부산을 향하였다. 부산은 말할 것도 없고, 세 분의 유골을 모신 열차가 정거하는 역마다 사회, 교육 각 단체며 일반 인사들이 모여 봉도식奉導式을 거행하였다.

서울에 도착 즉시 유골을 담은 영구를 태고사太古寺에 봉안하고, 유지 동포들은 누구를 막론하고 경의를 표할 수 있게 하였다. 장례에 임하여 봉장위원회 책임자들이 장지를 널리 구하였으나 여의치 못하여 결국 내가 친히 잡아놓은 효창공원孝昌公園 안에 있는 자리에 매장하기로 하였다.

이날 미군정 간부도 전부 참석하였으며, 미국 군대까지 호위 차원에서 출동할 예정이었으나 이것만은 중지시켰다. 그러나 조선인 경관은 물론이고 육해군 경비대, 각 정당 단체, 교육기관, 공장의 종업원들이 총출동하고 일반 동포들도 구름같이 모여서 태고사로부터 효창공원까지 인산인해를 이루어 전차, 자동차, 행인까지도 교통을 일시 차단하였다.

선두에는 슬픈 곡조를 연주하는 음악대가 서고, 사진반 기자는 사이사이 늘어섰고, 그 다음에는 제전을 드리는 화봉대花峰隊, 창공을 흩날리는 만장대輓章隊가 따랐고, 세 분 의사의 상여는 여학생대가 모시니, 옛날 국왕 인산因山(상왕·왕·왕세자·왕세손과 그 비妃들의 장례) 때보다 더 성대한 장의였다.

장지에는 제일 위에 안중근 의사의 유골을 봉안할 자리를 남기고, 그 다음에 세 분의 유골을 차례로 모셨다. 당일 임석한 유가족의 애도하는 눈물과 각 사회단체의 추도문 낭독으로 해는 빛을 잃은 듯하였다. 사진반 촬영으로 장례식을 마쳤다,

얼마 후 나는 다시 삼남 지방을 순회하는 길에 보성군 득량면

득량리 김씨 촌을 찾았다. 내가 48년 전 망명 중에 석 달이나 몸을 붙여 있던 곳이요, 김씨네는 나와 동족이었다. 내가 온다는 선문 先聞(어떤 일이 일어나기 전에 미리 알리는 소문 또는 소식)을 듣고 동구에는 솔문을 세우고 길을 닦기까지 하였다. 남녀 동민들이 동구까지 나와서 도열하여 나를 맞았다.

내가 그때에 유숙하던 김광언金廣彦 댁을 찾으니 집은 옛날 그대로인데 주인은 벌써 세상을 떠났다. 그 유족의 환영을 받아 내가 그때에 상을 받던 자리에서 다시 한 번 음식 대접을 하고자 하여, 마루에 병풍을 치고 정결한 자리를 깔고 나를 앉혔다. 모인 이들 중에 나를 알아보는 이는 늙은 부인네 한 분과 김판남金判男 종씨 한 분뿐이었다. 김씨는 48년 내 필적이 완연한 책 한 권을 가져다가 보여주었다.

내가 이곳에 머물고 있을 때에 자별히 친하게 지내던 나와 동갑인 선宣씨는 이미 작고하고 내게 필낭筆囊을 손수 만들어 작별 선물로 주던 그의 부인은 보성읍에서 자손들을 데리고 나와서 나를 환영해 주었다. 참으로 감격에 넘쳤다. 부인도 나와 동갑이라 하였다.

광주에서 나주로 향하는 도중에 함평 동포들이 길을 막고 들르라 하므로 나는 함평읍으로 가서 학교 운동장에서 열린 환영회에 한 차례 강연을 하고 나주로 갔다. 나주에서 육모정[六角亭] 이 진사의 집을 물으니 이 진사 집은 나주가 아니라 이미 지나온 함평이며, 함평 환영회에서 나를 위하여 만세를 선창한 이가 바로 이 진사의 종손이라고 하였다. 오랜 세월에 나는 함평과 나주를 섞어 바꾼 것이었다. 그 후에 이 진사(나와 작별한 후에는 이 승지가 되었다 한다)의 종손 재승在昇, 재혁在赫 두 형제가 예물을 가지고 서울로 나를 찾아왔기에 함평을 나주로 잘못 기억하고 찾지 못하였던 것을 사과하였다.

이 길에 김해에 들르니 마침 수로왕릉首露王陵의 추향揪鄕이라, 김씨네와 허씨네가 많이 참배하는 중에 나도 그들이 준비해 주어 평생 처음으로 사모紗帽와 각대角帶를 갖추고 참배하였다.

전주에서는 옛 벗 김형진의 아들 맹문孟文과 그 사촌 아우 맹열孟悅과 그 고종형 최경열崔景烈 세 사람을 만난 것이 기뻤다. 전주의 일반 환영회가 끝난 뒤에 이 세 사람의 가족과 한데 모여서 고인을 추억하며 기념으로 사진을 찍었다. 강경에서 공종렬의 소식을 물으니 그는 젊어서 자살하고 자손이 없으며 내가 그 집에서 자던 날 밤의 비극은 친족 간에 생긴 일이었다고 한다.

그 후 강화에 김주경 선생의 집을 찾아 그의 친족들과 같이 사진을 찍고 내가 그때에 가르치던 30명 학동學童 중에 하나였다는 사람을 만났다.

개성, 연안 등을 순회하는 도중에 이효자의 무덤을 찾았다.

'효자 이창매의 묘[孝子李昌梅之墓]'

나는 해주 감옥에서 인천 감옥으로 끌려가던 길에 이 묘비 앞에 쉬던 49년 전 옛날을 생각하면서 묘 앞에 절하고 그날 어머니가 앉으셨던 자리를 눈어림으로 찾아서 그 위에 내 몸을 던졌다. 그

러나 어머니의 얼굴을 뵈올 길이 없으니 앞이 캄캄하였다. 중경서 운명하실 때에 마지막 말씀으로,

"내 원통한 생각을 어찌하면 좋으냐."

하시던 것을 추억하였다.

독립의 목적을 달성하고 모자가 함께 고국에 돌아가 지난 일을 이야기하지 못하심이 그 원통하심이 아니었을까? 그런데 저 멀고 먼 서쪽 화상산 한 모퉁이에 손자와 같이 누워 계신 것을 생각하니 슬픈 마음을 금할 수가 없다. 혼이라도 고국에 돌아오셔서 내가 동포들에게 받는 환영을 보시기만 하여도 다소 어머니의 마음에 위안이 되지 않을까.

백천에서 최광옥 선생과 전봉훈 군수의 옛일을 추억하고 장단 고랑포皐浪浦에서 나의 선조 경순왕릉敬順王陵에 참배할 때에는 능 말에 사는 경주 김씨들이 내가 오는 줄 알고 제전을 준비하였다.

나는 대한 나라 자주 독립의 날을 기다려서 다시 이 글을 계속하기로 하고 아직은 붓을 놓는다.

나의 소원

민족 국가

"**네** 소원이 무엇이냐?"

하고 하느님이 물으시면 나는 서슴지 않고,

"내 소원은 대한 독립이오."

하고 대답할 것이다.

"그 다음 소원은 무엇이냐?"

하면 나는 또,

"우리나라의 독립이오."

할 것이요 또,

"그 다음 소원이 무엇이냐?"

하는 세 번째 물음에도 나는 더욱 소리를 높여서,

"나의 소원은 우리나라 대한의 완전한 자주 독립이오."

하고 대답할 것이다.

동포 여러분!

나 김구의 소원은 이것 하나밖에는 없다. 내 과거의 칠십 평생을 이 소원을 위하여 살아왔고, 현재에도 이 소원 때문에 살고 있고, 미래에도 나는 이 소원을 달하려고 살 것이다. 독립이 없는 백성으로 칠십 평생에 설움과 부끄러움과 애탐을 받은 나에게는 세상에 가장 좋은 것이, 완전하게 자주 독립한 나라의 백성으로 살아보다가 죽는 일이다. 나는 일찍이 우리 독립 정부의 문지기가 되기를 원하였거니와, 그것은 우리나라가 독립국만 되면 나는 그 나라의 가장 미천한 자가 되어도 좋다는 뜻이다. 왜 그런고 하면, 독립한 제 나라의 빈천이 남의 밑에 사는 부귀보다 기쁘고, 영광스럽고, 희망이 많기 때문이다.

옛날 일본에 갔던 박제상朴堤上이 '내 차라리 계림鷄林(신라의 별칭)의 개, 돼지가 될지언정 왜왕의 신하로 부귀를 누리지 않겠다.' 한 것이 그의 진정이었던 것을 나는 안다. 제상은 왜왕이 높은 벼슬과 많은 재물을 준다는 것을 물리치고 달게 죽임을 받았으니 그것은 '차라리 내 나라의 귀신이 되리라.' 함이었다.

근래에 우리 동포 중에는 우리나라를 어느 큰 이웃 나라의 연방에 편입하기를 소원하는 자가 있다 하니, 나는 그 말을 차마 믿으려 아니하거니와 만일 진실로 그러한 자가 있다 하면, 그는 제정신을 잃은 미친놈이라고밖에 볼 길이 없다.

나는 공자, 석가, 예수의 도를 배웠고 그들을 성인으로 숭배하거니와, 그들이 합하여서 세운 천당, 극락이 있다 하더라도 그것이 우리 민족이 세운 나라가 아닐진대, 우리 민족을 그 나라로 끌고 들어가지 아니할 것이다. 왜 그런고 하면, 피와 역사를 같이하는 민족이란 완연히 있는 것이어서, 내 몸이 남의 몸이 못 됨과 같이 이 민족이 저 민족이 될 수는 없는 것은, 마치 형제도 한 집에서 살기에 어려움이 있는 것과 같은 것이다. 둘 이상이 합하여서 하나가 되자면 하나는 높고 하나는 낮아서, 하나는 위에 있어서 명령하고 하나는 밑에 있어서 복종하는 것이 근본 문제가 되는 것이다.

이에 대하여 일부 소위 좌익의 무리는 혈통의 조국을 부인하고 소위 사상의 조국을 운운하며, 혈족의 동포를 무시하고 소위 사상의 동무와 프롤레타리아의 국제적 계급을 주장하여, 민족주의라면 마치 이미 진리권 외에 떨어진 생각인 것같이 말하고 있다. 심히 어리석은 생각이다. 철학도 변하고 정치, 경제의 학설도 일시적이거니와 민족의 혈통은 영구적이다. 일찍이 어느 민족 내에서나 혹은 종교로, 혹은 학설로, 혹은 경제적·정치적 이해의 충돌로 인하여 두 파, 세 파로 갈려서 피로써 싸운 일이 없는 민족이 없거니와 지내놓고 보면 그것은 바람과 같이 지나가는 일시적인 것이요, 민족은 필경 바람 잔 뒤에 초목 모양으로 뿌리와 가지를 서로 걸고 한 수풀을 이루어 살고 있다. 오늘날 소위 좌우익이란 것도 결국 영원한 혈통의 바다에 일어나는 일시적인 풍파에 불과하다는 것을 잊어서는 아니 된다.

이 모양으로 모든 사상도 가고 신앙도 변한다. 그러나 혈통적인 민족만은 영원히 흥망성쇠의 공동 운명의 인연에 얽힌 한 몸으로 이 땅 위에 남는 것이다.

세계 인류가 너나없이 한 집이 되어 사는 것은 좋은 일이요, 인류의 최고요, 최후인 희망이요, 이상이다. 그러나 이것은 멀고 먼

장래에 바랄 것이요 현실의 일은 아니다. 사해동포四海同胞의 크고 아름다운 목표를 향하여 인류가 향상하고 전진하는 노력을 하는 것은 좋은 일이요 마땅히 할 일이나, 이것도 현실을 떠나서는 안 되는 일이니, 현실의 진리는 민족마다 최선의 국가를 이루고 최선의 문화를 낳아 길러서 다른 민족과 서로 바꾸고 서로 돕는 일이다. 이것이 내가 믿고 있는 민주주의요, 이것이 인류의 현 단계에서는 가장 확실한 진리다.

그러므로 우리 민족으로서 하여야 할 최고의 임무는, 첫째로 남의 절제도 아니 받고 남에게 의뢰도 아니하는 완전한 자주 독립의 나라를 세우는 일이다. 이것이 없이는 우리 민족의 생활을 보장할 수 없을 뿐더러, 우리 민족의 정신력을 자유로 발휘하여 빛나는 문화를 세울 수가 없기 때문이다. 이렇게 완전 자주독립의 나라를 세운 뒤에는, 둘째로 이 지구상의 인류가 진정한 평화와 복락을 누릴 수 있는 사상을 낳아 그것을 먼저 우리나라에 실현하는 것이다.

나는 오늘날의 인류의 문화가 불안전함을 안다. 나라마다 안으로는 정치상, 경제상, 사회상으로 불평등, 불합리가 있고, 밖으로 국제적으로는 나라와 나라의, 민족과 민족의 시기, 알력, 침략, 그리고 그 침략에 대한 보복으로 작고 큰 전쟁이 그칠 사이가 없어서, 많은 생명과 재물을 희생하고도 좋은 일이 오는 것이 아니라 인심의 불안과 도덕의 타락은 갈수록 더하니, 이래 가지고는 전쟁이 그칠 날이 없어 인류는 마침내 멸망하고 말 것이다.

그러므로 인류 세계에는 새로운 생활 원리의 발견과 실천이 필요하게 되었다. 이야말로 우리 민족이 담당한 천직이라고 믿는다.

이러하므로 우리 민족의 독립이란 결코 삼천리 삼천만의 일이 아니라 진실로 세계 전체의 운명에 관한 일이요, 그러므로 우리나라의 독립을 위하여 일하는 것이 곧 인류를 위하여 일하는 것이다.

만일 우리의 오늘날 형편이 초라한 것을 보고 자굴지심自屈之心 (스스로 자기를 굽히는 마음)을 발하여, 우리가 세우는 나라가 그처럼 위대한 일을 할 것을 의심한다면 그것은 스스로 모욕하는 일이다. 우리 민족의 지나간 역사가 빛나지 아니함이 아니나, 그것은 아직 서곡序曲이었다. 우리가 주연배우로 세계 역사의 무대에 나서는 것은 오늘 이후다. 삼천만의 우리 민족이 옛날의 그리스 민족이나 로마 민족이 한 일을 못 한다고 생각할 수 있겠는가!

내가 원하는 우리 민족의 사업은 결코 세계를 무력으로 정복하거나 경제력으로 지배하려는 것이 아니다. 오직 사랑의 문화, 평화의 문화로 우리 스스로 잘살고 인류 전체가 의좋게, 즐겁게 살도록 하는 일을 하자는 것이다. 어느 민족도 일찍이 그러한 일을 한 이가 없었으니 그것은 공상이라고 하지 말라. 일찍이 아무도 한 자가 없기에 우리가 하자는 것이다. 이 큰일은 하늘이 우리를 위하여 남겨놓으신 것임을 깨달을 때에, 우리 민족은 비로소 제 길을 찾고 제 일을 알아본 것이다.

나는 우리나라의 청년 남녀가 모두 과거의 조그맣고 좁다란 생각을 버리고, 우리 민족의 큰 사명에 눈을 떠서, 제 마음을 닦고 제 힘을 기르기로 낙을 삼기를 바란다. 젊은 사람들이 모두 이 정신을 가지고 이 방향으로 힘을 쓸진대 30년이 못 되어 우리 민족은 괄목상대刮目相對(눈을 비비고 상대편을 본다는 뜻으로, 남의 학식이나 재주가 놀랄 만큼 부쩍 늚을 이르는 말)하게 될 것을 나는 확신하는 바이다.

정치 이념

나의 정치 이념은 한 마디로 표시하면 자유다. 우리가 세우는 나라는 자유의 나라라야 한다.

자유란 무엇인가. 절대로 각 개인이 제멋대로 사는 것을 자유라 하면, 이것은 나라가 생기기 전이나 저 레닌의 말 모양으로 나라가 소멸된 뒤에나 있을 일이다. 국가생활을 하는 인류에게는 이러한 무조건의 자유는 없다. 왜 그런고 하면 국가란 일종의 규범의 속박이기 때문이다. 국가생활을 하는 우리를 속박하는 것은 법이다. 개인의 생활이 국법에 속박되는 것은 자유 있는 나라나 자유 없는 나라나 마찬가지다. 자유와 자유 아님이 갈리는 것은 개인의 자유를 속박하는 법이 어디서 오느냐 하는 데 달렸다. 자유 있는 나라의 법은 국민의 자유로운 의사에서 오고, 자유 없는 나라의 법은 국민 중의 어떤 한 개인 또는 한 계급에서 온다. 한 개인에서 오는 것을 전제 또는 독재라 하고, 한 계급에서 오는 것을 계급 독재라 하며 통칭 파쇼라고 한다.

나는 우리나라가 독재의 나라가 되기를 원치 아니한다. 독재의 나라에서는 정권에 참여하는 계급 하나를 제외하고는 다른 국민은 노예가 되고 마는 것이다. 독재 중에서 가장 무서운 독재는 어떤 주의, 즉 철학을 기초로 하는 계급 독재다. 군주나 기타 개인 독재자의 독재는 그 개인만 제거되면 그만이지만 다수의 개인으로 조직된 한 계급이 독재의 주체일 때에는 이것을 제거하기는 심히 어려운 것이니, 이러한 독재는 그보다도 큰 조직의 힘이거나 국제적 압력이 아니고는 깨뜨리기 어려운 것이다.

우리나라의 양반 정치도 일종의 계급 독재거니와 이것은 수백 년 계속되었다. 이탈리아의 파시스트, 독일의 나치스의 일은 누구나 다 아는 일이다. 그러나 모든 계급 독재 중에도 가장 무서운 것은 철학을 기초로 한 계급 독재다. 수백 년 동안 이조 조선에 행하여 온 계급 독재는 유교, 그중에도 주자학파의 철학을 기초로 한 것이어서, 다만 정치에 있어서만 독재가 아니라 사상, 학문, 사회생활, 가정생활, 개인생활까지도 규정하는 독재였다. 이 독재정치 밑에서 우리 민족의 문화는 소멸되고 원기는 마멸된 것이다. 주자학 이외의 학문은 발달하지 못하니 이 영향은 예술, 경제, 산업에까지 미쳤다.

우리나라가 망하고 민력民力이 쇠잔하게 된 가장 큰 원인이 실로 여기 있었다. 왜 그런고 하면 국민의 머릿속에 아무리 좋은 사상과 경륜이 생기더라도 그가 집권 계급의 사람이 아닌 이상, 또 그것이 사문난적斯文亂賊(성리학에서 교리를 어지럽히고 사상에 어긋나는 언행을 하는 사람을 이르는 말)이라는 범주 밖에 나지 않는 이상 세상에 발표되지 못하기 때문이었다. 이 때문에 싹이 트려다가 눌려 죽은 새 사상, 싹도 트지 못하고 밟혀버린 경륜이 얼마나 많았을까. 언론의 자유가 얼마나 중요한 것임을 통감하지 아니할 수 없다. 오직 언론의 자유가 있는 나라에만 진보가 있는 것이다.

지금 공산당이 주장하는 소련식 민주주의란 것은 이러한 독재정치 중에도 가장 철저한 것이어서 독재정치의 모든 특징을 극단으로 발휘하고 있다. 즉 헤겔에게서 받은 변증법辨證法, 포이어바흐의 유물론唯物論 이 두 가지와, 애덤 스미스의 노동가치론을 가미한 마르크스의 학설을 최후의 것으로 믿어, 공산당과 소련의 법률과 군대와 경찰의 힘을 한데 모아서 마르크스의 학설에 일점일획一點一劃이라도 반대는 고사하고 비판만 하는 것도 엄금하여 이에 위반하는 자는 죽음의 숙청으로써 대하니, 이는 옛날에 조선의 사문난적에 대한 것 이상이다. 만일 이러한 정치가 세계에 퍼진다면 전 인류의 사상은 마르크스주의 하나로 통일될 법도 하거니와 설사 그렇게 통일이 된다 하더라도 그것이 불행히 잘못된 이론일진대, 그런 큰 인류의 불행은 없을 것이다. 그런데 마르크스 학설의 기초인 헤겔의 변증법 이론이란 것이 이미 여러 학자의 비판으로 말미암아 전면적 진리가 아닌 것이 알려지지 아니하였는가. 자연계의 변천이 변증법에 의하지 아니함은 뉴턴, 아인슈타인 등 모든 과학자들의 학설을 보아서 분명하다.

그러므로 어느 한 학설을 표준으로 하여서 국민의 사상을 속박하는 것은 어느 한 종교를 국교로 정하여서 국민의 신앙을 강제하는 것과 마찬가지로 옳지 아니한 일이다. 산에 한 가지 나무만 나지 아니하고 들에 한 가지 꽃만 피지 아니한다. 여러 가지 나무가 어울려서 위대한 삼림의 아름다움을 이루고 백 가지 꽃이 섞여 피어서 봄들의 풍성한 경치를 이루는 것이다. 우리가 세우는 나라에는 유교도 성하고, 불교도, 그리스도교도 자유로 발달하고, 또 철학으로 보더라도 인류의 위대한 사상이 다 들어와서 꽃이 피고 열매를 맺게 할 것이니, 이러한 연후에야 비로소 자유의 나라라 할 것이요, 이러한 자유의 나라에서만 인류의 가장 크고 가장 높은 문화가 발생할 것이다.

나는 노자老子의 무위無爲를 그대로 믿는 자는 아니거니와, 정치에 있어서 너무 인공을 가하는 것을 옳지 않게 생각하는 자다. 대개 사람이란 전지전능할 수가 없고 학설이란 완전무결할 수 없는 것이므로 한 사람의 생각, 한 학설의 원리로 국민을 통제하는 것은 일시 빠른 진보를 보이는 듯하더라도 필경은 병통이 생겨서 그야말로 변증법적인 폭력의 혁명을 부르게 되는 것이다.

모든 생물에는 다 환경에 순응하여 저를 보존하는 본능이 있으므로 가장 좋은 길은 가만히 두는 것이다. 작은 꾀로 자주 건드리면 이익보다도 해가 많다. 개인생활에 너무 잘게 간섭하는 것은 결코 좋은 정치가 아니다. 국민은 군대의 병정도 아니요, 감옥의 죄수도 아니다. 한 사람 또는 몇 사람의 호령으로 끌고 가는 것이 극히 부자연하고 또 위태한 일인 것은, 파시스트 이탈리아와 나치스 독일이 불행하게도 가장 잘 증명하고 있지 아니한가.

미국은 이러한 독재국에 비겨서는 심히 통일이 무력한 것 같고 일의 진행이 느린 듯하여도, 그 결과로 보건대 가장 큰 힘을 발하고 있으니 이것은 그 나라의 민주주의 정치의 효과다. 무슨 일을 의논할 때에 처음에는 백성들이 저마다 제 의견을 발표하여서 훤훤효효喧喧囂囂(수많은 사람이 저마다 떠들어서 시끄러운 모양을 이르는 말)하여 귀일歸一(한 군데로 돌아감)할 바를 모르는 것 같지만 갑론을박으로 서로 토론하는 동안에 의견이 차차 정리되어서 마침내 두어 큰 진영으로 포섭되었다가, 다시 다수결의 방법으로 한 결론에 달하여 국회의 결의가 되고, 원수元首의 결재를 얻어 법률이 이루어지면, 이에 국민의 의사가 결정되어 요지부동하게 되는 것이다.

이 모양으로 민주주의란 국민의 의사를 알아보는 한 절차 또는 방식이요, 그 내용은 아니다. 즉 언론의 자유, 투표의 자유, 다수결에 복종 – 이 세 가지가 곧 민주주의다. 국론國論, 즉 국민의 의사 내용은 그때그때의 국민의 언론전으로 결정되는 것이어서 어느 개인이나 당파의 특정한 철학적 이론에 좌우되는 것이 아님이 미국식 민주주의의 특색이다. 다시 말하면 언론, 투표, 다수결 복종이라는 절차만 밟으면 어떠한 철학에 기초한 법률도, 정책도 만들 수 있으니 이것을 제한하는 것은 오직 그 헌법의 조문뿐이다. 그런데 헌법도 결코 독재국의 그것과 같이 신성불가침의 것이 아니라 민주주의의 절차로 개정할 수가 있는 것이니, 이러므로 민주, 즉 백성이 나라의 주권자라 하는 것이다. 이러한 나라에서 국론을 움직이려면 그중에서 어떤 개인이나 당파를 움직여서는 되지 아니하고 그 나라 국민의 의견을 움직여야 된다. 백성들의 작은 의견은 이해관계로 결정되거니와 큰 의견은 그 국민성과 신앙과 철학으로 결정된다. 여기서 문화와 교육의 중요성이 생긴다.

국민성을 보존하는 것이나 수정하고 향상하는 것이 문화와 교육의 힘이요, 산업의 방향도 문화와 교육으로 결정됨이 큰 까닭이다. 교육이란 결코 생활의 기술을 가르치는 것만을 의미하는 것이 아니다. 교육의 기초가 되는 것은 우주와 인생과 정치에 대한 철학이다. 어떠한 철학의 기초 위에, 어떠한 생활의 기술을 가르치는 것이 곧 국민교육이다. 그러므로 좋은 민주주의의 정치는 좋은 교육에서 시작될 것이다. 건전한 철학의 기초 위에 서지 아니한 지식과 기술의 교육은 그 개인과 그를 포함한 국가에 해가 된다. 인류 전체로 보아도 그러하다.

이상에 말한 것으로 내 정치이념이 대강 짐작될 것이다. 나는 어떠한 의미로든지 독재정치를 배격한다. 나는 우리 동포를 향하여서 부르짖는다. 결코 독재정치가 아니 되도록 조심하라고, 우리 동포 각 개인이 십분十分(아주 충분히) 언론 자유를 누려서 국민 전체의 의견대로 되는 정치를 하는 나라를 건설하자고, 일부 당파나 어떤 한 계급의 철학으로 다른 다수를 강제함이 없고, 또 현재의 우리들의 이론으로 우리 자손의 사상과 신앙의 자유를 속박함이 없는 나라, 천지와 같이 넓고 자유로운 나라, 그러면서도 사랑의 덕과 법의 질서가 우주 자연의 법칙과 같이 준수되는 나라가 되도록 우리나라를 건설하자고.

그렇다고 나는 미국의 민주주의 제도를 그대로 직역하자는 것은 아니다. 다만 소련의 독재적인 '민주주의'에 대하여 미국의 언론 자유적인 민주주의를 비교하여서 그 가치를 판단하였을 뿐이다. 둘 중에서 하나를 택한다면 사상과 언론의 자유를 기초로 한 것을 취한다는 말이다.

나는 미국의 민주주의 정치제도가 반드시 최후적인 완성된 것이라고는 생각하지 아니한다. 인생의 어느 부분이나 다 그러함과 같이 정치 형태에 있어서도 무한한 창조적 진화가 있을 것이다. 더구나 우리나라와 같이 반만년 이래로 여러 가지 국가 형태를 경험한 나라에는 결점도 많으려니와 교묘하게 발달된 정치제도도 없지 아니할 것이다. 가까이 이조시대를 보더라도 홍문관弘文館, 사간원司諫院, 사헌부司憲府 같은 것은 국민 중에 현인의 의사를 국정에 반영하는 제도로 멋있는 제도요, 과거제도와 암행어사 같은 것도 연구할 만한 제도다. 역대의 정치제도를 상고하면 반드시 쓸 만한 것도 많으리라고 믿는다. 이렇게 남의 나라의 좋은 것을 취하고, 내 나라의 좋은 것을 골라서 우리나라의 독특한 좋은 제도를 만드는 것도 세계의 문운文運(문화나 문명이 진척되는 기운)에 보태는 일이다.

내가 원하는 우리나라

나는 우리나라가 세계에서 가장 아름다운 나라가 되기를 원한다. 가장 부강한 나라가 되기를 원하는 것은 아니다. 내가 남의 침략에 가슴이 아팠으니 내 나라가 남을 침략하는 것을 원치 아니한다. 우리의 부력富力은 우리의 생활을 풍족히 할 만하고, 우리의 강력强力은 남의 침략을 막을 만하면 족하다. 오직 한없이 가지고 싶은 것은 높은 문화의 힘이다. 문화의 힘은 우리 자신을 행복하게 하고 나아가서 남에게 행복을 줄 것이기 때문이다.

지금 인류에게 부족한 것은 무력도 아니요, 경제력도 아니다. 자연과학의 힘은 아무리 많아도 좋으나 인류 전체로 보면 현재의 자연과학만 가지고도 편안히 살아가기에 넉넉하다. 인류가 현재 불행한 근본 이유는 인의仁義가 부족하고, 자비가 부족하고, 사랑이 부족한 때문이다. 이 마음만 발달이 되면 현재의 물질력으로 20억이 다 편안히 살아갈 수 있을 것이다. 인류의 이 정신을 배양하는 것은 오직 문화다.

나는 우리나라가 남의 것을 모방하는 나라가 되지 말고, 이러한 높고 새로운 문화의 근원이 되고, 목표가 되고, 모범이 되기를 원한다. 그래서 진정한 세계의 평화가 우리나라에서, 우리나라로 말미암아서 세계에 실현되기를 원한다. 홍익인간弘益人間이라는 우리 국조國祖 단군檀君의 이상이 이것이라고 믿는다. 또 우리 민족의 재주와 정신과 과거의 단련이 이 사명을 달성하기에 넉넉하고, 우리 국토의 위치와 기타의 지리적 조건이 그러하며, 또 제1차, 제2차의 세계대전을 치른 인류의 요구가 그러하며, 이러한 시대에 새로 나라를 고쳐 세우는 우리의 서 있는 시기가 그러하다고 믿는다. 우리 민족이 주연배우로 세계의 무대에 등장할 날이 눈앞에 보이지 아니하는가. 이 일을 하기 위하여 우리가 할 일은 사상의 자유를 확보하는 정치양식의 건립과 국민교육의 완비다. 내가 위에서 자유의 나라를 강조하고 교육의 중요성을 말한 것이 이 때문이다.

최고 문화 건설의 사명을 달達한 민족은 일언이 폐지하면 모두 성인聖人을 만드는 데 있다. 대한 사람이라면 간 데마다 신용을 받고 대접을 받아야 한다. 우리의 적이 우리를 누르고 있을 때에는 미워하고 분해하는 살벌, 투쟁의 정신을 길렀었거니와 적은 이미 물러갔으니 우리는 증오의 투쟁을 버리고 화합의 건설을 일삼을 때다. 집안이 불화하면 망하고 나라 안이 갈려서 싸우면 망한다. 동포간의 증오와 투쟁은 망조다. 우리의 용모에서는 화기和氣(온화한 기색)가 빛나야 한다. 우리 국토 안에는 언제나 춘풍이 태탕駘蕩(봄날의 바람이나 날씨가 화창함)하여야 한다. 이것은 우리 국민 각자가 한 번 마음을 고쳐먹음으로써 되고, 그러한 정신의 교육으로 영속될 것이다.

최고 문화로 인류의 모범이 되기를 사명으로 삼는 우리 민족의 각원各員(한 단체에 속한 모든 사람)은 이기적 개인주의자여서는 안 된다. 우리는 개인의 자유를 극도로 주장하되 그것은 저 짐승들과 같이 저마다 제 배를 채우기에 쓰는 자유가 아니요, 제 가족을, 제 이웃을, 제 국민을 잘살게 하기에 쓰이는 자유다. 공원의 꽃을 꺾는 자유가 아니라, 공원의 꽃을 심는 자유다. 우리는 남의 것을 빼앗거나 남의 덕을 입으려는 사람이 아니라, 가족에게, 이웃에게, 동포에게 주는 것으로 낙樂을 삼는 사람이다. 우리 말의 이른바 선비요, 점잖은 사람이다. 그러므로 우리는 게으르지 아니하고 부지런하다. 사랑하는 처자를 가진 가장은 부지런할 수밖에 없다. 한없이 주기 위함이다. 힘든 일은 내가 앞서 하니 사랑하는 동포를 아낌이요, 즐거운 것은 남에게 권하니 사랑하는 자를 위하기 때문이다. 우리 조상네가 좋아하던 인후지덕仁厚之德(어질고 후덕함을 덕으로 삼는 일)이란 것이다.

이러함으로써 우리나라의 산에는 삼림이 무성하고 들에는 오곡백과가 풍성하며, 촌락과 도시는 깨끗하고 풍성하고 화평할 것이다. 그리하여 우리 동포, 즉 대한 사람은 남자나 여자나 얼굴에는 항상 화기가 있고 몸에서는 덕의 향기를 발할 것이다. 이러한 나라는 불행하려 하여도 불행할 수 없고 망하려 하여도 망할 수 없는 것이다. 민족의 행복은 결코 계급투쟁에서 오는 것도 아니요, 개인의 행복이 이기심에서 오는 것이 아니다. 계급투쟁은 끝없는 계급투쟁을 낳아서 국토에 피가 마를 날이 없고 내가 이기심으로 남을 해하면 천하가 이기심으로 나를 해할 것이니, 이것은 조금 얻고 많이 빼앗기는 법이다. 일본의 이번 당한 보복은 국제적, 민족적으로도 그러함을 증명하는 가장 좋은 실례實例다.

이상에 말한 것은 내가 바라는 새 나라 용모의 일단을 그린 것이거니와 동포 여러분! 이러한 나라가 될진대 얼마나 좋겠는가. 우리네 자손을 이러한 나라에 남기고 가면 얼마나 만족하겠는가. 옛날 한토漢土의 기자箕子가 우리나라를 사모하여 왔고, 공자孔子께서도 우리 민족이 사는 데 오고 싶다고 하셨으며, 우리 민족을 인仁을 좋아하는 민족이라 하였으니, 옛날에도 그러하였거니와 앞으로는 세계 인류가 모두 우리 민족의 문화를 이렇게 사모하도록 하지 아니하려는가. 나는 우리의 힘으로, 특히 교육의 힘으로 반드시 이 일이 이루어질 것을 믿는다. 우리나라의 젊은 남녀가 다 이 마음을 가질진대 아니 이루어지고 어찌하랴!

나도 일찍이 황해도에서 교육에 종사하였거니와 내가 교육에서 바라던 것이 이것이었다. 내 나이 이제 칠십이 넘었으니 몸소 국민교육에 종사할 시일이 넉넉지 못하거니와, 나는 천하의 교육자와 남녀 학도들이 한번 크게 마음을 고쳐먹기를 빌지 아니할 수 없다.

1947년
샛문 밖에서

연 보

1876년(1세)	음력 7월 11일(양력 8월 29일) 황해도 해주 백운방 텃골에서 아버지 김순영金淳永과 어머니 곽낙원郭樂園의 외아들로 태어나다. 아명兒名은 창암昌巖.
1879년(4세)	천연두를 앓다.
1880년(5세)	집안이 강령 삼가리三街里로 이사하다.
1884년(9세)	큰아버지(김백영金伯永) 돌아가시다.
1887년(12세)	과거를 보기 위해 공부하기로 결심하고, 청수리 이생원을 선생으로 초빙하여 집에다 글방을 차리고 공부를 시작하다.
1888~1889년 (13세~14세)	할아버지 김만묵金萬默 돌아가시다. 아버지가 갑자기 뇌졸중으로 전신불수가 되셨다가 호전되어 반신불수가 되다. 부모님은 무전여행으로 문전걸식하며 고명한 의원을 찾아 떠돌아다니다. 이때 백범은 큰어머니 댁과 장련 재종조 누이 댁을 전전하다.
1890년(15세)	할아버지 대상大祥을 지내다. 그 직후 부모님과 고향으로 돌아와 학골 정문재鄭文哉의 서당에서 한·당시漢·唐詩와 《대학大學》,《통감通鑑》 등 과문科文을 배우다.

1892년(17세)	과거에 응시했다가 낙방하고, 매관매직의 타락한 과거에 실망하여 풍수와 관상 등을 공부하고, 병서 兵書를 탐독하다.
1893년(18세)	동학에 입도한 후 이름을 창수昌洙로 개명하다. 황해도 도유사都有司의 한 사람으로 뽑혀 충북 보은에서 최시형崔時亨을 만나다.
1894년(19세)	팔봉접주八鋒接主로 임명되어 동학군의 선봉장으로 해주성을 공략했으나 실패하다.
1895년(20세)	신천 안태훈安泰勳에게 몸을 의탁하고, 그의 아들 안중근安重根을 만나다. 당시 명망이 높은 해서海西의 거유巨儒 고능선高能善의 지도를 받다. 압록강을 건너가 김이언金利彦이 지휘하는 의병대에 참가하다.
1896년(21세)	안악군 치하포에서 일본 육군 중위 쓰치다土田讓亮를 죽여 국모의 원한을 풀다. 5월 2일, 일본 경찰에 체포되어 인천 감옥에 투옥되다. 감옥에서《태서신사泰西新史》,《세계지지世界地誌》 등을 읽고 신학문에 눈을 뜨다.
1897년(22세)	7월에 사형이 확정되었으나 고종의 특명으로 사형 직전에 특사령이 내려지다.

1898년(23세)	3월 9일에 탈옥하다. 전국을 방랑하다가 늦가을에 공주 마곡사의 중이 되다. 법명은 원종圓宗.
1899년(24세)	환속하여 고향에 돌아오다.
1900년(25세)	이름을 김두래金斗來로 바꾸고[變名] 다시 방랑길에 오르다.
1901년(26세)	1월 28일(음력 1900년 12월 9일)에 아버지가 돌아가시다.
1902년(27세)	장련 친척집에서 여옥如玉이라는 처녀와 맞선을 보고 약혼하다.
1903년(28세)	여옥이 병으로 세상을 떠난 후 기독교에 입문하다. 아버님 탈상 후 장련읍 사직동으로 이사하다. 안창호安昌浩의 누이동생 신호信浩와 약혼했으나 곧 파혼하다.
1904년(29세)	신천 사평동 최준례崔遵禮와 결혼하고, 부인 최준례 경성 경신여학교에 입학하다.
1905년(30세)	을사늑약이 체결되자 이준, 이동녕 등과 함께 구국운동에 앞장서다. 신교육을 실시하기 위해 고향으로 돌아와 교육 사업에 매진하다.

1906년(31세)	장련에 광진학교를 세우다. 장련에서 신천군 문화로 이사하다. 첫딸이 태어나다.
1907년(32세)	김용제 등의 초청으로 안악으로 이사하다. 첫딸이 사망하다.
1908년(33세)	신민회를 통하여 구국운동에 앞장서는 한편, 안악에 양산학교楊山學校를 세우다. 황해도 교육자들과 해서교육총회를 조직하고, 백범은 학무총감을 역임하다.
1909년(34세)	해서교육총회 학무총감으로 황해도 각 군을 순회하며 환등회와 강연회를 열어 계몽운동을 전개하다. 10월에 안중근 의사의 이토 히로부미[伊藤博文] 저격 사건에 연루되어 해주 감옥에 투옥되었다가 석방되다. 12월에 재령 보강학교保强學校의 교장이 되다.
1910년(35세)	둘째 딸 화경化慶이 태어나다. 11월에 서울 양기탁의 집에서 열린 신민회 비밀회의에 참석하다.
1911년(36세)	1월에 일본 헌병에게 체포되어 경성으로 압송, 총감부 임시 유치장에서 혹독한 고문을 당하다. 종로 구치소로 이감되다. 7월에 경성 지방재판소에서 15년 형을 언도받고 서대문 감옥으로 이감되다.

1912년(37세)	일왕 메이지[明治]가 죽어 15년형이 7년으로 감형되고, 다시 메이지의 처가 죽음으로써 5년으로 감형되다. 옥중에서 이름 구龜를 구九로, 호 연하蓮下를 백범白凡으로 고치다.
1914년(39세)	인천 감옥으로 이감되다. 매일 쇠사슬에 묶인 채 인천항 축항 공사에 동원되다.
1915년(40세)	둘째 딸 화경 사망하다. 감형으로 7년의 형기를 끝내고 7월에 가출옥하다. 아내가 교원으로 근무하고 있는 안신학교로 가다.
1916년(41세)	출옥 후 문화 궁궁농장 추수를 검사해 주다. 셋째 딸 은경恩慶 태어나다.
1917년(42세)	준영俊永 작은아버지가 돌아가시다. 2월에 김홍량金鴻亮의 동산평東山坪 농장 관리인으로 있으면서 농촌 계몽운동에 힘쓰다. 셋째 딸 은경恩慶 사망하다.
1918년(43세)	장남 인仁이 태어나다.
1919년(44세)	3·1운동 직후 상해로 망명하여 임시정부 초대 경무국장이 되다.

1920년(45세)	아내 최준례가 아들 인을 데리고 상해로 오다.
1922년(47세)	어머니도 상해로 오시다. 2월에 임시의정원 보궐선거에서 의원으로 선출되고, 9월에 임시정부 내무총장이 되다. 차남 신信이 상해에서 태어나다.
1923년(48세)	임시정부 내무총장 자격으로 국민대표회의 해산령을 내리다.
1924년(49세)	1월 1일, 상해에서 아내 최준례가 폐렴으로 세상을 떠나다. 프랑스 조계 숭산로 공동묘지에 매장하다. 임시정부 노동국총판을 겸임하다.
1925년(50세)	8월 29일 나석주 의사가 옷을 저당잡혀 생일상을 차려주어 가장 영광된 생일을 보내다. 11월에 어머니가 둘째 아들 신을 데리고 고국으로 돌아가시다.
1926년(51세)	12월에 임시정부의 원수인 국무령國務領에 취임하다.
1927년(52세)	장남 인을 고국으로 보내다. 헌법을 개정하여 임시정부를 국무위원제로 개편하고, 국무위원에 선출되다.
1928년(53세)	자서전《백범일지》상권의 집필을 시작하다.

1929년(54세)	5월에 자서전《백범일지》상권을 탈고하다. 상해 교민단 단장이 되다.
1930년(55세)	이동녕 · 안창호 · 조완구 · 조소앙 · 이시영 · 이유필 · 안공근 · 차이석 · 김붕준 · 송병조 등과 한국독립당을 조직하다.
1931년(56세)	일본 요인 암살을 목적으로 한인애국단을 조직하여 독립투사를 양성하다. 이봉창 의거 계획을 세우다.
1932년(57세)	1월 8일, 이봉창에게 일황日皇을 저격케 하였으나 실패하다. 4월 29일, 윤봉길 의사로 하여금 홍구 공원에서 폭탄을 던지게 하다. 임시정부를 상해에서 항주로 옮기다.
1933년(58세)	윤봉길 의사 의거 후 신변이 위험해지자 강소성 가흥으로 피신하다. 중국의 장개석 장군을 만나 친교를 맺고, 낙양 군관학교를 광복군 무관양성소로 결정하다.
1934년(59세)	9년 만에 가흥에서 어머니와 아들 인 · 신과 만나다. 남경에서 한인특무독립군을 조직하다.

1935년(60세)	가흥에서 임시의정원 비상회의를 열고, 11월에 이동녕 등과 함께 한국국민당을 조직하다. 임시정부를 진강鎭江으로 이사하다.
1937년(62세)	임시정부를 진강에서 호남성 장사長沙로 옮기다.
1938년(63세)	민족주의 3당 통합 문제를 논의하던 남목청南木廳에서 조선혁명당원 이운환의 총격을 받아 한 달 동안 입원하다. 7월에 임시정부를, 장사가 위험하여 광주로 옮겼다가 10월에 다시 유주로 옮기다.
1939년(64세)	3월에 임시정부를 유주에서 사천성 기강으로 옮기다. 4월 26일, 어머니 곽낙원 여사(82세)가 인후염으로 세상을 떠나시다.
1940년(65세)	장개석 주석의 도움으로 임시정부를 중경으로 옮기다. 5월에 혁명 투쟁 각 단체를 통합하여 한국독립당을 결성하고 그 집행위원장에 취임하다. 군사특파단을 섬서성 서안에 상주하게 하여 무장부대를 편성하다. 그리고 임시정부 주석으로 선출되다.
1941년(66세)	12월 9일, 임시정부가 일본에 선전포고하다.

1942년(67세)	임시정부와 중국 정부 사이에 광복군에 대한 정식 협정이 체결 공포되다. 광복군은 중국 각지에서 연합군과 공동 작전에 진력하다. 김원봉 등 좌파가 임시정부에 참여하다.
1944년(69세)	개정된 헌법에 따라 주석으로 재선되다. 장개석을 면담하고 임시정부 승인을 요구하다.
1945년(70세)	일본군에 끌려간 학병 50여 명이 탈출하여 임시정부로 찾아오다. 한중 문화회관에서 탈출 학병 환영대회를 열다. 장남 인仁(28세)이 호흡기병으로 세상을 떠나다. 섬서성 서안과 안휘성 부양에 광복군 특별훈련반을 설치하고 미국의 원조로 본토 상륙을 위한 군사기술 훈련을 적극 추진 지휘하다. 8월에 섬서성 주석 축소주에게서 일본의 항복 소식을 듣다. 11월 23일, 임시정부 국무위원 일동과 개인 자격으로 환국하다. 모스크바 3상회의 결정에 반대하여 신탁통치반대총동원위원회를 조직하다.
1946년(71세)	2월에 비상국민회의를 소집하고 의장에 선출되다. 인천, 마곡사 등 전국을 순회하다. 윤봉길, 이봉창, 백정기 세 의사의 유골을 효창공원에 봉안하다.

1947년(72세)	1월에 반탁독립투쟁위원회를 조직하고 제2차 반탁운동을 전개하다. 2월에 비상국민회의를 확대·강화하여 국민의회를 조직하다. 5월에 한독당원들에게 제2차 미·소공동위원회에 불참할 것을 성명하다. 12월에 《백범일지》를 출간하다.
1948년(73세)	2월 20일 〈삼천만 동포에게 읍고泣告함〉을 발표하다. 4월 19일 남북협상에 참가하기 위해 평양에 갔으나 실패하고, 5·10 선거 후에는 건국실천원양성소에 힘을 기울이다.
1949년(74세)	금호동에 백범학원을 세우고 마포구 염리동에 창암학원을 세우다. 6월 26일 낮 12시 36분, 경교장京橋莊에서 육군 소위 안두희의 흉탄에 맞아 서거하다. 7월 5일 거족적인 국민장으로 효창공원에 영면하다.
1962년 (서거 13주년)	3월 1일, 대한민국 건국공로훈장 중장重章에 추서되다.
1969년 (서거 20주년)	8월 23일 남산에 백범 김구 동상을 세우다.